T0278182

El árbol armenio

G.H. GUARCH

El árbol armenio

ALMUZARA

Editorial Almuzara • Novela Histórica
Director editorial: Antonio Cuesta
Editora: Ángeles López
Corrección: Mónica Hernández
Maquetación: Joaquín Treviño

www.editorialalmuzara.com
pedidos@almuzaralibros.com - info@almuzaralibros.com

Editorial Almuzara
Parque Logístico de Córdoba. Ctra. Palma del Río, km 4
C/8, Nave L2, nº 3. 14005 - Córdoba

Imprime: Liberdúplex
ISBN: 978-84-18648-25-0
Depósito legal: CO-1659-2023
Hecho e impreso en España - *Made and printed in Spain*

Al pueblo armenio, nación cristiana desde el año 301,
víctima del primer genocidio del siglo xx.

A Henry Morgenthau.

A Pascual Ohanian.

El árbol armenio es una narración histórica novelada del genocidio armenio ocurrido en Turquía a principios del siglo xx. Todos los personajes, salvo los históricos, son ficticios. Cualquier parecido con la realidad histórica es pura coincidencia, si bien las circunstancias, episodios, lugares y hechos están basados en la historia real de dicho genocidio, así como de la época en que se llevó a cabo.

Índice

Prólogo

HISTORIAS ETERNAS

En los largos pasillos de la existencia, donde la tragedia y los destinos se entrelazan, ocurren acontecimientos profundamente impresionantes y significativos, que quedan grabados de manera indeleble en el tejido de nuestras vidas. Un hecho similar sucedió en la soleada Almería (España), donde me hospedó el escritor, pensador español, impulsor del humanismo, G. H. Guarch. Su personalidad portaba el eco impalpable de las historias épicas que atravesaban los siglos, narrando la historia de generaciones. Sus novelas daban vida a la historia, examinando y cicatrizando los horrores del primer genocidio de principios del siglo pasado. No obstante, es comprensible que su objetivo es retratar, esclarecer, criticar, prevenir tales delitos, no importa por quién y cuándo se desaten. Sus obras están indeleblemente grabadas en los anales de la modernidad y sus manifestaciones magistrales de la literatura encapsularon el espíritu mismo del pueblo armenio. Al mismo tiempo, el panorama de la obra literaria de G. H. Guarch, que se entreteje con la herencia armenia, hace tiempo que traspasó las fronteras lingüísticas. Sus novelas han sido traducidas al francés, inglés y ruso y, naturalmente, al armenio.

Mi viaje tuvo lugar en 2021. El año en que dejé los venerables salones de la Universidad Estatal de Ereván, donde obtuve mi máster universitario en el Departamento de Español, al ambiente vibrante de la Universidad de Cádiz, España, para profundizar mis aspiraciones profesionales en el doctorado de Lingüística Aplicada. Durante este período de transición, un impulso inexpresable me llevó a asociarme con una figura cuyas obras literarias tejieron una serie de novelas históricas, llenas de fuerza, talento, dedicación e inquebrantable determinación contra la violencia infligida a las naciones. El 4 de abril de 2002, Baltasar Garzón Real, en aquellos días juez del Juzgado Central de Instrucción de Madrid, personalidad multidimensional, acertadamente decía al respecto: «El ser humano, no sólo como individuo, sino también como parte de la sociedad y miembro constitutivo de la sociedad, ante todo ante sí mismo, luego ante todos, está obligado y es capaz de tener memoria histórica, personal y colectiva, y nadie se le puede privar de ella, ni controlar su dolor».

En realidad, no sabía qué decirle a Guarch durante nuestro encuentro, qué palabras dirigirle como armenia, cómo regular mis pensamientos para que no sonaran absurdos. Sólo sabía que me había encontrado con él por necesidad, con un impulso interior inexplicable, con amor hacia mi pueblo, con el miedo de un universitario cuyo corazón no acalla los gritos de un millón y medio de víctimas inocentes, y como alguien que se sorprende de cómo un extranjero obtuvo tanta sabiduría para comprender las páginas horribles y los recovecos insalvables de la historia de otro pueblo (no olvidemos que el primer genocidio cometido contra la humanidad fue también contra los griegos, asirios, caldeos y otros cristianos no armenios que también vivían en el extensísimo Imperio otomano). No obstante, en medio de esta incertidumbre, mi determinación se mantuvo inquebrantable, avivada por el ardor de la afinidad y la búsqueda intelectual, desafiando la tiranía del silencio en el contexto de un tema tan sensible y delicado.

Era octubre de 2021. Hablamos largo rato ese día y el día siguiente. En nuestro discurso, abogábamos por el principio fundamental de preservar las verdades históricas. Abordamos absolutamente todos los aspectos: desde las relaciones entre Armenia, Turquía y Occidente, hasta la necesidad de desvelar los eventos históricos y la responsabilidad individual. Discutimos el avance del entendimiento mutuo entre naciones, el absolutismo cristiano, la política global y las partes elocuentes de la democracia que han definido la innovación histórica. También exploramos la poética de las novelas históricas modernas, así como otras cuestiones relacionadas con los prerrequisitos literarios de la novela histórica. Estos temas eran como afluentes que confluyen en un río, uniéndose en un gran flujo continuo del dominio literario y revelando la creciente profundidad del ámbito de la literatura histórica. En ese momento, me sentía como una isla con sus cuatro costas bañadas por un océano abierto e infinito. Cada una de mis preguntas desencadenó la aparición de un intelectual con un horizonte inagotable, un literato de mente abierta, un filósofo, un esteta, un historiador, un diplomático y, sobre todo, un anhelado filántropo.

Le planteé mis preguntas acerca de *El árbol armenio*, publicado en 2001 en España y cuatro años después en Armenia con la traducción realizada por la respetada profesora de la Universidad Estatal de Ereván, Meri Sukiasyan, y el valioso respaldo de la Unión de Escritores de Armenia, enfatizando así la importancia del reconocimiento y condena internacional del genocidio armenio. Por supuesto, como un volcán activo, mis preguntas no se limitaron al pasado histórico, sino que también abordaron cuestiones persistentes. La mayoría de ellas no habían encontrado solución alguna, ni siquiera a nivel moral. Además, la influencia de estas cuestiones sigue siendo igualmente significativa en la actualidad, cargada de numerosos peligros en cuanto a la consecución de la paz y la confianza internacional, sobre todo en el marco de la reciente escalada del conflicto de Artsaj, Nagorno Karabaj. Estos asuntos tocan los intereses estatales tanto de los armenios como de los turcos y poseen un destacado valor geopolítico.

En la base de *El árbol armenio* yace la realidad, una certeza que no sólo impregna la estructura literaria, sino que también abarca la monumental trilogía armenia. Este hilo luminoso se entrelaza en la historia armenia, inspirando al profesor de la Universidad de California, Richard Hovhannisian, a establecer paralelismos con obras maestras literarias como *Lo que el viento se llevó* de Margaret Mitchell, *Doctor Zhivago* de Boris Pasternak, *Cuarenta días del Musa Dagh* de Franz Werfel y *Archipiélago Gulag* de Alexandr Solzhenitsyn.

En el corazón de la trama de *El árbol armenio* florece la crónica de los Agopian, una familia armenia que se erige a través de las tragedias padecidas por sus ancestros, forjándose en las penurias del pasado. La amalgama de la esencia del autor con su relato cobró vida después de la publicación de la novela *El legado kurdo*. Este entrelazamiento dio lugar a una narrativa de resiliencia colectiva, que captura el renacimiento fulgurante del ave fénix armenia desde las cenizas del fracaso.

Así, se inicia un nuevo capítulo, marcado por el segundo encuentro trascendental con G. H. Guarch, pero esta vez en suelo armenio, en el rectorado de la Universidad Estatal de Ereván, con la colaboración del honorable Hovhannes Hovhannisyan. Desempeñando el rol de traductora y autora de un libro dedicado a G. H. Guarch, fui testigo de la profunda reverencia que le profesaba, al mismo tiempo que expresaba la cercanía innegable entre Armenia y el pensamiento del gran intelectual G. H. Guarch.

En el discurso presentado por Hovhannes Hovhannisyan, G. H. Guarch fue destacado como una figura esclarecedora, un miembro apreciado dentro de la amplia familia armenia. A su vez, la Universidad Estatal de Ereván fue reconocida como un respetado componente de la comunidad académica europea, en la cual se valoraba profundamente la conexión que se había fraguado bajo su techo. Los hitos de la memoria se entrelazan y las novelas históricas de G. H. Guarch cobran una importancia fundamental, transformándose en un conjunto metafísico que va más allá de las limitaciones temporales, dejando su huella en la crónica eterna de la experiencia universal. Es una manifestación de la profunda influencia del gran humanista, un legado perdurable hábilmente entretejido que se extiende a lo largo de los siglos. Este legado une la antiquísima experiencia armenia con los enmarañados hilos de la historia universal y con la naturaleza inescrutable de la humanidad.

Ereván, a 20 de agosto de 2023

Anahit Margaryan
Doctora en Lingüística

CARTA A UNA JOVEN ARMENIA

Querida amiga: tu preciosa carta de una joven armenia a un viejo escritor me ha emocionado. En ella te haces preguntas que parece que no tienen respuesta. ¿Por qué los armenios hemos sido llamados a un destino trágico que, en ocasiones, podría parecer una maldición? ¿Por qué da la impresión de que merecemos ese espantoso sufrimiento? ¿Qué parecen tener los dioses contra nosotros? ¿Es que no hay esperanza?

Y casi sollozando sigues haciéndote preguntas que parecen no tener respuesta. ¿Por qué un pueblo tan sensible a las emociones y a la belleza, a la música y el arte, a los sentimientos familiares, al amor sincero, ha tenido que sufrir tanto? Y aún hoy, en esta nueva era, cuando podríamos creer que ha llegado la hora de ser como los otros, y disfrutar de la vida y lo que nos ofrece, sus jóvenes siguen siendo sacrificados en una guerra brutal por los mismos enemigos de siempre, algo que debería haber quedado atrás; y sus parientes, sus familias cercanas, sus amigos, tienen que refugiarse bajo tierra para no ser asesinados en un conflicto que tendría que haber acabado hace mucho tiempo. ¿Por qué es así de trágico el destino para con Armenia?

Te daré mi opinión. No soy nadie para hacerlo, sólo un ser humano que no quiere ser ciego, ni sordo, ni mudo. Te la daré porque mereces escucharla.

¡Es así de duro y de difícil porque sois armenios! Porque vuestros antepasados no aceptaron permutar sus creencias por la relativa —y falsa— tranquilidad que se les ofreció si aceptaban dejar de ser armenios. Porque teníais —y seguís teniendo— sangre armenia en las venas, lo que implica respeto por vuestros ancestros, amor por vuestra tierra, aprecio por vuestra cultura, dignidad por vuestras tradiciones, orgullo por una idiosincrasia que os hace ser y entender el mundo de una determinada manera, pero sobre todo poder mirar siempre de frente, sin agachar jamás la cabeza.

Querida amiga. No es por tanto una maldición, sino más bien lo opuesto. ¡Una bendición! Pues quisieron los tiranos aniquilaros de la faz de la Tierra, y consiguieron lo contrario, la diáspora que os ha llevado a todos los rincones de la tierra permaneciendo como sois, ARMENIOS, consiguiendo difundir vuestra cultura por todo el planeta. Pues armenios son los que conocen y aman su particular

17

y hermoso idioma, los que respetan y aman su patria ancestral, pero sobre todo los que no olvidan sus raíces, sus tradiciones, sus poemas, sus nanas, sus canciones; aquellos que no olvidan el olor de la tierra de Armenia empapada por la lluvia y los torrentes cristalinos que descienden raudos de las montañas, los que no pueden olvidar la silueta del monte Ararat, que sigue y seguirá para siempre protegiendo la tierra armenia, aunque la miseria politica lo ubique hoy en otro país, que nada tiene que ver con aquellas increíbles leyendas, con el patriarca Noé, con la misma Biblia, con la noche de los tiempos a los que se remontan los primeros armenios.

De todo ello no podréis libraros jamás los armenios. De ser sinceros, tozudos, amables y rudos, amistosos y fríos, tercos y cordiales, de mantener por encima de todo vuestras ideas, vuestros símbolos, vuestra religión, pues allí, en ese increíble corazón espiritual que es Echmiadzin, donde los coros de cien voces consiguen poner el vello de punta con sus bajos tenores y sus agudos imposibles a los privilegiados que los escuchan, allí es donde el misterio de pertenecer a una de las más antiguas etnias de la tierra os envuelve y os fascina. No podréis libraros nunca de vuestro respeto por las piedras ancestrales, no podréis evitar retornar a esos profundos valles sumidos entre nieblas y hielos, truenos y relámpagos, donde podréis tener la impresión de que la creación aún no ha acabado, la necesidad de tocar los viejos muros de las antiguas capillas, de inclinar la cabeza ante los *khachkars* que señalan desde siempre los cruces a los caminantes. No. No podréis libraros de algo tan especial como ser armenios, aunque ello suponga que tendréis que haceros muchas preguntas, que como ahora te sucede a ti, en estos días oscuros, cargados de presagios, rodeados de tragedias por la pérdida de tantos seres queridos, muchos de ellos sin haber podido disfrutar de la vida, al entregarla a una causa que parece no tener sentido ni respuesta. Y sí la tiene.

Sin embargo, querida amiga, tendrás que ser fiel a las tradiciones armenias, y emplear la poderosa fuerza de tus palabras cuando escribas, en sanar a los enfermos de impaciencia, a los que no creen en la verdad, a los que dudan de si merece la pena, a los que piensan que es mejor abandonar de una vez por todas.

Pero no, querida niña. Debes tener la certeza de que todo habrá valido la pena, que llegarán los días de esperanza, que el orgullo de pertenecer a Armenia será al final el mejor don que la existencia podría otorgar a nadie. Por eso quiero transmitirte mis sentimientos, pues nadie mejor que tú para entenderlos, y con la poderosa magia que son al fin las palabras, llevarlos a todos los lugares donde un armenio o una armenia, se estén haciendo estas preguntas.

A 11 de octubre de 2020, dedicado a una mujer armenia para que un día recuerde a los jóvenes armenios que han sacrificado estos días sus vidas, y se han transformado en héroes para los que creen en Armenia, y sepan todos que no han entregado sus vidas en vano.

G.H. GUARCH
Escritor

LAS FAMILIAS PROTAGONISTAS DE EL ÁRBOL ARMENIO

LA RAMA ARAMIAN

CHIRAC ARAMIAN: (Mediados de 1800 – 1896). Armenio, cristiano. Oriundo de Van (Armenia turca). Líder armenio. Padre de Halil Bey. Asesinado en un *raid* del ejército otomano.

HALIL BEY: (aprox. 1892 – 1950). Armenio, islamizado. Oriundo de Van (Armenia turca), hijo de Chirac Aramian. Raptado en un *raid* por el ejército otomano. Educado en el Palacio de Dolmabahçe (Constantinopla). Oficial del ejército otomano. Casado con Lamia Pachá. Padre de Nadia Halil. Muere en Constantinopla en 1950.

MOHAMED PACHÁ: (1855 – 1915). Turco, musulmán. Nacido en Constantinopla, de familia acomodada. Estudió Ingeniería de Ferrocarriles en París. Nombrado director general de los Ferrocarriles Otomanos. Casado con Fátima Muntar. Tuvieron una hija, Lamia Pachá, que se unió en matrimonio con Halil Bey. Se suicidó en Bagdad en 1915.

FATIMA MUNTAR: (1870 – 1915). Turca, musulmana. Nacida en Izmir (Esmirna), de familia acomodada, propietaria de la naviera Muntar & Gürüm. Contrajo matrimonio con Mohamed Pachá. Tuvo una hija única, Lamia Pachá. Murió en Alepo de apendicitis.

LAMIA PACHÁ: (Constantinopla 1898 – 1945). Turca, musulmana. Hija de Mohamed Pachá y de Fátima Muntar. Casada con Halil Bey, tuvo una única hija, Nadia Halil. Murió en Alepo de apendicitis.

LA RAMA NAKHOUDIAN

BOGHOS NAKHOUDIAN: (Trebisonda 1870 – 1915). Armenio, cristiano. Hijo de Adom Nakhoudian. Casado con Asadui Nazarian, con la que tuvo dos hijos, Alik y Ohannes. Adoptó a Marie, primera hija de su mujer. Comerciante. Asesinado durante el genocidio.

ASADUI NAZARIAN: (Urfa 1876 – Trebisonda 1915). Cristiana, armenia. Tuvo una hija, Marie, fruto de la violación que sufrió a manos de Osman Hamid. Posteriormente contrajo matrimonio con Boghos Nakhoudian, y fruto del mismo tuvo dos hijos más, Alik y Ohannes. Murió de una crisis cardiaca.

OSMAN HAMID: (Diyarbakir 1856 – Constantinopla 1920). Musulmán, turco. *Mutesarif* de Urfa. Colaboró en el genocidio. Violó a Asadui Nazarian y engendró a Marie H. Nakhoudian. Muerto de probable suicidio en la cárcel militar en Constantinopla.

AIXA SUGÜR: (Diyarbakir 1872 – Urfa 1895). Musulmana, turca. Esposa de Osman Hamid. Tuvieron un hijo, Kemal Hamid.

KEMAL HAMID: (Diyarbakir 1891 – Berlín 1920). Musulmán, turco. Hijo de Osman Hamid y de Aixa Sugur. Oficial del Ejército turco. Colaboró en el genocidio. Raptó y violó a Marie H. Nakhoudian, de la que tuvo un hijo, Darón Nakhoudian. Posteriormente, raptó y violó a la hermanastra de Marie, Alik Nakhoudian, de la que tuvo un hijo póstumo, Krikor H. Nakhoudian. Murió en Berlín en extrañas circunstancias.

MARIE H. NAKHOUDIAN: (Urfa 1896 – Estambul 1965). Cristiana, armenia. Hija de Asadui Nazarian, como consecuencia de la violación sufrida a manos de Osman Hamid. Fue raptada por Osman Hamid, el cual la entregó a su hijo, Kemal Hamid. A consecuencia de la violación nació Darón H. Nakhoudian.

ALIK NAKHOUDIAN: (Trebisonda 1901 – París 1988). Hija de Boghos Nakhoudian y de Asadui Nazarian. Fue raptada y violada por Kemal Hamid. A consecuencia de ello nació Krikor H. Nakhoudian.

OHANNES NAKHOUDIAN: (Trebisonda 1897 – El Cairo 1972) Cristiano, armenio. Hijo de Boghos Nakhoudian y de Asadui Nazarian. Contrajo matrimonio con Nora Azadian y tuvieron un único hijo, Dadjad Nakhoudian.

ARMEN AZADIAN: (Erzurum 1867 – Erzurum 1915). Cristiano, armenio. Contrajo matrimonio con Lerna Tashjian. Fruto de esta unión nace Nora Azadian en 1900. Asesinado durante el genocidio.

LERNA TASHJIAN: (Alepo 1878 – Erzurum 1915). Cristiana, armenia. Contrajo matrimonio con Armen Azadian. Fruto de esta unión nace Nora Azadian en 1900. Asesinada durante el genocidio.

NORA AZADIAN: (Erzurum 1900 – El Cairo 1988). Cristiana, armenia. Hija de Armen Azadian y de Lerna Tashjian. Maestra infantil. Contrajo matrimonio con Ohannes Nakhoudian. Un único hijo, Dadjad Nakhoudian.

DADJAD NAKHOUDIAN: (El Cairo 1930 – París 1992). Cristiano, armenio. Hijo de Ohannes Nakhoudian y de Nora Azadian. Profesor de Historia Moderna en las universidades de Nueva York y La Sorbona. Contrajo matrimonio con Helen Warch. Único hijo, Aram Nakhoudian.

KRIKOR H. NAKHOUDIAN: (Berlín 1920 – Dusseldorf 1966). Agnóstico. Hijo de Alik Nakhoudian y de Kemal Hamid. Oficial del ejército alemán. Perteneciente al partido nazi. Contrajo matrimonio con Nadia Halil. Fruto del mismo nació Laila H. Halil en 1966. Se suicidó en el hospital psiquiátrico de Dusseldorf.

DARÓN H. NAKHOUDIAN: (Trebisonda 1917 – Estambul 1997). Hijo de Marie H. Nakhoudian y de Kemal Hamid. Autor de *El árbol armenio*.

LA RAMA CASSABIAN / MOZIAN

JACQUES WARCH: (París 1858 – 1945). Católico romano, francés. Alto funcionario del Banco de Francia. Contrajo matrimonio con Thérese de Bingen. Tuvieron un hijo en 1886, Eugène Warch. Posteriormente Thérese falleció y Jacques se unió a Zevarte Cassabian.

ZEVARTE CASSABIAN: (Esmirna 1872 – París 1960). Cristiana, armenia. Profesora de Danza. Se casó con Jacques Warch en 1915.

EUGÈNE WARCH: (París 1886 – 1960). Católico romano, francés. Médico psiquiatra. Contrajo matrimonio con Anne de Villiers en 1928. Fruto de esta unión nación Helen Warch en 1930.

HELEN WARCH: (París 1930). Católica romana, francesa. Doctora en Semíticas. Casada con Dadjad Nakhoudian. Tuvieron un hijo, Aram Nakhoudian.

LOUIS DE VILLIERS: (París 1866 – 1920). Católico romano, francés. Diplomático. Contrajo matrimonio con Noemí Mozian, armenia. Tuvieron una hija. Anne de Villiers, durante su estancia como embajador de Francia en Suiza.

NOEMÍ MOZIAN: (Constantinopla 1870 – Ginebra 1940). Cristiana, armenia. Escritora. Contrajo matrimonio con Louis de Villiers. Fruto del mismo fue Anne de Villiers.

ANNE DE VILLIERS: (Ginebra 1908 – París 1997). Agnóstica, francesa. Novelista. Se casó con Eugène Warch en 1928. Fruto de esta unión fue Helen Warch.

ARAM NAKHOUDIAN: (Nueva York 1963). Agnóstico, ciudadano de los Estados Unidos de América. Diplomático. Hijo de Dadjad Nakhoudian y de Helen Warch.

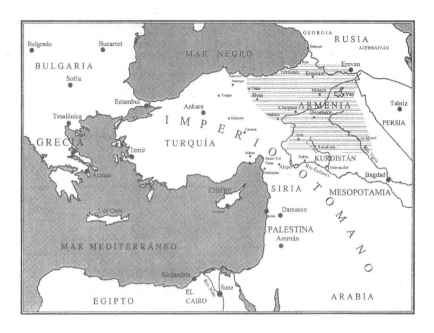

Escenario del genocidio armenio.

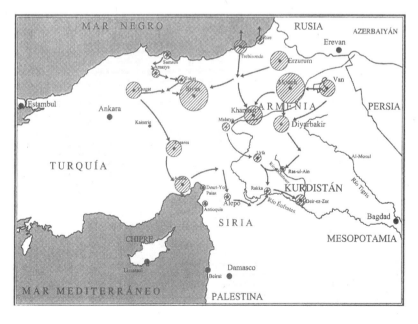

Principales rutas de deportación durante el genocidio armenio.

Líneas de ferrocarriles en explotación, 1915.

ÁRBOLES GENEALÓGICOS

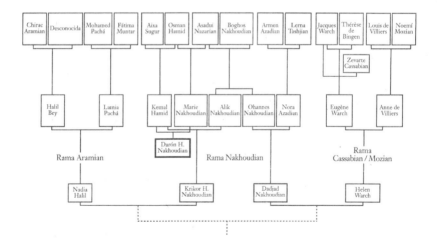

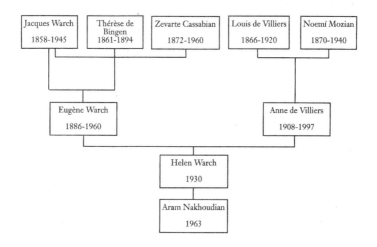

Jacques Warch 1858-1945 — Thérèse de Bingen 1861-1894 — Zevarte Cassabian 1872-1960 — Louis de Villiers 1866-1920 — Noemí Mozian 1870-1940

Eugène Warch 1886-1960 — Anne de Villiers 1908-1997

Helen Warch 1930

Aram Nakhoudian 1963

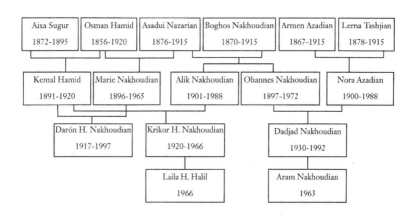

Aixa Sugur 1872-1895 — Osman Hamid 1856-1920 — Asadui Nazarian 1876-1915 — Boghos Nakhoudian 1870-1915 — Armen Azadian 1867-1915 — Lerna Tàshjian 1878-1915

Kemal Hamid 1891-1920 — Marie Nakhoudian 1896-1965 — Alik Nakhoudian 1901-1988 — Ohannes Nakhoudian 1897-1972 — Nora Azadian 1900-1988

Darón H. Nakhoudian 1917-1997 — Krikor H. Nakhoudian 1920-1966 — Dadjad Nakhoudian 1930-1992

Laila H. Halil 1966 — Aram Nakhoudian 1963

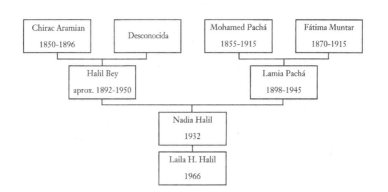

Chirac Aramian 1850-1896 — Desconocida — Mohamed Pachá 1855-1915 — Fátima Muntar 1870-1915

Halil Bey aprox. 1892-1950 — Lamia Pachá 1898-1945

Nadia Halil 1932

Laila H. Halil 1966

EL ÁRBOL ARMENIO

Esta es la historia de una gran familia armenia, narrada por un hombre que posee sangre armenia y sangre turca. Esa doble personalidad le obliga a intentar buscar una justificación, que encuentra a lo largo de su vida, y que escribe para evitar que lo que ocurrió hace tanto tiempo se pierda definitivamente. Darón Nakhudian es el narrador, el hombre que busca entre antiguos legajos, en archivos polvorientos, en sucesos aparentemente inconexos, y va reconstruyendo la historia de su gran familia, a la que ve como un árbol, al principio una rama estéril, más tarde comienza a percibir los frutos y, por fin, comprende que los restos de su familia y de su pueblo viven a la sombra de ese gran árbol que él ha creado desde una memoria prácticamente perdida. El árbol armenio es también la historia de la disolución del Imperio otomano y de cómo las ambiciones de unos cuantos pueden destrozar las vidas de muchos. La vida de un solo hombre debe ser sagrada para todos los demás. Como escribió Dostoyevski: «Todos somos responsables de nuestros actos delante de todos».

Este libro está dedicado al pueblo armenio que ha sabido renacer de sus cenizas, demostrando una enorme capacidad para sobrevivir como una comunidad moderna, integrada por la diáspora en distintos países, cuyo único afán es vivir en paz, manteniendo al menos un hilo de su cultura ancestral, queriendo evitar que el viento de la historia cubra de polvo esa memoria, convencidos de que lo peor que puede sucederle a un ser humano es el desarraigo de lo suyo, ya que, en tal caso, se encuentra perdido y todo deja de tener sentido.

G.H. GUARCH

La confesión de Darón Nakhoudian

Podría decir que no tengo nada que ver con esta historia. Que no se debe mirar atrás. Que el pasado está repleto de fantasmas.

Pero no sería cierto. Tal vez soy yo la clave de la historia. A fin de cuentas, ahora, cuando el final se acerca, sé con certeza que no he hecho más que lo que debía hacer. Impedir que todo se perdiese. Que el viento arrastrase las hojas del árbol. Hojas resecas, amarillentas, muertas, pero que alguna vez lo hicieron frondoso y brillante.

¿Qué quién soy yo? Me presentaré. Darón Nakhoudian. Hijo de Marie Nakhoudian y de… ¿Quién fue mi padre? Una rama podrida y estéril. No puedo negarlo, aunque la mitad de mi sangre lo sea también.

El hombre que me engendró se llamó Kemal Hamid. De él se habla en estas páginas. Él intenta explicar con sus palabras, con su verbo fácil, por qué ocurrió aquello. Por qué se comportaron así. Pero sólo son palabras falaces. Mentiras. Luego ocurrió lo que ocurrió. Incluso a mi madre la hizo víctima de su oscura personalidad.

¡Ah, sí, el destino! Es cierto. Nos quieren convencer. Mantienen que todo está escrito. Que todo sucede según debe suceder. Nada cambia un ápice. Nada puede cambiar.

Y eso no es cierto. Todo podría haber sido muy distinto. Gentes como Talaat, como Enver, como Djemal. Como Kemal Hamid, hicieron lo que hicieron por odio, por arrogancia, por codicia, por el único placer de hacer el mal.

Esta es la historia de cómo se fraguó el genocidio armenio. De cómo unos políticos se hicieron con el poder y lo emplearon contra una etnia, los armenios. Esta es pues, la historia de lo que nunca tuvo que suceder. De las gentes de uno y otro lado y de cómo se comportaron de una y otra manera. De turcos que supieron elegir entre el bien y el mal, de armenios que lo hicieron bien y de otros que lo hicieron mal. Así ha sido siempre la historia de la humanidad. De pronto el verbo transforma a las personas y las convierte en demonios.

Todo lo que aquí se dice ocurrió hace mucho tiempo. Demasiado. La historia real ha sido escarnecida, atropellada, enterrada bajo paladas de tierra, de la oscura tierra de Turquía. Pero ellos, las víctimas de esa triste historia, están ahí, entre nosotros. Y aún podemos aprender mucho de ellos. No son sólo polvo y cenizas como algunos pretenden, su aliento sigue empujándonos adelante.

***

Así pues, yo, Darón Nakhoudian, no he hecho otra cosa en mi vida que recoger las hojas arrastradas por el viento. Lo sigo haciendo aún, ahora con menos fuerza. Quiero explicar qué pinto en esta historia. Cómo he podido injertar unas ramas con otras. Qué frutos he logrado.

¿Por qué lo he hecho? Bien. Ha sido sólo un mínimo intento de volver a reponer. No. No es manipular el destino. Sólo un acto de fe. Sólo eso.

Por eso quiero explicar que, a pesar de todo, el árbol seguirá floreciendo año tras año. Vendrá el otoño y caerán sus hojas. Luego durante el duro invierno parecerá morir, y luego pronto llegará la primavera y volverá a florecer.

Pero quiero ir a la historia. La extraña y azarosa historia de mi familia en aquellos años difíciles. De quién fue cada uno de ellos. De cómo respondieron ante las circunstancias.

No ha resultado fácil. He tenido que actuar en la sombra, rebuscando entre viejos documentos, diarios, cartas, crónicas, intentando recomponer unos sucesos ocurridos hace demasiado tiempo. Buscando a unos y a otros, convenciéndolos para que hablaran, para que recordaran lo que sus padres o sus abuelos les habían contado. Lo que vivieron un día ya lejano, pero que los ha acosado durante toda su existencia.

Aquí está, entresacada de páginas quemadas por los años, de los recuerdos de los que lo vivieron o de los que conocieron sus historias.

Cuando escuché las palabras de unos y otros comprendí que lo único que podía hacer era evitar que se perdiesen. De otra manera, el sufrimiento y las enseñanzas de los que quedaron en el camino habrían resultado estériles. A partir de ese momento me tracé un camino.

No. No ha sido fácil. Pero creo que el resultado ha merecido la pena. Al menos, he podido entender cuáles fueron los motivos y cómo respondió cada uno de ellos en aquellas terribles circunstancias.

***

Mi madre, Marie Nakhoudian, no quiso contarme nada. Pretendía mantenerme en la ignorancia en todo lo que se refería a mi padre. Tampoco me hablaba de su familia. Rehuía hacerlo, como si sólo revivir aquellos pensamientos la dañase.

Desconocía, o tal vez no quería enterarse, que yo sabía mucho más de lo que aparentaba. Y era lógico, a fin de cuentas toda la casa se hallaba repleta de cajas con documentos, libros, notas y fotografías. Ella se había quedado con la que había sido la casa de sus padres en Trebisonda, que en aquellos años fue convertida en un gran almacén, donde Kemal Hamid, mi *padre*, fue acumulando su botín, convencido de que nunca debería rendir cuentas a nadie. Años más tarde cuando todo terminó, ella pretendió devolver lo que no pertenecía a la familia. Pero nadie quiso entonces las innumerables cajas repletas de documentos, ni siquiera los libros, ni las colecciones de fotos. Entonces no eran más que incómodos testimonios de los que, incluso, era mejor deshacerse. Todos le decían: «Lo pasado, pasado está; ahora hay que mirar adelante. Sí, todos hemos sufrido. Todos hemos perdido en este asunto. Lo mejor es olvidar y empezar de nuevo». Pero mi madre, y algunos como ella, no creían que esa fuese la mejor solución. ¿Cómo se iba a olvidar aquello? No. Nunca debe olvidarse la historia. Es nuestra mejor maestra.

Cuando poco después se trasladó a Constantinopla para vivir allí, le dio pena dejar todo aquello. Incluso un trapero le ofreció comprar todo el papel al peso. Así que lo llevó todo a su nueva casa, el enorme piso donde aún resido cuando estoy en Estambul, y llenó algunas habitaciones con todo aquello.

Ella jamás me habló de lo que aquellas cajas contenían. Poco a poco colocó los libros en estanterías de madera y forró con ellos las paredes de casi toda la casa. Allí hay miles de libros. Nunca los he llegado a contar, pero con seguridad pasan de veinte mil. Le pregunté muchas veces por mi padre. ¿Eran de él aquellos libros? Jamás quiso contestarme. No. Eso no es cierto. Una vez lo intentó y de pronto se echó a llorar con tal desconsuelo que me asusté. Sólo decía que eran historias de fantasmas. Y eso me inquietaba de tal manera, que más de una noche me levanté y me dispuse a esperar a ver quién salía de entre todos aquellos innumerables libros alineados.

Claro. Entonces no era más que un chiquillo frustrado, sin padre y con una madre —entonces no me daba cuenta— enferma y asustada.

Luego fui creciendo. Apenas tuve once o doce años comencé a hojear alguno de los libros. Ella no se negó a que los leyera, pero tampoco me animó a ello. Al poco tiempo dejé de ir a la escuela. Dos profesores venían a darme las lecciones. Uno era armenio: Aritmética, Física, Química, Biología. Otro francés: Francés, Inglés, Alemán, Historia, Literatura. Mamá tenía miedo de que pudiese pasarme algo y decidió que no volvería a ir al colegio. Ella apenas sí salía a la calle. Yo no tenía amigos y me dediqué a inventarlos. También leía un libro detrás de otro. Luego me di cuenta de que era mejor clasificarlos, ordenarlos. Aquello se transformó en mi principal entretenimiento.

Mi madre fue transformándose con los años en una persona introvertida, ajena a la realidad que la rodeaba. Durante los últimos años de su vida no la oí decir ni una palabra. Sólo me observaba ir y venir, acarreando libros de una estantería a otra, intentando clasificar aquella monumental biblioteca.

Pronto comprendí lo que le sucedía. Fue incapaz de asimilar el dolor que le produjo la desaparición de toda su familia. El trauma inmenso de aquel espantoso genocidio que rompió su vida en mil pedazos.

Poco a poco fui descubriendo la realidad. Ha sido un proceso muy lento, que me ha llevado casi toda la vida. Pero no me arrepiento, porque en realidad ha resultado apasionante. Como recomponer un gigantesco puzle intentando encajar aquellos pedazos y después los de todos aquellos que componían la historia de mi familia. Una familia prácticamente desconocida para mí, a la que no pertenecía por derecho propio, pero en la que todos eran parte de ese puzle.

**

Todo comenzó transcurrida casi la mitad de mi vida, cuando comprendí que todavía estaba a tiempo de acometer una tarea imposible. El resultado está aquí. En estas páginas donde crece el árbol armenio.

Buscando las raíces

Mi madre, Marie Nakhoudian, apenas me habló de lo ocurrido. Como he dicho tenía un carácter reservado y melancólico que se fue agravando al final de su vida. Ella siempre mantuvo la historia de que era hija de Asadui Nazarian y de Boghos Nakhoudian. Yo no tenía entonces ningún motivo para pensar otra cosa, y veía la lejana y odiada figura de Osman Hamid sólo como el padre de mi padre, Kemal Hamid. ¿Qué otra relación podría tener con él?

Ya he hablado algo de mi niñez. El hecho de dejar el colegio me dejó sin amigos, sin contacto con otros niños. Fui encerrándome en mí mismo. Ella parecía preferir que yo estuviese en casa. Yo, a pesar de ser un niño, me daba cuenta de que estaba enferma y sentía lástima de ella.

Me sentaba en el suelo rodeado de cajas y las iba abriendo. Jugaba a clasificar lo que encontraba dentro. Pero sólo era un juego. Iba haciendo montones con los libros, los documentos, los papeles sueltos, los impresos. Poco a poco me fui interesando por lo que decían. Ella me había enseñado armenio antes de que comenzaran sus silencios. También sabía algo de francés y turco. Luego aprendí con los profesores que venían, inglés y alemán. Quería saber qué decían aquellos papeles. Y eso me estimuló a aprender.

De tanto en tanto me escapaba. Ella parecía no darse cuenta o quizás no quería enterarse. Cuando cumplí veinte años, me marché a París. No podía seguir más tiempo viviendo de aquella manera, a pesar de que, en los últimos años, apenas permanecía en casa. Casi siempre estaba dando vueltas por Estambul o los alrededores, siempre buscando excusas para no volver. Sin embargo, ella se portaba bien conmigo. Un día me pidió que hiciese subir al director del banco y me dio firma en su cuenta. En un momento de lucidez, debió pensar que podría morirse, o tal vez volverse loca y que era mejor así.

A mí no me interesaba el dinero. Nunca me ha importado. Simplemente sirve para ayudarnos a sobrevivir, lo que no es poco, aunque es cierto que siempre he tenido el suficiente para vivir holgadamente.

**

Pero quiero proseguir la historia. En París me fue bien. Comencé a conocer personas interesantes, hice un curso de acceso a la universidad y lo aprobé con nota. Me matriculé en humanidades y, en apenas cuatro años, conseguí la licenciatura en Historia. Cuando quise darme cuenta llevaba casi cinco años sin ver a mi madre. Entonces reaccioné y volví a Estambul. Me recibió como si hubiese salido a dar una vuelta. La asistenta que llevaba con ella toda la vida me confesó que estaba bien. Quizás algo más apagada.

Fueron pasando los años. Viajé por todo el mundo, aunque vivía a caballo entre París y Estambul. Ambas ciudades me encantaban y siempre pensaba que mi ciudad ideal sería un híbrido entre las dos, porque lo que le faltaba a una lo tenía la obra. Podía permitirme aquello, ya que no tenía problemas económicos y tampoco deseaba atarme con un trabajo fijo. Trabajaba esporádicamente en una editorial como traductor de turco y árabe al francés. Después me ofrecieron trabajo como corrector.

Comencé a quedarme largas temporadas en Estambul. El piso es tan grande que en realidad era como si viviese solo. Sabía que ella estaba muy enferma y no la culpaba por su carácter, ni por el poco cariño que me demostraba, pues parecía preferir que la dejase tranquila. Mi madre nunca había querido deshacerse de este piso. Se halla en la tercera planta de un edificio neoclásico. Sus doce balcones dan al Bósforo. Eso, por sí mismo, ya merecía la pena. Pero además es un piso increíble, con una enorme biblioteca, lleno de grandes muebles de final de siglo, sobrecargado de objetos, espejos, lámparas, alfombras. Demasiadas cosas como para pensar en trasladarse.

Pero eso no es todo. Al menos ocho habitaciones que dan a los patios interiores están todavía llenas de cajas. Algunas de ellas sin abrir aún. Llenas de documentos, cartas, diarios, crónicas. En tantos años, apenas he podido expurgar la mitad. ¿Adónde iba a llevarme todo aquello? Una casa llena de recuerdos, de historias y de fantasmas. ¿Cómo iba a malvender todo y marcharme? Tendría que tener otro carácter, aunque me daba cuenta de que, en el fondo, todo aquello no era más que una cadena que me ataba.

La cuestión es que aún sigo allí. De tanto en tanto viajo a París y me quedo una temporada. Pero luego vuelvo. Siempre vuelvo. Introduzco el llavín, empujo la puerta y cada vez sucede lo mismo. Pienso que huele a historia. Ese particular olor, mezcla de papel viejo, una leve humedad, barnices descomponiéndose, el mar —los marineros del Bósforo lo llaman «la marea»—, la ropa usada colgada hace años en los armarios. Cada vez que entraba, creía que ella me llamaría. ¡Darón!… Como cuando era un niño. Pero sólo escuchaba los crujidos de mis propios pasos en el parquet. Ella seguía envuelta en su silencio, postrada por su enfermedad, atendida por Salima, su asistenta.

Un día llamé al abogado. Dijo que, en la situación en que se encontraba mi madre, lo más prudente sería preparar unos poderes. ¿Qué ocurriría si ella desaparecía de la noche a la mañana? Me pidió las escrituras de apoderamiento para actualizarlas. Al explicarle el estado en que últimamente se encontraba, insistió en que no me demorase. Luego se despidió muy afectuoso. A fin de cuentas, era también nuestro administrador y la persona de confianza de mi madre durante tantos años.

Cada vez que tenía que buscar algo, me detenía un instante para recapacitar. Me había llevado muchos libros y documentos a París. Apenas un uno por ciento de lo que aquel piso contenía. ¿De dónde habría salido aquella enorme cantidad de papeles? Tenía una leve idea de dónde podrían hallarse las escrituras. Me dirigí al dormitorio que mi madre había ocupado hasta que hacía unos meses, la enfermera sugirió que era mejor trasladarla a otro más silencioso. Abrí el armario, que chirrió como si le doliera. Extraje un cajón de la parte inferior. Estaba lleno de papeles. Aquello era como una maldición bíblica. Había tantos en todo el piso, que no había vuelto a abrir aquellos cajones. Las escrituras estaban allí. En un paquete atado con una cinta verde.

***

Entonces sentí un impulso y volqué el contenido sobre la cama. Tal vez hubiese otros documentos importantes. Durante los últimos días en París me prometí terminar de una vez con el ordenado desorden de mi vida. No podía seguir de aquella manera. Abrí los postigos y la luz del Bósforo me cegó. En París el sol era otra cosa. Me senté en el borde de la cama y extendí el montón de documentos. Papeles. Terminarían por enterrarme. Había pasado más de la mitad de mi vida entre ellos y de pronto pensé que tenía un profundo desconocimiento sobre mi familia, sobre las circunstancias. ¿Qué habría sucedido en realidad?

Entonces vi el paquete marrón, de apenas dos centímetros de grosor con una etiqueta pegada encima. De esas con el borde azul recortado. Tenía algo escrito con letra muy pequeña. Reconocí la caligrafía de mi madre. Estaba escrita en armenio.

Me acerqué a la ventana. El mar tenía un color azul acerado. Me coloqué las gafas de cerca y leí con asombro, del puño y letra de mi madre.

Asadui Nazarian. Armenia. Hija de Bedros Nazarian y Zépure Arasian. Nacida en Urfa, Turquía, en 1876, fallecida en Trebisonda en 1915.

Fue raptada y violada por el *mutesarif* de Diyarbakir, Osman Hamid, con motivo de las masacres de 1895. A consecuencia de dicha violación nació Marie H. Nakhoudian. Dicho apellido le fue impuesto ya que Asadui pudo huir y se unió en matrimonio con Boghos Nakhoudian, con quien tuvo otros dos hijos: Ohannes y Alik Nakhoudian.

Tragué saliva. A pesar de su largo silencio ella deseaba que yo conociese la verdadera historia. Todos aquellos años en la más completa oscuridad, insistiéndole para que me contase algo, con la frustración de pensar que ya era tarde para lograrlo, intentando hilar una historia posible entre miles de fragmentos sin aparente relación.

Había leído mucho acerca de la historia del genocidio, de la descomposición del Imperio otomano, de la Primera Guerra Mundial. Incluso había escuchado conferencias en París directamente de testigos presenciales. De armenios que reivindicaban el castigo para los causantes. Incluso una declaración oficial del gobierno turco, un gobierno impuesto por los aliados en 1919, reconociendo lo que ocurrió. Hablé con algunos intentando encontrar una pista. Pero era como buscar una aguja en un pajar.

Lo que acababa de encontrar era para mí como un tesoro. Me dirigí a la biblioteca mientras abría el paquete. Contenía un montón de cuartillas escritas a mano, en armenio. Allí estaban escritas mis raíces.

***

La historia de Asadui Nazarian

Los Nazarian habíamos vivido desde siempre en Urfa, cerca del desierto de Siria. Urfa era entonces un cruce de caminos. Allí iban a parar las caravanas que salían de Alepo hacia Diyarbakir y las que subían desde El Fourat, el gran desierto cruzado por el Eúfrates.

Mi bisabuelo ya cultivaba tabaco. Luego la familia lo siguió haciendo y mi padre fabricaba unos famosos cigarrillos que se vendían desde Jerusalén hasta Constantinopla. Todo iba bien para nosotros. Nos considerábamos una familia afortunada y mucha gente envidiaba nuestra vida.

Luego murió mi padre. Eso fue en 1894 y con él debió marcharse también nuestra buena suerte. A los pocos meses comenzaron los disturbios. El sultán Abdulhamid había levantado otra vez más la veda contra los armenios.

Cuando una noche ardieron los secaderos de tabaco con toda la cosecha dentro, mi madre no lloró por ello. Sólo dijo que había sido mejor que papá no lo hubiese visto, porque entonces hubiese muerto sufriendo. El tío Gorousdian vino a casa diciendo que les había quemado la envidia. Luego supimos que no era sólo contra nosotros.

A veces pienso que hubiese sido mejor morir con los otros. Luego me rebelo contra todo, y me pongo a escribir, sin saber bien si alguna vez se leerán estas líneas. Pero al menos me quedo con la conciencia tranquila. Eso está escrito y la memoria no se borrará tan fácilmente.

La Navidad de 1895 fue muy difícil. Los turcos no se recataban ya de ocultar sus intenciones y mi madre había decidido que, en cuanto pudiésemos, nos iríamos a Alepo. Al menos allí pasaríamos desapercibidos. Pero no hubo tiempo. El uno de enero los musulmanes corrían por las calles gritando ¡Allahou Akbar! ¡Allahou Akbar!, desgañitándose mientras prendían fuego a las casas de los armenios. Los hombres intentaron defender a los suyos, pero los propios soldados turcos disparaban contra ellos. Entonces supimos que había llegado el día del juicio final. En casa, mi madre nos hizo salir por la puerta de atrás que daba al callejón y corrimos junto con otros vecinos que habían optado por la misma solución. Luego, uno de los sacerdotes nos dirigió hacia la catedral. Aquel era un lugar sagrado y los musulmanes lo respetarían.

Pronto se llenó de gente. Casi todos armenios, aunque había unas familias maronitas que temían por sus vidas tanto como nosotros. Allí estaban todos los armenios de Urfa que habían podido llegar. El obispo se subió al púlpito y con su voz sonora pidió orden y respeto por aquel lugar. Fuera se escuchaban los gritos de la multitud enardecida que golpeaba las grandes puertas. Muchas mujeres lloraban. Otras, como mi madre, intentaban poner orden, ayudando a los más pequeños y a los ancianos.

Uno de los sacerdotes comenzó a cantar un salmo, «Alabad a Dios, porque él es bueno, porque para siempre es su misericordia…» y casi todos lo imitaron. Tal vez no fue una buena idea, porque los gritos de rabia provenientes del exterior se agudizaron, para ellos era una provocación. De pronto se hizo el silencio. Por debajo de la puerta principal comenzó a entrar humo. ¡Estaban intentando prender fuego a la catedral! Fue cuestión de minutos. Antes de que pudiéramos reaccionar, el techo estaba ardiendo. Todos gritábamos presas de pánico, con la certeza de que íbamos a morir.

Me hallaba junto al púlpito. Una pequeña puerta escondida bajo la escalera se abrió y alguien me empujó a un oscuro pasadizo. Grité intentando avisar a mi familia, pero no tuve tiempo, ya que me llevaban a empellones los que venían tras de mí. El pasadizo conducía a una pequeña cripta y cruzándola se llegaba a una escalera de caracol tallada en piedra, que ascendía hasta uno de los torreones que daban al cementerio eclesiástico. Desconocía que existía aquel escape. El humo estaba invadiendo el pasadizo y tosiendo salí al exterior con otras cinco o seis personas.

Creo que fuimos los únicos que pudimos escapar. Al volver la vista hacia la catedral la vi transformada en una inmensa pira. El aire quemaba tanto que mis lágrimas se evaporaban en las mejillas. No había nada que hacer y nos apartamos de allí confusos y terriblemente doloridos, porque estábamos viviendo una terrible catástrofe. Apenas abandonamos el recinto comenzaron a tirarnos piedras. Me alcanzaron en la cabeza y debí caer a plomo.

Recuperé la consciencia en una habitación a oscuras. Me llevé la mano a la frente porque sentía un insoportable dolor y noté los dedos húmedos de sangre. Luego recordé todo lo que había sucedido y me invadió una sensación de angustia y de incredulidad.

Permanecí sin poder moverme unas cuantas horas. Veía sombras entrar y salir de la habitación y comprendí que seguía viva. No entendía nada de lo que me sucedía, pero hice un enorme esfuerzo para intentarlo. Alguien, apiadado de mí, me había salvado in extremis.

Unas manos femeninas me ayudaron a incorporarme. Quise preguntarle quién era y por qué me socorría, pero no logré articular palabra. Me acercó una taza de té y bebí unos sorbos, a pesar de que había tomado la determinación de dejarme morir. ¡Qué fácil es morir, pero también qué difícil!

Durante unos días me mantuvieron en aquella habitación. Una anciana me daba de comer, me limpiaba la herida de la cabeza y me lavaba las erosiones de las piernas con un líquido marrón. Cuando tuve fuerza me levanté y caminé de un lado a otro. No podía pensar en todo lo que había ocurrido, porque cada vez que lo intentaba el pánico se apoderaba de mí impidiéndome razonar.

Una mañana la anciana me pidió que me cambiase de vestido. Ante mi negativa, insistió, diciéndome que si no lo hacía la castigarían a ella, por lo que consentí, aunque con total desgana. Luego me peinó lo mejor que supo y me dejé hacer sin terminar de entender lo que se esperaba de mí.

Me acompañó hasta un jardín. Debía tratarse de una gran casa, porque entramos en un patio de piedra que hacía las veces de entrada. Luego me hizo pasar a un salón que se hallaba en penumbra y me hizo un gesto para tranquilizarme.

Al cabo de unos minutos entró un hombre de mediana edad, de aspecto tosco y robusto. Yo me había sentado en un banco corrido alrededor del salón, al estilo de las casas de los turcos y me quedé mirándolo desafiante, intentando expresarle mis sentimientos para con todos ellos. En aquellos momentos sentía un tremendo odio hacia los musulmanes. Los culpaba a todos sin excepción del horrible crimen perpetrado en la catedral y en toda la ciudad de Urfa.

El hombre se quedó en pie en medio del salón con los brazos cruzados devolviéndome la mirada con una sonrisa que me repugnó, porque con ella manifestaba sus sentimientos. Luego habló en turco con una entonación dura e inflexible.

—Desconozco tu nombre, cristiana. Pero me es indiferente. A partir de hoy te llamarás Salima y tomarás el apellido de mi casa, Hamid. Tuve la voluntad de salvarte la vida, pero no deseo que te hagas ilusiones. Si lo hice fue porque te quiero para mí. Y te tendré de buen o de mal grado. No me importa lo que pienses, ni el odio que me tengas. Como te he advertido, me es indiferente.

Escuché aquel despreciable discurso sin pestañear. Me sentía muy lejos de allí y para demostrárselo me levanté y sin mirarlo salí del salón. Fue entonces cuando el hombre cambió su postura de indiferencia, porque con una agilidad impropia de su edad, se lanzó hacia mí y agarrándome del brazo me tiró al suelo y comenzó a darme patadas y bofetadas. Era mucho más fuerte que yo y no pude hacer otra cosa que intentar protegerme la cabeza.

Así comenzó mi vida con Osman Hamid en su mansión de Urfa. Aquel hombre me odiaba, de hecho sentía un terrible odio por todos los cristianos y mucho más por los armenios.

Osman me violó repetidas veces a pesar de mis esfuerzos por evitarlo. Las primeras veces tuvo incluso que atarme para conseguirlo. Llegué a pensar que aquello formaba parte de un castigo que Dios había enviado a los armenios por alguna extraña razón que no alcanzaba a comprender.

Cuando me rebelaba me golpeaba con toda su fuerza. Quería demostrar quién era el amo y quién la esclava. Yo sentía una enorme repugnancia por él y se lo hacía saber insultándole, intentando provocarle para ver si conseguía que me matara, como él amenazaba continuamente.

Después caí en la indiferencia. Le dejaba hacer sin sentir nada conscientemente, aunque un terrible odio me reconcomía las entrañas cuando me quedaba sola y entonces imaginaba todas las posibles formas de venganza. Lo hacía responsable de todo lo que había sucedido. Él representaba para mí lo peor; incluso llegué a creer, durante una época, que era el demonio en persona, como me habían contado en el colegio de pequeña.

Luego un día supe que me había quedado embarazada y entonces quise vengarme de él. Decidí matar al fruto de nuestra relación maldita. Pero no pude hacerlo. Es cierto que lo decidí fríamente, que pensé en decírselo cuando ya lo hubiese consumado. Que imaginé su sorpresa y su rabia, porque cuando me hacía suya murmuraba que quería un hijo mío.

Una mañana creí llegado el momento. No podía dejar seguir el embarazo. Comenzaba a notar molestias y cambios. Cogí una larga aguja. No tuve valor. Entonces me desesperé y me golpeé contra los muebles, contra las puertas, me revolqué por el suelo intentando terminar de una vez.

De pronto sentí un gran pánico interior, algo que nacía desde mi más profundo yo, me senté en el suelo sudando por todos los poros sin saber bien lo que me ocurría, confundida y terriblemente excitada. La habitación daba vueltas a mi alrededor y caí hacia atrás golpeándome la cabeza con el suelo.

Entonces, casi en la inconsciencia, de alguna manera, supe que no debía hacer aquello. Que debía permitir vivir al ser engendrado en mi interior. Ciertamente, él era el resultado de las continuas violaciones de Osmad Hamid, pero no era responsable de ellas como yo pretendía en mi odio. En aquel instante comencé a llorar con desesperación. Por mis padres, por mis hermanos, por toda mi familia. Por todos los inocentes armenios asesinados en la catedral de Urfa.

Comprendí en una fracción de segundo que, a pesar de todo, era una afortunada. Que seguía con vida y que debía dar gracias a Dios por ello. Osman Hamid no era más que una prueba. Podría tomar mi cuerpo, violarme, golpearme, insultarme. Pero jamás tendría nada de mí. Jamás. Supe con claridad lo que debía hacer. Huir en el momento más adecuado. Pero no me iría sola. Me llevaría a mi hija, pensaba que aquel diminuto ser vinculado a mí era una niña. Una niña que se llamaría Marie Nakhoudian.

Fue en aquellos días cuando el sultán envió un firmán a todas las provincias. Era su voluntad que se respetasen las vidas y las haciendas de sus súbditos cristianos. Por el momento los armenios podrían seguir viviendo. No deseaba que siguiesen los hostigamientos y las matanzas.

Para entonces mi embarazo era ostensible y Osman me había dejado tranquila. Cuando volvía a casa después de alguno de sus viajes a Constantinopla, donde era llamado con frecuencia, sólo me observaba dubitativo y sonreía, convencido de que mi mansedumbre no era otra cosa que la manifestación de su victoria. Él tendría de mí lo que quería, un hijo, turco y musulmán. ¿Qué podía importar que su madre fuese armenia? Nada. Eso no tenía ningún valor. Salvo la constatación día a día de que había conseguido su capricho.

Mi nueva situación me permitió deambular con cierta libertad. Al principio sólo dentro de la casa, más tarde, acompañada siempre de la vieja Sama, salía al mercado. Eso sí, con el rostro cubierto. Para él no era más que la exhibición pública de su éxito.

Osman Hamid ostentaba el importantísimo cargo de *mutesarif* en Urfa. Tenía la confianza de la Sublime Puerta y eso no sólo le proporcionaba total impunidad en sus actos, sino que le había hecho rico.

Osman Hamid era, sobre todas las cosas, un hombre codicioso. Capaz de matar por dinero. De robar lo que se le antojase. Luego hablaba con el jeque o con cualquiera de los imanes y tranquilizaba su conciencia de una u otra forma. Aquel hombre amaba el oro mucho más que a sus semejantes, y desgraciado del que se cruzase en su camino mostrando sus riquezas.

Un día Osman fue llamado a Constantinopla con urgencia. Era un largo viaje que duraría entre ida y vuelta más de un mes, eso siempre que no le retuviesen allí otros asuntos.

Conmigo ni habló. ¿Qué podría decirme? Ya no se atrevía a pegarme por temor a lastimar al feto. Es cierto que eso me libró de más de una paliza, porque yo no me privaba de mostrarle mi odio y mi desprecio. Él soportaba lo primero, pero lo segundo le volvía loco. Entonces prefería irse, mascullando improperios y amenazas, incluso gritaba que cuando tuviese a su hijo me haría violar por sus criados y después me mataría.

Pero eso ya no eran para mí más que palabras. ¿Qué podía importarme lo que hiciese de mí? Yo tenía algo por lo que merecía la pena soportarlo todo. Escapar de allí con mi hija. No podía evitar sonreír al pensar lo que ocurriría entonces. ¡Cuál sería su frustración y su rabia!

Pero tenía que ser precavida. No dar la impresión de tener esperanzas. Muy al contrario, permanecer sumisa y silenciosa, como si hubiese aceptado mi inexorable destino.

Sama se había convertido en mi sombra. Debía tener órdenes estrictas y amenazas de terribles castigos, que ella sabría bien por experiencia propia que no quedaban en eso, en meras palabras. Osman Hamid estaba considerado uno de los individuos más astutos y peligrosos de todo Urfa, donde además no tenía que dar cuentas a nadie de sus actos por bárbaros y crueles que fuesen.

Al día siguiente de partir Osman Hamid hacia Constantinopla, comprobé que la puerta de su despacho personal no tenía la llave echada. Probablemente con las prisas de los preparativos del viaje se había olvidado cerrarlo. Sama estaba en las cocinas, ya que yo podía circular por la casa con plena libertad. Nadie me había advertido que tenía prohibido entrar allí, por el sencillo motivo de que siempre permanecía cerrado a cal y canto.

No pude evitar la tentación. Me asomé a la galería y no vi a nadie. Entonces entré en el despacho y cerré tras de mí, comprobando que además de la cerradura tenía un cerrojo interior. Nadie podría entrar, y para cualquiera el despacho permanecía cerrado, tal y como lo dejaba siempre Osman Hamid. Era una estancia grande, en aquel momento en penumbra. Tenía dos grandes mesas de cedro con incrustaciones de madreperla que dominaban el ambiente. Una gran estantería llena de legajos y libros, la mayoría de ellos encuadernados en pergamino. Sobre la mesa vi una carta abierta. La dirección era del Gran Visir con las armas del sultán.

Leí rápidamente el texto:

Se le requiere para una reunión de coordinación. El problema surgido deviene por la prolongación de la insurrección, lo que puede dar lugar a una intervención de las potencias europeas. Es conveniente cesar los hostigamientos y adoptar una situación de normalidad hasta nueva orden. Firmado: Kamil Pacha.

Aquel era el motivo por el cual Osman había partido con tanta celeridad hacia Constantinopla.

***

Allí se interrumpía el inacabado relato de Asadui Nazarian. El drama de aquella mujer, mi abuela, me había golpeado directamente. Durante su lectura me había mantenido sin respiración, porque era la primera vez en mi vida en que alguien, lejano en el tiempo, desconocido para mí, pero muy cercano a la vez, me contaba de primera mano, cómo había comenzado todo.

Asadui Nazarian… ¿Qué habría sido de ella? ¿Y de Boghos Nakhoudian, mi abuelo? ¿Y de Alik y Ohannes?

No pude resistirme. Tenía que averiguar algo más sobre todo aquello. Lo medité bien a lo largo de la noche. De pronto vi la luz. Sabía dónde podría encontrar algo importante.

A la mañana siguiente bajé a la agencia y reservé un billete para Londres. Mi amigo James Hamilton no me fallaría. Él tenía la llave de los archivos generales del Foreing Office y me debía algunos favores.

Durante todo el viaje estuve pensando en Osman Hamid. A fin de cuentas, aunque no sintiese más que odio por él, era el padre de mi padre y no podía mantener toda mi objetividad. Por la descripción del relato, Osman Hamid era un ser sin ética ni escrúpulos morales. Tuvo que ser una experiencia estremecedora para una mujer desvalida como Asadui. Sentía un enorme interés por saber qué había ocurrido después.

James fue a recogerme a la estación. En Londres hacía un día de perros y pensé en el cálido sol del levante que apenas hacía unos días había dejado en Estambul.

Fuimos directamente al edificio de los Archivos Históricos. El director, un imperturbable británico, me escuchó sin pestañear, moviendo la cabeza de tanto en tanto. James debía tener mucha amistad con él, porque sin más dilación, tras mi exposición apretó un timbre y una funcionaria nos acompañó hasta el archivo. Aquella gente estaba bien organizada, y unos minutos más tarde tenía en mis manos una pequeña tarjeta de cartulina.

Hamid, Osman

> Osman Hamid (1856-1920). Turco. Hijo de Mohamed Hamid y de Amina Belhadj. Nacido en Diyarbakir, Turquía. Comandante del II Ejército. Fue nombrado *mutesarif* en Diyarbakir (1895-1909). Casado con Aixa Sugur. Su hijo, Kemal Hamid tuvo responsabilidades en las masacres armenias.

Junto con la ficha me habían entregado un archivador de cartulina que contenía un sobre de papel marrón reforzado. En la etiqueta pegada en su exterior pude leer en inglés.

Osman Hamid nació en Diyarbakir en 1856, ingresó como cadete en el ejército en 1872 y obtuvo su despacho como oficial en 1876. Su carrera militar no fue brillante. De hecho, lo encontramos como comandante en las masacres de Van de 1894. Pero sí obtuvo los reconocimientos políticos suficientes para ser nombrado *mutesarif* de Diyarbakir pocos meses después. ¿Cuáles fueron sus méritos para ello? Demostrar una absoluta falta de piedad hacia los armenios y los cristianos en general, así como una total lealtad hacia el sultán. Se suicidó en el penal militar de Constantinopla en 1920, tras ser condenado a cadena perpetua.

Aquel resumen hecho a máquina por algún archivero, olía a rancio. Probablemente aquel documento tenía cerca de ochenta años. Me sentía nervioso y preocupado. Era como abrir la caja de Pandora, porque de alguna manera toda aquella información me concernía directamente.

Extraje el resto de papeles. Sólo contenía tres documentos oficiales. Pero eran suficientes para comprender muchas de las cosas que un día ocurrieron.

Documento I.
Del Pliego de Descargo de Osman Hamid.
Ante el Tribunal del Consejo de Guerra en Constantinopla.
(Traducción del turco con caracteres árabes)

En el nombre de Dios, el Clementísimo, el Omnipotente.
Yo. Osman Hamid Kazim, oficial del ejército del Imperio otomano, *mutesarif* de Diyarbakir entre 1895 y 1909.
Para mejor conocimiento de ese tribunal en lo que a mis actos se refiere, tengo el honor de EXPONER.
1º Mi actuación como oficial y caballero está fuera de toda duda. Únicamente cumplí con las órdenes recibidas de la forma más eficiente. No me extralimité en ningún momento y mi única preocupación fue el bienestar y seguridad de mis soldados.
2º Como *mutesarif* de Diyarbakir en los años en que se me confió dicho cargo debo decir:
Que en esa época nuestra patria sufría un importante asedio político, económico y militar por las potencias extranjeras. Sólo hice lo

que convino en cada momento para colaborar con el gobierno designado por N.S. el sultán Abdulhamid II.

Por lo anterior, no hay nada de lo que puede avergonzarme, ni que haya dañado los intereses de mi país, único objetivo de mi actuación.

Por todo lo anterior, suplico a ese tribunal que proceda a (ilegible) y por ende a mi inmediata liberación y rehabilitación.

A 19 septiembre de 1920

Firmado: Osman Hamid Kazim

Documento II.

Acta de la acusación (resumen)

1) No es menos cierto que el acusado, Osman Hamid, actuó con premeditada crueldad, tal y como se demuestra en la recopilación de los informes militares de sus superiores, redactados en una época en la que no se creía que un día como hoy serían expuestos al juicio imparcial de un Tribunal del Estado.

Osman Hamid no fue un buen oficial. Maltrató a su tropa. Hizo fusilar a todos los reclutas armenios que formaban en las filas que él mandaba. Nunca hizo prisioneros, salvo para torturarlos y asesinarlos más tarde. Siempre procedió a aniquilar a los adversarios. Tenía a gala su estrategia de «tierra quemada». Osman Hamid no fue un buen soldado. El ejército turco siempre ha actuado haciendo honor a su bandera…

2) Como *mutesarif* de Diyarbakir, su administración fue desastrosa. Durante los tristes sucesos de Urfa en la Navidad de 1895, demostró su indescriptible crueldad con la quema de la catedral repleta de cristianos armenios. Eso no fue un acto de acuerdo con nuestro Corán. Muy al contrario. Colaboró en azuzar a la prensa extranjera en un momento extraordinariamente delicado para nuestra patria. Fue uno más de los repulsivos actos de barbarie que desencadenaron la ofensiva de las potencias extranjeras…

Documento III.

De las «notas personales» encontradas en el despacho de la mansión propiedad de Osman Hamid en Diyarbakir en 1915. Extracto de la última nota encontrada (aportadas como prueba de cargo ante el Tribunal de Estambul).

Por fin ha llegado el día en que las aguas volverán a su cauce. Esos perros armenios van a tener su merecido. No sólo aquí (Diyarbakir), sino en todo el país. Ha llegado el momento de la venganza. Muerte a los cristianos.

Aquel era el pensamiento de alguien que odiaba a los que no eran como él. Osman Hamid y otros de su ralea, habían conseguido sus fines, aun sabiendo que sus propósitos iban a ocasionar una hecatombe.

Los documentos explicaban muchas cosas. Cómo habían llegado hasta aquel lugar era un misterio. Probablemente durante los consejos de guerra de Constantinopla en los años veinte.

Estaba a punto de levantarme cuando volvió la funcionaria. Había encontrado algo más. Se trataba de otro archivador de papel reforzado. Contenía un cuaderno de tapas de hule negro. Mediría unos veinte centímetros de altura, por catorce de ancho.

Me explicó que había seguido buscando. Existían otros «Hamid», pero aquel claramente estaba vinculado a Osman. En la etiqueta pegada se leía «Kemal Hamid - Masacres armenias».

Me entregó el cuaderno y sonrió por primera vez mientras me lo colocaba delante. Yo la observaba asombrado de mi buena suerte. Había ido hasta allí convencido de que no iba a encontrar nada y de buenas a primeras me encontraba con una confesión biográfica, escrita de puño y letra del hombre que me engendró. Sentía cierta repugnancia de llamarlo padre, su figura, oscura y lejana siempre me había causado escalofríos. Tal vez si lograba conocerlo mejor podría llegar a entender cuales fueron las causas. Aunque desde siempre lo había odiado. Era el causante del estado de mi madre. De haberla transformado en un ser sin alegría y sin estímulos. Recordé cómo, durante tantos años, Kemal Hamid significó para mí lo demoniaco, el símbolo del mal. Aquello me había traumatizado durante toda mi vida y aún me aterrorizaba su imagen.

Abrí el usado cuaderno. Sus páginas estaban ligeramente pegadas entre sí. Hacía muchos años que nadie lo había abierto. Y tal vez jamás nadie lo hubiera hecho de no ser por la intuición de ir allí.

Pude leer con facilidad. Estaba escrito en turco. Agradecí el gesto y volví a sentarme para leer un breve relato que me pareció apasionante. Aquel documento merecía el viaje y el mal tiempo de Londres.

***

Notas biográficas del comandante Kemal Hamid.
Servicio de Inteligencia del III Ejército Turco.

He tomado la decisión de escribir estas páginas, porque tengo la certeza de que el azar me colocó en los lugares adecuados, durante los días en que se gestó la solución a la cuestión armenia. He querido hacerlo para evitar que se olvidase. No oculto que, debido a mi especial formación, adquirí la facultad de recordar los sucesos hasta el menor detalle. No deseo tampoco que las circunstancias puedan alterar mi criterio sobre todo ello y por esa causa he querido transcribir con la máxima exactitud lo que se habló y quiénes participaron en ello.

En Berlín. 16 febrero de 1920.
Mi nombre es Kemal Hamid. Hijo de Osman Hamid y de Aixa Sugur. Él fue *mutesarif* en Diyarbakir. Ahora creo que ha llegado el momento de explicar lo que ocurrió y cual fue mi verdadera participación en los hechos.

Durante algunos años se nos ha acusado de criminales, de asesinos, incluso de locos depravados, pero cuando llegó el día en que juzgaron nuestra actuación, nadie quiso recordar por qué había ocurrido todo aquello. No era el pueblo turco el que juzgaba. Eran los extranjeros. Las potencias que habían ganado la guerra y, así, aquella justicia se transformó en venganza.

Sé bien lo que ocurrió. Lo sé porque estuve allí. Participé en la preparación. Obedecí las órdenes y las ejecuté. Nuestra patria estaba en peligro. También nuestra religión. Una vez tuve una leve duda. Hablé con un *mollah*. Me aseguró que Dios estaba con nosotros. Que sólo seguíamos sus indicaciones. Dios escribe derecho, aunque a veces parezca que lo hace con renglones torcidos. Eso dijo el *mollah* mientras me bendecía. Era doctor en Teología y sabía bien lo que estaba diciendo.

En la academia militar, durante el último curso, alguien vino a hablar con nuestro director, el coronel Osman Yusuf. Me hicieron llamar. El hombre de paisano hablaba en nombre del Comité para la Unión y el Progreso. El coronel Yusuf parecía excitado y asentía a todo lo que decía aquel paisano. Imaginé que se trataba de algún político importante. Hablaba de la patria. Del atraso de nuestro país.

De sus enemigos. Habló de los sirios, de los griegos, de los armenios. Sobre todo, de los armenios.

Tenía entonces yo un amigo armenio, Ardag Djambazian. Siempre me había parecido una buena persona. Pero aquel hombre —más tarde supe que su nombre era Atif Bey— me abrió los ojos. Los armenios eran como los judíos, dijo. Sólo les importa el dinero. Apoderarse de las mejores tierras, las mejores casas, de la banca. Muchos estudiaban medicina o derecho, pero con un interés especial. El hombre aquel masculló que se apoderaban poco a poco del alma de nuestra nación. De seguir así las cosas, en poco tiempo ellos serían los amos y eso es algo absurdo cuando podíamos evitarlo. En aquel mismo momento lo vi claro. Lo lógico era suprimir el problema... ¿O no?

En aquel mismo despacho me propusieron entrar en el partido. Asentí con cierto orgullo. Nunca hasta entonces me habían ofrecido algo semejante. No tenía padrinos. Mi padre se llevaba mal conmigo y yo sólo deseaba ir hacia arriba. Ascender. También, por qué no, hacer dinero. Hay personas a quienes les molesta reconocerlo. A mí no.

Recuerdo que el coronel me ofreció un cigarro cuando el hombre de paisano se marchó. Parecía muy satisfecho y por primera vez me trató con gran cordialidad, como si algo importante hubiese cambiado entre nosotros. Eso, en verdad, era extraño. El coronel Yusuf era un hombre duro y temible, toda la academia lo temía. Pero algo había ocurrido entre nosotros y sonreía. Yo también estaba muy contento. En cualquier caso, otra postura hubiese resultado estúpida. Como nadar contra corriente.

A partir de ese día, a unos cuantos, sólo a los que habíamos sido elegidos, se nos dio un curso. El fundamento era combatir al enemigo interior. Luchar contra los grupos separatistas y nacionalistas. Evitar que las potencias se infiltrasen en el interior del imperio. Nos denominaron la Organización Especial. (Techkilat-i Mahsoussé).

Antes de que llegara el fin de curso fuimos a Ankara. Allí conocimos a otros compañeros, casi todos militares, aunque también había algunos civiles. Nuestro jefe allí era el teniente coronel Hüsameddin Bey. Su misión era instruirnos en técnicas específicas.

Por la razón que fuese, a mí me eligieron para el departamento de contraespionaje. Según ellos, yo cumplía con los requisitos para esa función. Tenía alguno bueno. Mi rango militar en aquel momento era el de teniente —acababan de darnos el despacho—, pero según el organigrama funcional en el ejército, en el desarrollo de una misión, podría dar órdenes hasta a un comandante. Y eso no disgusta a nadie.

Aprendí técnicas interesantes. Me enseñaron a mentir y engañar con gran sangre fría. Eso siempre se me había dado bien, pero terminé de perfilar algunos fallos. También me adiestraron en cosas como infiltrarme entre las líneas enemigas. Aprendí a disfrazarme, a ocultarme, a sobrevivir. Y para eso teníamos que endurecer nuestra actitud frente a los posibles enemigos. Entender que podíamos utilizarlos en beneficio propio, sin que eso nos afectase a nivel personal. Nos enseñaron algo primordial. A torturar y también algo muy necesario. Saber matar sin alterarse. Eso a veces puede ser vital.

Pero todo aquello no eran más que técnicas. Lo que más me interesó fue aprender a interrogar, a sacar la verdad de un sujeto. Nadie puede mantener sus convicciones si se le aplican los métodos adecuados, por mucho que se empeñe, por muy protegida que quiera mantener su información. Al final habla.

Nuestra organización tenía un arma infalible. Éramos en realidad un segundo poder. Ni los jueces, ni los militares corrientes, ni el Parlamento estaban por encima de nosotros. Ya en la conferencia de Erzurum se decidió que la Organización Especial representaría un poder desde las fronteras exteriores a las interiores.

Fui escalando puestos con rapidez. Me enviaron unos meses a Alemania. Allí conocí al embajador alemán en nuestro país, el barón Von Wangenheim. Fue en una recepción en Berlín. Él me presentó a Friedrich Naumann. Ambos estaban de acuerdo en que Turquía era el mejor aliado de Alemania. De hecho, el káiser Guillermo mantenía una gran admiración por nuestro pueblo.

Fue en Alemania donde oí hablar por primera vez de «la cuestión armenia». Naumann nos dio una conferencia en la que dijo textualmente que nosotros, los turcos, habíamos sido demasiado compasivos con los pueblos no turcos que convivían dentro del imperio. Era exactamente lo que me había dicho Atif Bey. Me pareció algo coherente, de una lógica aplastante.

La vida en Berlín era todo lo que había soñado. Nuestra paga era allí mucho más alta que en Turquía. Nos invitaban a recepciones, conferencias y fiestas. Teníamos la sensación de que nos agasajaban todos los días. También había chicas para quien las quisiera.

Pero yo me reservaba. Sabía que, de una manera u otra, un día tendríamos que dar la cara. Quería aprovechar aquel curso en Alemania.

Teníamos buenos profesores. Personas muy cultas, verdaderos sabios a nuestra disposición. Nos hablaban de la historia del mundo, de cómo unas razas habían dominado a otras, del hombre ario. Todo aquello me interesaba mucho, porque de pronto comprendí que había encontrado mi verdadera vocación.

Fue en Berlín donde me presentaron a Humann. Se trataba del enviado personal del káiser en la embajada alemana de Constantinopla. Nunca he conocido a nadie tan franco, tan divertido como él, y enseguida me mostró una gran amistad.

Esa amistad era muy importante para mí. Humann mantenía una intensa amistad con Enver Pachá. Además, sabía que Humann ocupaba una privilegiada posición dentro de los servicios secretos de la armada alemana, a las órdenes de Von Tirpitz, al que tuve la oportunidad de conocer. Hans Humann se había hecho famoso por su increíble hazaña, cuando el Lorelei, el barco de guerra designado para proteger la embajada alemana en Constantinopla, pudo cruzar los Dardanelos a pesar de la persecución de los ingleses. Todos decían en Berlín que esa había sido la espoleta que había provocado la guerra contra los rusos.

Verdaderamente Humann amaba Turquía. ¿Cómo no iba a amarla si había nacido en ella? En Esmirna. Su padre le inculcó un gran cariño por todo lo turco. También por nuestra arqueología.

Él necesitaba a alguien como yo. Tenía claro que, en poco tiempo, Turquía iba a cambiar su sistema, forzada por las circunstancias. Teníamos, al igual que Alemania, muchos enemigos. Si los turcos queríamos tener una posibilidad de supervivencia, lo primero que teníamos que hacer era limpiar nuestra casa por dentro.·

De hecho, yo creía sólo en tres cosas. En el Comité para la Unión y el Progreso, en la Organización Especial a la que pertenecía y en mí mismo. Y esas tres creencias luchaban por tener una Turquía viable.

Porque esa era la segunda parte. En mis días en Berlín pude darme cuenta de que Turquía, el imperio, era una presa apetecible para las grandes potencias. Todos ellos salvo Alemania, sentían una enorme envidia de nuestras inmensas posesiones. Querían desmembrarnos, aniquilarnos, para luego, como los carroñeros, repartirse el botín.

De hecho, Francia deseaba Siria; Inglaterra hacía tiempo que se había infiltrado en Egipto y en Mesopotamia, Rusia quería garantizar las fronteras del Cáucaso, la navegación por el mar Negro y la salida por el Bósforo. Grecia también reclamaba, no sólo su total independencia, sino su pretendida «unidad territorial». ¡Unidad territorial un país como Grecia! Al igual que lo habían conseguido o lo estaban consiguiendo, Serbia, Albania, Bulgaria, Rumanía, países que iban naciendo a costa de la vida de Turquía.

No. No podíamos seguir así. Los nubarrones de la guerra cubrían el cielo y eran el augurio del final si de inmediato no cambiábamos nuestra política.

Asistí con Humann a la reunión de una extraordinaria fundación, la Gobineau-Vereinigung. Allí encontré por primera vez al ya célebre doctor Nazim, acompañado de Ahmed Riza. Ambos habían viajado desde París para asistir a esa reunión.

Verdaderamente me sentía como un privilegiado. No podía entender por qué me habían elegido a mí. ¿Quién era yo entonces? Sólo un joven oficial ambicioso. Nada más. Pero desde que un día Atif Bey había puesto los ojos en mí, todo parecía ir sobre ruedas.

Una de aquellas noches cenamos en un pequeño restaurante de especialidades bávaras. Allí estaban Humann, muy alegre, porque acababan de confirmar su vuelta a la embajada de Constantinopla. El doctor Nazim, al que me habían presentado hacía un par de días como el artífice del cambio; Ahmed Riza, el líder de los liberales, que habían consumado la fusión de su grupo dentro del comité. También Falih Hilki que se había aproximado a Talaat, el nuevo hombre fuerte, y como invitado especial, un afamado escritor, Paul Rohrbach, acompañado de un aristócrata, el conde F.W. Von der Schulenburg. Yo allí no era nadie. Sentía una gran timidez, al pensar que uno de ellos, cualquiera, me preguntara de pronto que quién era yo, qué méritos tenía. Al principio antes de sentarnos, pensé varias veces si no sería mejor decirle a Humann que me encontraba algo indispuesto y desaparecer.

Pero no. Muy al contrario, todos estuvieron muy cordiales. Más y más a medida que avanzaba la cena y se multiplicaban los brindis con *snaps*. Debo reconocer que fue muy agradable y que el cálido ambiente me hizo perder la timidez.

Paul Rohrbach llevó la voz cantante después de cenar. Creo que nunca había conocido a nadie con las ideas tan claras: puso sobre la mesa una tesis atrevida y original que fue inmediatamente asumida por todos los que allí nos encontrábamos. La teoría del espacio vital. El *lebensraum*. Venía a mantener que todo pueblo necesitaba un determinado territorio para poder desarrollarse en plenitud. Si ese espacio estaba circunstancialmente «invadido» (empleó esa palabra con precisión) habría que limpiarlo para recuperar ese espacio vital. Ahí, afirmó Rohrbach, estaba el quid de la cuestión. Esa «limpieza» se justificaba en sí misma.

Pude ver como el doctor Nazim parecía entusiasmado por aquella teoría. Le preguntó a Rohrbach que de dónde la había sacado. «De aquí y de allá», contestó al interpelarlo. No era nada nuevo. De hecho, en la propia fundación se había expuesto. Los patronos de la fundación, Von Eulengurg y también Hans von Wolzogen habían hablado de todo ello en profundidad con el conde de Gobineau.

—Aquella gente sí que tenía las ideas claras —afirmó Rohrbach—. Ellos pusieron en juego la idea de las razas puras y eso significaba que unas razas predominarían al final sobre las otras. Además, mi criterio personal es que todo esto de las naciones es en realidad un invento. Al final volverán las aguas a su cauce y las razas fuertes, creadoras, dominarán el mundo.

Hubo un gran consenso sobre todo ello. Daban por supuesto que los turcos otomanos pertenecían a la rama meridional de los arios, los germanos a la septentrional, pero ambas eran complementarias.

Fue algo más avanzada la noche cuando Humann mencionó la palabra adecuada: «deportación». Para él, aquella era una solución limpia. Mencionó que, en un futuro a corto plazo, su patria se vería obligada a deportar a los franceses en la zona fronteriza con Alemania. Por supuesto, observó, también los polacos estorbaban al progreso de su país. Habló incluso de la necesidad de apoderarse de parte de Ucrania. Eso era más utópico, pero insistió en que los verdaderos alemanes soñaban con esos territorios. Sería como poner una buena despensa en una gran casa. Eso nunca estaría mal, añadió maliciosamente. Todos reímos su gran sentido del humor y su preclara inteligencia. En especial yo, que me encontraba como subido en una nube. Aquellas personas representaban entonces para mí la cúspide del pensamiento. No se hablaba de tonterías. No eran meros intelectuales, porque esa gente no servía para nada. Ellos eran hombres prácticos. Patriotas que ponían sus conocimientos para obtener un mejor futuro para su país.

Humann mencionó sus experiencias en Serbia. Cuando se encontraba como agregado alemán en el ejército austrohúngaro. Allí no se habían andado con chiquitas, simplemente eliminaron a los que podían constituir un peligro. Además, habían trasladado a miles de niños, los mejores, claro, para educarlos adecuadamente. Era una pena desperdiciar buena sangre.

Recuerdo que el doctor Nazim parecía obnubilado. Bebía mucho y creo que a pesar de ello no perdía ni una sola de las palabras. Estaba muy excitado, como el minero que después de gastar media vida golpeando la oscura roca con el pico, de pronto ve brillar la veta dorada. Se mantuvo en silencio hasta muy entrada la noche, porque nadie quería abandonar la reunión. Todos los que nos hallábamos allí éramos conscientes de que aquel era un momento histórico. Se palpaba una extraña tensión en el ambiente a medida que iban pasando las horas.

El doctor Nazim fue de los últimos en exponer sus tesis. Le brillaban los ojos y tuve la sensación de que aquel hombre estaba enfebrecido.

—Amigos —nos observamos los unos a los otros con disimulo, porque aparte de todas sus virtudes, Nazim tenía fama de que no conocía la amistad, aunque era cierto que la camaradería que sentíamos en aquel instante suplía cualquier otro sentimiento afectivo—. Amigos. Os conozco bien. Sé cuales son vuestras ideas. Coinciden en todo con las mías. Estamos ligados por nuestros principios. Sabéis que hace pocos años llegué exiliado a París. Tuve suerte, porque otros, por menos, murieron en Turquía por sus ideales. Los que aquí estamos, seamos turcos o no, vemos una Turquía próspera y moderna. Libre de enemigos. Os preguntaréis ¿cuáles son en verdad nuestros enemigos? ¿Quién impide a nuestro país salir adelante? ¿Por qué Turquía parece caminar en sentido opuesto al mundo civilizado?

Hizo una larga pausa y bebió un trago de vino. Todos permanecíamos expectantes, porque antes de que llegase, Humann nos había advertido que Nazim pensaba hacer una importante declaración.

—Os lo voy a aclarar. Lo he aprendido a costa de amargura, de dolor, de temor por lo que pudiera llegar a suceder a nuestro amado país. Pues bien —prosiguió enérgico—, nuestros enemigos son hombres y mujeres nacidos en Turquía, dentro de los confines del imperio. Gentes que se hacen pasar por compatriotas. Seres que pululan alrededor nuestro, exigiendo derechos y prebendas. Amigos, Turquía ha sido siempre demasiado generosa con sus adversarios y eso la está conduciendo a la ruina. Ahí están —Nazim silabeaba como si le costase pronunciar los nombres—, los griegos, los sirios, los kurdos. Y también, sobre todos ellos, los armenios. Sí, los armenios. Infiltrados en los puestos claves de nuestra sociedad civil. Abogados, banqueros, arquitectos, médicos, políticos, muchos de ellos grandes terratenientes. Propietarios de las mejores fincas, de las más grandes y rentables industrias. Amos de muchos pueblos e importantes ciudades del este de nuestro país. Ellos, los armenios, manipulan nuestro Parlamento a pesar del escaso número de diputados que poseen. Manejan la economía, desde su oculto imperio financiero. Se han apoderado, con las artimañas creadas por su astucia, de lo más valioso del país. No. No os asombréis. Llegáis a Constantinopla y preguntáis, ¿de quién es ese hermoso palacio en construcción? La respuesta es: de un armenio. ¿Quién es el dueño de esa joyería? Una familia armenia. ¿Quién es el presidente de ese pujante banco? Por descontado, un armenio. Y con todo ello podríamos dudar. ¿Serán los armenios más inteligentes que los turcos? Yo os despejaré esa duda. No. Con total certeza y seguridad, no. Un armenio no vale lo que un turco —Nazim lanzó al infinito una mirada llena de odio. Un sentimiento que le iba invadiendo con rapidez—. Vale menos. ¡Mucho menos! Os lo diré más claro. Tengo la firme convicción de que un armenio no vale nada. ¡Nada! Amigos, compañeros. Tenemos el enemigo en casa. Cerca de dos millones de armenios, cuatrocientos mil griegos asentados, doscientos mil sirios en Anatolia, un millón de kurdos analfabetos y salvajes, y muchas otras minorías incluyendo la presencia de esos ambiguos hebreos que actúan como los armenios, aunque al menos con mayor discreción. De hecho, creo que ellos representan aquí en Alemania lo que los armenios en Turquía. Un cáncer para nuestros países.

Aquellas duras y leales palabras me abrieron los ojos. Llevaba muchos años preparándome sin saber bien para qué. Desconocía cuál era en realidad la finalidad de aquel largo esfuerzo. Las noches en vela preparando los exámenes en la academia militar. El desvelo de mis profesores. El durísimo aprendizaje en la disciplina del ejército. La intuición de Atif Bey que me señaló el camino. Ahora sabía cuál era mi destino. No es que sintiese un odio especial por los armenios. Tal vez algo de envidia. Recordaba a mi amigo Djambazian. Desde el primer momento en que lo conocí, sin saber bien por qué, casi sin hablar, pensé que él era más inteligente que yo.

Pero el doctor Nazim estaba corriendo el espeso velo que cubría mis ojos y comprendí que mi vida estaba a punto de dar un vuelco. Puedo jurar que me sentía eufórico. Dispuesto a andar el duro y difícil camino que aquellos hombres me indicasen.

Vi cómo Nazim bebía otro largo trago de vino para aclararse la garganta y le imité sin ser consciente de ello.

—Me preguntaréis ¿Qué podemos hacer para resolver este gran problema? ¿Qué camino debemos elegir para terminar de una vez con este cáncer que devora a Turquía día a día? He hablado largamente de ello con nuestros queridos amigos Von Neurath y Wilhem Solf, consejeros de la embajada alemana en Constantinopla. Por cierto, ambos me ruegan que les presente sus disculpas por no encontrarse aquí esta noche. Sin embargo, me rogaron que les comunicase su interés por tener una reunión próximamente en Nuremberg.

El doctor Nazim hizo una pausa y se dirigió amistosamente a Paul Rohrbach.

—Usted ha hablado de algo extremadamente interesante. Algo que siempre he pensado, pero que jamás he sabido sintetizar con la perfección con que usted lo ha hecho. Me refiero a esa magnífica teoría. Al espacio vital. Ese es hoy el mayor problema en Turquía. Permítame que le desarrolle mi pensamiento. Efectivamente, nuestro imperio es vasto, incluso podría conceptuarse como enorme. Pero gran parte de él es improductivo, montaraz, útil sólo por su belleza indómita. Las mejores tierras, el suelo más estratégico, los lugares realmente necesarios para el desarrollo del país, están ocupados por extraños. No voy a aceptar que los armenios, fundamentalmente ellos, son turcos, porque eso sería mentir. Son infieles, traidores y ladrones. Infieles no porque crean en otra religión, sino porque odian la nuestra. Traidores porque muchos de ellos son agentes extranjeros. Los rusos saben bien que tienen una quinta columna dispuesta a hundir a los turcos un puñal por la espalda. Al igual que los ingleses, los franceses, los americanos. Ladrones porque siempre se han valido de subterfugios para apoderarse de aquello que han considerado valioso.

Nazim miró fijamente a Humann.

—Sí. El espacio vital. El *lebensraum*. Volver a recuperar el espacio que nuestro pueblo necesita. Retornarlo a sus verdaderos propietarios. Al pueblo turco —Nazim inspiró profundamente como queriendo controlarse—. Sé que aquí, en Alemania, está sucediendo algo semejante. Aquí son los hebreos. Ellos, al igual que los armenios en Turquía, se han apoderado de todo lo que han querido. Engañando, robando, estafando. De eso nos podrían hablar largo y tendido nuestros amigos alemanes. Usted —Nazim señaló a Humann—, me ha dado una clave. La mejor manera de eliminar a un enemigo es expulsarlo de la que cree su casa. Después... después ya hablaremos. Usted me habló de la Inquisición española. De cómo se adelantaron en el tiempo. De cómo supieron resolver un problema. España tenía entonces una grave contaminación. Sus gobernantes se adelantaron en el tiempo. Expulsaron a los judíos. Recuperaron el oro que les habían robado, las tierras, el patrimonio... Tendríamos que aprender de esos españoles. Lo hicieron y lo hicieron bien. Sí, amigos míos. Turquía sabrá encontrar el camino. Hay, por decirlo de una manera clara y definitiva, una cuestión armenia. Una cuestión de Estado que debe resolverse a cualquier precio, sin que nadie apele a otros sentimientos más que a la salvación de la patria. Y ahí, amigos míos, no hay misericordia. Sabemos, tenemos la absoluta certeza, que los alemanes nos ayudarán en esta ardua empresa. Por duro que sea el camino, por difícil que quieran hacérnoslo. Nosotros, los verdaderos patriotas, terminaremos de una vez por todas con esa maldita cuestión armenia.

El doctor Nazim terminó su discurso con una tensión nerviosa que le hacía vibrar los párpados y mover las manos, mientras todo él temblaba como si estuviese sufriendo un ataque de fiebre. Era evidente que no pensaba en su salud ni en sí mismo. Comprendí que se trataba de un hombre íntegro al que debía seguir a cualquier costa.

Tras un corto lapso, Humann se levantó con dificultades. El efecto del alcohol, el interés por el tema que le embargaba, el cansancio a aquellas alturas de la noche. Todo pesaba. Sin embargo, parecía tan emocionado por los pensamientos de Nazim, que le resultaba difícil pronunciar una sola palabra. También sudaba por todos los poros de su cuerpo, sus ojos brillaban con una increíble intensidad y, de tanto en tanto, hacía un fuerte guiño con su ojo izquierdo. Tenía las manos grandes, tan robustas que daba la impresión de que podría aplastar cualquier cosa con ellas.

—Amigos —su voz ronca, a causa del alcohol y de la impenetrable nube de humo de los cigarros turcos que todos fumábamos, nos envolvió—. Tengo la absoluta certeza de que ha sido la providencia la que nos ha dado la oportunidad de reunirnos aquí esta noche. Todos los que aquí nos encontramos somos hijos de dos grandes imperios. Alemania y Turquía, naciones amigas, hermanadas por el destino. Somos herederos de una historia brillante, repleta de momentos fundamentales para el devenir del mundo. Sin embargo, una parte de ese mundo nos envidia, nos odia, aunque también nos teme. Pueblos sin futuro, que como sanguijuelas nos chupan la sangre, aprovechándose de nuestra generosidad, de nuestra fuerza, tramando en la oscuridad, intentando unirse a nuestros enemigos, espiando incluso en el interior de nuestros cuarteles, esperando el momento adecuado para asestarnos el golpe.

Humann estaba tan excitado, la realidad era que todos lo estábamos, que no tuvo otro remedio que beber una copa de *champagne*, escanciado por su amigo Paul, porque parecía ahogarse en sus propias palabras. Luego lanzó un largo suspiro antes de continuar su perorata.

—Os decía... ¡Ah, sí! El golpe —sonrió malévolamente—. El golpe se lo daremos nosotros a ellos. Sin dudarlo. Haremos que ese día se arrepientan de todos sus pecados. Pagarán su codicia, su maldad congénita, su traidor comportamiento...

En aquel momento, el conde Schulenburg levantó la mano. El aristócrata había permanecido prácticamente callado durante toda la noche. Humann parecía agotado y le cedió con gusto la palabra, mientras se sentaba al tiempo que el conde se ponía en pie.

El conde Schulenburg tenía la voz algo atiplada y tal vez por ello hablaba muy bajo; su voz era casi inaudible y todos enmudecimos para saber qué quería decirnos.

Carraspeó varias veces y miró a su alrededor con timidez a través de sus anteojos dorados.

—Bien. Amigos, permitidme la familiaridad. Como debéis conocer, mi afición es la historia. Sé poco de política. Para ser político se requieren dotes especiales de las que yo carezco. Me avergüenza confesarlo. Pero así es. A pesar de ello, os percibo como camaradas. Como si durmiésemos juntos en la misma cámara y recibiésemos la misma soldada. Que no os quepa la más mínima duda de que las circunstancias nos harán compañeros de armas, porque para arreglar el futuro, deberemos combatir y morir si es preciso. Dicho esto, dejadme hacer de adivino. Siempre me ha gustado prever los acontecimientos. Esperarlos. Evitar que la historia nos arrolle, o al menos evitarlo en lo posible. Aunque todos sabemos que la historia es impredecible.

Schulenburg tenía aspecto de poca cosa. Como si fuese incapaz de matar una mosca. Sus ojos de un azul clarísimo parecían transparentes.

—Sí, amigos. Dejadme caminar en el tiempo. Nuestros países, Turquía y Alemania saldrán adelante con éxito. Vendrán sin dudarlo tiempos muy difíciles. No sólo para nosotros. Para todo el mundo. Una época tan difícil que muchos creerán que habrá llegado el fin del mundo. Alemania tiene también un mortal enemigo: el sionismo mundial. Nuestras ciudades, muchos de nuestros pueblos, están contaminados por los judíos. Ellos cumplen aquí, como ya se ha repetido, el papel de los armenios en Turquía, aunque creo que con un importante matiz. En vuestro país los armenios son una raza con pretensiones preocupantes que no ha querido integrarse. Lo cual al final va a resultar una ventaja, ya que desean fragmentar Turquía para crear, a costa de lo que sea, su propio país. Pero aquí, los judíos son también un gravísimo problema. Han alterado nuestra vida, han incorporado usos y costumbres ajenos a la idiosincrasia alemana. Se han introducido en las universidades, en las cátedras, en las corporaciones profesionales, sobre todo en el derecho y la medicina. Se están apoderando del comercio y la industria. Y lo peor de todo, es que lo hacen bajo su óptica, su moral y su ética hebrea —Schulenburg resopló—. ¡Hablar de ética hebrea!... Al igual que en Turquía, nosotros también tenemos un cáncer invadiendo nuestro cuerpo social. Pero, que no os quepa la más mínima duda, Alemania no permanecerá impávida por mucho tiempo. Vendrá una época en que las aguas retornarán a su cauce y esta situación terminará para siempre. Pero antes, ayudaremos a nuestros amigos otomanos a librarse de su problema. Si un amigo puede desembarazarse de un problema, todo irá mejor para ambos. Turquía saldrá victoriosa de su lucha por la unidad. Eso la hará más fuerte y por tanto beneficiará a Alemania. Después, con esa experiencia, nos tocará el turno a nosotros.

Con las palabras de Schulenburg terminó la reunión. Eran cerca de las cuatro de la madrugada y la increíble cantidad de cerveza, vino y champán comenzaba a hacer estragos.

En cuanto a mí había intentado beber con moderación, pero eso al final resultó imposible. En aquellos momentos tenía la sensación de estar flotando. A pesar de ello, algo dentro de mí afirmaba que aquellas personas eran mis maestros.

Mientras nos despedíamos tenía la certeza de que, algún día, todo aquello se convertiría en realidad. Entonces, no sabía bien hasta qué punto.

Volví a Turquía en marzo de 1915. Creía estar preparado para llevar a cabo las misiones que se me pudiesen encomendar. Aquella larga estancia en Alemania había cambiado mi forma de pensar. Haber tenido la oportunidad de conocer a unas personas tan interesantes, con las ideas tan claras y rotundas, me había hecho entender muchas cosas que, hasta entonces, apenas habían sido poco más que meras intuiciones.

Ahora sabía bien cuál era la verdadera situación de Turquía. La fragilidad de su sistema. La manera en que sus enemigos querían destruirla y desmembrarla. En mi instrucción, dos personas habían tenido mucho que ver. Humann, el consejero de asuntos internos de la embajada alemana en Constantinopla y el doctor Nazim, con el que me había vuelto a reunir en París, después de que me hiciese llamar.

El primero insistió en que deseaba hablar conmigo una vez que volviésemos ambos a Turquía. Prometió relacionarme con el embajador, Hans von Wangenheim. Argumentó que necesitaban a alguien como yo. Una persona de confianza. «De total confianza», subrayó, para que sirviese de enlace entre los militares alemanes destacados en Turquía, que por cierto eran cada vez más numerosos, y que ocupaban importantes cargos en el ejército turco y los militares turcos. Se trataba de un enlace a nivel de la inteligencia militar. Los motivos eran claros.

Alemania tenía un gran interés en mejorar las fuerzas armadas turcas. Por ello, muchos de los militares alemanes destacados, lo estaban en academias del ejército turco, en escuelas especiales, sirviendo incluso en los principales consulados como enlaces de información.

Alguien tenía que coordinar todos los esfuerzos para evitar que se derrochasen inútilmente energías. Humann insistió en que todo aquello se hacía con el visto bueno del Estado Mayor turco, pero obviamente eran misiones secretas y en cualquier caso debía actuar con el mayor tacto y discreción.

No lo sabía yo entonces, pero lo que me estaba proponiendo era que me convirtiese en un agente doble. Él me proporcionaría información suficiente para que pudiese justificar mi posición.

He olvidado decir que, para entonces, ya había recibido el despacho de teniente y me habían destinado como segundo agregado militar en la embajada de Turquía en Berlín. Eso duró apenas cuatro meses, desde diciembre de 1914 a marzo de 1915, después fui trasladado como «colaborador» a la embajada alemana en Constantinopla. Era en realidad oficial de enlace y, a pesar de mi corta experiencia, enseguida comencé a moverme como pez en el agua. Gozando del favor especial de los jefes del Alto Estado Mayor turco. Hasta allí llegaba el largo brazo del ya general Hüsameddin Bey. Aquel hombre siempre me había distinguido con su simpatía.

En cuanto al doctor Nazim, me invitó a visitarlo a París poco antes de volver a Turquía. Había estudiado medicina allí y tenía muchos y buenos contactos, aunque no creo que supiese coger un bisturí, porque en lo único que gastaba su tiempo era en la política. De hecho, él consideraba que el Comité para la Unión y el Progreso había sido una creación suya, y desde 1910 formaba parte del Comité Central del Ittihad.

Me presentó a un íntimo amigo suyo, Omar Nagi. Aunque ambos tenían las mismas ideas en lo fundamental, a veces discutían.

La obsesión de Nagi era liquidar a los armenios. También él había leído al conde de Gobineau, al que adoraba como a un dios reencarnado.

Nazim hablaba de deportar a los armenios y a los griegos de Turquía, pero Nagi mantenía que la solución definitiva sería «liquidarlos». Aquellos días el doctor Nazim estaba sobreexcitado. Esperaba la visita de su mejor amigo —así me lo definió— Behaeddin Chakir Bey.

Creo que, para entonces, me había ganado la confianza del doctor Nazim, el cual me permitió asistir a una conversación con Chakir Bey. En aquella reunión este le expuso sus últimas ideas sobre la metodología a emplear para liquidar «la cuestión armenia».

Chakir Bey era también licenciado en Medicina. Sin embargo, miraba a Nazim como a un superior, como un discípulo observa a su maestro y este, a su vez, sentía una gran admiración por las iniciativas de Chakir.

En la reunión a la que tuve la suerte de asistir, Chakir puso sobre la mesa la necesidad de concretar quién iba a realizar «el trabajo sucio». Porque al final alguien tendría que hacerlo. Fue entonces cuando expuso su idea.

—Mira Nazim. Si de verdad deseamos llevar esto a cabo, necesitaremos no sólo *métodos*. La metodología la pondrás tú y nadie discute eso. Porque, sin una idea bien expresada, un sistema que la envuelva, una estructura política que la justifique y, por supuesto, un líder que marque la dirección, nada es posible. Pero ¿y las herramientas? No se puede llevar a cabo ninguna idea sin las herramientas adecuadas.

Déjame que te exponga mis criterios sobre todo ello, porque lo tengo bien pensado desde hace tiempo. No estamos hablando de poca cosa. He calculado que sólo de nuestro principal problema, los armenios, hay más de dos millones. Probablemente cerca de dos millones y medio, tal vez más. Y eso, amigo mío, es un número considerable. No es como hacer así, chasquear los dedos, y decir «bueno, ya está, hemos terminado, a otra cosa». Es complicado, una completa operación que requiere una gran preparación obviamente, tus métodos y al final, en el momento preciso, mis herramientas. ¿Y cuáles son las que voy a elegir? Te lo diré sin titubeos. El ejército y la policía no pueden hacerlo a cara descubierta. Todos quedaríamos mal. Ellos deben *colaborar* cuando se les indique y no me cabe duda de que, en su disciplina, harán lo que se les ordene. ¿Y el Estado? ¿Puede hacerlo el gobierno? No. No puede. No debe aparecer directamente. Eso sí, podrá prepararlo todo: la oportunidad, las circunstancias, las órdenes secretas. Porque, amigo mío, todo deberá ser secreto. Aparentar normalidad, mirar para otro lado, disimular. ¿Si no qué? ¿Acaso sería razonable convocar una recepción de los embajadores extranjeros para decirles: «Excelentísimos señores, los hemos hecho llamar para informarles de que, en los próximos meses, llevaremos a cabo la aniquilación de todos los cristianos de Turquía, y ahora, si gustan, pasen al comedor donde se les servirá una magnífica cena para prepararles el cuerpo»? No, eso no. Eso no es posible. Ya sabes cómo son los diplomáticos. Cuando las cosas ya no tengan remedio, entonces serán ellos los que mirarán para otro lado, los que disimularán. ¡Pero al principio!… Hay que contar también que muchos funcionarios, de todos los niveles, podrían protestar, negarse a cumplir las órdenes con la excusa de su conciencia. ¡Oh sí, la conciencia! Si ellos creen tenerla es su problema. ¿Pero, y si nos pasan ese problema? Imagínate un valí de cualquier valiato perdido, contestando un telegrama en el que se le ordene liquidar a los cristianos. No lo haría. Ni tan siquiera entendería el sentido del telegrama ¡Liquidar a los cristianos! Querría hablar con el ministro, tal vez con el jefe de gobierno. Recurriría a su conciencia. Su mujer. La familia. Los amigos. ¡Oh no! ¡Yo no puedo hacer esto! Antes hablaré con el cónsul de Francia. O de Alemania. Mire, alguien se ha vuelto loco en Constantinopla. Además, tengo un amigo armenio. ¿Y la familia de ese armenio? ¿Y sus amigos? Eso es imposible. Además, mi conciencia… Otra vez la conciencia. Verás Nazim. Tú lo sabes bien y no tengo por qué repetírtelo. A ti y a mí, a los nuestros, su conciencia nos tiene sin cuidado. Pero, si por esa causa, el aludido no obedece sin chistar y no hace lo que tiene que hacer... Eso sí sería un gravísimo problema para todos... No, no podemos dar lugar a eso. Ahora nos ayudará la prensa. Ya puedes leer los titulares de la prensa de Constantinopla: «Los cristianos han asesinado a un niño musulmán». En otro lugar, a una joven, a la que además habrían violado. Bueno, habrá que darle realismo al asunto. Necesitaremos mártires. Una buena patriota se sentirá orgullosa de ver morir a su hijo por la causa... No. No sonrías. Te lo digo seriamente. Un mártir es un mártir y vale su peso en oro. ¿O no estás de acuerdo? Los armenios tienen también su talón de Aquiles. Piensa por ejemplo en Van, esa hermosa provincia contaminada por tantos cristianos. Tantos, que allí los turcos somos gentes de segunda clase. ¡Pero eso se va a terminar de una vez por todas! Imagínate que unos *enviados* por el Comité para la Unión y el Progreso exhortan a los líderes armenios para que instiguen a los armenios rusos a levantarse contra el gobierno ruso. No lo harán. Y entonces se les podrá acusar de desleales. De traidores. Porque eso es lo que son. Traidores a Turquía. Les acusaremos de desertar a las filas rusas... Me preguntas por *las herramientas*. Las tenemos a nuestro alcance. Son perfectas, duras, penetrantes, letales... ¿Has pensando alguna vez en los presos de nuestras cárceles y penales? Harían cualquier cosa por recuperar la libertad. ¿Y si se les promete impunidad para cometer sus crímenes? A fin de cuentas, es como su trabajo. Podrán violar, raptar, robar, matar. Será como levantar una veda. Sí, Nazim. De hecho, nuestro querido Talaat ya conoce este proyecto y le ha parecido una excelente idea. Crearemos una legión que hará una parte importante del trabajo. Una legión que apenas costará nada. Sus bajas no tendrán importancia. Y sí, después hay que sellar la boca a alguno de ellos. O a muchos. Incluso a todos, pues se hará sin que nadie proteste. Mientras, *limpiarán* el camino. Harán por nosotros todo lo que seamos capaces de imaginar, pero tal vez no fuésemos capaces de llevar a cabo. Por otra parte, ahí están. Ya reclutados, a nuestra disposición. Como una jauría de lobos dispuestos para que el jefe de la manada husmee el olor a sangre. Los *tchétés*. Los dividiremos en grupos, en bandas. Siempre bajo un jefe impuesto por nosotros. Les prometeremos el botín, ¡tranquilo, sólo una parte!, les daremos las mujeres y los niños que capturen para calmarlos. Después, de los que sobrevivan entre ellos, ya nos encargaremos nosotros...

Vi como el doctor Nazim miraba fijamente a través de sus anteojos a Chakir Bey. Su rostro no expresaba ningún sentimiento, ni la más mínima emoción, pero un ligerísimo temblor de su labio inferior le delataba. Adiviné que aquella idea, aquel programa coincidía exactamente con sus pensamientos.

En cuanto a mí, no podía dejar de pensar en la suerte que había tenido desde el principio. Me encontraba en el lugar exacto en cada momento. Mis padrinos seguían favoreciéndome y tenía la confianza de que, por aquel camino, llegaría a poseer poder y dinero. Comenzaba a vislumbrar cuánto. Sin olvidar que todas aquellas ideas me entusiasmaban. Había llegado el momento de liberar a Turquía de todos aquellos que la mantenían en una situación terrible, a la espera de abalanzarse sobre ella y devorarla, como animales carroñeros.

Pero gracias a personas como el doctor Nazim o como Chakir Bey, que seguía exponiendo sus brillantes ideas, u otros a los que había tenido la suerte de conocer, iban a impedir que sucediese. Me juré a mí mismo que jamás temblaría mi brazo para poder llevar a cabo la sagrada misión de salvar a nuestro país.

Tuve la seguridad de que ambos hombres leían mis pensamientos, porque cuando terminó Chakir Bey de exponer sus ideas, el doctor Nazim emocionado se levantó y lo abrazó. Después hizo lo mismo conmigo y allí mismo nos juramentamos para conseguir que todo aquello llegara a convertirse en realidad cuanto antes.

Así fue como las circunstancias, la fortuna, también —ahora, mucho tiempo después lo he comprendido— la debilidad de mi carácter, me hicieron entregarme poco a poco a una causa, que entonces me parecía no sólo noble, sino mucho más. Algo que nos transcendía y por lo que estábamos dispuestos a entregar nuestras vidas. También a hacer cualquier cosa, sin dudarlo, porque teníamos el convencimiento, yo más que nadie, de que estábamos llamados a convertirnos en los adalides de una causa por la que merecía la pena morir, si fuese preciso.

Coincidió que, en mi vuelta a Turquía, tuve como compañero de viaje a Chakir Bey. Él fue quien me comprometió definitivamente. Durante el largo viaje en tren desde Berlín a Viena, desde allí a Budapest, Belgrado, Sofía hasta Constantinopla, no cesó de aleccionarme, haciéndome ver el brillante futuro que me aguardaba si me entregaba a la causa del comité.

Comprendí la verdadera importancia de la misión cuando subió al tren en Viena, Hussein Hilmí, nuestro embajador en aquella capital.

Viajaba en un vagón especial, ubicado entre los de primera clase e iba acompañado del general Otto von Lossow, que acababa de recibir el cargo de plenipotenciario militar de Alemania en Turquía. Durante el largo viaje, Chakir Bey fue llamado al vagón especial en varias ocasiones, y me mantenía en vilo, porque no me explicaba nada de lo que allí se estaba cociendo. Llegué incluso a temer que se hubiese arrepentido de otorgarme tanta confianza. A fin de cuentas, habría muchos de mi misma promoción que estarían dispuestos a vender su alma al diablo por cambiarse conmigo.

Las circunstancias se pusieron de mi lado en aquella ocasión. A la altura de Plovdiv, en el corazón de Bulgaria, Chakir Bey volvió, tras permanecer varias horas en el vagón del embajador. Parecía muy alterado, nervioso como no lo había visto hasta aquel momento. Se encerró conmigo en el departamento que conformaban nuestras literas. Murmuró que teníamos un problema. En Sofía habían subido al tren dos terroristas armenios. Los servicios secretos lo acababan de advertir al jefe de la estación de Plovdiv. Sospechaban que pretendían atentar contra el embajador.

Chakir Bey me lanzó una profunda mirada. Confiaban en mí para librarlos de aquella amenaza. El problema era identificarlos y deshacerme de ellos. Asentí. Lo haría con gusto, pensé rápidamente que era una señal del destino. Podría obtener el favor de alguien tan influyente como Hilmí.

Hablé con el revisor. Era uno de los nuestros. Le di un billete de cien marcos alemanes que aún llevaba en el bolsillo. Debía identificarlos y decirme en qué compartimento se hallaban. Hizo bien su trabajo, volvió al cabo de media hora. Iban en primera clase. Eran dos hombres jóvenes. Parecían gente adinerada, pero por supuesto eran armenios, eso se les notaba a una milla de distancia.

Estaba anocheciendo. Tuve que darle otro billete para que me prestase su gorra y su chaqueta. Entonces llevaba yo siempre una pistola encima. Era un regalo del coronel Yusuf. No me gustaba porque tenía las culatas de nácar y eso me parecía más propio de esos jugadores de pinta afeminada que viajaban de aquí para allá. Pero por otra parte era una buena pistola. Una Browning del 7.65, el nuevo calibre que tenía la ventaja de ser poco ruidosa y no encasquillarse.

El revisor me rogó que no tardase mucho y se introdujo en mi departamento a esperarme. No era más que un pobre diablo en busca de una propina.

Fui recorriendo los vagones. Por algún motivo me acordé de mis padres. El expreso se componía de cerca de treinta vagones arrastrados por dos gigantescas locomotoras. Cruzábamos a toda máquina por las llanuras del sur de Sofía y la gente se iba preparando para cruzar la frontera.

Todo ocurrió con suma rapidez. Iba decidido a ello, sabiendo que no debía dudar. Cuando llegué al vagón en concreto, vi que el pasillo se hallaba desierto, lo que era normal en primera clase, pero sentí alivio, pues no deseaba verme obligado a matar a una persona sólo por ser testigo accidental.

Golpeé con los nudillos en la puerta, con decisión, tal y como me había advertido el revisor. Dos veces y esperé. Una voz me contestó desde dentro. Tenía un ligero acento francés y eso me hizo dudar por primera vez. Con tono neutro hablé de los billetes. Una comprobación rutinaria. Eso era normal en aquellos días.

El hombre que abrió era armenio. Tenía la frente despejada, los ojos negros enmarcados por unas leves ojeras, el cabello perfectamente peinado, ondulado. Era armenio con toda certeza.

Sonreí. Había cogido mi gabardina y bajo ella llevaba la pistola preparada. Le pregunté si era suya. Alguien se la había dejado en el vagón comedor.

No me devolvió la sonrisa. Sólo había abierto unos centímetros. Desde mi posición no alcanzaba a ver a su compañero. Volví a sonreír como disculpándome, levanté ligeramente la prenda hasta la altura de su pecho. Disparé. La gabardina amortiguó la detonación. El hombre retrocedió con gesto de sorpresa. Empujé violentamente la puerta arrancando la cadena de seguridad. El que permanecía en el interior se encontraba echado en la litera inferior y había introducido la mano en la chaqueta colgada del mamparo. Probablemente buscaba su arma.

No le di tiempo. Volví a disparar. Esta vez en la cabeza. Apenas suspiró.

Cerré la puerta desde dentro. Cogí una cartera con papeles. Busqué las documentaciones personales en sus chaquetas. Después salí con naturalidad. Un alemán de alrededor de cincuenta años me preguntó qué estaba ocurriendo. Sonreí amistosamente. Nada. Todo iba bien. Me miró con desconfianza mientras yo caminaba hacia mi departamento en el instante preciso en que el tren se introducía en un largo túnel.

No me molesté en averiguar lo que pudo ocurrir cuando el expreso se detuvo en la estación de Sirkeci. Chakir Bey caminó por el andén con rapidez agarrando con fuerza la cartera con los documentos que le había entregado. Me había felicitado por mi acción. Él no entendía la vida de otra manera. En cuanto a mí, aquello fue la confirmación, estaba satisfecho de cómo lo había resuelto. Tenía la convicción de que, a partir de entonces, todo iba a ir sobre ruedas.

***

Levanté la vista del cuaderno y noté que me temblaban las manos. La lectura de aquellas páginas me había impresionado. Era la primera vez en toda mi vida que podía escuchar directamente a mi padre.

Mi madre se había negado a hablarme de él, a pesar de mi insistencia. Me recriminé por no haber acudido antes allí, y me juré que a partir de aquel momento no cejaría hasta saber qué había ocurrido en aquellos años.

Sentí vergüenza, no tanto de llevar su sangre, sino de tener un origen lleno de oscuridad y vacío de sentimientos.

Todo el mundo tenía su historia familiar, el legado de costumbres y ritos. Yo no. Aquel hombre me había engendrado, no porque deseara un hijo, sino para violar a mi madre, destruyéndola. Nunca podría perdonarle, pero necesitaba saber por qué había sucedido algo tan terrible.

***

No pude por menos que pensar en cuáles serían los motivos que habían impedido a Kemal Hamid continuar su relato, me quedé un largo rato reflexionando en las justificaciones de su particular ética. No me reconocía en aquel hombre. Pertenecíamos a universos distintos, sin posible contacto.

***

Solicité una copia. El director dijo que no habría inconveniente y que me la enviarían en unos días. Ni él, ni mi amigo James Hamilton tenían la menor idea de mi parentesco con Osman y Kemal Hamid. En aquellos días lo mantenía como un secreto. El motivo era la vergüenza que sentía de estar vinculado a aquellos seres.

Al cabo de un largo rato, aún me sudaban las manos de la impresión. La lectura de aquellos documentos me había hecho sentirlos muy cerca de mí.

Salimos de los archivos del Foreing Office en medio de una cortina de agua. James no consintió en que me fuese a un hotel y me llevó a su casa en Bond Street.

Hablé con él acerca del genocidio. Muchos de sus actores volvieron a repetir sus métodos, su filosofía y su increíble crueldad para con los seres humanos durante el holocausto nazi. Algo enlazaba dos momentos terribles de la historia y comenzaba a intuir lo que era.

***

Aquella noche no pude dormir. Aquel hombre había intentado justificar los crímenes que él, y muchos otros como él, llevaron a cabo. Lo terrible era su falta de arrepentimiento, su frialdad al hablar de ello. Me estremecí en la cama de puro horror, mientras una espesa cortina de agua caía sobre Londres. Pensé en cómo unos cuantos como él habían destruido centenares de miles de vidas humanas. Sin ningún sentido, ni tan siquiera pudieron llegar a comprender lo que significaban palabras como libertad, justicia o derechos humanos. Además, creyeron que iban a salir impunes, que nadie iba a reclamarles nada por aquellos crímenes atroces. Reflexioné que jamás habían oído hablar del juicio de la historia.

Alik Nakhoudian

Apenas volví a Estambul comprendí que me había embarcado en una labor imposible. De todo aquello no quedaba más que polvo. Ni tan siquiera había tumbas a las que ir a peregrinar en señal de respeto. Sólo libros alineados en las grandes estanterías que llegaban hasta el techo. Desordenados, escritos en árabe, turco, francés, inglés, armenio, ruso, alemán... Cierto es que, cuando fui niño, mi madre se preocupó de que aprendiese idiomas. Lo único que me interesaba desde la infancia era abrir las cajas y buscar entre los viejos papeles, muchos de ellos mohosos o casi descompuestos. Aunque en los últimos tiempos los veía de otra manera. La experiencia en los archivos del Foreing Office me había demostrado que podría encontrar otros testimonios, incluso testigos, si me lo proponía.

Esa leve esperanza me hizo reaccionar. Quería conocer quiénes fueron *ellos*. La relación que los unía conmigo y entre sí. Cómo respondieron ante algo tan terrible como un genocidio.

Comencé a rebuscar con ahínco. Con la certeza de que podría saber mucho más, construir a mí alrededor la historia familiar que las circunstancias me habían negado hasta entonces.

Pero aquello era una labor descomunal, sobrehumana. Y más para alguien como yo que había malgastado gran parte de su vida en otros trabajos, que en aquellos momentos se me antojaron absurdos y sin sentido.

De pronto tuve la imperiosa necesidad de saber más, de comprender no sólo el porqué, sino también cómo había ocurrido el genocidio. De entender cuáles fueron los motivos de unos y otros...

Tenía la extraña sensación de encontrarme en medio de un conflicto que aún no había terminado. De un largo proceso histórico en el que los verdugos no se habían arrepentido de sus actos. En él, las víctimas, los supervivientes, no habían perdonado, o al menos, se sentían acreedores de un reconocimiento que el mundo les había negado hasta el momento.

Intenté ordenar mis apuntes, comencé a clasificar los libros que podrían estar relacionados, aun de lejos, con todo el proceso histórico que culminó con el genocidio. Pero me sentía desanimado, incapaz de poner en orden mis ideas o de conseguir algo que me permitiese arrancar.

Hasta que un día, cuando mi madre se encontraba ya en sus últimos momentos, alguien llamó a la puerta.

***

Me encontré con una mujer desconocida, de mediana estatura, delgada, de unos sesenta años, aunque parecía tener una gran energía interior que impedía que la viese como una anciana.

Entonces lo soltó a bocajarro.

—Soy Alik Nakhoudian, la hermana de Marie. —Cuando escuché aquellas palabras en armenio, sentí como se me erizaba el pelo de la nuca. Según mi madre, Alik había muerto ahogada junto con el resto de la familia. Nunca más había vuelto a saber de ella. Aquella pretensión era absurda.

Aturdido, la invité a entrar. Una enfermera atendía a mi madre, porque según los médicos no había nada que hacer. Llevaba casi tres semanas prácticamente en coma, tras sufrir un *shock* diabético.

No sabía qué hacer, ni qué decir. Sólo se me ocurrió acompañarla hasta la puerta de la habitación en la que se encontraba mi madre. Alik Nakhoudian entró en ella y se acercó a la cama. Intentó permanecer serena, pero no lo logró. De pronto perdió la calma y se echó a llorar desconsoladamente. Entonces supe con certeza que era la hermana de Marie, porque su gesto compulsivo al sollozar me recordó a mi madre.

Me retiré, después de indicarle a la enfermera que me acompañara. Alik había llegado tarde a la cita con el tiempo y sólo podía llorar ante su hermana.

Al cabo de un largo rato salió de la habitación y me encontró en el salón donde la esperaba. Tenía los ojos enrojecidos, húmedos y brillantes, pero había vuelto a recobrar la serenidad.

Se dirigió a mí. —¿Quién eres?—. La pregunta me hizo volver a la realidad. En silencio la invité a sentarse. Luego le conté lo que sabía. Era hijo de Marie Nakhoudian y de…, dudé si decírselo. Al final lo hice. Kemal Hamid. A fin de cuentas, ella no sabía quién era.

Pero increíblemente lo sabía. Cuando oyó aquel nombre se mordió los labios e intuí que una dolorosa relación la había unido con él.

—Soy, por tanto, tu tía —el timbre de su voz me recordó lejanamente el de mi madre—. Es tarde, muy tarde para todos, pero eso no quita que seamos parientes cercanos. Aunque no hayamos sabido el uno del otro. Tampoco debes conocer a tu tío Ohannes. Yo supe de él hace muy poco. Al igual que con Marie, creí que él también había muerto. Hace apenas seis meses apareció por casa su hijo Dadjad, tu primo. Me explicó quién era. Al principio no le creí. Pero luego, de pronto, pensé que se parecía mucho a mi hermano, y quise saberlo todo. Ohannes vive ahora en El Cairo. Dadjad en París y, estando allí, fue su suegra, Anne de Villiers, una historiadora especializada en Turquía, quien le dijo que probablemente también yo residía en París. De hecho, frecuento los centros armenios, hablo con uno y con otro, y alguna vez había hablado casualmente con ella. Me recordó, y por eso le dijo a Dadjad que ella conocía a una tal Alik Nakhoudian. Él comentó que tenía que ser otra. Cualquier otra suposición era imposible. Pero no. Era yo. Así fue como de una forma fortuita, accidental, supe de mi hermano Ohannes. Tu tío Ohannes Nakhoudian, al igual que en el caso de tu madre, siempre había dado por muerto. Cuando viajé a El Cairo sentí una enorme felicidad, ambos nos habíamos transformado en ancianos, pero cuando pude abrazarlo reflexioné que en la vida nunca hay que tirar la toalla. Hablamos mucho tiempo, recordando cómo había sido nuestra vida hasta aquellos trágicos días. Tuvimos una infancia muy feliz, gracias a nuestros padres. Luego todo se malogró. Fue Ohannes el que sugirió que, si nosotros nos habíamos encontrado, tal vez pudiésemos dar también con Marie. Ambos pensábamos que aquella suposición no tenía fundamento. Era algo imposible, pero en la euforia del encuentro nos juramentamos en poner todo nuestro empeño e intentar dar con ella. Al menos saber algo más. Lo ocurrido aquella noche nos había traumatizado de tal manera, y siempre nos habíamos negado a mirar atrás. Hacerlo era caer en la amargura. Especular con lo que podía haber sido y nunca fue. Nos habíamos empeñado en olvidar, en ser pragmáticos, mirar hacia delante, trabajar sin descanso. Ganar la vida a fuerza de perder la memoria. Una memoria amarga después de todo. No éramos conscientes de lo que se nos iba en el empeño. Nuestras raíces, nuestra forma de entender el mundo. Todo se había ido por el sumidero de la historia. A nadie le interesaba hablar de nosotros. Éramos sólo una página pasada. Nada más. Los turcos, aún hoy, no quieren reconocer lo que ocurrió. No comprenden que ellos, los turcos de hoy, no son culpables. Como tampoco lo es la nueva Alemania. Pero sí son responsables del silencio. El mundo tendría que conocer lo que ocurrió aquellos años, porque si no, puede que algo terrible vuelva a suceder un día. Otros líderes sin esperanza, sin posibilidades, cercados por las circunstancias, cegados por el odio al otro, tal vez cometan el mismo crimen. Llamarán al odio a una minoría inocente. Querrán excusar su impotencia desviando las pasiones de las masas, exacerbando a las multitudes para que liberen sus fantasmas, hiriendo al más débil. Y de eso sí son culpables. De ese ominoso silencio. De querer echar tierra sobre la historia. Sobre la verdad. Gracias a un cúmulo de casualidades, de idas y venidas, de contactos, de falsas y verdaderas informaciones, de rumores, he llegado hasta aquí. No hay en estos tiempos demasiados armenios en Turquía y menos en Estambul. De hecho ¿qué armenios iban a querer vivir aquí? Aquello abrió una herida difícil de curar. Todo mi criterio se desmoronó el mismo instante en que volví a ver a Ohannes. Tuve la sensación de que el tiempo se había detenido, de que todo podría ser posible. Pero he podido llegar hasta aquí. Cuando me dijeron que conocían a una tal Marie Nakhoudian, pensé que tendría que ser otra. ¡Era algo imposible! Siempre he tenido la certeza de que mis hermanos habían muerto. Pero en el mismo instante en que volví a ver los ojos de Ohannes, una llama de esperanza se abrió dentro de mí. ¡Ya nada era imposible! Por eso he venido. Por eso estoy aquí. Aunque para mi desesperación, demasiado tarde.

Alik se quedó mirándome mientras una lágrima volvía a surcar sus mejillas.

—No sabes lo que Marie fue para nosotros. Es difícil saberlo. Ella fue como mi segunda madre. Una joven valiente, abnegada, cariñosa. Es cierto que mi madre, tu abuela Asadui, sentía una extraña predilección por ella. Pero era tal su bondad, su dulzura, que jamás sentimos celos de aquella preferencia. Cuando Marie desapareció, lo sentí como si me hubiesen sacado el corazón. Nunca he podido recuperarme de esa sensación. De hecho, a los pocos meses, el pelo se me puso blanco siendo casi una niña.

Alik hizo una larga pausa, como si tomase aliento para poder seguir.

—Ahora he podido ver de nuevo a mi hermana Marie. He vuelto a sentir el dolor. Pero también la alegría de saber que ha tenido una vida que quisieron quitarle. Y estás tú. Eres hijo de Kemal Hamid. Voy a decirte algo que te parecerá increíble. Algo extraño, absurdo, ilógico. Conociendo a Kemal, sabiendo cómo fue educado por su padre, Osman Hamid, todo es posible. Osman creó un monstruo. Él era un malvado, un ser abominable. Pero no se contentó con ello. Y creó a Kemal. Alguien que iba a superarlo en su execrable forma de entender la vida.

Alik me miró a los ojos, como queriendo buscar algo en ellos. Luego se levantó y caminó hacia el balcón sobre el Bósforo. Allí, de espaldas a mí, lo dijo.

—Kemal violó a tu madre. Tú debes ser el fruto de esa violación. Después dio conmigo y repitió el proceso. Fui su compañera forzada durante casi cuatro años. Era muy joven cuando me llevó con él. Tenía quince años recién cumplidos. Lo odiaba, pero te mentiría si no te dijese que terminé por acostumbrarme a él. Hasta que murió asesinado en Berlín. A los pocos meses nació Krikor. Intenté querer a aquel niño, pero no lo conseguí. Tú te pareces mucho a Marie. Pero Krikor era exactamente igual que su padre. Como una copia idéntica. No quise pensar en ello. Tenía la esperanza de que, con mi cariño y una esmerada educación, podría construir una persona distinta. Lo intenté. Pero no conseguí apenas nada. Era un niño muy inteligente. Tanto que a veces me daba miedo. Sabía ser dominante, agresivo o mordaz. Pero también era astuto y ocultaba esa personalidad negativa a la perfección. La gente decía ¡qué afortunada es usted! Krikor era el número uno. No había que repetirle nada. Un profesor me hizo llamar asombrado y me dijo que era un superdotado. Alguien especial. Yo no le di importancia entonces a aquello. No sabía lo que iba a significar en mi vida. Fui asimilando poco a poco que Krikor podía ser mi hijo, pero que también era un extraño para mí y que nunca conseguiría hacerme con él.

***

—Así fue. Poco a poco aquel niño se transformó en un joven rebelde. Con quince años se alistó en las juventudes hitlerianas. Me negué a ello y él prescindió de mí. Ya por entonces formaba parte de un grupo especial, me enfrenté con él y se fue de casa. No tuvo ninguna dificultad para ingresar en una residencia donde formaban a los futuros líderes. Hizo valer su inteligencia y sus dotes para el mando. Era exactamente el prototipo que necesitaba el partido. Supe que había renunciado a su nombre. Se hacía llamar Wolf. No quería que le llamasen turco. Eso le humillaba. Luego tuve que abandonar Alemania. Estábamos ya en 1939. Krikor tenía ya diecinueve años y era mayor de edad. A pesar de todo fui a verle. Me recibió en la sala de visitas de la residencia. El joven que se hallaba frente a mí no tenía nada que ver conmigo. Nada. Se había transformado en alguien extraño. Me habló con frialdad, con dureza. Intentó justificarse hablando de las razas inferiores, de la superioridad de la raza aria. Sin poder contenerme, le repliqué diciendo que le habían llenado la cabeza con tonterías.

Alik me miró con un rictus de amargura y se mordió el labio inferior como haciendo un esfuerzo por controlarse.

—No sabes lo que ocurrió entonces. Se puso en pie y comenzó a insultarme, gritándome que podía jurar que si no fuese su madre iba a saber lo que era menospreciar a Alemania. Que más valía que me fuese de allí antes de que fuese tarde... Salí llorando. Sabiendo que había perdido un hijo para siempre. Que aquellos repugnantes nazis lo habían hecho cambiar. En eso fui injusta. No lo habían hecho cambiar. Él era así desde el principio. Tal vez potenciaron su lado negativo. Tal vez era un ingenuo en el fondo... Así desapareció Krikor de mi vida. Luego, años más tarde, me enteré, casi por casualidad de que vivía en Damasco. Se había refugiado allí, porque probablemente estaba considerado como criminal de guerra. Intenté dar con él. Quería saber si había cambiado. Nunca conseguí hablar con él. No contestó a mis cartas. Era inútil intentarlo.

***

—Como ves, mi vida, que comenzó dulcemente, como una promesa, se tornó amarga y difícil. Una larga y profunda depresión se apoderó de mí. Pensé en morir. Llegué a la conclusión de que nada merecía la pena. Pasaron los años, muchos años para soportar la vida. Luego un día cualquiera apareció Dadjad, el hijo de Ohannes. Cuando comprendí quién era, el corazón me dio un vuelco. Había soñado muchas veces que mis hermanos no murieron aquella noche. Pero al despertar, siempre sabía que la esperanza de que estuviesen vivos, no era más real que el sueño que acababa de tener. Por eso, cuando pude entender que increíblemente ese sueño se había hecho realidad, sentí una inmensa alegría, como si la familia que un día se deshizo, hubiese podido cambiar el sentido del tiempo. No puedes entenderme. Pero la verdad es que aquella sensación me hizo revivir, en un momento en que ya me daba todo igual. De no tener a nadie, de pronto me encontré a Dadjad. Un hombre amable, bondadoso y capaz. Supe que no estaba sola. Que Ohannes vivía. Que estaba casado con una mujer armenia, Nora Azadian. Todo volvía a tener sentido. Por eso estoy aquí. Porque creo que hay personas que merecen la pena. Y Marie es una de ellas. Estoy segura de que tú te pareces a ella. Porque no eres como Krikor. Has permanecido junto a ella. Te has preocupado de cuidarla hasta el final...

***

Alik me había abierto su corazón. Kemal Hamid destrozó su vida, como antes lo hizo con mi madre, aunque pensé que el verdadero culpable era en realidad Osman Hamid, su padre.

Aquel hombre jamás perdonó a Asadui Nazarian que huyera llevándose con ella a Marie, mi madre, y siempre mantuvo fresca su venganza. De alguna manera pudo dar con el rastro de Asadui y tramó una increíble venganza. Entregó a Marie a su hijo Kemal y cuando ella escapó, se hizo con Alik. Pero el tiempo había pasado y como tantas otras veces, puso las cosas en su lugar.

Alik había hecho un larguísimo peregrinaje. Un viaje de casi cincuenta años para volver a encontrar a sus hermanos y lo había conseguido.

***

Ella lo mencionó al comenzar. Era tarde para todos. Aquella misma noche el estado de mi madre empeoró. Sin embargo, algo parecía haber cambiado, como si hubiese logrado salir del coma para caer en una larga agonía. A la vista de ello decidimos quedarnos en vela. Sabíamos que su vida pendía de un hilo y nos mantuvimos a su lado.

Y ocurrió algo increíble: en un momento dado el rostro de mi madre, que estaba luchando por vivir, se dulcificó y su cuerpo se distendió, mientras daba la impresión de que murmuraba algo.

Alik y yo nos acercamos a la cama alarmados, convencidos de que había llegado el momento final, porque su respiración se había hecho tan débil que apenas se percibía.

De pronto Marie Nakhoudian abrió los ojos, como buscando a alguien, hasta que los clavó en el rostro de su hermana, a la que no había visto desde hacía más de cuarenta y cinco años. Hizo un esfuerzo por hablar, me acerqué a ella y pude oírlo en medio de un estertor «Alik, Alik…». Luego cerró los ojos y sus labios se relajaron en una sonrisa. Comprendí que mi madre había muerto, aunque siempre he pensado que, al menos por un instante, pudo llegar a saber que Alik había vuelto.

***

Fue así como Alik Nakhoudian entró en mi vida. Aunque era mi tía, no podía llamarla así. Su aparición me conmocionó, y más al coincidir con la muerte de mi madre. Daba la impresión de que Marie había intuido que Alik iba a volver un día y la hubiese estado esperando durante toda su vida, convencida de que volvería a verla, pero sin querer mencionarlo, como si se tratase de un largo secreto que la ayudó a soportar lo demás.

Al retornar a casa tras el entierro, nos sentamos en la biblioteca. Curiosamente Alik se sentó en el sillón preferido de mi madre y yo tomé asiento frente a ella. Sabía que iba a hablarme de aquellos días, cuando todo ocurrió, y estaba anhelante por escucharla. Yo también llevaba toda la vida esperando, sin saber muy bien lo que había ocurrido, porque mi madre nunca quiso hablar de ello, como si sólo el pensar, el recordar, la torturase.

El sol de invierno penetraba por la gran cristalera. El suelo cubierto de antiguas alfombras aminoraba el frío reinante, a pesar de la calefacción. Alik conservaba el brillo de sus ojos, húmedos aún por la emoción, unos ojos que habían visto muchas cosas, pero que conservaban su belleza.

Pero al fin ese momento también se había hecho realidad, y sin querer aparentarlo, me encontraba en ascuas, nervioso, porque intuía que Alik iba a correr el espeso telón que cubría la historia de mi familia.

Aquella expectativa significaba para mí, el mejor, el más valioso legado que mi madre me hubiese hecho: previendo la importancia de aquel relato, encendí la grabadora.

Su voz dulce, algo fatigada por la noche sin dormir, me hizo retroceder en el tiempo. Recordándome otro momento. Una vez, hacía ya muchos años, mi madre y yo, estuvimos en aquella misma habitación y siempre había pensado que aquel día, ella estuvo a punto de contarme la verdad.

Lo que sigue es la transcripción casi exacta de las palabras de Alik.

***

Te estoy hablando del invierno de 1915. ¡Cuánto tiempo ha pasado! ¡Cuánto tiempo! Sin embargo, lo percibo aún como si sólo fuese ayer. Hasta entonces nunca había visto a mi madre, Asadui Nazarian como otra mujer, sólo como alguien que me cuidaba, me mimaba y me consolaba cuando algo me dolía. De pronto, un día la vi de otra manera. Ella me explicó que eso era ley de vida y me abrazó muy fuerte. Mamá había estado casada anteriormente y de resultas de ese matrimonio había nacido Marie, mi hermana mayor. Su marido había fallecido antes de nacer la niña. Se trataba de una mala situación para una mujer tan joven, pero tuvo la suerte de que mi padre se enamoró de ella y no le importó que estuviese embarazada, ni que fuese viuda. Pero fuese lo que fuese, a ninguno de los dos les gustaba hablar de aquello. Le pregunté a mamá varias veces, pues tenía la curiosidad de saber quién había sido el padre de Marie, pero ella siempre cambiaba de conversación.

Entonces comprendí que Alik no sabía nada de Osman Hamid, el padre de mi padre. No quise interrumpirla. Pensé que se lo diría más tarde.

Marie era mi hermana en todos los sentidos y para mi padre, en realidad su padrastro, su hija favorita. Marie era una joven dulce y cariñosa. Poco habladora, generosa y buena. Aún recuerdo los años que compartimos, como una de las mejores épocas de la vida. En cuanto a mi padre, Boghos Nakhoudian era su nombre, apenas paraba en casa. Siempre de viaje entre Trebisonda y Constantinopla, navegando por el mar Negro, incluso por el Mediterráneo, comprando y vendiendo, porque esa era su vida. Cuando volvía a casa era, al menos para mí, alguien afable y generoso, aunque nunca fue capaz de romper el hielo y mostrar totalmente su cariño, como si en el fondo sintiese vergüenza al demostrar que, bajo su aspecto rudo, existía en realidad alguien sensible y cariñoso. Pero yo sabía bien que lo era, a pesar de su seriedad y su aire lejano.

Recuerdo que estaba terminando la primavera de 1915. Aquel invierno las cosas en casa parecían más complicadas. Algunos barcos habían desaparecido en el mar y mamá tenía miedo de que papá no volviese nunca, al igual que había sucedido en otras familias en

Trebisonda, que lo estaban pasando mal, porque sus hombres no daban señales de vida. Además, todos, hasta los niños, sabíamos que las cosas no estaban bien en el país. Turquía estaba en guerra con medio mundo y nadie sabía bien cómo iba a terminar todo aquello.

Yo acababa de cumplir catorce años y había crecido mucho en los últimos meses. Mi madre se reía, diciéndome que pronto sería yo la que tendría que dejarle mi ropa a ella. Marie que tenía casi veinte años, me miraba aún por encima del hombro. En cuanto a mi hermano Ohannes, con casi dieciocho años era ya un hombre, y me hacía rabiar con su paternal condescendencia, que entonces me parecía estúpida y arrogante.

Una noche tormentosa, el vapor de mi padre, El Sirga, llegó al puerto. A pesar del frío y de la lluvia, fuimos corriendo a recibirlo en cuanto lo vimos entrar por la bocana. Mamá estaba muy nerviosa, como si tuviese la intuición de que algo extraño y oscuro fuese a afectarnos. Pero no. Allí estaba mi padre bajando por la escalerilla con un saco de lona blanco al hombro, como siempre, trayendo golosinas, café y cacao entre otras cosas. Estaba convencido de que aún seguíamos siendo niños, porque siempre, cada viaje que hacía, traía lo mismo y la verdad es que aquello seguía ilusionándonos.

Mi madre se abrazó a él al pie de la escalera y rompió a llorar, desahogándose de todas las malas noches y los malos augurios. Mi padre la consoló con paciencia, mientras nos observaba por encima del hombro de mamá, sin comprender muy bien lo que estaba sucediendo.

Luego volvimos todos a casa caminando bajo la lluvia. Ohannes llevaba el saco y la maleta de papá. Mis padres iban abrazados mientras mamá sollozaba. Algo iba mal y Marie y yo íbamos tras ellos con el corazón oprimido. De pronto nos habíamos dado cuenta de que la tristeza, como un monstruo intangible, podía asaltar también nuestro hogar, pero estábamos convencidas de que el desconsuelo de mi madre no tenía otra explicación que su propio temor, a causa de tantas horas afligida, pensando que mi padre también se había perdido en el mar.

De pronto pensé que, parte de aquel malestar, se debía a la carta que Ohannes había recibido hacía unos días. En ella le conminaban a alistarse en el ejército y, aunque al principio pareció gustarle la idea, como si aquella carta certificase que ya era un hombre, pronto cambió al ver cómo se lo tomaba mamá, que apenas leyó la carta se puso pálida como un muerto, como si tuviese una terrible intuición.

Estaba claro que en los últimos tiempos los armenios vivíamos de prestado. Había escuchado hablar a mis padres entre ellos y las esperanzas de papá de que la nueva política de los Jóvenes Turcos marcase el cambio, se estaban desvaneciendo con rapidez.

Pero mi madre veía más allá. Tardé algún tiempo en comprender aquel desasosiego. A fin de cuentas, ella había perdido dos hermanos, apenas hombres, en 1895, el mismo año en que nació Marie. Ella aún maldecía el alma del Sultán Rojo, y cuando el nuevo gobierno del Ittihad lo sustituyó por su hermano Resat Mehmet, en 1909, mamá hizo una fiesta para celebrarlo, aunque les dijo a los vecinos turcos que la daba por mi cumpleaños.

Llegamos empapados a casa y mis padres se introdujeron en silencio en el dormitorio. Yo también tenía ganas de llorar, porque hasta entonces pocas veces había visto hacerlo a mamá y me sentía muy triste.

Al rato salieron. Mi padre más serio y taciturno que de costumbre, porque cada vez que regresaba de sus viajes lo celebrábamos con una cena especial, que terminaba con la ceremonia de sacar sus golosinas del saco entre bromas y risas.

Aquella noche pensé, por primera vez en muchos meses, que crecer no tenía ninguna gracia. De pronto deseé seguir en aquella situación. No quería responsabilidades ni agobios. Tampoco ver a mi madre llorando, ni a mi padre preocupado, o a mis hermanos sin ganas de meterse conmigo, como si mi niñez hubiese desaparecido definitivamente.

Mi padre no quería que supiésemos lo que estaba sucediendo. Ni tan siquiera Ohannes. Pero eso era algo imposible, porque la realidad ya estaba llamando a la puerta.

Papá tenía un lejano pariente en Constantinopla. Se trataba de Vartkes Serengulian. Cada vez que iba a la capital, lo que era frecuente por sus negocios, pasaba por su casa y le llevaba algún presente. Unas botellas del mejor vino, un pequeño tapiz, cualquier cosa. Pero en aquel viaje, Serengulian se había mostrado muy pesimista. Todo se estaba complicando. El gobierno de los Jóvenes Turcos estaba sacando a relucir su peor cara. De hecho, el triunvirato que dirigía el país, Enver, Talaat y Djemal tramaban algo terrible y oscuro contra los armenios. Se lo había puesto tan mal, que mi padre había tomado la decisión de escapar del país en el barco, con toda la familia, apenas regresara.

Le dijo una tarde a mamá, sin darse cuenta de que yo los escuchaba, que la cortina que le impedía ver la realidad había sido corrida por las palabras de Serengulian. De pronto —añadió— el temor de lo que podría llegar a ocurrir se había apoderado de él.

Mi madre, sin embargo, no quería huir. Le replicó que en nuestra región no iba a pasar nada. Teníamos muchos amigos turcos que nos querían bien. La gente siempre había sido amable y bondadosa. A fin de cuentas, éramos de allí y teníamos los mismos problemas que cualquier otro vecino. Repetía insistentemente que era imposible que ocurriese algo.

Ella era consciente de que tenía que ser fuerte y luchar contra su propia melancolía. Pero mi padre era muy cabezota. Había síntomas de que las cosas iban mal para el país, y que la ira y la impotencia del gobierno podría dirigirse contra un enemigo más débil y asequible. Además, mi padre temía mucho a Djemal Azmi, el valí de Trebisonda. Un hombre sin escrúpulos, con fama de cruel, capaz de todo por dinero.

Aquel sombrío panorama llevó en pocos días a mi padre a tomar una determinación. Huiríamos por mar hacia Odessa. Allí vivía el tío Mouradian, un hombre de buena posición que había hecho una fortuna exportando alfombras a la corte rusa. Él con seguridad nos daría amparo. Dikran Mouradian había convencido a muchos de sus parientes a salir de Turquía. Por lo visto mantenía que no debíamos fiarnos de los turcos, a pesar de que el ogro ya se había ido. Se refería, como tantos otros armenios lo hacían en la intimidad, al sultán Abdulhamid II, el Sultán Rojo.

No se habló en principio de vender la casa ni la pequeña huerta que la rodeaba, donde mi madre tenía sus rosales. Tampoco los muebles. Todo debía permanecer igual que siempre, y pronto, cuando pasase la tormenta, volveríamos.

Por supuesto, Ohannes vendría con el resto de la familia. A pesar de todo, aunque le declarasen desertor. Mi madre no soportaría que se quedase allí solo, aunque tuviese que incorporarse a un cuartel. En cualquier caso, si huía, lo peor que podría ocurrir sería que tuviese que quedarse unos años en Odessa con el tío Mouradian. A fin de cuentas, el destino de los armenios estaba en el interior de una maleta.

Aquellos fueron días de nervios y tristeza. Mi padre no quería que se lo dijésemos a nadie. Nos estábamos jugando mucho y teníamos que mantener en secreto nuestras intenciones. Ciertamente nadie nos impedía viajar por el momento, pero el profundo temor que le infundaba el valí y su policía secreta, le hacía pecar de prudente.

Sin embargo, mamá no pudo guardar el secreto, o tal vez no quiso hacerlo. Avisó a sus cuñadas, Hassmig y Loussine. Les habló de las palabras de Serengulian y de cómo aquellas revelaciones habían trastornado a su marido.

Pronto el secreto dejó de serlo y una tarde llegaron a casa el tío Adom y Dadjad Dadrian, un viejo amigo de toda la familia, al que incluso nosotras llamábamos también tío y lo saludábamos besándole ambas mejillas, como si perteneciese al clan familiar.

Mi padre los recibió con una sonrisa forzada, intentó poner buena cara al mal tiempo. Él sabía mucho de eso, de capear temporales, pero no era hombre capaz de disimular sus sentimientos, y el tío Adom, el marido de Hassmig, que era un hombre respetado a causa de su portentosa inteligencia y su increíble memoria, no parecía ser alguien fácil de engañar.

Por otra parte, ambos tenían mucha confianza con mi padre y querían saber de sus propios labios lo que estaba pasando, pensando, incluso en disuadirlo de aquella locura. ¿Cómo íbamos a huir de nuestro propio hogar? ¿Dónde podíamos tener mayor seguridad que en nuestra propia ciudad, rodeados de parientes y amigos?

Mi padre les rogó que le acompañaran a su despacho. Allí podrían hablar con tranquilidad, sin que nadie les interrumpiese.

El despacho de mi padre era una enorme estancia que ocupaba gran parte de la planta baja. Allí se acumulaban las mercancías que pensaba vender en Constantinopla, en Atenas, en Esmirna, incluso en otros lugares más remotos. Cajones, paquetes de todos los tamaños, alfombras, libros, también objetos y muebles que compraba y vendía. Todo se amontonaba allí esperando su destino.

No pude resistir la tentación de enterarme yo también. Me adelanté a ellos y me colé en el despacho. Me escondí entre unas grandes cajas en la esquina más alejada a la mesa donde sabía que se reunirían.

Entraron los tres casi de inmediato, el tío Adom arrastrando los pies a causa de su reuma crónico, Dadjad Dadrian como siempre sumamente interesado por todos los tesoros que se guardaban allí. El último en entrar fue mi padre, que echó el cerrojo antes de sentarse como si no deseara que nadie más pudiera enterarse.

Luego los tres permanecieron en silencio durante largo rato. Papá debía estar pensando en cómo explicarles su decisión y sus amigos no se atrevían a interrumpir sus pensamientos.

Sabéis que en febrero embarqué para Constantinopla —la voz de mi padre, aunque queda, me llegó nítidamente—. Tenía mucha mercancía y poca liquidez. No podía demorar más el viaje. A pesar de que en los últimos meses mi mujer no se ha encontrado demasiado bien y no me atrevía a dejarla sola con los niños. Pero llegó un día en que ella misma me empujó. «Debes ir. No puedes dejarlo más. Necesitamos dinero…». Pensé que tenía razón y que la vida no podía detenerse. Por otra parte, era cierto que necesitaba ir imperiosamente. Algo ineludible. Me vencían unos pagarés en Constantinopla. Ya sabéis… Hay cosas que no admiten espera. No lo pensé más, tendría el barco listo en una semana. Lo estibé todo y embarqué.

Sabía que aquella vez no iba a ser fácil. El mar Negro estaba lleno de barcos de guerra. Algunos enemigos. Tenía noticias de algunos apresamientos en el mar. ¿Y si me tocaba a mí? Si se perdía El Sirga sería la ruina.

Podéis creerme si os digo que lo que menos me importaba era la posibilidad de perder la vida, ¿pero y mi familia? ¿Qué pasaría con ella? Eso si me asustaba.

Una noche me despedí de los míos. Llovía a cántaros y no les permití acompañarme al muelle como otras veces. Sentía una losa dentro de mi alma. Salimos del puerto en silencio, porque la tripulación se había contagiado de mi estado de ánimo. Enseguida perdimos de vista el faro. La oscuridad era absoluta y por primera vez en mi vida comprendí por qué aquel mar tenía ese nombre.

A pesar de los malos augurios, llegamos sin contratiempo a Constantinopla y aquello me animó. Bajé al muelle optimista, convencido de que todo iba a ir bien, haría buenos negocios y volvería a casa sin novedad.

Pero no eran más que falsas esperanzas. Y los ojos me los abrió Vartkes Serengulian.

Sabéis que es primo segundo mío. Siempre me ha tratado con cariño y deferencia desde que tuvimos la oportunidad de conocernos mejor, cuando éramos niños y sus padres lo enviaron aquí, para reponerse en la playa de Trebisonda de una afección pulmonar. Ambos vivíamos en la ciudad vieja, y su casa estaba junto al palacio de Comneno. Habíamos jugado mucho en aquella época, y eso a ninguno de los dos se nos ha olvidado nunca. Así, a lo largo de los años hemos mantenido una relación de gran confianza y no hago viaje a Constantinopla en que no nos veamos.

Fui a buscarlo a su casa en el barrio armenio. Un sirviente me indicó que se hallaba en el Parlamento, en una sesión extraordinaria. Sabía dónde encontrarlo, porque siempre en los momentos en que salían de allí, los diputados armenios iban al café Djambazian. Efectivamente, allí estaba Vartkes Serengulian. También los otros tres diputados armenios, Vramian, el doctor Pacháian y Krikor Zohrab, al que conocía de otras veces como amigo inseparable de Serengulian. Con ellos se encontraban Daniel Varujan el escritor y Ruben Zartarian, el poeta.

Supe que algo muy malo ocurría cuando vi que ninguno de ellos sonreía y que todos ellos me lanzaron profundas miradas al verme entrar, como si compartiesen un terrible secreto».

Mi padre hizo una larga pausa. El tío Adom y Dadjad no se atrevían a interrumpirlo, como si tuviesen la certeza de que iban a enterarse de algo inquietante e inesperado. Por otra parte, mi padre tenía fama de hombre pragmático, que solía ir directo al grano. La expectativa creada por la narración no parecía sin embargo disgustarles, muy al contrario. Papá tomó aire y prosiguió.

Todos ellos se encontraban en el reservado que Assadour Djambazian, el propietario del café, tenía para las tertulias. Aquel era un lugar especial donde los escritores y los políticos departían. Sabían que allí podían hablar con tranquilidad, sin que los espías del gobierno los vigilaran. Aunque hoy en día, en Constantinopla, eso es casi una utopía.

En aquellos instantes estaba hablando Serengulian precisamente. Conocéis su capacidad para el discurso que lo ha hecho famoso en toda Turquía. Su gran bigote se movía sin cesar y sus expresivos ojos negros miraban a uno y a otro, intentado transmitirles su profunda inquietud.

No debo hacer gran esfuerzo para recordar sus palabras, pues en verdad me impresionaron, y tal y como las escuché, os las repito.

Compañeros y amigos míos. Jamás nuestro pueblo ha estado tan cerca de un desastre. Hace veinte años, miles y miles de armenios fueron vilmente asesinados por el déspota Abdulhamid. Sus propiedades, sus bienes, sus familias. Todo fue atropellado y destrozado por aquel infame, que nos odiaba más que a ninguna otra cosa en el mundo. Su único fin era aniquilarnos y si no hubiese sido por esas naciones, que se han convertido en nuestros padrinos históricos, lo habría conseguido. Fueron Francia, Inglaterra y Rusia las que le amenazaron con una intervención directa. Y él sabía bien que eso hubiese significado la aniquilación total de Turquía.

Recordáis bien que Abdulhamid, a lo largo de su reinado, había perdido las provincias del Caucaso, Bulgaria, lo que quedaba del Imperio turco en Montenegro, en Rumanía, en Bosnia y Herzegovina. También Serbia. Incluso Grecia se atrevía a plantarle cara. ¿Qué ocurría con su propio país? Aquí estamos los armenios, los kurdos, la importante comunidad griega, los judíos, los sirios, los circasianos…

El tirano sabía bien que tal vez tuviese la fuerza bruta de su lado. Pero, con certeza, la razón, la verdad y la ética no lo estaban. Ese y no otro era el verdadero motivo de su odio hacia las minorías y entre ellas, los más señalados, los que históricamente nunca habíamos humillado la cerviz, estábamos nosotros, los armenios.

Hemos sido siempre los verdaderos propietarios de la tierra donde vivimos. Un islote cristiano en un proceloso mar musulmán, alguien que llegó cuando nosotros llevábamos ya siglos viviendo en paz en nuestros valles y montañas.

Sabéis que lo que digo no es demagogia. Muchos turcos nos miran con recelo y envidia porque gracias a nuestro esfuerzo cotidiano, a nuestro orden, a nuestra previsión, hemos sabido vivir con desahogo y educar bien a nuestros hijos.

Ahí están Taron, Tayk, Ararat, Lori, Gugark, Siounik, Vaspourakan, nuestras regiones históricas, que han sido por siglos nuestra patria. Hasta que llegó el turco. Con él comenzaron las razias, los caprichosos y excesivos tributos, los crueles *raids* contra los armenios.

Luego permanecimos unos siglos en el filo de la navaja, entre bizantinos y turcos. Siempre luchando, siempre perseguidos. Otomanos e iraníes nos han ido aprisionando en una brutal tenaza. Nos hemos transformado para ellos en *dhimmis*.

Aunque eso sí, desde tiempo inmemorial, hemos sido los mejores arquitectos, médicos, músicos y artistas de los sultanes y los visires. También los industriales que han sabido poner en marcha el país. No hace falta que os recuerde a los Balian, los Duzian, los Dadian, los Bezdjian y muchos otros. ¿Quién si no creó la banca en Turquía? ¿Quiénes son los mejores hombres de negocios? ¿Quién los mercaderes de éxito?... Nosotros, los armenios. Nadie, ni nuestros mayores enemigos pueden negar esa realidad.

Y ahí está el fondo de la cuestión. Alguien definió al hombre como un animal envidioso. Y la envidia es madre del odio y pariente de la violencia. Ahora está incubando la serpiente su huevo maligno. Sólo tenemos que mirar atrás, buscar en la historia, para saber que han hecho los hombres en casos similares.

Aquí, en nuestro país, hoy no podemos llamar patria a nuestro país, porque patria significa padre, y padre significa amor, comprensión y generosidad, y hemos tenido periódicamente ejemplos de lo que los turcos piensan de nosotros. No somos apenas nada para ellos, sólo infieles sin alma, menos que animales destinados al matadero».

Mi padre calló unos instantes. Recuerdo que la emoción casi le impedía hablar. Se disculpó diciendo que nunca antes había visto a su pariente tan excitado. Pero era evidente que deseaba seguir su narración y de inmediato prosiguió el discurso de Vartkes Serengulian.

Hermanos. Un turco, al que las circunstancias han hecho estar en el comité, del que no puedo decir su nombre, pero sí que piensa como un europeo y no comparte los criterios de sus compañeros, me ha advertido lo que ese Comité de Unión y Progreso, en su última sesión secreta, presidida por Talaat Pachá en el palacio de la Presidencia, ha decidido para los armenios.

Sí, hermanos míos, ya no se trata de razias, de una matanza circunstancial, de un pillaje o algo similar. Ahora es diferente. Ahora, según Talaat, nos ha llegado el día de rendir cuentas, porque ya no somos para ellos más que polvo, que pronto arrastrará el viento de la historia.

Serengulian hizo entonces una pausa y os repito que nunca lo había visto en aquel estado nervioso. Sudaba por todos los poros de su piel, aunque estaba tan pálido y demacrado, que por un momento creí que iba a darle un síncope. Como sabéis es hombre animoso y fuerte, pero debido a la fuerte emoción que sentía lo vi anonadado. No era aquel un discurso político. Era un hombre destrozado anímicamente, que estaba intentando advertir a los suyos de que el mundo que compartían estaba llegando a su fin. Pero dejadme que termine su discurso. Prefiero repetir sus palabras grabadas dentro de mí a sangre y fuego, que interpretarlas, pues no creo que mi versión fuese más que un débil reflejo de su vigorosa arenga.

Hermanos —prosiguió pues Serengulian—. Ese turco no me ha avisado como tal, sino como otro ser humano que no quiere, no puede ser cómplice de un genocidio, y al que estoy seguro la historia salvará, si lo que allí se habló llega, por desgracia, a llevarse a cabo.

Allí, hace pocos días, en el salón del palacio de Talaat, se reunieron Enver, ministro de la Guerra, Said Halim, el gran visir, que sabéis jamás planta cara a los acontecimientos. Djemal Pachá, ministro de Marina, que nunca ha subido a un navío, pero al que le encantaría llevar el pecho repleto de condecoraciones alemanas.

Allí estaban también el Dr. Suleiman Numan, que siempre ha odiado a los armenios, Ahmed Pachá, el padre de Enver, que igualmente educó a su hijo en el odio a nuestra raza, Hussein Djahid, uno de los miembros fundadores de este comité, Medjid, el repugnante yerno del sultán, correveidile de su amo, amigo de Talaat y de Enver por intereses creados. También el otro yerno del sultán, Selaheddin, ese traidor de drama barato, casado por interés, hombre sin amigos.

En tal aquelarre no podía faltar Mithad Shukri, el nuevo secretario general del comité. Ni Ismail Hakir, el responsable de la logística del ejército. Porque no os equivoquéis, esta operación es más que otra cosa, una batalla. Una batalla sin cuartel, a muerte, eso sí, de un poderoso ejército contra hombres desarmados, contra ancianos, contra mujeres y contra niños armenios. Sí. Sobre todo, contra estos, contra los niños. Porque ellos significan el futuro de nuestra raza y para ellos simbolizan una gran amenaza.

Allí estaban también Rahmi, el gobernador de Zmiurnia. Hussein Hilmí, el embajador en Viena, encargado de preparar una versión creíble, para evitar que las naciones civilizadas señalen a este país como reo del mayor crimen que pueda cometerse.

He dejado para el último al cerebro de la operación. El hombre. No. Me equivoco… no puede tratarse de un ser humano. Es un lobo insaciable. Un enviado del infierno. Ya sabéis de quién hablo. Del doctor Nazim. Uno de los fundadores del comité. Uno de los jefes del Ittihad. Ese nacionalista a ultranza, que cree en la sangre para llegar a conseguir la patria que sueña. Una patria limpia de todos los que no sean y piensen como él. Un hombre de ideas fijas y preconcebidas. Lo ha dicho muchas veces. Los turcos deben expulsar a los otros. A los que no son turcos. Y turcos son para él, exclusivamente los descendientes de los turcomanos. Los otomanos, un insignificante principado a finales de la Edad Media guiados por ese Osman, que sólo dominaba la provincia bizantina de Bitinia.

De eso se aprovecharon. De la debilidad bizantina que había culminado su apogeo y comenzaba una franca decadencia. Ahí estaban aguardando las ricas tierras que ansiaban esas hordas nómadas.

Y en eso sigue creyendo Nazim. Él también se cree un enviado, para volver a guiar al Imperio otomano. Se cree un nuevo Osman. Y no es más que un falso profeta. Un hombre en la sombra. Un doctrinario perverso.

Sé bien lo que piensa. Conozco su discurso. Él habla de la necesidad, incluso de la utilidad de aniquilarnos.

Serengulian respiró hondo, como si le costase un gran esfuerzo respirar.

Esos son pues los que han decidido convertirse en ángeles exterminadores de nuestro pueblo. Ahí, en esa redoma de conjuros, se ha vertido la hiel de la envidia y la violencia. Fría al principio como el hielo del monte Ararat, y caliente como las llamas del mismo infierno cuando penetra en el corazón de los malvados. Aderezadas con unas gotas de codicia, porque también ansían nuestras riquezas, nuestras casas, nuestras tierras y patrimonios. Pretenden lo que no pueden tener. Nuestra alegría de vivir lo cotidiano. Y también... ¡Ay hermanos míos! Tal vez... tal vez no debería seguir. Pero no. No por callar lo que sé, voy a ser más compasivo con vuestras almas.

Nazim, ese diablo, habló de apoderarse de lo que más queremos. De nuestras hijas más bellas para transformarlas en concubinas. De nuestros hijos más pequeños, los que apenas aún saben hablar, para convertirlos en musulmanes, haciéndoles creer en su engaño que han nacido turcos y educarlos en el odio a la raza armenia. ¡Qué crimen más infame es pretender engañar a la inocencia!

Sé bien lo que pretende. No sólo aniquilar a los armenios. Seguirán después las otras minorías. Los griegos de Anatolia, los sirios de Cilicia, los judíos de esta ciudad. Todos los *millets*. Todos los *guiavurs*.

¡Qué ingenuos hemos sido! Cuando derrocaron al sultán hace apenas seis años, aplaudimos con júbilo. Con él parecía irse una parte horrible de nuestra historia. Él. el odioso Abdulhamid, que durante dos generaciones ha derramado ríos de sangre armenia. El sátrapa que ha aterrorizado al mundo con sus crímenes horrendos.

¡Qué confiados! En su lugar llegaron lobos sedientos de sangre, disfrazados de corderos, tendiéndonos su mano, pero sólo para tentar nuestra fuerza. ¡Ay hermanos! Hemos sido amantes de los libros, de las artes, de las ciencias. Nos hemos encerrado en nuestras iglesias y catedrales. Hemos puesto la otra mejilla cuando nos han golpeado...

Y es ahora, cuando la realidad está llamando a nuestra puerta. Esa terrible, odiosa, inevitable realidad, que han traído Enver, Djemal y Talaat, acólitos del diablo Abdulhamid, que debe estar sonriendo satisfecho, seguro de que su maldición se está cumpliendo con creces...

Sí. Hemos sido engañados. Enseñando a nuestros hijos el camino de la bondad, a devolver mal por bien, de que las palabras son siempre más útiles que las armas.

¿Y sabéis qué os digo? Que nos hemos equivocado. Que hemos engañado a nuestra gente. Que hemos confiado en que las fuerzas del mal no podrían con las fuerzas del bien. Y al final, ahora, justo cuando llega el momento de la prueba, no somos más que ovejas dispuestas para el matadero.

Pero os ruego que perdonéis estas disquisiciones, que surgen no de mi mente sino de mi corazón. Yo Vartkes Serengulian, he pertenecido, aún pertenezco, a un Parlamento que nunca ha sido tal. Ahora lo sé. Al igual que tú, Pacháian, que tú Vramian, que tú Zohrab, hemos creído que la fuerza de la palabra era superior a todo, era lo único válido, lo que nos hacía diferentes a otros pueblos. Pero no. aún no. Al menos aquí, en Turquía, no.

Ahora tenemos que pensar en defender a nuestro pueblo. Y hoy he comprendido que ya es tarde, que estamos en manos de Dios, y sin querer blasfemar, creo que Dios ha mirado hacia otro lado...

Allí, —recuerdo que Serengulian señaló hacia el este, donde se encontraba el palacio de Talaat— allí ha nacido la Bestia.

Allí Nazim ha creado el monstruo, la Organización Especial, esa Techkilat-i Mahsoussé. ¿Sabéis qué quiero decir? No tengo la certeza de poder hacerlo. Es algo demasiado terrible para creer que haya sido concebido por seres humanos.

Fue Nazim el que diseñó el procedimiento. Aunque creo que la idea proviene de alguien ajeno a estas tierras. Un extraño personaje. Un tal Humann, que estuvo en Constantinopla, apenas hace seis años, atendiendo a una llamada del Sultán Rojo. Él trajo la semilla. Ahora esas flores del mal están dando sus frutos.

Los asesinos, los malhechores, los violadores, toda la escoria de Turquía, está siendo llevada a campos de entrenamiento en estos días. La mayoría en Tchoroum. ¿Sabéis qué se pretende de ellos? Por la expresión de vuestros atónitos rostros, por la palidez de vuestros semblantes veo que lo habéis adivinado. Sí, esos demonios no van a ser otra cosa que los brazos de Talaat, de Djemal, de Enver, de Nazim, de los que como ellos sólo desean nuestra aniquilación total.

Les han prometido una parte del botín. Una parte del oro y las joyas. Incluso podrán quedarse con las casas y tierras que deseen, y lo que es más increíble, lo más abominable de todo, es que podrán hacer con nosotros, los armenios, lo que quieran, porque nadie va a pedirles cuentas.

¿Os imagináis? Violarán a las mujeres y a las niñas. Torturarán a los jóvenes. Luego los asesinarán. Eso es lo que va a ocurrir y por Dios que temo que ya sea tarde para impedirlo.

Por eso hermanos, ya sólo es tiempo de luchar. He sabido hoy que hace unos días salieron los telegramas ordenando el principio de las deportaciones. ¿Pero, deportarnos? ¿A dónde? Sólo se trata de una excusa, pues no van a decir claramente a los embajadores extranjeros que van a aniquilarnos. Temen lo que Francia e Inglaterra, nuestras ancestrales amigas, puedan decir y hacer. También a los Estados Unidos que ya han amenazado con intervenir dentro de Turquía.

Y eso es lo que debemos intentar. Que esas naciones y otras, como la propia Rusia, intervengan y hagan comprender a los turcos que no pueden tomar el camino del crimen y el genocidio, porque en tal caso, el mundo civilizado pedirá cuentas a este país y será tal el oprobio, que por siglos la historia los señalará como un país que permitió la aniquilación de una raza.

Aún me emociono al recordar cómo, ante el desgarrado discurso de Serengulian, Krikor Zohrab, no pudo resistir más y le interrumpió lanzando un grito desgarrador.

—¡No! ¡No! ¡Y mil veces no! ¡No vamos a permitir que esa terrible desgracia caiga sobre nuestro pueblo! ¡En modo alguno van a salirse esos turcos, que Dios maldiga, con la suya! —Su respiración era entrecortada y fatigosa y temí que pudiese darle un síncope, pues todos sabíamos que Zohrab padece del corazón. Recuerdo con precisión cómo se cubrió el rostro con las manos, porque tenía los ojos llenos de lágrimas y por un instante pretendió ocultarlas. Luego subió los brazos hacia arriba como si clamase al cielo.

—¡Dios! ¡Dios de nuestros antepasados! ¡Tú nos guiaste a estos valles, cuando no eran más que un lugar solitario! En ellos hemos levantado por doquier tus altares. ¿Por qué nos has enviado este atroz castigo? ¿En qué te hemos ofendido? ¿En qué nos hemos equivocado? ¡Dios mío, si es precisa una víctima, tómame! ¡A mí y a los míos! ¡Pero no aniquiles a tu pueblo!

En aquel momento, Zohrab cayó de rodillas al suelo entre la emoción de todos los que allí nos hallábamos. Sus compañeros podrían comprender bien aquellos sentimientos, porque Krikor Zohrab les había advertido muchas veces que podría llegar un día en que aquella amenaza se tornaría realidad.

Entonces Serengulian abrazó a su compañero y lo alzó con él, a pesar de que Zohrab era mucho más corpulento. Para entonces, la conmovedora escena había logrado que también a mí se me llenasen los ojos de lágrimas. Mi mente estaba confusa. Sentía mi corazón latir, golpeándome el pecho. Pensaba en mi mujer y en mis hijos, mientras un imparable temor me oprimía el ánima. ¿Qué significaban aquellas palabras? ¿Es que de la noche a la mañana los turcos se habían vuelto asesinos dementes? ¿Habíamos vivido hasta entonces rodeados de bestias sanguinarias, creyendo que eran seres humanos, iguales en sus defectos y virtudes que nosotros? No podía aceptar lo que acababa de escuchar.

Todos se conjuraron para evitar que aquellos funestos presagios se hiciesen realidad. Se acordó que Serengulian hablaría de inmediato con el embajador francés. Igual haría Pacháian con Henry Morgenthau, el embajador de raza judía que representaba a los Estados Unidos, hombre cabal que apreciaba a los armenios, a los que consideraba también como verdaderos amigos del pueblo americano.

En cuanto a Vramian tenía una buena relación con Paul Weitz, corresponsal del *Frankfurter Zeitung* y creía que podría hablar con él para que influyese ante la opinión pública alemana, más pendiente en aquellos días de la guerra con Francia e Inglaterra que de un pequeño pueblo, remoto y casi desconocido para ellos.

Quedaron, pues, en hacer aquellas gestiones de inmediato y reunirse de nuevo, mientras, Ruben Zartarian y Chilinguirian viajarían a las principales ciudades armenias para advertir a los obispos y notables.

Éramos conscientes de la situación. No podíamos llevarnos a engaño, creyendo otra vez que todo debía hacerlo la providencia.

Zohrab parecía enfadado consigo mismo. Murmuraba que habíamos sido imprudentes. Que aquella situación se veía venir desde hacía demasiado tiempo y que él jamás había creído en la falsa democracia de los Jóvenes Turcos.

Añadió que antes prefería a un tirano cruel como el sultán Abdulhamid, que a unos infames que se hacían pasar por lo que no eran, para poder preparar con tiempo algo tan inhumano como lo que ahora se tramaba en contra nuestra.

—Como podéis comprender —aseveró mi padre a sus amigos—, salí de allí con la sensación de que no me llegaba la camisa al cuerpo. Volví al puerto descompuesto y di orden al capitán de zarpar en cuanto hubiese llegado la tripulación, que andaba por Constantinopla de permiso.

Aquella misma noche, bien entrada la madrugada, abandonamos el puerto. Durante la travesía, que hicimos en tres días completos, navegando a toda máquina, no podía quitarme las palabras de Serengulian de la cabeza. Aquello se me antojaba imposible. ¿Cómo aquellos vecinos turcos, con los que en apariencia manteníamos una buena relación, iban a cometer tales felonías? ¡Pero si eran gentes iguales que nosotros! No. No podía creerlo y de pronto todo se me antojaba un mal sueño.

Pero la verdad, la odiosa verdad, es que no logro quitármelo de la mente. Ese y no otro, ha sido el motivo por el que os he mandado llamar. Necesitaba hablar con personas ecuánimes y experimentadas que pudieran aconsejarme. Quiero saber qué pensáis vosotros de todo esto. Que me ayudéis a tomar una difícil decisión. ¿Debo hacer caso, avisar a las gentes, coger a mi familia y abandonar el país para siempre? Nunca creí que las cosas pudiesen ponerse tan mal. Porque para mí, esto significa el fin del mundo.

Tras la terrible narración de mi padre se hizo un largo silencio. Desde mi escondite podía escuchar la asmática respiración del tío Adom y el carraspeo nervioso de Dadjad Dadrian. Habló primero el tío Adom. Su profunda voz resonó en la estancia como un tambor.

—Boghos —ese era el nombre de pila de mi padre—. Tú conoces bien la historia de nuestro pueblo. Hemos vivido siempre en el filo de la navaja. Unos y otros nos han golpeado. Árabes y turcos, persas y rusos, antes griegos y romanos, porque para entonces ya estábamos aquí nosotros; nos han perseguido mediante razias, pogromos, saqueos, asesinatos… No ha sido fácil llegar hasta aquí. No. En verdad no ha sido nada fácil. —El tío Adom suspiró profundamente—. Pero aquí estamos. A pesar incluso de ese monstruo del averno. Ese Abdulhamid que intentó aniquilarnos en 1895. No lo consiguió, a pesar del criminal empeño que puso en ello. Tú, mejor que otros, lo sabes bien. Es cierto que asesinó a miles de los nuestros. Pero te diré una cosa. Ese es el tributo que hemos tenido que pagar para ser quienes somos. Un terrible diezmo de sangre de nuestros hermanos. Sabemos bien que ha sido algo terriblemente injusto. Pero él y sus secuaces son los asesinos. Abdulhamid será «el gran asesino» para la historia. Nosotros somos las víctimas de unas circunstancias, somos los inmolados a esos terribles dioses, que reclaman su sangrienta parte. Pero los armenios estamos aquí a pesar de todo. Creo Boghos que no debes marcharte. Hay ya demasiados armenios en la diáspora. Necesitamos hacernos fuertes aquí, en nuestra tierra, y si gente como tú, como los tuyos, se marchan por temor, de alguna manera estaremos haciendo el juego a nuestros enemigos, que precisamente lo único que quieren es aniquilarnos de una manera u otra. Y conseguir que nos vayamos de lo nuestro, no es más que otra forma de aniquilación. Pero óyeme bien, debes hacer sólo lo que te dicte tu conciencia. Sabemos que, si te vas, lo harás por tu familia y también que, estés donde estés, seguirás siendo un armenio, y donde se halle un solo armenio, allí se encuentra Armenia. Te ruego, pues, que reflexiones y obres después en consecuencia.

De nuevo se hizo el silencio. Dadjad Dadrian era hombre de pocas palabras, pero cuando lo hacía, merecía la pena escucharlo. Al menos eso era lo que siempre decía mi padre, que en aquellos momentos permanecía expectante a que el viejo Dadrian le diese también su opinión.

Dadjad habló con voz ronca y profunda, más si cabe a causa de la emoción que le embargaba.

—Boghos Nakhoudian. Hijo de Adom y nieto de Badrig. Conocí bien a tu padre y a tu abuelo. Aquellos eran otros tiempos, aunque no menos difíciles para nosotros. Es cierto que otros, entre los armenios, vivieron épocas de esplendor, como fue el caso de mi tío Nikogos Balyan que, junto con mi tío abuelo Karbert, trazó los planos del palacio de Dolmabahçe para el sultán Abdulmecit. Fueron, recordáis, los años de la reforma del Tanzimat. Entonces los armenios creímos equivocadamente que se avecinaba el fin de una época de opresión, porque entre otras cosas, el *millet* armenio tendría a partir de entonces los mismos derechos ante la ley. De hecho, el *Mecelle* limitaba los poderes autocráticos de los funcionarios. ¡Aún recuerdo a mi padre exultante de felicidad porque los tribunales de la *sharia* habían sido privados prácticamente de toda su autoridad, entre los lamentos de los ulemas que se rasgaban las vestiduras! Era como si las tinieblas de la interminable época medieval de los países musulmanes se hubiesen disipado en Turquía, dando paso a una época luminosa. No era para nuestros abuelos, para nuestros padres, más que algo anunciado. Parecía simplemente que el mundo estaba cambiando y que ese cambio, aunque tarde, finalmente había llegado a Turquía. Pero no, todo aquello no era más que un espejismo. Sabéis que ese fenómeno óptico se da con frecuencia en los desiertos. Pues bien, nosotros los armenios seguimos nuestra travesía del desierto, creyendo ver, casi tocar, lo que no es más que producto de nuestros deseos. Desde entonces todo ha ido a peor. Ahora, en estos tiempos, el espionaje a que nuestros notables, nuestros obispos, aquellos que se atreven a levantar la voz, están siendo sometidos, es algo inaudito. ¿Quiénes, de entre los nuestros, se encuentran en las cárceles turcas? Os lo voy a decir con exactitud: los mejores. Basta que un armenio se atreva a escribir un libro, una poesía, un mero artículo de prensa, en los que un turco pueda verse reflejado o menospreciado, para que ese armenio sea juzgado, condenado, torturado y muchas, demasiadas veces, asesinado en su propia casa, frente a los suyos. O en la cárcel, o escarneciendo el poder de Dios, en el interior de una iglesia. Es cierto que hemos intentado defendernos, que muchos de los nuestros han muerto en defensa propia o incluso intentando reparar el honor de sus mujeres. Pero no hemos sido capaces de hacernos respetar por esos cobardes turcos. ¿Por qué? ¿Cuál ha sido la causa de esta situación? ¿Por qué no hemos devuelto golpe por golpe? Diréis que sólo somos una minoría. Que nunca hemos podido llevar armas, montar a caballo dentro de las ciudades. Y es cierto. Hemos permanecido sojuzgados bajo la bota del turco. Por qué no decirlo. Humillados. Presenciando como, cada vez que sale el sol, un armenio es despreciado, ofendido, pisoteado por la inclemente crueldad de un turco.

Dadjan Dadrian hizo una pausa como si la emoción le impidiese proseguir su argumentación. Luego movió la cabeza con escepticismo.

—En estos tiempos se ha hablado de panislamismo, de otomanismo, de occidentalización. Ahora más que nunca de nacionalismo. Pero ni el islam, ni el imperio, ni occidente, ni la bandera turca quieren saber nada de nosotros. Ese nuevo partido de la Unión y el Progreso, habla sólo de la unión entre los turcos, del progreso de los turcos. El doctor Nazim ha conseguido lo que quería, ha convencido a los miembros del Comité para la Unión y el Progreso, el Ittihad Ve Terakki Cemiyeti, de la mayor mentira, expuesta con el mayor descaro. Su tesis es tan sencilla, como horrible el mensaje que contiene. Para lograr el progreso de Turquía hay que deshacerse de los extranjeros. De aquellos que, según él, son ajenos a este país. Se refiere a nosotros los armenios, también a los griegos que residen en Anatolia, a los sirios, a los kurdos. A todos los que no son turcos.

Dadjad Dadrian se había puesto en pie. Exaltado por sus propias convicciones, comenzó a dar vueltas de un lado a otro, observando la reacción de mi padre mientras el tío Adom asentía, moviendo incesantemente la cabeza de arriba abajo. En cuanto a papá, permanecía pálido, inmóvil, salvo sus manos que parecían hablar por él, aferrándose a la mesa, como queriendo expresar su terrible inquietud.

Dadjad Dadrian no había querido reservarse nada, ni tampoco ser compasivo con él y así lo demostró con sus últimas palabras.

—Por eso, Boghos, mi opinión personal es que debes partir, al igual que todos los armenios deberíamos salir de esta trampa en que se ha convertido el país. Porque en verdad, no sé lo que puede llegar a ocurrir, pero tengo la terrible sospecha de que, esta vez, están decididos a llegar hasta el final. Aunque tengan que terminar con todos nosotros.

Había caído la tarde y el despacho de mi padre se había sumido poco a poco en la penumbra. Ninguno de los tres hombres había intentado encender un quinqué, ni una vela, como si la tristeza y la desesperanza que también había oscurecido sus corazones, lo hubiese invadido todo a su alrededor. Durante un largo rato nadie pronunció una sola palabra. No había mucho más que decir, y a pesar de mi corta edad y mi falta de experiencia era muy consciente de la situación.

Aquellas revelaciones me habían abierto los ojos de repente. Tenía la sensación de haber pasado en un par de horas de la infancia a la madurez. Sentía un enorme vacío dentro de mí. También una inmensa pena por los míos, por mi mundo. Mi padre era un hombre bondadoso y amante de sus tradiciones, y yo sabía bien que todo aquello lo había herido de muerte.

Se despidieron en la misma puerta. Se abrazaron sin añadir ni una sola palabra. Cada uno sabía bien lo que debía hacer. Luego mi padre salió el último, cerrando la puerta tras él y me quedé allí sola, llena de temor y angustia, sollozando por él, por mi madre, por mis hermanos, por mis tíos y primos, por las compañeras de colegio, por mi pequeño mundo que iba a desaparecer en apenas unos días, temiendo lo desconocido, lo lejano. Sin saber bien qué hacer. Luego, cuando me calmé, abandoné la estancia temblorosa, con los ojos húmedos y enrojecidos, sabiendo que se notaba mi estado. Cuando entré en el comedor vi que también mi madre tenía los ojos hinchados, brillantes de llorar. También mi hermana. Mi padre no se atrevía a hablar, por miedo a que su estado de ánimo lo traicionara y cenamos en un absoluto silencio, roto sólo por los leves sollozos de mi madre.

En un momento dado, sin poder resistirme, queriendo romper aquella tensa situación hice la pregunta.

—Papá, ¿quién es el doctor Nazim?

Mi padre levantó los ojos del plato y se quedó mirándome fijamente, sin poder introducir la cuchara en su boca, luego miró a mi madre con ojos atónitos. Tardó un largo rato en reaccionar, hasta que decidió contestarme, sin hacer más indagaciones. Puesto que lo había preguntado, merecía saber la respuesta.

—Nazim era estudiante de Medicina. Coincidió en la facultad, en Constantinopla, con mi hermano Varoujan. Luego, sin terminar el curso, tuvo que exiliarse a París. Sé que allí participó en la creación del Comité para la Unión y el Progreso. Lo único que puedo decirte es que odia a los armenios más que a nada en el mundo. Creo que en realidad es un demonio reencarnado, con apariencia de ser humano... Y ahora termina de cenar y vete a la cama. Hemos tenido muchos como él en este país, pero nunca han conseguido sus fines. Por tanto, permanece tranquila que nada va a ocurrir.

Luego terminó de cenar, mientras mi madre parecía muy afectada, como si estuviese llegando al límite de su capacidad de resistencia. Nunca la había visto así, pero después de haber escuchado a mi padre, podía entender cuál era la causa.

Al día siguiente las cosas no estaban mejor. La decisión de irnos cuanto antes era ya definitiva. Mi hermano parecía nervioso y al mismo tiempo aliviado. Ohannes, a pesar de su edad, seguía manteniendo una gran dependencia de mis padres, porque nunca se había separado de ellos. Cuando le conté lo que había escuchado en el despacho, no quiso creerme. Imaginó que se trataba de las fantasías de una adolescente. Pero para todos, era evidente que algo muy malo estaba ocurriendo, porque de pronto, de la noche a la mañana, nos íbamos y por las trazas, tal vez para siempre.

Papá hizo correr la voz de que íbamos a viajar a Constantinopla para que los médicos viesen a mamá. Ohannes se quedaría en Trebisonda y se incorporaría a su regimiento el día señalado. Todo debía parecer absolutamente normal.

Pero no era así. Mi padre quería llevarse todo el oro que pudiera reunir, para lo que, de inmediato puso en venta, sólo entre la familia y los amigos, algunas pequeñas propiedades a buen precio, para intentar venderlas enseguida. La casa no. Eso no podía hacerlo porque mamá no quería deshacerse de ella bajo ningún concepto. Era en verdad una buena casa, grande y espaciosa, con un precioso jardín, muy bien situada. ¿Cómo iba a malvender el lugar donde habíamos nacido nosotros? No podía aceptar que tal vez no volviésemos jamás. Eso no le cabía en la cabeza.

Mientras, toda la familia estaba empaquetando, porque la idea era embarcar todo en El Sirga. ¿Quién iba a sospechar que en realidad se trataba de nuestras posesiones y no de mercancías? Pero era una difícil tarea que mi madre no nos ponía más fácil, porque cada objeto, cada prenda —los muebles permanecerían en la casa, ya que mi padre no quiso ni oír hablar de ellos— producía en ella un largo suspiro, como si todos aquellos viejos trastos tuviesen vida propia y tener que abandonarlos le costase parte de la suya.

Tal vez fuese la emoción que aquellas circunstancias le estaban provocando, pero a los dos días de tomar la decisión, apenas se había levantado, cuando mi madre de pronto perdió el sentido y cayó desmayada al suelo. Se recuperó en unos minutos, pero le sobrevino de inmediato una fiebre tan alta, que mi padre asustado hizo llamar al médico. Aram Mouradian, un buen amigo de la familia. Me envió a buscarlo porque vivía muy cerca y no quería que Ohannes saliera a la calle, pues se había corrido la voz de que el ejército estaba llevando a cabo levas indiscriminadas entre los jóvenes armenios de más de quince años.

Aram Mouradian debería tener por entonces unos cuarenta años. Para mí era sólo un hombre con muchos años y merecía el respeto que los armenios sentimos por los mayores. Se hallaba en su consulta, en la planta baja del viejo caserón en el que también vivía, apenas a diez minutos andando de nuestra casa, y en cuanto le conté apresuradamente y casi tartamudeando, lo que le pasaba a mamá, se levantó de la mesa donde estaba escribiendo, cogió su maletín y salió conmigo con gesto preocupado.

Yo iba pensando en que, con seguridad, aquel hombre habría conocido al doctor Nazim y que podría preguntarle algo sobre él. Pero no me atreví a hacerlo. Su semblante serio y ausente me lo impidió.

Papá y él se encerraron en el dormitorio donde se encontraba mi madre. Hubiese deseado entrar porque quería mucho a mamá y me encontraba muy preocupada por su estado. De hecho, mi hermana que la había estado cuidando, murmuró en voz baja que había delirado y que no la reconocía. Observé como el doctor Mouradian torcía el gesto al escucharla.

Todo se estaba complicando. Pensé que iba a ser muy difícil que pudiésemos marcharnos, porque el estado de mi madre iba a impedírnoslo. Mi hermana no hacía más que llorar, y Ohannes, que normalmente era alguien alegre y siempre gastaba bromas, se mantenía callado y taciturno. Era evidente que las cosas iban muy mal. Percibía que algo terrible iba a ocurrir y esa sensación me oprimía el corazón, aunque no puedo negar que todo aquello me sirvió para madurar con rapidez. Apenas hacía unos días, cuando me introduje en el despacho para curiosear, en un momento dado, al escuchar a mi padre y sus amigos, una luz se encendió en mi interior. Creo que aquel fue el instante en que tomé conciencia de la verdadera situación del mundo que me rodeaba.

El doctor Mouradian salió un momento y le dijo en voz muy baja a Ohannes que se acercara a la farmacia de la ciudadela, cerca del puente Tabakhane. Entonces, impulsivamente me acerqué y cogí la receta de la mano de Ohannes mientras decía que iría yo. Sabía que mi madre lo hubiese preferido, porque temía que Ohannes pudiese tener un problema si se encontraba una patrulla militar, cada vez más frecuente en los últimos días.

Salí de casa y subí corriendo la cuesta hacia el promontorio, donde estaba la plaza Taksim. Luego bajé, sin poder apenas mantener el equilibrio, hacia el puente y me introduje en el laberinto de la ciudadela. Sabía perfectamente donde se hallaba la farmacia, porque justo al lado vivía mi prima Teresa.

El farmacéutico me lanzó una penetrante mirada por encima de sus anteojos, y observó curioso mi respiración alterada por la carrera. Luego cogió la receta y entró en la botica para preparar la medicina. Murmuró que se trataba de un cordial. Aquel hombre me conocía bien de verme rondando por allí y me colé tras él, porque me encantaba verlo trabajar. Era un ser extraño, ya que no tenía un solo pelo en la cabeza ni en los brazos y por lo que se me antojaba, en todo el cuerpo. Eso me fascinaba, al igual que a mi prima, de tal manera que cuando nos hallábamos junto a él no podíamos separar la mirada de su cabeza.

Nadir Kabir era un extraño armenio. Su padre era iraní y probablemente de él había heredado su monumental nariz. Lo único que tenía muy bellos eran los ojos, grandes y verdes, de color esmeralda. También unas manos pequeñas y delicadas, de largos dedos, desproporcionados para su contextura. Sin embargo, él no quería saber nada de los iraníes y se declaraba armenio, aunque para nuestra comunidad era alguien ajeno, ya que se había casado con una turca que estaba educando a sus hijos como musulmanes.

Pero para mí tenía algo muy positivo, ya que no parecía importarle que, de tanto en tanto, nos metiésemos en su laboratorio para verlo trajinar. Eso sí, con la condición de permanecer quietas y calladas, por que si no, nos echaba de inmediato a la calle.

Sin mirarme me preguntó con su voz nasal que para quién era el específico. Le contesté que para mi madre y asintió repetitivamente con la cabeza, murmurando lo dura que era la vida.

En pocos minutos me entregó el pequeño frasquito de cristal de color ámbar oscuro tapado con un corcho lacrado, mientras musitaba sus deseos de que ella se mejorara. No pagué, ya que como era costumbre, lo anotaría en una lista que mi padre liquidaba de tanto en tanto.

Volví corriendo con más precaución que a la ida, porque una vez, haciendo el mismo trayecto, había resbalado rompiéndose el frasco con la medicina. Desde aquel día iba más pendiente cuando volvía de la farmacia.

Fue entonces cuando vi a la muchedumbre. Turcos, por su aspecto obreros de la manufactura del té. Pero no estaban saliendo del trabajo, ni tenían un aire normal. Todos llevaban palos, hierros, incluso horcas y guadañas. Pero no eran ellos los que habían llamado mi atención. Lo que me puso en alma en vilo fue ver a mi tío Aram y otro armenio al que no conocía, caminando delante del airado grupo que les amenazaba y golpeaba de tanto en tanto.

Asombrada por lo que veía, ya que en aquel primer instante no pude comprender lo que estaba ocurriendo, me quedé inmóvil en la esquina, hasta que de pronto pensé que debía refugiarme en un soportal tras una columna, porque empezaba a relacionar aquello con lo que mi padre había contado.

Pasaron tan cerca de mí que hubiese podido tocar a mi tío. Vi con una mezcla de incredulidad y horror su rostro deformado por los golpes. Tenía un ojo totalmente cerrado, amoratado y también cojeaba ostensiblemente.

En cuanto al otro hombre, su cara mantenía una inevitable expresión de temor. Sus ojos desorbitados miraban de un lado a otro, como si buscasen ayuda.

De pronto pensé que alguien tenía que hacer algo por aquellas personas. El tío Aram era en realidad tío de mi padre, pero debía tener su misma edad.

Eché a correr, olvidándome de las precauciones y del frasco con la medicina. Sólo veía los rostros de ambos, sufriendo, perseguidos por lo que se me antojaba una jauría rabiosa y enardecida.

Aquello ya no eran palabras ni amenazas, era la dura realidad que se imponía, y mientras corría con el corazón en la boca, no encontraba respuestas a algo tan absurdo, ni creía que mi padre, que hasta entonces siempre lo había solucionado todo, pudiese hacer nada por ellos. Era como si una sensación de vacío fuese envolviéndome, mientras subía por las escaleras y me quedaba mirándolos sin poder hablar, incapaz de expresar mis sentimientos ante lo que había presenciado.

Mi padre se acercó a mí y me tomó de la mano interrogándome con los ojos, esperando a que recuperase la calma para poder hablar. Sin poder hacer otra cosa, le entregué la medicina y en aquel mismo instante comencé a llorar desconsoladamente ante sus ojos atónitos.

Fue el doctor Mouradian el que se acercó y me preguntó con voz serena lo que había ocurrido.

Hipando a causa de los sollozos que subían desde lo más profundo de mi pecho, pude finalmente contarles lo que había visto. Mientras lo hacía, vi cómo la cara de ambos hombres iba mudando hacia la estupefacción, incapaces de asumir aquella inesperada situación.

El doctor Mouradian era hombre enérgico, pero sabía controlarse. Tomó el frasquito y se introdujo de nuevo en el dormitorio, donde se encontraba mi madre. Todos entramos tras él, como si la seguridad que emanaba se hubiese convertido de pronto en algo muy importante.

El rostro de mi madre me lo dijo todo. Tenía la piel muy pálida, de un extraño color amarillento, tanto, que al verla me asusté, porque sin necesidad de que el doctor Mouradian lo dijera, supe que iba a morir. No era el momento de decir nada. Todos llorábamos en la habitación e incluso el doctor emocionado abandonó la estancia. No había nada que hacer, porque mamá estaba inconsciente. Mi padre se arrodilló a su lado y hundió la frente en las sábanas sollozando. Jamás lo había visto tan desesperado.

Mis hermanos y yo empezábamos a ser conscientes de que algo terrible estaba sucediendo. Nunca había visto morir a una persona, pero además jamás hubiese creído que mi madre pudiese morir. Y sin embargo, en aquellos momentos, todo se estaba desmoronando a mi alrededor. Un horroroso cataclismo me estaba alcanzando y no sabía bien cuál era la causa.

Después todo sucedió muy deprisa. Fue como si estuviese siendo espectadora de un terrible drama, viviendo una extraña situación en la que absurdamente no podía participar. Escuchaba llorar a mi familia mientras el cielo parecía querer unirse a nuestra pena y comenzaba a llover con gran intensidad.

Me han ocurrido muchas cosas en mi vida. He vivido instantes terribles. Otros, afortunadamente muy bellos. Pero jamás, jamás, he vuelto a sentir tanta aflicción como en aquellas horas. Puedo recordar lo que ocurrió entonces con una increíble precisión, y sé con certeza que, esos amargos recuerdos, me acompañarán mientras tenga aliento.

Las horas siguientes fueron las más tristes. El mazazo que el destino nos había dado señaló el principio de una larga agonía.

Nos encontrábamos en el cementerio armenio, enterrando el cuerpo de mi madre, acompañados de toda la familia y de los muchos amigos y conocidos que mis padres tenían, cuando comenzamos a escuchar unos lejanos gritos que iban acercándose con rapidez. La ceremonia estaba ya terminando y como el tiempo empeoraba por momentos, ya que la lluvia comenzaba a caer con más fuerza, la gente corrió hacia la puerta del recinto.

Nadie tuvo tiempo de salir. Un numeroso grupo de turcos malcarados impedía el paso, amenazándonos con improvisadas armas. Azadas, hachas, horcas o simplemente palos, que empuñaban contra los que nos encontrábamos en el cementerio.

Fue entonces cuando el padre Atopian, el párroco que había realizado la ceremonia del entierro, se adelantó unos pasos increpando a los cabecillas por su actitud impropia.

Por un instante se hizo el silencio. Pareció como si las palabras del sacerdote hubiesen hecho mella en aquellas gentes. Yo estaba atemorizada, oculta prácticamente detrás de mi hermano, con el oscuro presentimiento de que la manifestación estaba relacionada con la turba del día anterior, en la que, finalmente, todo había quedado en un terrible susto para el tío Aram y el otro armenio que, aunque golpeados y humillados, habían podido volver a salvo a sus casas.

Una piedra golpeó con extrema violencia en la frente del padre Atopian que cayó hacia atrás como fulminado. En aquel mismo instante se desató un pandemónium. Unos cuantos hombres armenios se lanzaron hacia delante, para intentar protegerle a él y a sus familias.

Como en un acto reflejo, mi hermano me hizo correr entre las tumbas, agazapados tras una hilera de frondosos cipreses. Marie hacia lo mismo, cogida de la mano de mi padre, mientras en la puerta del cementerio se estaba librando una desigual pelea. Unos, los turcos, intentando penetrar en el camposanto, otros, los menos, los hombres armenios, queriendo evitarlo. Pero era algo imposible, como querer detener la fuerza de un río. Los campesinos turcos totalmente obcecados nos atacaban con saña, estimulados por los gritos de unos cuantos que parecían sus líderes, que lanzaban hostiles improperios, mientras gritaban que éramos unos *guiavurs* repugnantes.

En cuanto a nosotros, pudimos reunirnos en la esquina opuesta con mi padre y mi hermana. La cara de papá lo expresaba todo. Aún no se había repuesto del tremendo dolor que le había ocasionado aquella inesperada muerte, cuando el mundo se desmoronaba a su alrededor. Él temía por nuestra seguridad. Desde que volvió de Estambul había permanecido asustado y los acontecimientos estaban dando la razón a sus premoniciones.

No había, pues, tiempo para nada. La muchedumbre turca penetraba en tromba y los armenios corrían por entre las tumbas, atemorizados por lo que podía suceder a sus familias. Recuerdo, un matrimonio de ancianos, los Balakian, que habían renunciado a escapar y permanecía sentado, como si estuviesen dispuestos a realizar una plácida visita a sus seres queridos. Mientras, los turcos inmisericordes, golpeaban y apuñalaban a todos los que se ponían a su alcance.

Papá nos hizo trepar a los nichos que se hallaban al fondo. Era la única salida y lo hicimos con rapidez, aunque Marie tropezó y cayó hacia atrás sobre Ohannes, lastimándose la cadera. Mi padre la empujó con fuerza y finalmente pudo llegar arriba. Luego, los cuatro corrimos haciendo equilibrios por el muro, mientras Marie lloraba diciendo que el golpe le dolía mucho.

Estábamos a punto de saltar fuera del recinto cuando vimos a un turco chillando, corriendo hacia nosotros blandiendo un viejo sable. Se trataba de un hombre de unos cuarenta años, pero todavía muy ágil, porque saltó tras nosotros con rapidez. Corrió desde el pie del muro hacia mi padre, agitando el oxidado sable. Al verlo, Marie se detuvo llevándose las manos al rostro, como si no fuese capaz de resistir aquella situación.

Mi padre se volvió y cogió una piedra del suelo para intentar defenderse. El turco llegó gritando como un poseso hasta él y se detuvo a un par de metros al comprobar su resuelta actitud, mientras comenzaba a amagar mandoblazos, pero sin terminar de decidirse. Luego, de pronto, mi padre le tiró la piedra con la fortuna de darle en el brazo haciendo caer el sable. Entonces, ambos hombres se enzarzaron en una pelea cuerpo a cuerpo.

El turco era más joven y fuerte y en un instante se había colocado sobre él intentado estrangularlo, lo que estaba a punto de conseguir si no hubiese sido por la intervención de mi hermano que, se acercó con rapidez, cogió una piedra y golpeó con todas sus fuerzas al hombre en la cabeza, que cayó sobre mi padre sin sentido.

Papá se levantó aturdido, miró un momento a Ohannes y sin poder articular palabra señaló el bosque cercano. Corrimos hacia allí, pero Marie no podía seguirnos ya que cojeaba mucho. La ayudamos como pudimos y nos introdujimos entre los árboles, sin saber bien qué hacer, porque era evidente que en aquellas circunstancias no íbamos a poder volver a casa, ya que, con seguridad, la habrían asaltado las mismas turbas sin control que nos habían atacado en el cementerio.

Mi padre era, a pesar de todo, hombre que no se dejaba amedrentar. Conocía bien el bosque, ya que durante una época, cuando era más joven, iba a cazar con frecuencia. Nos llevó hasta una cabaña de troncos que alguna vez había utilizado y nos dijo que permaneciésemos allí sin movernos. Luego, dirigiéndose a mi hermano, le encareció que cuidase de nosotras. Añadió que quería saber qué estaba ocurriendo en la ciudad. No le cabía en la cabeza que, de pronto, todos los turcos se hubiesen transformado en locos asesinos. Por otra parte, quería saber si podía contar con la tripulación. El capitán, Ali Merkezi, era alguien de quien no podía dudar. Le había demostrado su lealtad a lo largo de muchos años. Él convencería a los demás para que pudiésemos huir a través del mar Negro.

Pero por otra parte, Marie no se encontraba bien. El fuerte golpe le dolía cada vez más y aunque yo sabía que estaba haciendo grandes esfuerzos por no llorar, no podía evitar sollozar y, de tanto en tanto, se le saltaban las lágrimas.

Era en verdad una situación terrible. Acabábamos de perder a nuestra madre, que había sido hasta aquel día alguien irremplazable, y eso, a cada minuto lo notábamos más y más. Apenas hacía un par de días era el centro de la familia, siempre solícita, dispuesta a todo por su familia. Sólo el hecho de pensar en ella, me causaba un enorme dolor, como si me encontrase vacía y la vida no tuviese ya sentido alguno.

Mi padre, después de darnos interminables consejos, desapareció entre los árboles. Cuando nos quedamos solos, Marie comenzó a llorar sin reprimirse, a causa no sólo del intenso dolor que sentía, sino del terrible miedo y desesperación que la invadía. Ohannes intentó calmarla con poco éxito y me rogó que me hiciese cargo de ella, por lo que la abracé a pesar de que era mayor que yo, mientras intentaba consolarla y al cabo de un par de horas, poco a poco fue quedándose dormida.

En cuanto a mi hermano, siempre llevaba una pequeña navaja encima y con ella, después de elegir una rama, comenzó a limpiarla para convertirla en una especie de largo bastón, al menos algo con lo que poder defendernos si nos atacaban.

Ohannes siempre había sido muy valiente. Una vez, de niño, se perdió en las montañas con apenas siete años y permaneció solo durante dos días. Mis padres estaban desesperados, porque en aquellos lugares abundaban los animales salvajes, incluidas grandes manadas de lobos y, cuando ya habían asumido lo irremediable, apareció el niño. Había caminado casi cuarenta kilómetros, atravesando solo las montañas, bebiendo en algún arroyo y alimentándose de los huevos que encontraba en los nidos. Todo el mundo se quedó asombrado de lo que parecía una increíble hazaña para un niño de aquella edad y mis padres incluso ofrecieron una misa de acción de gracias y una fiesta en el barrio queriendo expresar su agradecimiento a la Providencia.

No puedo dejar de mencionar que éramos entonces gente muy religiosa. Los años y las circunstancias me han hecho ver luego las cosas de otra manera, pero en aquellos días la religión era algo primordial y toda nuestra vida giraba alrededor de ella.

De hecho, existía una pugna entre los turcos, musulmanes, eso sí a su manera, y nosotros los armenios, fervientes cristianos. Ahora, con los años de por medio, lo veo como una gran incomprensión, en la que ninguna de las dos comunidades hacía lo más mínimo por dar un paso adelante, buscando a la otra. Es verdad que, a nivel individual o familiar, parecía existir incluso amistad, pero la realidad cotidiana era muy distinta. Nosotros siempre habíamos tenido en casa sirvientes turcas y mi padre, personal o tripulaciones turcos. Pero luego pudimos comprobar amargamente que, salvo raras y valiosas excepciones, las diferencias entre las dos comunidades eran insalvables.

Allí estábamos, pues, Marie, Ohannes y yo, confusos, perdidos, golpeados por las circunstancias y solos. Por primera vez en mi vida noté la soledad, a pesar de la compañía de mis hermanos. Era la extraña sensación de que, entre el mundo brutal que acabamos de descubrir y nosotros, no se interponía nadie, que estábamos en primera línea. Ohannes parecía haberlo asumido totalmente, porque proseguía su tarea y estaba acabando su segundo bastón, este sí valía, más robusto, como si estuviera convencido de que no íbamos a tener más remedio que defendernos por la fuerza.

Sabía lo que estaba pensando. Él tenía en aquellos momentos la certeza de que alguien iba a atacarnos y que, por tanto, no había otra solución que dar la cara, aunque le costase la vida, Ohannes temía sobre todas las cosas, y eso me lo había confesado hacía apenas unos días, que lo enrolasen en el ejército. Él decía con rabia «el ejército turco», porque sabía que allí no le esperaba nada bueno. Otros compañeros le habían precedido, casi todos por la fuerza, en levas y enrolamientos inesperados. Uno de sus compañeros, que había podido volver al ser expulsado a causa de su enfermedad, una tuberculosis, le advirtió de las durísimas condiciones en las que vivían en los cuarteles y campamentos los reclutas armenios, y cómo, incluso esas circunstancias, estaban siendo empeoradas por una disciplina inhumana en los últimos meses, en la que algunos habían perdido la vida en palizas, malos tratos o incluso se habían dado algunos fusilamientos indiscriminados, después de unos consejos de guerra sumarísimos por motivos tales como «falta de espíritu militar».

Mi hermano Ohannes nunca había destacado en la escuela, pero yo sabía que el motivo no era por falta de inteligencia, sino porque era un espíritu libre. Lo había sido siempre y lo sería hasta su último aliento.

Además, odiaba a los turcos. Conocía bien lo que, a lo largo de la historia, habían hecho a los armenios. El tío Adom que sentía una especial debilidad por aquel joven, habló con él muy a menudo, inculcándole su especial y particular versión de la historia.

En realidad yo, aunque era sólo una niña, no creía nada de lo que el tío Adom nos contaba. Tenía fama de borrachín, a pesar de que nadie le negaba su privilegiada inteligencia. La cuestión fue que Ohannes bebía sus palabras y lo miraba como alguien excepcional, por lo que, incluso llegó un momento en que mi padre tuvo que tomar cartas en el asunto, para rogarle que no le calentase más la cabeza al niño.

El resultado fue que Ohannes comenzó a verle sin permiso de mi padre. Luego supimos que, aquel hombre, formaba parte de una especie de sociedad secreta que intentaba plantar cara a los turcos. Mi padre jamás quiso implicarse en algo semejante y Adom respetó su voluntad, aunque al final papá tuvo que reconocer que el viejo y desprestigiado borrachín tenía gran parte de razón.

Fue cayendo la tarde. Ohannes encontró un arroyo cercano y se las ingenió para tallar un pequeño vaso de madera que permitió aplacar nuestra sed. Marie parecía tener algo de fiebre, pero se quejaba menos, y aunque un par de veces intentó caminar, lográndolo con gran dificultad, al final se resignó a permanecer echada en la hierba seca que entre Ohannes y yo recogimos, formando un lecho algo más mullido que el suelo.

Pasaron las horas y papá no daba señales de vida. Aunque no quería demostrarlo me sentía muy atemorizada, al pensar que hubieran podido capturarlo o hacerle daño. No quería ni pensar que pudiese estar muerto. Era, entonces, nuestra única referencia. ¿Qué podíamos hacer sin él? Siempre tenía recursos, nunca parecía desanimarle una tarea. Además, la alternativa era demasiado terrible.

Ohannes nos dio la única sorpresa agradable del día. Había encontrado varios nidos de tórtolas silvestres y después de lavar los huevecillos en el arroyo, los tomamos crudos, bebidos en el tosco vaso de madera. Eso alivió nuestra sensación de hambre, a pesar de que, al principio Marie no quería ni probarlos, porque decía que sentía náuseas. Nuestro hermano la obligó y después pareció encontrarse mejor.

Mientras, Ohannes intentó limpiar la vieja cabaña. Parecía resignado a que tuviésemos que pasar allí la noche y a pesar de que no hacía mucho frío, era obvio que dentro estaríamos más protegidos y calientes. Pero no quería encender fuego, aunque sabía hacerlo con un pedazo de pedernal, habilidad de la que se sentía muy orgulloso. Temía que el humo nos delatase, por lo que terminó de limpiar todo lo que pudo y luego preparó una especie de lecho de ramas tiernas. Después ayudamos a entrar a Marie, que parecía haber caído en una fase de resignación, porque no lloraba ni se quejaba, aunque lo que me preocupaba era que tampoco hablase. No era aquel su carácter natural, pero pensé que tampoco las circunstancias eran las habituales, por lo que no le di mayor importancia.

Le comenté a Ohannes el temor que sentía por nuestro padre. Asintió con la cabeza. Tampoco él creía que hubiese sido una buena idea separarnos, pero teníamos que asumir los hechos. Era muy consciente de que no íbamos a poder resistir mucho más tiempo en aquella situación, pero no sabía bien lo que podíamos hacer. Además, de momento, el estado de Marie no nos permitía movernos. Él no quería dejarnos solas y eso limitaba nuestras posibilidades.

Al atardecer, la temperatura descendió bastante. Marie tiritaba de frío, le toqué la frente y comprobé que estaba ardiendo de fiebre. Aquello nos preocupó mucho, porque era evidente que necesitaba cuidados médicos.

En la vida se pasan algunos momentos de verdadera desesperación. Aquel fue uno de ellos. Siempre había creído en una realidad palpable y protectora. La seguridad de mi hogar. El amor de mi familia. La sensación de bienestar, de sentirme querida, incluso mimada. Nunca hubiese podido imaginar que, bajo todo ello, se encontrase un abismo tan negro y profundo, y ese descubrimiento me produjo algo parecido al vértigo. Estaba transformándome en mujer, pero tenía entonces mucho de niña aún. Aquellas horas me hicieron cambiar más que si hubiesen pasado diez años.

Apenas había oscurecido oímos ruido fuera. Nos quedamos quietos, hasta que de pronto oímos la voz de papá, llamándonos.

Aquella voz me proporcionó un gran alivio. Enseguida salimos afuera Ohannes y yo, y nos quedamos totalmente sorprendidos. Papá se había vestido con ropas de campesino turco. Le acompañaba Ahmed portando una carreta cubierta tirada por dos mulas.

Ahmed Camii era la mano derecha de mi padre. Era natural de Rize, pero vivía prácticamente en casa desde que trabajaba para nosotros. Cierto que se sentía turco hasta la médula, pero sobre todo era una buena persona.

Mi padre había bajado hasta la ciudad tomando grandes precauciones. Consciente de que se estaba jugando algo más que su propia vida, ya que según nos confesó lo único que temía era que nos ocurriese algo.

Nuestra casa estaba en los últimos barrios de Trebisonda, prácticamente en el límite, donde comenzaba el bosque de enormes pinos. Tenía detrás un gran huerto y una puerta daba al camino que rodeaba la pinada. Por allí salía mi padre a poner trampas en el bosque. De noche aquel lugar imponía y, mucho más cuando soplaba fuerte el viento del mar, porque entonces, el ulular de la tormenta se convertía en un sordo murmullo amenazador que me impedía dormir.

Papá había cruzado el bosque entrando al huerto por detrás. Había tenido que esperar a que oscureciese para entrar en la casa, porque sólo llevaba encima la llave de la puerta delantera. Luego, dándose toda la prisa que pudo, comenzó a preparar el equipaje con lo más imprescindible. Se arriesgó a coger el dinero y las cosas de más valor. También ropa de abrigo y los documentos de identificación. Se encontraba en esos trabajos cuando llamaron a la puerta. Al principio se asustó, pensando que eran turcos intentando entrar a saquearnos. Pero no. Afortunadamente sólo se trataba de Ahmed. Cuando lo reconoció, ambos hombres se abrazaron. Ahmed estaba muy preocupado y le dio malas noticias. Muchos turcos —lo dijo como avergonzado— saqueaban el barrio armenio. Él había impedido a un grupo entrar en la casa. Les había tenido que mentir diciéndoles que aquello era ahora de él. Que le había costado permanecer mucho tiempo bajo el pie de un armenio, pero que era el nuevo propietario.

Los asaltantes se fueron enfadados. Habían creído que podrían entrar impunemente. Llevarse las mercancías del almacén. Le amenazaron desde la calle. No se podía quedar con todo, querían que lo repartiese con ellos.

Pero Ahmed les apuntó con la escopeta de caza que mi padre siempre escondía, porque no tenía licencia para ella. Ante su resolución retrocedieron, aunque de lejos le habían amenazado con el puño, insultándolo.

Estaba convencido de que volverían. No sabía cuánto tiempo tardarían, pero le dijo a mi padre que debíamos huir todos. Añadió llorando que él guardaría la casa y los bienes el tiempo que fuese preciso, aún a costa de su vida.

Mi padre le agradeció su leal comportamiento y luego lo envió al puerto para que se informase del estado del barco. Le pidió que encontrase al capitán, Ali Merkezi, ya que creía poder contar con él. Si era así, debía reunir a la tripulación y preparar de inmediato El Sirga para una larga travesía.

De hecho, en los últimos tres días, mi padre había hecho estibar gran parte de las mercancías que sus agentes habían reunido, y el barco estaba preparado para zarpar en cualquier momento.

El Sirga era un motovelero de unos treinta y cinco metros de eslora y nueve de manga. Aparejado como goleta, alcanzaba a vela los nueve nudos. Era muy veloz y marinero, y mi padre se sentía orgulloso de él. Además, como sus mercancías no eran excesivamente voluminosas, le resultaba más que suficiente para su negocio.

Aunque papá no era marino, haber realizado tantas singladuras le había enseñado. De hecho, en una travesía de vuelta de Constantinopla, Ali Merkezi se había sentido indispuesto y él tuvo que tomar el mando. A pesar del mal tiempo pudo navegar sin novedad hasta Trebisonda.

Ahmed fue en busca del capitán. Lo conocía bien y aunque Merkezi era un turco muy radical en sus ideas, tenía la esperanza de que respetara a mi padre y que, en unos momentos así, no iba a traicionarlo.

Mientras, papá le pidió que pasase a avisar a Aixa, una mujer turca que había sido doncella de mamá, que vivía sólo unas casas más allá. Aixa apareció enseguida. Lloraba desconsoladamente mientras decía que todo aquello era obra del diablo, que se había apoderado del corazón de los hombres.

Aixa ayudó a empaquetar a mi padre. Colocaron las joyas de mamá y un saquito con monedas de oro en el fondo de una vieja canasta, encima Aixa puso paja y unas docenas de huevos, cubriendo todo con un trapo al estilo de los campesinos que bajaban al mercado desde sus caseríos. Ella lo llevaría hasta El Sirga como si se tratase de una vendedora o de la mujer de uno de los marineros. Mi padre no quería correr riesgos con aquello, porque sabía que, en un momento, dado podíamos necesitarlo para sobrevivir y su confianza en aquella buena mujer era ilimitada.

Luego le pidió que avisara a sus hermanas, Hassmig y Loussine. También al tío Adom, a Dadjad Dadrian. Todos deberían reunirse en el viejo embarcadero de la costa a medianoche. Allí, si todo salía según sus planes, podría fondear El Sirga y el bote que iba en cubierta los llevaría hasta el barco. Le advirtió que no fuesen muy cargados. Debían llevar sólo lo imprescindible.

Luego ambos recogieron lo que mi padre creyó conveniente. Dejar la casa con todo aquello que les había hecho felices a mi madre y a él, le rompía el alma, pero no había tiempo que perder y preparó el equipaje más adecuado. En cuanto a la cubertería de plata, herencia de tía Nora, papá le rogó a Aixa que la guardase en su casa. No sabía si algún día podría recuperarla, pero más que el valor material, era lo mucho que le había gustado poseerla a mi madre, lo orgullosa que se sentía cada vez que llegaba Navidad o un cumpleaños y lo celebraba con una comida para los parientes y amigos. Papá recordaba el cuidado exquisito con el que ponía la mesa, cómo iba colocando la vajilla, los cubiertos de plata exactamente en su lugar, las servilletas de hilo de Malinas, que mi padre había encontrado en un viejo almacén en la plaza Beyazit, junto al gran bazar de Constantinopla. Aixa se enjugaba las lágrimas al recordarlo y papá, que siempre se hacía el hombre duro, rompió de pronto a llorar desconsoladamente, como si hubiese estado haciendo un tremendo esfuerzo hasta aquel mismo instante.

Apenas en tres horas volvió Ahmed. Avergonzado de sus compatriotas, le dijo que no podía contar con Ali Merkezi. De hecho, ni tan siquiera se había atrevido a hablar con él, a pesar de que pudo verlo. Se encontraba trastornado, gritando medio borracho que había que terminar de una vez con todos los armenios de Trebisonda. No le pareció prudente decirle nada, porque en el estado en que se hallaba, podía suceder cualquier cosa. Estaba rodeado de otros como él y Ahmed se escabulló de allí antes de que lo viese y pudiese relacionarlo con nosotros.

En aquel momento, tropezó casualmente con Ismail Kemal, el viejo contramaestre a punto de jubilarse, que lo saludó con afecto y le murmuró que todo aquello no era más que una locura inspirada por el diablo. Las palabras de Ismail convencieron a Ahmed de que podía contar con él y le rogó que tomasen un té para explicarle algo.

El contramaestre sabía lo que pretendía de él antes de que Ahmed comenzase a hablar, por lo que los hombres se pusieron de acuerdo sin muchas palabras. Él se encargaría de avisar sólo a los miembros de confianza de la tripulación. Con tres hombres expertos era suficiente para poder llevar a cabo las maniobras. Le repitió varias veces que El Sirga era para él como un caballo y estaba convencido de que si le hablaba suavemente podría dominarlo.

Mientras terminaban de apurar el té, comentaron la postura del capitán. Hasta aquel día había dado la impresión de alguien en quien se podía confiar. Pero Ismail Kemal dijo que a él nunca le había engañado. Merkezi no se conformaba con patronear el barco, quería apoderarse de él. En el fondo de su alma odiaba al armenio que hacía tan buenos negocios. Odiaba su nivel de vida, su casa, la educación de sus hijos, su inteligencia natural para enfrentarse a las circunstancias. De hecho, se había tropezado la tarde anterior con él, justo en las horas en que enterraban a la mujer del patrón y le dijo algo terrible. Que sentía que hubiese muerto, porque la quería para él…

Pero Merkezi era astuto. Sabía que llegaría su oportunidad y que entonces debería aprovecharla. Y ese día había llegado, pero como era un cobarde, se estaba emborrachando. Eso no era buena señal. Para Kemal era más bien el signo de que estaba a punto de que el alcohol le diese la fuerza suficiente para acometer sus malvados deseos. No había mucho tiempo por delante.

Quedaron en que Ismail y la tripulación con la que contase, subirían al barco y con la mayor naturalidad abandonarían el puerto al anochecer. Si alguien hacía algún comentario contestarían que estaban disfrutando del barco que, hasta aquel día, había pertenecido a un armenio. Después debían ir a fondear frente al embarcadero, a un cuarto de milla de la costa. Allí permanecerían hasta la media noche. Entonces irían a recogernos en el bote de remos. Se daba por entendido que mantendrían todas las luces apagadas para no detectar su posición.

Emocionados los hombres se dieron la mano y se separaron. Cada uno sabía bien lo que tenía que hacer y no sobraba tiempo.

Mi padre no podía comprender la postura de Ali Merkezi. Hasta entonces, lo había tenido por una buena persona y un extraordinario capitán. Además, pensó que lo que se proponía iba a ser más difícil a partir de aquel momento. Pero no se arredró. Contar con su contramaestre era ya mucho en aquellas circunstancias. Además, no tenía otras soluciones entre las que escoger.

Cuando papá cerró la puerta trasera de la que había sido su casa, después de aparejar el carromato con las mulas, sabía que lo que en realidad estaba cerrando era el más importante capítulo de su vida. Tenía los ojos húmedos y notaba palpitar el corazón dentro de sí. La vieja casa seguía albergando el espíritu de su esposa y tenerla allí le hubiese servido de consuelo. Pero no tenía elección y en su interior podía escuchar nuestra llamada desde el bosque.

Confiaba en que Ohannes nos hubiese cuidado, pero tenía un nudo de angustia dentro de sí. Hacía apenas unas semanas estaba hablando de hacer un viaje en El Sirga. Sabía que eran meras ilusiones porque el conflicto bélico había estallado, pero quería mantener el ánimo de la familia lo más alto posible. Ahora todo se había derrumbado. Ya nunca más sería posible, pero al menos podría intentar conseguir ese mundo mejor para sus hijos. Ohannes, inteligente pero tímido, Marie dulce y cariñosa, y yo Alik. Tres personalidades muy diferentes con toda la vida por delante. Pensó que daría con gusto su vida por la nuestra.

Era evidente que las cosas se habían puesto muy mal. Tanto, que era difícil que empeorasen. Pero tenía que aprovechar aquellos primeros momentos de confusión para poner a salvo a su familia, ya que él no tenía la más mínima esperanza de que nada fuese a mejorar. El último viaje a Constantinopla le había abierto los ojos. Las palabras de Vartkes Serengulian le martilleaban la cabeza. Desde el mismo momento en que las escuchó tuvo la certeza de que los días de los armenios en Turquía estaban contados.

En un momento dado vieron unos jinetes subiendo por el camino. Creyeron que los perseguían. Saltó del carromato mientras le decía a Ahmed que siguiese con naturalidad y se escondió entre unos espesos matorrales al borde del camino. Apenas unos minutos después vio pasar al grupo entre una nube de polvo.

Pero no eran turcos. Se trataba de Assadour Aznavourian y sus hermanos, Darón, Badrig y Dzovassar. Viejos conocidos y también rivales. Incluso Assadour había cortejado a su cuñada Hassmig en una época.

Los Aznavourian tenían importantes fincas en las colinas sobre Trebisonda. Sus rebaños de ovejas proporcionaban la mejor lana que se vendía en Turquía. Eran gentes acostumbradas a plantar cara a la vida, luchadores natos, y mientras se acercaban sintió curiosidad por lo que estaría pasando.

Cuando llegó junto a ellos, Assadour y sus hermanos desmontaron para abrazarle. Le dieron el pésame y luego le dijeron que las cosas se estaban poniendo muy mal en las últimas horas.

Los turcos habían entrado en la ermita de Hagia Sophia asesinando al sacerdote y a los fieles armenios que se habían refugiado dentro. Sólo pudo huir un joven, poco más que un niño que estaba haciendo de monaguillo y se hallaba en la sacristía cuando llegaron los campesinos turcos seguidos de unos soldados. Los armenios creyeron que los soldados iban a impedir que los agrediesen. Pero contemplaron estupefactos como los militares parecían ser los instigadores de la turba.

En cuanto a la ciudad, muchas casas del barrio armenio estaban ardiendo, tras ser saqueadas. Los armenios se refugiaban en las iglesias, mientras los turcos intentaban atrapar a los que no habían podido llegar hasta ellas.

Los Aznavourian estaban fuera de sí de la rabia que sentían. Sabían que tenían poco tiempo para organizarse, pero habían podido avisar a los armenios que vivían en sus tierras. Cerca de setenta personas de todas las edades. Les dijeron que temían por sus vidas; aquellas gentes eran como su propia familia, los conocían a todos desde la cuna. Los más viejos incluso habían estado en sus bautizos. ¿Cómo iban a abandonarlos?

Entonces mi padre, sin pensarlo dos veces, les ofreció embarcarlos en El Sirga aquella misma noche. Les explicó su plan. No había problema de espacio. Aunque el barco no era muy grande, cabrían todos, incluyendo los miembros de nuestra familia que deberían haber avisado Aixa y Ahmed.

Assadour Aznavourian le dio las gracias con lágrimas en los ojos. Luego se despidieron y quedaron pues que, a medianoche, se encontrarían en el embarcadero. Luego se abrazaron de nuevo y cada uno siguió su camino.

Mi padre nos abrazó emocionado. Sobre todo a Marie, que seguía con fuertes dolores en la pierna. Después Ahmed sacó unos bocadillos y unas naranjas. Creo que nunca en mi vida había sentido más hambre. Incluso Marie devoró sin rechistar todo lo que le dieron.

Mi padre dijo que no había tiempo que perder. Nos subimos a la carreta y Ahmed que conocía bien aquella parte del bosque, condujo a las mulas por los intrincados senderos que cruzaban la espesura, para caer luego sobre los acantilados. Aquellos parajes estaban deshabitados y con suerte no tropezaríamos con nadie.

Pude darme cuenta de que papá estaba muy nervioso. Le contó punto a punto todo lo sucedido a Ohannes y pude escuchar sus palabras sin esperanza. Habló de lo que podía estar ocurriendo en otros lugares. Sobre todo en Constantinopla y en ciudades como Esmirna o Van, donde la población armenia era importante.

Luego comentó que Odessa podía ser un buen lugar de momento. Con seguridad el tío Mouradian nos acogería con todo cariño. Lo había hecho antes por otros con los que no tenía ninguna relación familiar, por tanto, ¿qué no haría por nosotros? Más adelante podríamos dirigirnos a Francia, donde teníamos unos parientes.

Al escuchar aquellas palabras, Marie rompió a llorar con desconsuelo. Ella no quería irse de casa. A pesar de su edad, daba la impresión de que no era capaz de asimilar que no iba a volver a ver a mamá y que los turcos, en su mayoría, se habían transformado de la noche a la mañana en nuestros mortales enemigos. Marie pensaba en su íntima amiga Nadia Balikesir. Su padre era jefe de policía en Trebisonda. Le dijo sollozando a papá que no debíamos tener miedo. Su amiga convencería a su padre para que nos ayudase. No parecía capaz de comprender cómo habían cambiado las cosas.

Al escucharla, papá tuvo que mirar hacia otro lado, porque también se le humedecieron los ojos. Era difícil aceptar que el mundo se había partido por la mitad y que las cosas ya no iban a ser nunca como antes. Ahmed miraba fijamente hacia delante, como si no se atreviese a gastarnos las bromas que siempre utilizaba hasta hacernos reír. Aquel hombre parecía envejecido, golpeado también por los últimos sucesos, incapaz de reaccionar, intentando compensarnos de alguna manera, ayudándonos hasta el final.

Pero era tarde para todo. Ya no cabían excusas ni perdones. El vendaval se había transformado en una terrible tempestad, y los que creían poder controlarlo, amagar sólo, asustar tal vez, estarían contemplando cómo su engendro destructor, se les había escapado de las manos.

Finalmente llegamos a los acantilados. Desde allí se percibía el horizonte como una línea tenue, de un extraño color verdoso, fosforescente. Hacia Trebisonda, una tormenta eléctrica daba la impresión de acercarse poco a poco. Mi padre, que caminaba junto a la carreta, se subió a un peñasco para otear el mar. Se le veía preocupado porque El Sirga no daba señales, y en su rostro se adivinaba un rictus de ansiedad. Si la goleta no llegaba, sería el final.

Un leve rumor rompió el silencio. Alguien se acercaba por el camino viejo que conducía directamente a Trebisonda. Un perrillo de color canela vino a husmear. Aquello me recordó la romería que, cada año, tenía lugar en la ermita cercana. La gente iba hasta la ermita, en carromatos engalanados, los jóvenes y los niños íbamos a pie, corriendo y jugando. Ahora faltaban las risas, la alegría, las bromas. Sólo el silencio y la oscuridad se habían aliado con nosotros.

Aparecieron en la ladera los campesinos de las tierras de los Aznavourian. Venían formando una larga y callada comitiva. Desde los más ancianos hasta los más pequeños de tres y cuatro años, todos parecían haber asumido la amarga realidad. No pude dejar de pensar que sólo venían los cuerpos vivientes de todos ellos. Las almas las habían dejado abandonadas en sus casas, sus tierras, sus animales.

Aquello hizo que papá hundiese la cabeza entre los hombros. Era una terrible responsabilidad la que había asumido al ofrecer su barco para sacar a la gente de allí.

Se acercó a la carreta. Marie lo miraba fijamente, como esperando una respuesta. Por otra parte, ni tía Loussine, ni Hassmig daban señales de vida y en aquellos instantes eso podía indicar lo peor.

Pronto se unieron a nosotros las gentes de los Aznavourian. Papá habló con Assadour. Los hermanos se quedaban. Pude escuchar cómo afirmaban que pensaban permanecer allí para defender lo suyo. Junto a ellos se quedarían Azad Bagramian, Chavarche Kocharian y otros, probablemente los más aguerridos, o los que no tenían cargas familiares, o tal vez, los que, como en el caso de Assadour y sus hermanos, poseían demasiado para abandonarlo sin luchar.

Entonces vimos llegar a Loussine con mis primos, Armine, Sona, Zabéle, Ardag y el pequeño Adour. También venían las hijas de Hassmig, Mariam y Zevarte. Todos lloraban. El tío Chahan había sido detenido, y aunque Hassmig no quería abandonarlo, finalmente la cordura se había impuesto al corazón.

Descendimos el peligroso acantilado con mucha precaución. Por fortuna la luna bañaba las rocas y el mar era algo así como un extraño espejo que devolvía el reflejo.

Muchos se convencieron allí mismo de que, gran parte del equipaje que transportaban, no era otra cosa que un impedimento y lo abandonaron en la parte superior, otros intentaban bajar cajas con vajillas, cuberterías o incluso cuadros. Al principio mi padre se opuso a ello. Luego comprendió que no era preciso decir nada. El escarpado acantilado se encargó de convencer a los más remisos. Al final sólo pudieron llegar abajo pequeñas maletas y bolsas. Papá y Ohannes tuvieron que hacer un esfuerzo sobrehumano para descender a Marie, que parecía algo más recuperada, pero que todavía no podía valerse por sí misma.

Fue como un milagro. Setenta y dos personas lo conseguimos. Incluso Asbed Bedrosian, con sus casi ochenta años, tardó cerca de una hora y media, pero ayudado de sus nietos llegó al embarcadero después de estar a punto de despeñarse un par de veces. Me acerqué para darle un beso, porque era mi padrino. Le miré a la cara y vi una enérgica satisfacción en sus ojos.

A todo esto, no había ni sombra de El Sirga. Papá cuchicheaba con los otros hombres, todos preocupados, porque si el barco no llegaba, la única salida era volver a subir el acantilado y, eso mirando hacia arriba, se antojaba una imposible hazaña al observar el amenazador perfil de las rocas.

Aquel lugar había sido en tiempos poco más que un refugio de contrabandistas rusos y caucasianos. Su única ventaja era el embarcadero natural, que permitía llegar desde allí en bote, hasta la embarcación fondeada a doscientos o trescientos metros.

Pero, en aquellos momentos, al menos la mar se mantenía en calma y todos permanecimos observando el cabo rocoso tras el que debería aparecer nuestra tabla de salvación, pues no era otra cosa El Sirga.

Pasó largamente la medianoche. Hacía mucho frío y humedad, pero nadie se quejaba. Hasta los más pequeños aguantaban valerosamente, como si pudiesen entender lo que nos estábamos jugando. Sin embargo, todos pensaban en los que no habían podido llegar hasta allí. Los parientes, los amigos, los conocidos, cada cual estaría luchando por su vida, poniendo a salvo lo que pudiese, hasta ver en qué quedaba todo tras la terrible tormenta.

Al final, cuando estábamos a punto de desesperar, apareció la afilada proa y mi padre cerró los puños alzándolos en señal de júbilo. El viejo contramaestre se había portado. Pronto fondeó, apenas a un tiro largo de piedra, y gracias al claro de luna pudimos ver cómo arriaba la chalupa y alguien descendía, subía en ella y remaba con ahínco hacia nosotros.

Se trataba de Ismail Kemal acompañado de un marinero. En cuanto bajó, abrazó a mi padre, al tiempo que indicaba que no debían subir más de seis personas cada vez. Mi padre decidió que, a pesar del estado de Marie, nosotros debíamos embarcar los últimos.

Así fue. El bote dio muchos viajes sin contratiempos. La gente esperaba su turno con ansiedad, pero con paciencia y fueron embarcando en total silencio. Yo veía cómo la luna iba subiendo y por un momento pensé que la suerte, al fin, se había aliado con nosotros.

Nos había llegado el turno, cuando Ahmed lanzó un grito de aviso desde la parte superior del acantilado. Mi padre y Ohannes estaban en aquel momento ayudando a embarcar a Marie, mientras yo acercaba los últimos bultos hasta el mismo borde del muelle.

Pudimos escuchar el lejano fragor de una pelea y cómo unas personas bajaban todo lo deprisa que podían por el angosto sendero, portando antorchas, a riesgo de caer.

Apenas había saltado al bote cuando alguien disparó contra nosotros. La claridad de la noche me permitió distinguir que se trataba de soldados, que cobardemente utilizaban sus carabinas contra gentes indefensas. A pesar de todo, el marinero remaba todo lo aprisa que podía y nos encontrábamos ya a media distancia del barco. Mi padre no podía hacer otra cosa que intentar cubrirnos con su cuerpo. Se agachó sobre nosotros y noté como respiraba fatigosamente.

Fue en aquel preciso instante. Sonó un estampido y al mismo tiempo papá que acababa de incorporarse, echó los brazos hacia atrás y cayó al agua. Marie comenzó a gritar desesperadamente cuando una ráfaga de proyectiles perforó el bote bajo la línea de flotación.

Todo ocurrió en un segundo. De pronto nos encontramos todos en el agua. Un mar frío, oscuro, viscoso, nos envolvía. Marie y Ohannes también desaparecieron de mi vista y luché por salir de nuevo a la superficie, porque la ropa me impedía nadar y tenía la sensación de que alguien tiraba con fuerza de mí hacia abajo.

El Sirga se encontraba apenas a diez metros y podía oír de una parte los gritos de terror y angustia procedentes del barco y de otra, los disparos cada vez más frecuentes desde el embarcadero.

No sé lo que sucedió. Lo único que pude ver fue cómo el barco se alejaba con rapidez de la costa. Probablemente el contramaestre, que ya se hallaba a bordo, valoró que más valía salvar las vidas de los que habían podido alcanzarlo, que arriesgarse a perderlo todo.

Grité varias veces el nombre de mis hermanos. Pero no tenía apenas fuerzas para hacerlo, porque al caer había tragado bastante agua y tenía incluso dificultades para respirar.

No sé cómo pude llegar hasta las rocas de la orilla. Por suerte el mar apenas batía y pude agarrarme a un saliente. Allí tomé aliento y pude trepar hasta el borde del acantilado. No sé quién me impulsó, porque en aquellos momentos lo único que deseaba era morir. Mi familia había desaparecido y ya nada tenía sentido.

Sentada en la roca, con los pies lamidos por el mar, introduje la cabeza entre los brazos y lloré amargamente. Pensé que, si me ponía de pie y gritaba, tal vez alguno de los soldados dispararía hacia mí una misericordiosa bala. ¡Qué podía importar lo que ocurriese!

Pero no. Extrañamente todo se hallaba en silencio. También El Sirga parecía haber sido tragado por el mar. Por otra parte, la oscuridad era casi completa, salvo el leve reflejo que parecía provenir de las profundidades.

Creo que permanecí allí un largo espacio de tiempo. No quería moverme, porque si lo hacía, era como si se confirmase que todo había ocurrido. Y yo no deseaba creerlo. Tal vez me encontraba inmersa en una espantosa pesadilla y de pronto mamá, o tal vez Marie, vendrían a despertarme, a consolarme para decirme que no pasaba nada, que sólo era eso, un mal sueño.

Cuando amaneció reaccioné. Me obsesioné con la idea de que podría encontrar a papá o a Ohannes. Tenía la seguridad de que Marie se hallaba ya a bordo y que habría podido escapar.

Antes de darme cuenta, unos soldados turcos llegaron hasta donde yo estaba. Conocía a uno de ellos. Era hijo de la mujer que nos vendía el pescado y muchas veces lo traía él hasta casa en un pequeño carro con el que repartía.

Hizo como que no me conocía, pero de alguna manera me ayudó y a pesar de su hosquedad y de llamarme «perra armenia», evitó que sus compañeros me violaran como pretendían.

A duras penas pudo contenerlos, pero se interpuso y logró que se separaran de mí. Yo sentía mucho miedo, pero no de morir. Eso no me importaba. De hecho, se lo hubiese agradecido. No podría soportar que me violasen. Marie me había hablado de ello para advertirme y me dijo que, si a ella le ocurría, se mataría.

Volvimos a Trebisonda caminando. Yo iba junto a Ali, que así se llamaba el pescatero, porque notaba cómo me miraban los otros. Rezaba para que alguno me disparase por la espalda o me clavase la bayoneta en el cuello, porque no quería ni imaginar lo que podría suceder en el cuartel.

Antes de entrar en la ciudad, Ali discutió con sus compañeros. Estuvieron gesticulando un rato hasta que volvió junto a mí él solo y dijo que lo siguiese. No podía hacer otra cosa y caminé tras él. Vi que, en lugar de entrar, se dirigía hacia el barrio de los pescadores y comprendí que íbamos a su casa.

Aquello me dio esperanzas y efectivamente llegamos enseguida a una casa de aspecto humilde cerca de la playa. Me dijo que entrase y me di cuenta de que lo hacía con un cierto respeto. Entré y casi me di de bruces con su madre que me conocía bien.

Para mi sorpresa, la mujer me abrazó llorando con desconsuelo. Me pidió perdón por todo lo que sucedía mientras me hacía entrar en la cocina con ella, para que me pusiera cerca del fuego.

Se lamentaba la buena mujer de la catástrofe que había caído sobre la ciudad, llorando con desconsuelo de lo que aquello iba a significar, mesándose los cabellos, como si también hubiese perdido a alguno de los suyos.

Era evidente su sinceridad y de pronto, comencé a llorar junto a ella, porque noté que algo se había roto dentro de mí para siempre.

Ali, su hijo, se asomó un par de veces por el ventanuco, sin atreverse a entrar, porque pensaría que aquellos lloros y lamentaciones, eran cosas de mujeres.

Luego lo vi alejarse camino arriba, y no pude evitar un pensamiento de gratitud, no sólo porque me había salvado, sino porque me había demostrado que no todos los turcos eran asesinos dementes, de lo que me había convencido a mí misma en aquella eterna noche.

La mujer me hizo pasar a su dormitorio. Una mínima estancia separada por una cortina de la cocina. Allí insistió en que me quitase la ropa, que todavía se hallaba húmeda y me proporcionó una falda, una blusa floreada y un chaleco, que debía utilizar ella en los días de fiesta, típicos de las pescateras, pero secos y limpios. No lo hacía sólo para evitarme un reuma o algo peor, sino para intentar integrarme, para hacerme pasar por su hija o su sobrina.

Pasé el resto del día sentada junto al fuego. No podía pensar en mi familia, sólo en las llamas, en las brasas de aquella chimenea, viendo trajinar a la mujer, que me lanzaba discretas miradas de tanto en tanto, hipando de pura compasión, meneando la cabeza de preocupación, porque debía pensar en qué iban a hacer conmigo.

No hubo tiempo para más. De pronto oímos fuera unos gritos, eran gente acercándose y ambas nos asomamos por la ventana. Vimos a Alí, caminando con las manos en la espalda, mientras que un oficial a caballo desmontaba junto a la puerta.

La mujer lanzó un grito de desesperación. Comprendió lo que sucedía. Los compañeros de su hijo lo habían traicionado por envidia y llegaban a por mí, causando además la pérdida de toda la familia.

No tuve tiempo de nada. El oficial entró y me abofeteó con saña, como si yo fuese su enemiga mortal. Luego sin ningún miramiento empujó a la mujer violentamente contra la pared, haciéndola caer al suelo y me arrastró hacia fuera.

Ali me lanzó una mirada que no olvidaré. Él también se había convertido en un enemigo, por el simple motivo de dar cobijo, de auxiliar a una niña armenia.

No era sólo a mí a quien habían capturado. Otras dos jóvenes, algo mayores que yo, tal vez tendrían dieciséis o diecisiete años y un chico de alrededor de quince. Estaban más asustados que yo, temblando literalmente de miedo, sin comprender siquiera lo que sucedía.

Nos llevaron casi corriendo, pues no éramos capaces de seguirles el paso, hacia unos almacenes cercanos al cuartel. Allí, sin dirigirnos la palabra, a empujones, nos introdujeron en ellos.

Me quedé sin habla. Todos los niños y mujeres armenios se encontraban apiñados allí.

Me sorprendió el silencio. Nadie hablaba, ni tan siquiera se lamentaba o gritaba. Ninguno levantó la cabeza al vernos entrar, como si se hubiesen acostumbrado a un goteo de mujeres y niños, que los turcos iban capturando por toda la ciudad y los alrededores.

Aquella noche la pasamos sin que nos diesen ni una mísera rebanada de pan, ni una gota de agua. Los niños sollozaban inquietos, aturdidos, pero no lloraban abiertamente, convencidos tal vez de que, si lo hacían, se los llevarían separándolos de sus madres.

Apenas amaneció se oyó un gran estrépito fuera, como si estuviesen preparando algo. Eran gritos, órdenes e insultos que nos llegaban al interior del almacén, como amenazas de algo terrible e inminente.

Así fue. Abrieron la puerta y sin ninguna instrucción ni orden previa, nos hicieron salir, golpeando sin misericordia a las que se hacían las remolonas. Entonces se escuchó un largo lamento, y los niños comenzaron a gritar, espantados, tan asustados que se orinaban encima o hacían caer a sus madres, al aferrarse como lapas a sus piernas, impidiéndolas caminar.

Era una sensación angustiosa, sin salida, sin esperanza. Algunos niños vomitaron, una mujer sufrió un ataque y se desplomó sin sentido, otra se convulsionaba lastimándose contra las piedras del patio.

No vi la más mínima conmiseración entre los militares, ni en los paisanos turcos que observaban aquel tormento. Parecían satisfechos de lo que estaba sucediendo, e incluso alguno se reía abiertamente, como si se tratase de un espectáculo cómico.

El cura del colegio nos había advertido muchas veces de que el infierno existía. Que estaba más cerca de lo que creíamos. Que los diablos, Satán, Lucifer, Belcebú, otros muchos, se hallaban entre nosotros, esperando nuestra más mínima debilidad para caernos encima. Mantenía que el infierno era un lugar sin esperanza, y que ese era el mayor tormento. No el fuego, ni los pinchazos con los instrumentos de tortura, ni la sed, ni el dolor, ni todos los tormentos imaginables.

La falta de esperanza. Esa sensación era la peor de todas. El más terrible tormento. Nos reíamos de él. Aquel hombre estaba mal de la cabeza. ¿Qué quería decir con eso de la falta de esperanza?

Lo entendí en aquel patio. La desesperación absoluta nos rodeaba, nos aturdía, nos golpeaba el corazón sin remisión.

Cuando tuvieron lista su organización, porque al principio no parecían ponerse de acuerdo y se recriminaban y chillaban entre sí, aterrorizando más a los niños, abrieron el portón exterior y nos hicieron salir, unos tras otros.

Una mujer se adelantó, gritaba que era la mujer de un importante abogado. Se colocó delante del oficial y le increpó. ¿Dónde nos llevaban? ¡Pero si los niños no habían comido ni bebido nada desde el día anterior! El oficial la miró sin pestañear, luego espoleó al caballo, que la golpeó con las patas delanteras. La mujer cayó al suelo sin darse ni cuenta de lo que le acababa de suceder, chorreando sangre por la frente, jadeando por el impacto, sin poder respirar.

Ninguna intentó nada más. Sólo caminar cogiendo a los niños, llevando en brazos a los más pequeños, con la mirada perdida, con los ojos llenos de incomprensión por lo que les sucedía.

Pasamos cerca de una fuente. El oficial permitió que bebiéramos, porque debió comprender que, si no lo hacíamos, caeríamos allí mismo, rendidas de fatiga como ya había sucedido con dos o tres ancianas, que a pesar de los golpes se fueron quedando atrás, simplemente porque eran incapaces de dar un paso más.

No sé que fue de ellas. No quería pensarlo, porque imaginaba lo peor. Además, al volver la cabeza vi a un grupo de kurdos que no sabía de dónde habían salido y que caminaban a nuestro paso, como animales de presa, esperando su momento. Eso nos impelía a seguir adelante, porque sabíamos bien lo que nos esperaba si caíamos.

Llegamos a una ladera. Allí observé de reojo cómo toda una tribu de kurdos, que vivían cerca de Trebisonda, bajaban corriendo, tropezando por la abrupta pendiente, como si se tratase de cabras montesas, llegando hasta donde les permitían los soldados que nos vigilaban, sin ocultar sus intenciones.

Volvió a caer la tarde. Los militares hicieron tres hogueras para marcar los límites del improvisado campamento. Luego repartieron unos sacos de pan duro y otros de algarrobas que llevaban para las mulas.

Para entonces las cosas estaban cambiando entre nosotras, y dos mujeres se pelearon por un pedazo de pan, que finalmente rodó por el suelo. Se arañaron y se golpearon con saña. Nadie se interpuso. Estábamos tan agotados que nos limitamos a observar. Sólo las jalearon los soldados. Luego todo se calmó.

Al levantar el alba, los militares comenzaron a chillar a los kurdos. Dos mujeres yacían muertas, apuñaladas, semidesnudas. Los kurdos se refugiaron entre la espesa maleza, huyendo de los soldados, pero sin alejarse demasiado, como si en el fondo existiese una complicidad entre ellos.

No cabía la menor duda de que habían sido ellos. Que hubiesen despojado a las víctimas, los delataba.

Sin embargo, el suceso no alteró la jornada. Nos obligaron a levantarnos, nos permitieron beber en un arroyo, y otra vez a caminar. Algunos niños no podían seguir, pero parecía darles lo mismo. Tenían que cumplir un programa y no iban a cambiarlo por unos niños. Amenazaron a las madres: si los pequeños no podían seguir, los abandonarían.

No eran meras amenazas. Aquella mañana una madre cayó al suelo, agotada. Llevaba dos niños encaramados, uno en la espalda, otro en los brazos.

Vi a los kurdos discutiendo con un sargento, daban la impresión de regatear, finalmente asintieron. El sargento se dirigió a la mujer desmayada y sin miramientos la registró.

Debió encontrar algo, porque se introdujo la mano en el bolsillo un par de veces. Luego dio orden de marcha y el oficial levantó la mano. Simplemente la mujer fue abandonada con los dos niños. Otra intentó cogerlos, pero el sargento lo impidió golpeando a la mujer para que soltase al niño. Tuvo que agarrarla y obligarle por la fuerza, entre los chillidos histéricos de aquella. En cuanto al niño, corrió como pudo hasta donde quedaron su madre y su hermano.

Yo iba de las últimas. Por algún motivo prefería hacerlo así, pues tenía la sensación de que, de poder escapar, sería ocultándome de un salto. Pero para evitarlo estaban los kurdos, que seguían acechando con el mayor descaro, haciendo tratos con los militares, señalando a una u otra, poniéndonos precios, como si se tratase de una feria de ganado trashumante.

Comenzó un círculo infernal. Cada noche eran más osados, llevándose niñas jóvenes que intentaban chillar, pero que ya ni tenían fuerzas para ello. En cuanto a los soldados, ni tan siquiera se molestaban en levantarse. Les dejaban hacer, pensando que cuanto antes terminase aquel absurdo viaje, antes volverían a la cómoda monotonía de sus cuarteles.

Una tarde el oficial se marchó con unos cuantos soldados, y quedó al mando el sargento. Un hombre al que temíamos por su increíble crueldad, que ya había demostrado en varias ocasiones.

A partir de aquel mismo momento todo empeoró. Era difícil creer que podría ser peor, pero lo consiguió.

La primera orden que dio fue que nos desnudásemos. Dos mujeres se negaron y él mismo las asesinó con su machete, degollándolas.

No teníamos otra opción. Pensé que después de todo lo que estábamos pasando, aquella nueva humillación no era lo peor que podía sucedernos. Todas lo hicimos. Luego tuvieron que hacerlo los niños. Nos obligaron a separarnos de los pequeños montones de ropa y unos soldados comenzaron a rebuscar entre ellos. De tanto en tanto lanzaban gritos de júbilo. Habían encontrado algún pequeño fajo de dinero, o una bolsita con joyas, incluso cosidas al forro de los vestidos.

Aquello significó que destrozasen la ropa sin ningún miramiento, o los zapatos. Al volver a vestirnos, ateridas, la ropa se había transformado en harapos que apenas nos cubrían. Esa misma noche los soldados eligieron a la mujer, la niña o incluso el niño que les apeteció y se los llevaron tras los matorrales o las rocas para violarlos.

Pudimos escuchar algún grito desgarrador y luego vimos a unos cuantos espectros deambulando, sin saber bien dónde se dirigían para tenderse en el suelo en silencio.

Varios niños murieron de agotamiento, frío o inanición. Las madres incluso decidieron abandonarlos vivos, tras un matorral, con la esperanza de que tuviesen una muerte sin sufrimiento.

Eso era una suposición infundada, porque los kurdos seguían tras nosotros, y a partir de la tarde en que el oficial se marchó, simplemente se acercaban a una de nosotras y la obligaban a seguirlos.

Una noche llegamos junto al Éufrates, que más parecía un torrente impetuoso que otra cosa. Al acercarnos a beber, una mujer saltó al río con su hijo y la fuerza del agua los arrastró de inmediato. Aquello fue como una señal. Muchas dieron el salto a las oscuras y turbulentas aguas. Nadie se lo impidió.

Quedábamos apenas cien de las cerca de mil doscientas que habíamos emprendido el viaje. Al amanecer los últimos soldados habían huido, llevándose algunos niños y algunas chicas jóvenes.

No terminaba de entender por qué seguía intacta, todavía con fuerzas para razonar y darme cuenta de las cosas. Era como un milagro. Tenía la increíble sensación de que simplemente no me veían, como si no reparasen en mí.

Entonces seguimos caminando en la misma dirección, mecánicamente, como si tuviésemos una cita con los enormes desiertos del sur. Comíamos lo que podíamos, bayas silvestres, huevos de algún nido encontrado al azar, incluso insectos. Pero seguíamos en la misma dirección. Detrás dejábamos a los kurdos que también terminaron por abandonarnos, tal vez porque temían adentrarse en aquellos vastísimos parajes deshabitados.

Curiosamente entre nosotras no hablábamos. Habíamos quedado apenas veinte y no nos dirigíamos la palabra. Pero todas seguíamos a una mujer de unos cincuenta años, delgada y nervuda como un hombre, que cada mañana se levantaba resuelta y comenzaba a caminar sin mirar atrás.

Todos los días quedaba alguna tendida, sin poder seguir o muerta de extenuación. Alguna de nosotras se acercaba, le echaba un vistazo y luego seguíamos.

Íbamos ya prácticamente desnudas, descalzas, con los pies chorreando sangre, infectados, con las manos destrozadas, con la piel quemada por el sol, bajo una costra de suciedad que algo nos defendía, con el pelo lleno de piojos y arañas.

Aunque ninguna pareció darse cuenta, entrábamos en un desierto. Pensé que aquella sería la última jornada, tal vez al día siguiente. No había una gota de agua por ninguna parte, pero seguíamos caminando, casi arrastrándonos. Recuerdo que se estaba poniendo el sol cuando vi llegar a un hombre a caballo. No eran turcos, ni kurdos, ni campesinos. Eran árabes del desierto, con sus capas flotando al viento, se acercaron hasta apenas a un tiro de piedra. Los oímos hablar, el aire nos traía sus palabras. Murmuraban unas frases de piedad y conmiseración.

Entonces uno de ellos, que tal vez sería el jefe, descendió del caballo y se acercó trayéndolo de las riendas. Vino hasta donde me hallaba y me miró moviendo la cabeza. Luego se quitó la capa y me envolvió con ella, me ayudó a subir con dificultades y pude ver que todos los demás hacían lo propio con las otras.

Como eran apenas doce, hicieron subir a dos en cada caballo, luego llevándolos de las riendas, caminaron hacia unas dunas.

Tras ellas se encontraba su campamento. Cuando llegamos, las mujeres salieron de las tiendas, entre exclamaciones. Hablaban árabe y apenas podíamos entender alguna palabra suelta, pero sus expresiones, y la manera en que nos ayudaban a descender, nos lo decían todo.

Nos lavaron las heridas, nos alimentaron con leche de cabra y una especie de papilla. Después nos distribuyeron entre las tiendas para que pudiésemos descansar.

Dos jóvenes murieron aquella misma noche. Las demás pudimos sobrevivir gracias a la increíble hospitalidad de aquellas gentes. Pero ocurrió algo extraño, porque entre nosotras no hablábamos de lo que había sucedido. Estábamos marcadas a fuego, tatuadas para el resto de nuestras vidas. La oscura, diabólica, mortal realidad, del comportamiento de unos seres humanos para con otros de su misma especie.

Allí pasé cerca de tres años. Me integré con mi nueva familia adoptiva. Me aceptaron y me enseñaron a sobrevivir en el desierto. Aprendí el árabe y podía escuchar a los más ancianos, transmitiendo su sabiduría a los más jóvenes.

Aquellas gentes estaban libres de pecado. Eran seres que sólo tenían una cosa en propiedad. Su sentido de la libertad.

Esos años fueron los más felices de mi nueva vida. No quería, ni podía pensar en abandonarla, en reanudar mi vida anterior de cristiana armenia. Me enseñaron el Corán, que se sabían de memoria y se transmitían oralmente.

A pesar de ser mujer en un mundo tan hecho a la medida del hombre, no recuerdo ni la más mínima humillación. Muy al contrario, nos trataban con gran respeto, eso sí, manteniendo siempre las distancias.

Todo transcurría en perfecta armonía con la naturaleza. De tanto en tanto cambiábamos de campamento, buscando alguna vaguada con pastos para alimentar a los animales, donde pudiésemos encontrar algo de leña, dátiles y otras frutas silvestres.

Esos pueblos poseen una especie de instinto que los hace elegir su ruta, sabiendo que la más leve equivocación puede costar la vida a toda la tribu.

Pasaron, pues, los años. Yo no contaba los días, ni tan siquiera sabía en qué mes me encontraba. ¿Qué importancia podía tener eso allí? Nadie esperaba mi vuelta. No quería pensar en lo que había sido de mi familia. El destino me proporcionó una nueva familia, que me atendía y me cuidaba, tal vez de otra manera, pero con el mismo amor y la misma sensación de cariño que antes había tenido.

Pero eso terminó un día. Había soñado con que podía llegar a suceder, pero tenía tantas pesadillas, que no quise darle mayor importancia.

Los turcos nos atacaron. La sorpresa causó una gran masacre, aquellos hombres, estrategas del desierto, supervivientes por naturaleza, se dispersaron y antes de darme cuenta, estaba sola. Grité para que me matasen. No quería seguir viviendo. Por segunda vez el destino, el cruel destino, me castigaba y aniquilaba a mi nueva familia.

Los turcos me apresaron. Caí en la desesperación. Me negué a comer y beber. Quería terminar cuanto antes. Pero mi organismo era mucho más fuerte que mi voluntad y resistió la nueva prueba.

Aquel regimiento turco estaba replegándose. Los árabes seguían nuestros movimientos y disparaban en cuanto tenían la menor oportunidad. Los turcos huían sin pensárselo dos veces hacia la frontera de Turquía.

Un día llegamos al fin a una ciudad turca. Me llevaron a ver al caimacán, no sabían que hacer conmigo, porque un oficial se empeñó, en protegerme. No lo hacía por mí. Tenía un amigo que acababa de perder a su mujer y a su hijo hacía poco tiempo. Era además un hombre importante y creyó que le gustaría el regalo.

Entré con él, sin darme cuenta de nada, pensando en morir mil veces cada día, en la prefectura. El oficial de guardia nos hizo pasar enseguida. El caimacán se llamaba Kemal Hamid. Esa era la terrible jugada que me tenía preparada el destino.

***

Me encontraba terriblemente emocionado. Pretendía justificarme con la excusa de la muerte de mi madre. Pero no era cierto. De hecho, tuve que esconderme para llorar en el cuarto de baño. Algo que jamás me había sucedido. Pero debo confesar que me sentía superado por los acontecimientos, como si la dureza superficial que siempre había intentado mantener, como una coraza de protección para que nadie se me acercase, para que no supiesen en realidad quién era yo, se hubiese derretido, dejando mi verdadera piel expuesta a la realidad.

Y era Alik la que había traído esa realidad, que yo busqué desesperadamente durante tanto tiempo, con la fe de un poseído, con la seguridad de que un día podría hacerme con ella.

La noche se había echado encima. Alik parecía más relajada, como si hubiese aceptado las circunstancias. Haber visto morir a su hermana por segunda vez, resultó un catalizador de sus recuerdos, pero también liberó el trauma que seguía acompañándola desde aquellos aciagos días. De hecho, me confesó que le había hecho bien vaciar su alma, y mucho más poder hacerlo después de haber visto a Marie con vida.

Pero el día y las sorpresas aún no habían terminado. La enfermera entró a despedirse. Samia Suruf era una buena mujer, y durante largos meses atendió a mi madre con cariño y total dedicación. Le agradecí la forma en que lo había hecho. Fue a recoger sus cosas y volvió con su pequeña maleta. Llevaba un sobre en la mano y me lo entregó. La interrogué con la mirada.

Samia me explicó que. a pesar de las apariencias, en los primeros días de la enfermedad, mi madre aún conservaba bien la cabeza. Le dictó unas notas y le hizo prometer que no me las daría hasta que ella hubiese desaparecido. Samia intentó sonreír. Una promesa era una promesa. Luego, me dio la mano y cerró la puerta mientras yo me quedaba en el vestíbulo, con el arrugado sobre en la mano.

Volví junto a Alik que seguía sentada en el sillón de la biblioteca. Le entregué el sobre. Me sentí incapaz de abrirlo y me pareció lógico que ella lo leyese en voz alta. A fin de cuentas, era el día que había estado esperando toda la vida. El día de la verdad.

Alik rasgó el sobre con delicadeza. Luego comenzó a leerlo y comprendí que todo aquello no era una casualidad. Las circunstancias se encadenaban con ese orden lógico que a veces impone la vida.

***

A Darón. Mi hijo. Tengo mucho que decir y pocas ganas de contarlo, pero sé que estoy muriendo y cuál es mi deber.

No quiero hablar de cómo desapareció mi familia. Mi padre, mi madre, mi hermana Alik, mi hermano Ohannes. Tal vez debería emplear *mis hermanastros*, pero no. Eran mis hermanos. Al menos los quería como a tales.

Me encontré de pronto sola, en un buque fantasma. La goleta El Sirga que había pertenecido a Boghos Nakhoudian. Mi padrastro. Digo fantasma porque no había tripulación. Murieron ametrallados desde la costa.

En la goleta viajábamos sesenta o setenta armenios. Convencidos de que íbamos a morir. Nos estrellaríamos contra las rocas. O nos hundiríamos a causa de una tormenta. O los turcos darían con nosotros y nos degollarían.

En aquellos momentos no podíamos pensar en otra cosa. No teníamos muchas opciones. En cuanto a mí, no era capaz de pensar en lo que había ocurrido. Nada era cierto, sólo una atroz pesadilla de la que terminaría por despertar y todo volvería a ser como antes.

Cuando las cosas van mal, parece que todo se tuerce. En mitad de la noche chocamos con algo. Tal vez otro barco. O unas rocas. Eso no tiene importancia ahora. Lo que sí la tuvo fue que El Sirga se hundió con rapidez. Escuché gritos, lamentos. De pronto nada. Sólo recuerdo que me encontraba asida a una tabla. Quería soltarla e irme también al fondo, pero no podía hacerlo. No era capaz de ello.

De pronto, de entre la niebla, apareció un bote, y un marinero me cogió por las muñecas y tiró de mí hacia arriba. Alguien le ayudó. Entonces creo que me desmayé.

Cuando recobro el sentido me encuentro en una litera. Estoy completamente mareada, pero sé que sigo en un barco. Un hombre se acerca y me observa. Me habla en francés dulcemente. Comprendo que no me quiere hacer ningún daño.

Durante varios días sigo en el mismo estado. Debo tener fiebre muy alta, porque todo se vuelve oscuro. Al cabo del tiempo estoy mejor. El hombre se sienta a mi lado y me habla en francés. Lo entiendo, pero no soy capaz de contestarle. No puedo hablar. Me ponen delante un papel y una pluma. Los rechazo.

Una mañana el barco llega a puerto. Me desembarcan en una camilla. Un gran coche blanco con una cruz pintada de rojo me recoge y creo que me trasladan. Eso puedo escucharlo varias veces. Tengo miedo. No soy capaz de pensar con claridad. Sueño todos los días con mi familia. Me llaman para que vaya con ellos. Es lo único que deseo.

Un hombre alto viene a verme. A mi alrededor alguien comenta que es psiquiatra. No sé lo que quiere de mí. Me habla con dulzura, pero no quiero nada de él. Siento mucho miedo. No de que me mate, sino de que me impida ver a mi familia. Me tapo los ojos con los brazos cada vez que viene.

Una mañana otro hombre me habla en armenio. Me quedo mirándole fijamente. Creo estar escuchando a alguien conocido. Me pregunta quién soy yo. No lo sé. No sé nada de mí. Acabo de darme cuenta.

El hombre alto dice que debo confiar en él. Me mira fijamente, pero aparecen terribles pesadillas ante mí, los turcos quieren coger a mi padre en el cementerio. Mi madre quiere salir del nicho, pero un turco se lo impide. Tengo miedo. Mucho miedo.

Un día vienen a buscarme unas personas. Me recuerdan a mi familia. Puedo irme con ellos, creo que a su casa. Allí me siento más segura. Repiten un nombre una y otra vez como si yo no fuese capaz de entenderlo. Balakian. Balakian. Balakian. Creo que he conocido a otras personas con ese nombre.

Viven en una casa que me recuerda muchas cosas. A cada instante me repiten "somos armenios, somos armenios". Yo también debo ser armenia. Pero eso me da igual. Lo único que quiero es que venga mi madre.

Una tarde, en mi cuarto que daba al jardín, oí ruidos en la ventana. Había oscurecido y llovía. Fui hasta allí y fuera vi un hombre que me miraba fijamente como lo hacía el hombre alto del hospital. Luego, cuando reaccioné, íbamos en un coche. Un hombre conducía y otro iba junto a mí. Me hablaba en armenio, como los Balakian. Decía que iba a llevarme con mi familia. Creo que asentí. Eso era lo único que me importaba.

Llegamos a un puerto, me dijo que subiese con él a un barco. Sentí un gran pánico, pero el hombre me dijo que no debía tener miedo. Mi familia se hallaba al otro lado del mar. Lo creí, porque comenzaba a recordar cosas. Quería ver a mis hermanos.

Tardamos muchos días en llegar, pero el hombre parecía cumplir sus promesas. Yo había recordado que mi madre había muerto. Pero estaba convencida de que mis hermanos vivían. Todas las noches, durante mis sueños, me decían que estaban vivos. No me importaba lo que pudiese pasarme. El doctor Nazim, así se llamaba, me llevaría hasta donde ellos estaban.

Desembarcamos en Constantinopla. Desde hacía unos días mi memoria iba mejorando sensiblemente. Eso me hacía sufrir mucho, porque una y otra vez veía a mi padre cayendo al mar. También a mis hermanos. Pero extrañamente sólo sentía miedo por él. Tenía la certeza de que mis hermanos se salvaban.

El doctor Nazim dijo que él iba a quedarse allí. Que alguien me recogería para llevarme a Trebisonda. Volví a sentir miedo, pero me estaba acostumbrando a superarlo.

Fuimos a una casa que se hallaba en el centro de la ciudad, junto a una mezquita. Era una mansión, con un gran jardín lleno de palmeras y una fuente en el centro de una plaza de gravilla. Un hombre grueso de unos sesenta años salió a la puerta. Sonrió al verme. No me gustó su sonrisa porque no parecía humana. Como si se tratase de una fiera observando a su víctima.

En los últimos días iba volviendo a un mundo real que no quería aceptar. No podía soportar lo que le había sucedido a mi familia.

Aquel hombre se acercó a mí y me estudió con curiosidad. Supe después que aquel hombre se llamaba Osman Hamid. Lo que no podía suponer era que se trataba de mi padre.

El viaje de Constantinopla a Trebisonda lo hicimos en un pequeño vapor y tardamos cerca de tres días. No me permitió abandonar el camarote, para lo que puso alguien de guardia permanente. Me daba miedo volver a casa y comprobar que todo era cierto. Pensé que no podría soportarlo. Nadie habló conmigo, pero sabía que me vigilaban constantemente. Dos veces intenté subir a cubierta, pero me lo impidieron. Era una prisionera, no me engañaba.

No volví a ver al hombre grueso durante el viaje. Al amanecer del tercer día oí los agudos chillidos de las gaviotas y me asomé al ojo de buey. Reconocí el puerto de Trebisonda, pero no tenía ilusión por desembarcar. Allí no me esperaba nadie.

Eso creía yo. En el mismo momento de atracar al barco, me hicieron salir del camarote y me llevaron hasta un coche de caballos que esperaba a unos metros. Luego nos dirigimos a la ciudad antigua. Conocía bien aquello y aunque no deseaba mirar, algo en mi interior me impelía a hacerlo. Vi algunas casas quemadas y en aquel mismo momento, como si un velo se desprendiese de mis ojos, volví a recordarlo todo con precisión.

Entonces, sin poder evitarlo, me eché a llorar, sin que nada pudiese refrenar mis lágrimas. Lloré por mis padres, por Ohannes, por Alik, por mis tíos y primos. Todos estaban muertos, y yo era la única que parecía haber sobrevivido. Lo único que me extrañaba era que me hubiesen vuelto a llevar hasta allí. Sabía que había estado muy lejos, pero no llegaba a precisar dónde. ¿Por qué me traían a un lugar que, para mí, era como un cementerio? No podía comprenderlo.

Entre el cochero y el ayudante me condujeron al interior de una casa. No sabía a quién pertenecía, pero sí donde se hallaba. Siempre que pasaba por delante de ella, cuando iba al colegio, no podía dejar de pensar que su dueño sería alguien muy poderoso. En aquellos momentos no sabía qué pensar, ni lo que pretendían de mí. Pero en mi interior iba creciendo una mezcla de miedo, rabia y odio que anulaba mis otros sentimientos.

Esperé allí un buen rato. No podía escapar, pues alguien vigilaba mis movimientos. De improviso se abrió una puerta y apareció un hombre joven, algo mayor que yo, calculé que tendría veinticinco o veintiséis años. Se quedó mirándome desde la puerta y sonrió. Pensé que se parecía mucho al hombre grueso que me había llevado hasta allí.

—Tú eres Marie Nakhoudian —el hombre se acercó a mí—. Quiero que sepas que mi nombre es Kemal Hamid y que me perteneces. No intentes huir, mentirme o engañarme, porque si lo haces te arrepentirás de haber nacido. Estás aquí sólo por mi voluntad y tu único deber es obedecerme en todo.

Así fue mi encuentro con Kemal Hamid. Desde el primer momento sólo sentí desprecio y odio por él. Se convirtió en el blanco de todo mi odio, porque él y otros como él, habían asesinado a los míos.

Supe después que Kemal Hamid era el caimacán de Trebisonda y que su poder era enorme en todo el valiato.

Aquella misma tarde Kemal me forzó, me golpeó hasta que prácticamente perdí el sentido. Me llamó «perra armenia» mientras me violaba. Entonces pensé en matarle y aquellos pensamientos fueron los únicos que me consolaron. Podía hacer conmigo todo lo que le apeteciese, pero llegaría un momento, antes o después, en el que yo lo mataría.

Esa certeza me confortó y, a partir de ese instante, no opuse resistencia. Él creyó que me había dominado y rió de placer. Acostumbrado como estaba a ganar siempre, lo encontró lógico. Pero mientras me penetraba, volví a pensar en que un día estaría muerto junto a mí, y ninguna otra idea podía consolarme más.

Así me retuvo varios meses. Supe que había sido su padre, Osman Hamid, el que me entregó a él. Eran de la misma calaña, personas sin escrúpulos, codiciosos, gentes para los que el resto de la humanidad eran manipulables.

Supe entonces que el odio puede convertirse dentro de nosotros en algo fundamental que nos impulsa a vivir, porque nada puede igualar su fuerza. La necesidad de aguantar hasta que un día se puedan devolver los golpes.

Sin embargo, el tiempo fue pasando. Durante aquel infierno, me quedé embarazada. Él se dio cuenta y me dejó tranquila. Cierto que tenía muchas otras mujeres, casi todas armenias, con las que consolarse.

Recordé que mi madre, Asadui Nazarian, me explicó un día que no se podía culpar al fruto de una relación no deseada, incluso de una violación. Dijo que un día lo comprendería.

No fue hasta años después, cuando supe todo lo que a ella le había sucedido. Algo que, por una ironía del destino, se estaba repitiendo en mí.

Kemal Hamid se transformó en un monstruo. No tenía suficiente con la sangre que obtenía de sus víctimas, durante aquellos espantosos meses. También necesitaba sentirse el amo. Todo el odio que su padre, Osman Hamid, había sentido por mi familia, se volcaba ahora en mí.

Cuando faltaban apenas dos meses para que naciese mi hijo, un día vi a través de la ventana a un extraño personaje. Se trataba del farmacéutico al que acudíamos casi todos los armenios de Trebisonda. Un hombre llamado Nadir Kabir. Él conocía bien a mi familia y sabía perfectamente quién era yo.

Mandé a Salima, la mujer que me vigilaba permanentemente, a que lo avisara. Le dije que me sentía mal y que necesitaba unas pastillas. Dudó un momento, pero sabía que Kemal quería el niño y bajó a decírselo.

Al entrar Nadir Kabir en mi habitación, casi se le salen los ojos de las órbitas. Los turcos lo debían haber respetado porque lo necesitaban. Le expliqué que me encontraba mal y que quería unas píldoras para el estómago.

En aquel momento Salima salió de la habitación porque alguien la llamaba, y yo aproveché para decirle que me tenía secuestrada. Me explicó entrecortadamente que casi la totalidad de los armenios de Trebisonda estaban muertos o habían sido deportados, y que era prácticamente imposible escapar de allí. A pesar de sus palabras, le rogué que me ayudase. No podía seguir, prefería morir.

Entonces Nadir me dio un frasquito de color oscuro mientras me murmuraba que lo escondiese entre las ropas. En el mismo momento entró Salima, y Nadir se despidió diciendo que me prepararía las pastillas.

Darón, mi hijo, vino al mundo tres semanas más tarde. Durante unos días pensé que lo mejor era terminar con su vida y con la mía. Estaba dispuesta a morir para no tener que soportar a Kemal. Pero de nuevo me fue imposible y abandoné aquella idea definitivamente.

Fueron pasando los días, las semanas y los meses. Darón iba creciendo. Kemal no intentó quitármelo, aunque yo sabía que lo haría en el momento en que no fuese imprescindible.

Con el tiempo el carácter de Kemal se fue agriando aún más. Las cosas no iban bien para él. Turquía se hallaba en una difícil encrucijada y comprendí que llegaría el día en que podría vengarme.

De improviso una tarde, Kemal me advirtió que nos marchábamos de allí. Ni tan siquiera le contesté, pero eso no le extrañó, ya que jamás le dirigía la palabra.

Al amanecer del día siguiente me obligaron a coger al niño amenazándome con que, u obedecía, o se lo llevarían sin contar conmigo. Fuimos al puerto. Allí esperaba una pequeña goleta que me recordó a El Sirga.

Zarpamos de inmediato. La tripulación se componía de cuatro turcos, uno de ellos era el patrón y el único pasaje lo formábamos Kemal, mi hijo y yo. El tiempo amenazaba lluvia y me refugié en el único camarote. Allí vi varias cajas y maletas y lo primero que me vino a la mente fue que contendrían dinero y joyas. Había escuchado que los armenios dejaron todo lo que tenían, obligados por los turcos. Todo ello a costa de las vidas de miles de los míos, víctimas de la codicia y el odio.

No sabía dónde nos dirigíamos. Estaba claro que las circunstancias habían cambiado mucho. Huíamos antes de que la justicia cayese sobre Hamid.

Aquella vez el destino llegó en un pequeño barco de la marina de guerra rusa. Una especie de dragaminas que nos dio el alto en un momento en que el viento había caído, hasta transformarse en calma chicha. Para entonces prácticamente ya había oscurecido.

Kemal no quiso entregarse. Estaba desesperado, iba arriba y abajo por la cubierta, insultando a los hombres y también a los marineros rusos. Parecía haberse vuelto loco, ordenó a la tripulación que disparasen contra el dragaminas y al ver que no le obedecían, rompió una lámpara de petróleo y prendió fuego a la goleta.

Fue entonces cuando dispararon desde el barco ruso. Kemal y los tripulantes se lanzaron al agua sin esperar a que nos abordasen.

Yo me hallaba en un pequeño puente cubierto desde el que se bajaba al único camarote. Pensé que íbamos a hundirnos y como pude até a Darón a mi cuerpo con un trozo de soga. Salí a cubierta levantando los brazos mientras veía cómo los marineros rusos saltaban a bordo.

Los rusos lograron apagar el fuego, aunque la goleta sufrió graves daños. La amarraron a popa y la remolcaron. En apenas una hora de navegación llegamos a Odessa. De hecho, nos hundimos apenas a doscientos metros de la costa y los rusos estuvieron buscando supervivientes por las playas y marismas, convencidos de que alguno habría logrado escapar.

Para entonces ya me habían interrogado y les expliqué mi verdadera situación. Me habían raptado. Yo era armenia y no tenía nada que ver con aquellos desalmados.

El comandante del dragaminas me entregó dos maletas donde iban mis pertenencias. El resto se lo quedó, diciéndome que debía ser investigado y entregado a las autoridades como botín de guerra.

En Odessa encontré al tío Mouradian. Cuando me reconoció, me abrazó llorando. No le dije que Darón era hijo de Kemal, el turco que me había secuestrado. Tampoco me pidió explicaciones. Mouradian era un hombre generoso y bueno que sufría al ver lo que le sucedía a su pueblo.

Permanecí allí cerca de tres años. Para entonces la guerra con Turquía había terminado y tío Mouradian se había convertido en mi padre adoptivo. Él fue el que decidió volver a Constantinopla. Tuve miedo al regresar, pero él me convenció de que todo había terminado definitivamente. Además, a pesar de su larga estancia en Odessa, mantenía importantes intereses en Turquía.

Así me encontré de nuevo en Turquía, como un miembro más de la familia Mouradian, mientras mi hijo, Darón Nakhoudian, crecía sin conocer su historia. Al poco tiempo murió el tío Mouradian. Me legó sus bienes, porque no tenía otra familia. Fue un hombre bueno y generoso para conmigo.

Me juré a mí misma que, cuando llegase el momento, si Dios me daba fuerzas, le contaría lo que ocurrió a Darón, para que supiese que una vez, en Armenia, vivieron los suyos, hasta que los turcos los aniquilaron sin motivo. El tiempo me demostró que Darón aprendió a perdonar, pero jamás olvidó…

***

Alik levantó los ojos de las cuartillas. Ambos estábamos emocionados al poder escuchar el último mensaje de Marie.

Para mí significaba mucho. A pesar de todo, ella había seguido los pasos de Asadui, su madre. Alik había abierto una puerta al pasado, y de pronto, de ese negro vacío, comenzaban a salir los personajes, mostrando la verdad en sus manos. Ese tiempo, terminado en apariencia, no lo estaba en realidad. Seguía ahí, esperando el momento propicio para volver a aparecer, como nos acababa de ocurrir. Reflexioné que Kemal fue capaz de llegar nadando a la costa. Más tarde pudo volver a Trebisonda y más tarde, vengarse de nuevo con Alik.

Aquella noche decidí que no podía consentir que aquella historia de amor, amistad, heroísmo y dolor se perdiese para siempre. Tenía la obligación de buscar a los protagonistas o sus testimonios, hacerlos hablar. Nunca era tarde para ello, y eso me lo inspiraron aquellas dos mujeres. Marie y Alik Nakhoudian que me habían mostrado el camino a seguir. Todavía no era tarde para intentarlo.

El testimonio de Ohannes Nakhoudian

Fue Alik la que me convenció para ir a El Cairo. Nada ni nadie nos retenía en Estambul. Tampoco a ella en París. Ambos coincidimos en que debíamos ir junto a Ohannes, antes de que fuese tarde. Él también tendría una historia, al menos una parte de la historia que debíamos conocer. Me inquietaba que pudieran perderse los recuerdos y las experiencias de aquel hombre.

Por otra parte, yo ardía en deseo por conocerlo. Desde que Alik me dijo que aún vivía, estaba convencido de que aquel anciano podría darme luz sobre algunos puntos oscuros que necesitaba entender.

Si. Alik tenía razón. No debíamos perder ni un instante. Llamé por teléfono a mi agencia de viajes y reservé dos billetes para El Cairo, en el primer vuelo que salía, sólo los jueves por la tarde, vía Damasco. En esa época, aquello nos parecía un enorme progreso. Y de hecho lo era, porque la alternativa más segura era el barco desde Estambul a Alejandría. Pero tuvimos suerte y apenas en dos días pudimos volar, en un viejo y ruidoso DC-3.

Cuando despegamos de Estambul noté en Alik una mezcla de serenidad y alegría interior. Comprendí que sus deseos se estaban realizando y me alegré por ella. Su valentía daba frutos y Alik era consciente de ello. Además, parecía muy feliz por haberme encontrado. Y yo no podía negar lo evidente. Aquella mujer suplía a mi madre, pero a diferencia de ella, parecía haber vencido el trauma definitivamente.

Volamos sin apenas hablar. Ella haciendo como que leía una revista. Yo intentando leer un libro, pero sin poder concentrarme. Estaba demasiado excitado para conseguirlo; en pocos días habían cambiado muchas circunstancias a mi alrededor. Nunca hubiese creído que llegaría el día en que escucharía a los protagonistas de una historia que me concernía tan directamente, y que me había marcado de tal manera.

Cuando aterrizamos, Alik me apretó la mano. Ella no demostraba sus nervios, aunque yo sabía cuál era su estado. Era una mujer fuerte, pero eran demasiadas emociones seguidas.

Al descender del avión respiré hondo. La noche en El Cairo era tranquila, sin que la más leve brisa moviese una hoja. El taxi nos llevó hasta Heliópolis y se detuvo ante una casa con jardín. Allí vivía Ohannes Nakhoudian. Las luces encendidas de la planta baja indicaban que nos estaban esperando.

No tuvimos que tocar el timbre. Un hombre joven, de unos treinta y cinco años, se acercó para abrir la cancela. No podía ser otro que Dadjad, que abrazó con fuerza a Alik. Luego se quedó observándome un instante y también me abrazó en silencio.

Caminamos con rapidez por el sendero de grava hasta el porche. Allí esperaba una mujer menuda con el pelo gris. Se dirigió a Alik y la besó en ambas mejillas. Luego repitió el gesto conmigo después de mirarme detenidamente.

Me saludó presentándose como Nora Azadian, la mujer de Ohannes... de ella me había hablado Alik. Nora me tomó de la mano con toda naturalidad y me acompañó al interior de la casa. Subimos la escalera, Nora entró delante de mí en el dormitorio. Allí, en una silla de ruedas, con una fina manta cubriéndole las piernas, se hallaba Ohannes Nakhoudian, el hombre del que mi madre jamás había podido hablar sin que se le saltaran las lágrimas.

Me abrazó como si fuese su hijo. Me di cuenta de que el hombre rompía en hondos sollozos. Me daba cuenta de que no me veía a mí, sino a Marie, su hermana y permanecí unos instantes junto a él apretándole las manos.

No voy a extenderme en cómo me acogieron. Pero tuve la impresión de que me tomaban por una especie de hijo pródigo. Mil veces me preguntaron por mi madre. Querían saberlo todo y Ohannes se culpaba de no haber dado con ella. De no haberla visto por tan pocos días.

Luego supe por Nora que él tampoco hablaba casi nunca de aquello. Sin embargo, desde hacía unas semanas, coincidiendo con la aparición de Alik, le dictaba a Dadjad unas notas, como un recordatorio de lo mismo. Según Nora, había sido Alik la que insistió en que lo hiciese.

Estuvimos hablando hasta que amaneció. Entonces bajaron las persianas y me dijeron que debíamos intentar dormir un poco. Me asignaron un amplio dormitorio, con altos techos y un enorme ventilador colgado del techo.

Alguien llamó a la puerta. Era Nora que sonrió mientras me entregaba una carpeta de piel. Luego, sin decir nada, cerró la puerta.

Me dirigí a la cama y encendí una lámpara de escritorio que arrojaba una luz verdosa. Me eché sobre la colcha y me coloqué las gafas.

Sabía de lo que se trataba y me dispuse a leer. De pronto todo encajaba, como si el tiempo hubiese permanecido congelado. Allí estaba el testimonio que el azar me entregaba, como si Ohannes supiese que, entre todos, estábamos volviendo a plantar el árbol armenio.

***

Existen historias que no deberían olvidarse. Esta es una de ellas. Por eso, aunque he vuelto a sentir miedo y dolor al escribirla, he creído que se trataba de un testimonio del que, tal vez, otros podrán sacar consecuencias.

Todo comenzó el día en que murió mi madre. Mientras la enterrábamos, nunca hubiese creído que aquel fatídico día también iba a perder al resto de mi familia, a mi padre y mis hermanas Alik y Marie.

Apenas había terminado la ceremonia fúnebre cuando oímos unos gritos exacerbados. Se trataba de una multitud de turcos que se dirigían al cementerio con ánimo de atacarnos.

Tuvimos mucha suerte al poder escapar de allí. Mi padre se las ingenió para conducirnos hasta el embarcadero donde El Sirga, su barco, iba a recogernos. Allí se reunieron muchos de los parientes y amigos más cercanos. La idea de mi padre era dirigirse a Odessa. Allí al menos no podrían alcanzarnos los turcos, que de la noche a la mañana se habían transformado en nuestros más feroces enemigos.

Aquello terminó mal. Alguien avisó a la gendarmería turca y en el momento en que finalizaba el embarque, sin previo aviso, comenzaron a disparar contra nosotros.

No sé bien lo que ocurrió. Me encontraba ayudando a mi hermana Marie, cuando una bala me rozó la sien. Perdí el sentido y caí al agua. Fue un milagro que no me ahogara.

Cuando recobré el sentido, estaba en los arrecifes y vi que Ahmed me observaba fijamente. Sus ropas al igual que las mías estaban mojadas, por lo que era evidente que él me había sacado del mar.

Al intentar incorporarme, vi que nos hallábamos entre los soldados turcos. Ahmed me explicó la situación. Éramos prisioneros. Él estaba acusado de ayudar a los armenios a escapar. Desconocía si mi padre y mis hermanas lo habían logrado, aunque El Sirga se desvaneció en la noche sin que los militares lograsen atraparlo.

Ahmed tenía miedo de lo que podría suceder. El hombre que mandaba en Trebisonda era Yenibahceli Nail, secretario del Comité para la Unión y el Progreso. Sabía bien quién era, porque mi padre hablaba de él como si se tratase del demonio.

En aquellos primeros momentos, ni los propios militares turcos sabían con exactitud lo que se esperaba de ellos. ¿Qué sentido tenía disparar contra la población indefensa? En los cuarteles se encontraban muchos reclutas armenios, aunque luego se supo que, de inmediato los apartaron del servicio, a la espera de órdenes más concretas.

Fuimos, pues, llevados de vuelta a la ciudad. Éramos los únicos prisioneros. Los fugitivos habían desaparecido en la niebla a bordo de El Sirga. En cuanto a mí, no quería pensar en todo aquello. Prefería pensar que se trataba de una pesadilla, porque era demasiado doloroso para ser cierto.

Ni tan siquiera nos ataron. Simplemente caminamos en la noche junto a los soldados, que de tanto en tanto renegaban de su mala suerte y del sueño perdido. Siempre he pensado que, si hubiese querido escapar, aquel fue el mejor momento, pues ninguno de ellos habría corrido en la oscuridad tras un mozalbete armenio.

De aquella absurda manera comenzó la catástrofe. ¿De qué otra manera podía calificarse el hecho de ser abandonados por el cielo?

Trebisonda aún era un lugar donde todos nos conocíamos. Si no directamente, siempre había alguien que conocía a otro, que a su vez conocía a tu familia o a un amigo. Cuando, después de una larga caminata llegamos al cuartel, nos metieron en una celda donde se encontraban varios reclutas armenios, asombrados de su situación, sin saber muy bien qué iba a ocurrirles. Cuando les expliqué lo más serenamente que pude lo que nos había sucedido, pude ver cómo me observaban con incredulidad.

El ejército turco era entonces una desorganizada institución, a pesar de que, en los últimos tiempos, en los más importantes cuarteles se estaban incorporando consejeros alemanes, para intentar poner algo de orden y disciplina. Según mi tío Adom, que durante unos años suministraba víveres al cuartel, ya que los militares turcos eran muy conscientes de que si no querían fallos en los suministros lo mejor era contratarlos a los comerciantes armenios, allí el que mandaba no era el coronel, ni tan siquiera el valí de la provincia, sino el capitán, o el comandante alemán que, en los últimos meses, parecía ser el verdadero jefe. Todo se le consultaba a él y a su vez, él, por telegrama, lo consultaba con Constantinopla. Era en realidad una increíble situación, pero el tío Adom siempre le decía a mi padre que nadie era más organizado que los alemanes. Tenía una hermana casada en Berlín con un próspero importador, lógicamente armenio, y siempre me decía que cuando fuese mayor de edad, lo mejor que podía hacer era emigrar a Alemania. ¡Aquel sí que era un país próspero y civilizado! Porque la verdad, llevar la vida de un armenio en Turquía, era como tentar al diablo cada día. Él, al contrario que papá, no creyó nunca en aquellos políticos turcos del Comité para la Unión y el Progreso. Se les llenaba la boca hablando de hermandad con los *millets* armenios, o griegos, o con los sirios. Incluso con los judíos. No así con los kurdos, a los que consideraron desde el principio un caso perdido, con los que no merecía la pena perder el tiempo.

Decía todo esto porque el cuartel de Trebisonda era por esos días un hervidero de noticias, algunas verdaderas, casi todas falsas. Eso me lo contaba Gaspar Hovannisian, que me abrazó al verme y se puso a llorar como un desconsolado. Habíamos sido durante toda nuestra vida compañeros del colegio. Hacía una semana que los soldados habían aparecido en su barrio, llevándose a la fuerza a todos los jóvenes armenios que tenían más de diecisiete años, entre la rabia y la desesperación de las familias.

Gaspar era con diferencia el mejor estudiante de la clase, pero tenía un problema en la vista que le obligaba a llevar permanentemente anteojos con gruesos cristales. Allí, en la celda, entre el tumulto y los empujones se le cayeron y alguien los pisoteó. Ese era su mayor desconsuelo. Repetía constantemente: «¡Si al menos tuviese mis gafas!».

Sentados en el suelo, apoyados en la pared, intentábamos darnos ánimos mutuamente. Tenía que sacar fuerzas de flaqueza para no ponerme a gritar de puro miedo. Además, hacía un gran esfuerzo para no pensar en la espantosa realidad que acababa de vivir. Me engañaba a mí mismo. No quería reconocer que, en realidad, mi madre estaba muerta y enterrada. No podía creer que jamás volvería a verla. En cuanto a mi padre, daba por sentado que había podido escapar junto a mis hermanas. Otra cosa era impensable para mí. No lo aceptaba.

Gaspar lloraba con desconsuelo sin poder evitarlo. Pensaba en su casa, en sus padres, en todo lo que había dejado allí. Su ilusión era terminar el curso. Enseguida viajaría a casa de su tío en Constantinopla y en unos cuantos años sería abogado. Yo no dudaba de que lo conseguiría. Todos en la clase nos dábamos cuenta de que se trataba de alguien especial, con una buena cabeza.

Pero en aquellos momentos, Gaspar no podía pensar en su futuro. Eso acababa de convertirse en una utopía, simplemente había desaparecido para transformarse en un terrible presente.

En esos lúgubres pensamientos andábamos cuando unos soldados vinieron a por Ahmed. Para ellos no era otra cosa que un turco traidor, porque había ayudado a los armenios.

Daba igual que fuésemos gente muy cercana a él, que estuviese asalariado por un armenio. Eso, más que otra cosa, debía ser un agravante. Qué importaba que hubiese sentido piedad de unas niñas. Nada, simplemente había ido en contra de las órdenes que llegaban desde arriba, de algún lugar en la lejana Constantinopla.

Apenas un cuarto de hora después, escuchamos unas detonaciones. Supe lo que había ocurrido antes de que se apagase el eco de los disparos. Ahmed había sido fusilado.

Aquel ruido me convenció de que no se trataba de una pesadilla. También de que los turcos no se andaban con chiquitas. Vi cómo los ojos de los otros armenios se clavaban en mí, incluidos los de Gaspar. A fin de cuentas, Ahmed había entrado allí conmigo. ¿Sería yo el próximo?

Pasé el resto de la noche intentando consolar a mi amigo. Luego, mientras amanecía y la terrible realidad terminaba de imponerse, todos callamos y un ominoso silencio se impuso en la celda. ¿Qué pensaban hacer con nosotros? A pesar de todo, no podía creer que fuesen a matarnos, como cuchicheaba Gaspar. No tenía sentido. Si en verdad querían hacerlo, lo lógico sería que nos llevasen al frente, a primera línea. De esa manera al menos les serviríamos para algo.

Pasaron las horas. Nadie parecía acordarse de nosotros, hasta que trajeron un cubo con agua y otro con lo que debían ser sobras de comida. Una mezcla repugnante que nadie intentó probar.

Cuando llegó la tarde, llegó otro grupo de unos veinte jóvenes armenios. Casi todos eran mayores que los que allí estábamos. Nos dijeron que los habían ido a buscar a un campamento cerca de la frontera. Sabían que algo raro estaba ocurriendo, porque hacía apenas una semana les habían quitado las armas sin dar mayores explicaciones, luego los tuvieron unos días cavando zanjas y trincheras, hasta que finalmente los detuvieron. Llegaron a pensar durante el traslado que iban a matarlos, porque los trataron con mucha dureza, golpeándolos con las culatas y dándoles puntapiés, mientras gritaban que eran unos «traidores armenios» y que iban a morir.

No eran los únicos. A lo largo de ese día vimos pasar hacia otras celdas varios grupos de soldados. Todos armenios, alguno en tal estado, que tenía que ser ayudado a caminar, como si no pudiese dar un paso más, muchos de ellos con los uniformes destrozados y sucios.

Pero no venían del frente de luchar por su patria. En aquellos momentos todavía no éramos conscientes de que para los turcos ya no éramos nada y de que ni tan siquiera teníamos patria. Su estrategia era humillarnos, intentar que perdiésemos la dignidad, el poco o mucho valor que pudiésemos tener, todo lo que nos hacía personas.

Recordaba las palabras de un viejo amigo de casa. Su discurso era una advertencia continua. Él nunca se había fiado de los turcos. Decía que un día u otro volverían a las andadas. Hablaba del complejo de inferioridad que tenían frente a los armenios y mantenía que nos odiaban porque se sabían inferiores. No porque nosotros fuésemos más inteligentes o más trabajadores. De hecho, había turcos muy capaces, pero aun en esos casos, los armenios siempre terminaban cogiendo la delantera. Era, según él, la manera de entender la vida lo que marcaba las diferencias.

Aquel hombre temía que ese odio estallase cualquier día en una nueva matanza. El sultán la había iniciado hacía veinte años, llevándose por delante más de doscientos mil armenios. Entonces creyó que si volvía a suceder sería la definitiva, porque tenía un discurso apocalíptico y en las interminables tardes de verano, en el almacén de mi padre se reunían unos cuantos, para hacer lo que más le gusta a un armenio, de entre todos los placeres que la vida ofrece. Hablar.

Éramos ya tantos en el interior de las celdas, que resultaba prácticamente imposible sentarse. Eso hizo que uno perdiese los nervios, comenzó a gritar incoherencias y tuvieron que amordazarle con su propia camisa, ante el temor de que los turcos nos golpeasen a todos.

Mientras, el cubo con la bazofia llena de moscas se había volcado y los restos pisoteados provocaban un increíble hedor. Algunos se habían hecho sus necesidades encima y todo el lugar apestaba terriblemente. Llegó un momento en que ya nadie podía resistir la tensión. Nos daba igual que nos matasen, pero comenzamos a chillar con desesperación en todas las celdas.

Aun ahora recuerdo aquello con horror. Han pasado muchos años y sin embargo cuando pienso en ello, todavía siento escalofríos. Veo aquellas celdas repletas de jóvenes torturados, destrozados anímicamente, separados violentamente de los suyos, listos para ser llevados al matadero. Todo por una sola causa, por un motivo único, su sangre armenia.

Recuerdo como una pesadilla implacable, de la que no podíamos escapar, lo que después ocurrió. Quiero racionalizar mis sentimientos, intentar pensar que todo eso ya terminó, que de aquello no queda otra cosa más que mis recuerdos. Pero no puedo. Soy incapaz de ello. Esos pensamientos me siguen aprisionando desde el más profundo interior de mi conciencia, y ya estoy resignado a no poder dejarlos atrás. A que me despierten por la noche, como si estuviese condenado a revivir miles de veces el mismo horror.

Todos gritábamos a la vez. Ya no nos importaba nada. Sólo queríamos salir de allí o terminar de una vez, aunque eso significase perder la vida. ¡Qué más daba!

Entonces los soldados turcos bajaron a las celdas y comenzaron a golpearnos indiscriminadamente a través de los barrotes. Los que se encontraban junto a ellos llevaron la peor parte, porque era imposible moverse. Así estuvieron un largo rato hasta que debieron cansarse. Gaspar los miraba como si no entendiese nada. Incluso conocía a alguno de los soldados. Allí estaba Mustafá Gudur, su padre tenía un caravasar cerca del barrio armenio. También Ali Bey, su hermano Kemal era muy amigo nuestro y compañero de juergas juveniles.

Y sin embargo, no nos conocían. No querían conocernos. Nos miraban sin vernos y seguían golpeando sin misericordia, Gaspar musitó tragando saliva: «¡Cuánto nos odian! ¿Por qué?».

No supe qué contestarle, ¿por qué? Menuda pregunta. Pensé en Marie y en Alik. Ellas hubiesen preguntado lo mismo. No tenía lógica alguna lo que estaba sucediendo. Hacía apenas unos días, Kemal había estado en casa y mi padre le había preguntado cómo iban las cosas, mientras le regalaba un paquete de cigarrillos egipcios.

Llevábamos, al menos yo, cerca de dos días sin probar bocado y sin apenas beber. De hecho, notaba la lengua como si fuese de trapo. Me dolía mucho el estómago, pero no era el hambre, ni la sed, era el miedo. También el miedo al miedo. Imaginaba cosas. Veía cómo llevaban a Ahmed hasta la pared. Luego disparaban las balas, le alcanzaban en todas partes y caía pesadamente como un fardo. ¿Harían lo mismo con nosotros?

Pensé en llamar a Alí Bey a través de los barrotes. Le diría que su hermano se llevaba muy bien conmigo. Él era turco y yo armenio, pero si a él no le importaba, a mí tampoco.

Luego, de inmediato, me daba cuenta de la realidad. Del suelo resbaladizo, del olor a excrementos y vómitos, de los ojos desorbitados de Gaspar, de la cansina manera en que el hermano de mi amigo nos golpeaba a través de las rejas, y entonces sentía cómo se me helaba la sangre, cómo se detenía mi corazón y veía el final. Nos fusilarían a todos esa misma noche. Nadie podría hacer nada por nosotros.

Me alegraba que mi padre no estuviese allí. No me hubiese servido de consuelo. No habría sido capaz de soportar verle sufrir, su impotencia al comprender que no podría hacer nada por su hijo. Me consolaba imaginar que estaría libre, huyendo a través del bosque, tal vez se habría unido al grupo de armenios que no habían querido rendirse, escapando a caballo, dispuestos a devolver golpe por golpe.

Pero no podía pensar en mi familia, porque si lo hacía, algo me atenazaba el vientre como si me clavasen unas tenazas al rojo vivo. Prefería conservar su recuerdo de otros momentos llenos de felicidad. Era insoportable creer otra cosa.

Allí, en el infierno que los turcos habían creado para nosotros, no existía un momento de tregua. Uno de los más jóvenes se había desmayado, pero seguía en pie, aprisionado por los demás. De pronto, el que estaba pegado a él, gritó horrorizado que no respiraba. Nadie sabía lo que hacer y los más cercanos comenzaron a chillar de puro terror.

Pude observar a Ali Bey y a los otros turcos. Parecían muy satisfechos de lo que estaba sucediendo, de cómo tenían en un puño a los insoportables armenios que, hasta hacían apenas unos días los despreciaban. ¡Ahora iban a saber lo que era bueno!

Estábamos en sus manos y lo sabían. Esa sensación de poder los embriagaba. Ningún armenio iba a volver a hacer ostentación de su riqueza, de su capacidad, de su serena forma de entender la vida. Todo eso se había acabado para siempre.

Y lo mejor de todo para ellos era que los mandos no aparecían. Allí se iban a liquidar las viejas afrentas, las envidias, las pasiones. Nadie iba a decirles lo que tenían que hacer o dejar de hacer con nosotros.

Y se les notaba. Nuestro sufrimiento no era más que la prueba de su poder. Bromeaban, bebían vino de unas garrafas, con seguridad robadas de un almacén armenio, se gastaban bromas soeces, hacían amagos de pelea, acalorándose más y más, excitándose con cada lamento que escuchaban, corriendo de improviso hasta la reja en un juego macabro para golpear con las correas en los nudillos de los que se aferraban a ellas sin poder evitarlo.

Gaspar tiritaba de miedo, como otros, se orinó encima, pero no quise decirle nada, ¿qué iba a decirle si yo también iba a orinarme de un momento a otro? Por primera vez en la vida veíamos rondar a la muerte, algo hasta entonces imposible, con la lejanía y el desprecio que siente la juventud hacia ella, creyéndonos inalcanzables, inmunes a su hoz.

En cuanto a mí, me sentía flotando, incapaz de asimilar lo que el destino nos había enviado, convencido que de un momento a otro todo iba a terminar, para volver a encontrarme tendido en mi cama, desperezándome mientras mi madre gritaba que el desayuno estaba preparado y que no quería gandules en aquella casa.

Creo que, si hubiésemos sabido lo que nos aguardaba, nos habríamos dejado morir allí mismo, indiferentes a los gritos, a las amenazas, a los golpes, a cualquier cosa, porque cuando la muerte te ha señalado, algo extraño sucede dentro de ti y a partir de ese instante nada tiene importancia, el organismo acepta lo inevitable del proceso y se deja aniquilar.

Bien es cierto que entonces no pensaba como un viejo, sino como un niño, con la propia y pura indefensión de la juventud y sin quererlo, no podía quitarme a mis padres de la mente. Pero la certeza del mal, la comprensión del final, de los terribles sufrimientos que aún nos esperaban, nos impedían pensar como seres humanos.

Y entonces, de pronto, comenzamos a enloquecer, a querer trepar unos sobre otros para evitar ser pisoteados, golpeando al débil para dejarlo abajo, y sobrevivir como fuese, al precio que costase, sin que importasen los sentimientos, ni todo lo que supuestamente nos habían enseñado a lo largo de nuestra corta vida.

El espectáculo debió ser del agrado de los soldados turcos, porque se creó la paradoja de que, a medida que crecía el paroxismo por nuestra parte, aumentaban las risotadas, las burlas y los golpes de nuestros guardianes.

¡Dios! Eso había ocurrido en apenas unos días. Menos de una semana. Tenía la sensación de que los turcos estaban aguardando aquel momento, como el cazador espera que se levante la veda. Estaban exultantes, lo recuerdo con precisión. Veo sus rostros deformados, con la sonrisa del fauno, del que posee la certeza de su poder. Éramos sólo víctimas y, para el verdugo, el torturador, el juego apenas acababa de comenzar...

En la situación límite, cuando ya estábamos cayendo por el abismo, algo cambió. Aparecieron varios oficiales. Ni tan siquiera se molestaron en mirar hacia nosotros. Uno de ellos me recordó al caimacán, al que conocía porque mi padre le traía cajas de documentos desde Constantinopla y además porque también su hijo era compañero del colegio.

Le acompañaban unos oficiales del ejército y otros de la policía. Creí ver a un extranjero entre ellos, un hombre alto, delgado, con un uniforme que no era turco, con la piel tan blanca que se me antojaba transparente, con el pelo rubio rapado. Un extraño personaje, ajeno a todo aquello, frío, lejano, silencioso. Aquel hombre no hablaba ni parecía dar órdenes. Sólo observaba, aunque los otros vigilaban sus menores gestos, como si su criterio sobre lo que hacían fuese muy importante.

Entonces abrieron las puertas de las celdas. Los primeros que salieron lo hicieron como un borbotón, empujados por la corriente humana que se veía liberada de aquel espantoso lugar.

No era eso, sin embargo, lo que pretendían nuestros captores. Nada más lejos de su pensamiento. Muy al contrario. Nos hicieron salir al patio central. A empujones, a golpes, pinchándonos con las bayonetas. De nuevo amenazándonos. Tuve que ayudar a Gaspar porque apenas era capaz de moverse. Se apoyaba en mí, mejor dicho, se aferraba como si yo fuese su tabla de salvación.

La verdad era que yo no estaba mucho mejor que él. Me sentía solo, aterrorizado, hambriento, sediento. Pero sobre todas esas circunstancias, por encima de cualquier otra cosa, me sentía engañado y frustrado. ¿Cómo podía haber vivido toda la vida rodeado de seres así? De asesinos, torturadores rebosantes de crueldad, que de la noche a la mañana se despojaban de sus disfraces, para hacer aparecer a los demonios que se escondían bajo ellos.

Allí estaban. A centenares, rodeando al miserable y humillado rebaño en que nos habían convertido. Gritando que iban a terminar con nosotros y con nuestras familias, moviendo los brazos, haciendo un gesto horizontal con la mano en el cuello, queriendo advertirnos de lo que nos esperaba.

Apenas nos dejaron tomar aliento. Vi cómo dos o tres prisioneros se tiraban al suelo para intentar beber en un pequeño charco de agua de lluvia. Sentía una sed insoportable pero aún era mayor mi repugnancia. Al tiempo, tampoco quería abandonar a Gaspar, que seguía cogido fuertemente a mí. Comprendí que era su única referencia al mundo sólido y conocido que él tenía. Igual me ocurría a mí, aunque aún no aceptaba esa idea.

Nos rodearon oficiales a caballo y centenares de soldados armados con fusiles. Daba la impresión de que aquel lugar era cualquier cosa menos un cuartel. Todos chillaban y se atropellaban los uno a los otros en su afán por controlarnos.

Abrieron las puertas de par en par, y como a bestias de carga nos arrearon a latigazos, espoleando los caballos para que se encabritaran, amedrentándonos, haciéndonos caer unos sobre otros.

Nos hicieron andar a paso ligero. No éramos capaces. Dos chicos cojeaban y se retrasaron al no poder seguir el ritmo. Un oficial gritó ordenando detenerse. Dio una pequeña galopada hasta donde se hallaban. Yo me encontraba cerca, porque tampoco Gaspar podía ir muy deprisa. Vi cómo tiraba de las riendas cuando ya prácticamente se hallaba sobre ellos. El oficial, creo que era un comandante, sonrió como si se compadeciese. Luego sin alterarse, sin dejar de sonreír, desenfundó un revólver que llevaba en la cintura y disparó cuatro veces. Dos proyectiles a cada uno.

El eco de las detonaciones fue lo único que se oyó durante unos instantes. Incluso los soldados turcos permanecieron unos segundos en silencio, totalmente inmóviles. En cuanto a los armenios, todos nosotros tuvimos la certeza de cuál era nuestro destino. Nos llevaban a las afueras para fusilarnos lejos de la ciudad y del cuartel. Había llegado el día de la venganza, la noche en que se iban a ajustar definitivamente las cuentas entre turcos y armenios.

Los siguientes instantes fueron una especie de locura colectiva. Cada uno corrió hacia donde pudo sin saber lo que estaba haciendo. Aquella reacción cogió a los militares de improviso, no se la esperaban, convencidos de que iba a suceder justo lo contrario. Creyendo que íbamos a permanecer inmóviles, acobardados, obedeciendo sin rechistar sus órdenes, para seguir manteniendo unos instantes más la esperanza.

El lugar era una especie de vaguada, con rocas arrastradas por el agua cuando, de tarde en tarde, salía el torrente. Empujé a Gaspar en sentido contrario, la mayoría de nuestros compañeros de fatigas corrían ya por las laderas intentado subir instintivamente. Nosotros corrimos hacia atrás, hacia donde habíamos venido.

Eso nos salvó en principio. Ningún ratón huye hacia la gatera. Era tal el desconcierto que nadie parecía seguirnos. Estábamos a punto de alcanzar un macizo de rocas, cuando un soldado turco nos gritó, dándonos el alto, conminándonos a detenernos de inmediato.

Noté cómo Gaspar se paraba en seco al escuchar la orden, instantes que aprovechó nuestro perseguidor para darnos alcance. En su acometida, el soldado llegó junto a Gaspar y antes de que pudiese impedirlo, ante mi impotencia, clavó la bayoneta en el pecho de mi amigo, que no pareció dolerse de ello. Sólo lanzó una mirada mezcla de reproche y asombro. Luego cayó al suelo como fulminado.

De inmediato el soldado intentó atacarme, pero instintivamente cogí una piedra del suelo y se la lancé con todas mis fuerzas, lleno de furia. La piedra le alcanzó en la cabeza y vi cómo se desplomaba exánime sobre el cuerpo de Gaspar.

No podía hacer nada por mi amigo y al comprobar que ningún otro soldado me perseguía, corrí entre las grandes piedras para ocultarme mientras escuchaba disparos, gritos y lamentos a mis espaldas.

Entré, sin buscarla, en una especie de mina abandonaba. Notaba el corazón en la boca y sentía unas terribles ganas de vomitar, lo que me resultaba imposible porque no tenía nada en el estómago y las arcadas en vacío me causaban un espantoso dolor.

Pero, en realidad, lo que me ahogaba era mi propia respiración entrecortada. Tenía la sensación de que iba a desmayarme de un momento a otro. Una y otra vez veía el rostro asombrado de Gaspar y la cabeza ensangrentada del soldado.

Respirando con dificultades, temblando de miedo, me senté en un recodo desde el que podía vigilar la entrada de la cueva. Estaba resuelto a defenderme, a vender cara mi vida, al precio que fuese. No iban a capturarme vivo para torturarme, ensañarse conmigo y después matarme.

Pero nadie apareció por allí. Pasó un largo rato y sólo podía escuchar el silencio. La sensación de sed, de tener la boca llena de llagas y la necesidad imperiosa de beber me hicieron levantarme y salir fuera.

La noche se había cerrado, pero la luna proporcionaba una extraña penumbra que me permitía ver lo suficiente.

No había nadie. Volví receloso al lugar donde creía haber dejado el cuerpo de Gaspar. Nadie. Comencé a imaginar cosas. ¿Me estaría volviendo loco? ¿Sería todo aquello fruto de mi imaginación?

Abandoné el lugar. Me notaba temblar, pero no era a causa del frío, que se hacía sentir intensamente a aquellas horas. Era, lo supe después, una mezcla de rabia, impotencia, temor y odio. Si hubiese podido matar a todos los turcos, en aquel momento lo habría hecho sin dudarlo. Les culpaba de la muerte de mi madre, de lo que había sucedido a mi familia, de lo que le habían hecho a Gaspar. El odio me invadía y se iba haciendo parte de mí, sirviéndome de amargo consuelo, al imaginar que al menos el asesino de mi amigo había caído. No quería pensar que probablemente estaría vivo. Estaba convencido de su muerte, aún podía escuchar el golpe de la piedra en su frente, el crujido de los huesos al impactar contra ellos.

Encontré un arroyo. Me lancé de bruces al agua porque necesitaba beber, aunque por mucho que bebía, no lograba calmar mi sed. Luego finalmente me desplomé de espaldas al suelo, ahíto, y el cielo, cuajado de estrellas, daba la impresión de que se hallaba tan cerca que estiré el brazo dispuesto a coger una.

Permanecí allí un largo rato. No sentía nada. No notaba el frío ni la humedad de la noche. Pensé en mi padre. Probablemente él también estaría despierto, tal vez escondido, mirando las estrellas como yo.

Algo nos unía. Un invisible hilo que llegaba hasta el infinito y luego volvía para anudarse al otro. Tuve la certeza, la total confianza de que mi padre había podido escapar, y de una manera u otra llegaría hasta mí trayendo con él a Marie y a Alik.

Luego debí quedarme dormido, agotado, roto, tan terriblemente cansado que ni tan siquiera pude soñar. Caí en un vacío negro que me envolvió de inmediato.

Desperté al notar las moscas en los labios. Me levanté dolorido y espantado, agitando frenéticamente los brazos. Cuando me calmé, al recordar lo que sucedía, de nuevo sentí angustia. Volví a beber, disfrutando al notar cómo el agua me hacía volver a la vida, notando cómo iba rellenando los espacios vitales de mi organismo.

Mareado, tuve que dejarme caer hasta que se me pasó. Luego volví a incorporarme, debía marcharme de allí cuanto antes, podrían estar buscándome, aunque el sentido común me hacía ver que eso era sólo una lejana posibilidad. ¿Qué les habría ocurrido a mis compañeros? Reflexioné que muchos estarían muertos, pero al igual que yo, otros habrían escapado. ¡Pobre Gaspar! Siempre pensando cuando sea mayor haré esto, o lo otro…

Ahora ya no podrá hacer nada más. Estaba muerto a causa del odio, que había llegado desde Constantinopla, extendiéndose con gran rapidez, infectando a los turcos. Unos sentirían auténtico odio, otros sólo envidia, los más, indiferencia. Tal vez, no, seguro, muchos tendrían lazos de afecto con nosotros, los armenios. Pero todos deberían mostrar *su patriotismo* atacándonos, haciendo gala de su amor por Turquía, insultándonos, golpeándonos y finalmente terminando con nosotros.

Caminé intentando orientarme. Mi intención era alejarme de la ciudad con la máxima rapidez, poner tierra por medio. Deseaba seguir vivo porque tenía muchas cosas que hacer, entre ellas, localizar a mis hermanas. No podía aceptar que hubiesen muerto y, por tanto, esa misión era prioritaria. Tenía la seguridad de que mi madre me seguía inspirando desde el otro mundo y de que ella quería que lo hiciese.

Salí de la vaguada, comenzaba a orientarme y pronto reconocí el bosque en el que habíamos estado aguardando a mi padre. Sabía dónde me encontraba. Mi único interés era acercarme hasta mi casa. Quería saber lo que estaba sucediendo, aunque temía verla.

No sé de dónde pude sacar fuerzas para correr como lo hice. De tanto en tanto miraba hacia atrás, convencido constantemente de que me seguían. Pero no. Pude llegar hasta las cercanías del barrio armenio sin que nadie me viese.

Entonces vi varios incendios. Me detuve tras una tapia y observé cómo ardían algunas casas cercanas. Sabía de quién eran. Las casas de los Nazarian, de los Manuelian, se hallaban totalmente destruidas. Temí que la nuestra hubiese sufrido la misma suerte.

Pero no, allí estaba. Intacta, al menos en apariencia. Sentí una enorme emoción al verla en pie. Tuve la sensación de que en ella se encontraba mi familia esperándome y corrí hacia allí. No vi a nadie. Extrañamente el barrio estaba vacío, envuelto en un inquietante silencio y por primera vez, las lágrimas corrieron por mis mejillas. Me refugié tras la tapia. Había un arbusto que ocultaba un hueco entre las piedras. Nunca habíamos querido arreglarlo, porque durante muchos años entraba por allí Yem, nuestro perro.

En aquel instante comprendí la realidad. Y la acepté. Y al hacerlo la tristeza me invadió como si se tratase de un manto gris que me cubriese.

Luego, cuando me calmé, fui hacia el almacén. Sabía lo que estaba buscando. Mi padre tenía un pequeño escondite en el que guardaba la llave de la casa. El almacén estaba cerrado, pero se podía entrar a través de una ventana si se conocía el truco. En pocos segundos me encontraba en el interior. Todo estaba intacto, encontré la llave y volví a salir.

Me extrañó que no lo hubiesen desvalijado. Daba la impresión de que todo seguía igual, como si mi padre fuese a salir de él de un momento a otro.

Más tarde supe lo que en realidad ocurría. La casa y todo lo que contenía se lo había apropiado Mustafa Surus Effendi, el subprefecto de policía de Trebisonda. No era preciso poner vigilancia, tal era el temor que la gente le tenía. Los propios turcos decían que preferían conocer al diablo que a Surus. No sólo se había quedado con la casa del comerciante armenio, sino con otras muchas en el barrio. Luego había hecho prender fuego al resto, amenazando con la muerte a todo el que se acercara allí. No podía distraer policías para guardar aquel lugar, así que empleó la amenaza.

Entré en casa procurando no hacer ruido. Sentía una gran opresión dentro de mi pecho, pero intenté sobreponerme. Todo estaba exactamente igual a como lo había dejado tras la muerte de mi madre. Aún podía sentir su olor e imaginé que también ella, de un momento a otro, saldría de cualquier puerta y vendría hacia mí, sonriendo. Sentí un escalofrío.

En ese momento escuché ruido en la planta superior. Oí correr un mueble, como si alguien estuviese rebuscando. Me dirigí a la escalera con precaución de no pisar un escalón que crujía. Pensé también que podía tratarse de mi padre, o quizás de mis hermanas. De nuevo el corazón parecía querer salirse del pecho.

Se hallaba de espaldas a mí y al principio no le conocí. De pronto se volvió y noté la enorme sorpresa de su rostro. Se trataba de

Haroutioun Andreassian. Había sido durante muchos años contramaestre en el barco de mi padre. Hacía menos de un año que se había retirado a causa de problemas de salud.

Haroutioun me abrazó con fuerza. Vi una lágrima deslizarse por su curtida mejilla: «¡Sabía que no estabas muerto! ¡Estoy convencido de que tus hermanas también viven! Pero déjame que te vea. Lo has debido pasar muy mal…».

Haroutioun me explicó que el mismo día en que mamá murió, mi padre le dijo que, si le llegaba a ocurrir algo, debía intentar sacar el dinero que tenía en el banco y enviarlo a una cuenta en París. De hecho, tenía un poder de él para hacerlo. Pero su casa había ardido completamente y Haroutioun sabía que mi padre guardaba una copia entre sus documentos, porque varias veces lo había visto.

A pesar de los riesgos que estaba corriendo, creía que ya era tarde para poder sacar el dinero. Hacía un par de días que el valí había decretado que las cuentas de los armenios quedaban incautadas.

El director del banco le escuchó. Bey era un buen hombre. Le dijo que, si le traía el poder, pondría en el libro mayor la fecha de una semana antes. Sabía que se estaban jugando el cuello, pero le confesó que deseaba hacer algo por los armenios. A fin de cuentas, durante tantos años proporcionaron sus ahorros sin el más mínimo problema. Por otra parte ¿y si todo volvía a ser como antes?

Por esa razón Haroutioun había decidido correr el riesgo. Si lo lograba, quedaría una reserva a salvo para que pudiésemos tener algo con lo que recomenzar nuestra vida.

Cuando terminó su explicación me levanté y lo abracé. Sabía el gran cariño que ambos hombres se tenían desde siempre.

Luego me previno. Tendría que irme de allí enseguida. Él era ya viejo y le daba lo mismo morir un día antes o después, pero yo no debía arriesgarme y en cualquier momento podrían aparecer por allí los turcos. Aunque creía que estaban entretenidos en otros lugares, saqueando los comercios del centro. Y nadie iba a entrar en un lugar prohibido para que Surus los hiciese despellejar vivos.

Sin embargo, añadió, debía disfrazarme. Dejarme un bigote al estilo turco, vestirme como ellos y, sobre todo, marcharme de Trebisonda cuanto antes.

Hice lo que el viejo Haroutioun me aconsejaba. Me lavé rápidamente. Luego él me frotó la cara y los brazos con una grasa que me oscureció la piel. También me ayudó a escoger la vestimenta.

Cuando me miré en el espejo de mi madre, vi un joven turco de mirada recelosa y algo triste. Pero mi viejo amigo aplaudió, sin poder contenerse. Creía que, si hablaba con el deje de los campesinos, cosa que por otra parte sabía hacer a la perfección, podría llegar a engañarles.

No debía tentar a la suerte. A pesar del aceptable disfraz, lo mejor sería esconderme, huir por la noche, intentar llegar a la frontera con Rusia. Al otro lado vivían multitud de armenios, siempre habría alguien que me echaría una mano.

Después bajamos a la cocina. Tuve ganas de llorar al entrar de nuevo allí. ¡Tantos años de felicidad sin darme cuenta! Los fogones en los que mi madre preparaba nuestras comidas favoritas. Aún podía escuchar las voces de mis hermanas…

Eran sensaciones demasiado fuertes. A pesar del hambre, no era capaz de comer nada. Haroution asintió con amargura. Sabía bien a lo que me refería. Él había pasado una vez por algo parecido y podía comprenderme.

No era prudente seguir allí. Después de comer algo, forzado por él, guardé un trozo de queso y un chusco de pan duro en una bolsa. Le abracé con fuerza y luego sin decir nada más, salí al exterior por donde había entrado.

Conocía aquellos parajes como la palma de mi mano. Corrí protegido por el seto, luego me introduje en un espeso cañaveral que llevaba una acequia en su interior. Quería coger el camino hasta Rize. Una vez allí buscaría a Mustafa Azuri, un turco que había hecho muchos negocios con mi padre y en el que Haroutioun creía que podía confiar.

Sabía que iba a resultar muy difícil escapar de la ciudad. Todos los caminos de acceso estaban bloqueados. Debía ser muy prudente. Esperar la noche y confiar en mi suerte.

Caminé por la larguísima acequia hasta que llegué al cruce con la carretera de la costa. Vi pasar varios carros tirados por mulas llevando fardos de paja. Me olvidé de la prudencia. Iban en la dirección que me convenía y sin dudarlo corrí sigilosamente desde el borde del camino y me subí en el último. Nadie pudo verme. Luego aparté uno de los fardos y me introduje entre ellos.

Puede parecer increíble, pero apenas llevaba unos minutos allí cuando no pude impedir que el sueño me rindiera, ayudado por el monótono girar de las ruedas.

Desperté a causa del frío. Estaba helado a pesar del grueso chaquetón de mi padre que llevaba puesto. Me incorporé mientras me crujían todos los huesos y con la boca espesa. Vi que habían desenganchado las mulas, aunque gracias al cielo sin descargar la paja.

No tenía ni idea de donde me encontraba, pero calculando la distancia que el carro podría haber recorrido en cuatro o cinco horas, no debía estar muy lejos de Trebisonda y eso me preocupaba.

Un perro gruñó junto a mí y aún en la oscuridad pude ver sus blancos dientes. Luego comenzó a ladrar intentando acorralarme. Sabía que si corría me mordería sin remisión, por lo que permanecí inmóvil esperando a que se calmase. La silueta del hombre se recortó en la puerta de la casa y su voz resonó increpando al animal, que agachó las orejas y dejó de ladrar. Luego la puerta se volvió a cerrar con un crujido.

Moviendo el brazo muy despacio metí la mano en la bolsa y busqué el pedazo de queso. Arranqué un trozo y con la misma parsimonia lo dejé caer delante de mí. El perro volvió a gruñir y no se movió al principio. Luego, él también lentamente, sin dejar de gruñir, se fue acercando hasta el queso y entonces de un rápido mordisco lo cogió y se retiró.

Repetí la operación hasta tres veces, temiendo al fin quedarme sin queso. Luego para mi sorpresa, el perro dejó de enseñarme los dientes y comencé a caminar muy despacio en la dirección opuesta a la casa. No volvió a ladrar, lo que me pareció milagroso, pero en cambio, si me acompañó moviendo el rabo hasta que me encontré de nuevo en el camino. Sentí un escalofrío al darme cuenta de lo cerca que había estado de tener un serio problema y me juré ser más precavido en adelante.

Durante tres días anduve hacia el este. Llegué a encontrarme perdido en varias ocasiones. Sentí hambre y sed, pero de una manera u otra pude seguir. Finalmente llegué a las afueras de Rize. Estaba decidido a entrar, escondido tras unos arbustos, aguardando el atardecer, cuando vi un grupo de gentes que caminaban hacia las colinas. Eran armenios y pude darme cuenta de que no eran campesinos, ni gentes sencillas, pues a pesar de su situación, sus ropas y su aspecto me hicieron ver que se trataba de personas de una cierta clase social.

Cuando salí levantando los brazos para intentar tranquilizarlos, vi que se asustaban como si hubiesen visto al demonio. Entonces caí en mi disfraz. A ellos al menos sí los había engañado. No se me ocurrió otra cosa que gritar en armenio que yo era uno de ellos.

Entonces se pararon en seco y me observaron con desconfianza. Me acerqué y nos miramos durante un rato. Luego les dije que deberíamos escondernos bajo los árboles y tomamos asiento.

Eran una familia. Los Dedeyan, un matrimonio y su hija Sonia de Erzurum, les acompañaban una joven, que se presentó como Nora Azadian, con una pequeña niña, Annie, que debía tratarse de su hermana, otra joven algo mayor, Lerna Bedrossian y otro chico, aproximadamente de mi edad, Arec Balakian, que me miraba como si desconfiase de si yo era o no armenio. Me explicaron que en Erzurum las cosas se habían puesto muy mal. Los Dedeyan huyeron en carro, pero los kurdos de las montañas se lo robaron. Tras sufrir muchas penalidades hacía unos días que habían encontrado a Nora y los otros jóvenes y se unieron intentando ayudarse. Finalmente pensaron en llegar a Trebisonda, pero otro armenio que vagabundeaba por allí les advirtió que aquella ciudad no era el mejor destino para ellos.

Decidieron ir entonces a Rize, pero igualmente encontraron a una anciana armenia que era la única superviviente de toda su familia. Desesperados, sin saber qué rumbo tomar, en ese momento acababa de aparecer yo.

Les hablé de mi aventura. De cómo pensaba llegar a Rize para intentar dar con Mustafa Azuri. Les expliqué que aquel hombre, aunque fuese turco, con toda certeza nos ayudaría.

Los Dedeyan estaban agotados. En cuanto a Nora, daba la impresión de que era ella la que les animaba y consolaba.

Pensé que aquel lugar, cercano al pueblo, pero apartado del camino, era adecuado para que permaneciesen allí. Les dije que si lograba dar con Azurí y conseguía una embarcación podrían venir conmigo. Vi como se les iluminaban los ojos. Estaban tan fatigados y hambrientos que creían su vida a punto de terminar, pero aquellas palabras les animaron.

Teníamos la fortuna de que un pequeño arroyo bajaba de las montañas y pudimos beber hasta saciarnos. Ellos llevaban dos cantimploras y me confesaron que, gracias a esa previsión, habían logrado salvar la vida.

Esperé hasta que anocheciera. Cada día que pasaba me gustaba más la oscuridad. Se había convertido en mi aliada y estaba convencido de que, de noche, podía pasar por turco sin que nadie pudiese advertir el engaño.

Tranquilicé por última vez a los Dedeyan. Arec se quedaría con ellas y Nora insistió en que me fuese cuanto antes y así lo hice. Prácticamente estaba cayendo la tarde y caminé con cautela, como un animal salvaje, hasta acercarme a las primeras casas del pueblo.

Una vez allí me resultó fácil orientarme. Había estado una vez con mi padre. Cierto que ya hacía mucho tiempo de aquello, pero recordaba bien cuál era la casa de Mustafa Azuri.

Azuri se dedicaba al contrabando, recogía los alijos que traían los barcos rusos que se acercaban hasta muy cerca de la costa y luego los guardaba en varios almacenes diseminados. Tenía fama de ser muy astuto y yo confiaba en que, la relación que una época tuvo con mi padre, fuese suficiente.

Me asomé a la tapia que separaba el huerto del camino trasero. La casa parecía vacía y el silencio lo envolvía todo. Con precaución di la vuelta, hasta que me encontré frente a la fachada principal. Tuve la certeza de que no había nadie. Crucé entonces el camino y me introduje en un pequeño bosquecillo de pinos. Al otro lado se escuchaba el sonido de las olas al deslizarse sobre la arena. Todo se hallaba en calma. Pude ver dos embarcaciones, de ocho o nueve metros, atracadas en un espigón de madera. Era exactamente lo que necesitaba. Los aparejos y las velas debían guardarse en el pequeño almacén resguardado del viento, junto a unas grandes rocas donde terminaban los pinos.

Me encontraba apenas a quince o veinte minutos del lugar donde se encontraban mis nuevos amigos. Iría a buscarlos y volveríamos todos para huir de noche. Sabía bien cómo aparejar una barca. El único problema era la calma chicha, aunque confiaba que, al igual que en Trebisonda, se levantase el viento de un momento a otro.

Volví a cruzar el bosquecillo y en aquel momento vi llegar una calesa. Reconocí a Mustafa Azuri por sus largos bigotes. Vestía unos elegantes bombachos y un chaleco. Estaba oscureciendo y él no podía verme. Dio un pequeño respingo como si lo hubiese asustado y se volvió mientras echaba mano a la ancha faja. No pude precisar bien, pero me dio la impresión de que su mano izquierda empuñaba un revólver.

Entonces volví a llamarlo, pronunciando mi nombre que era también el de mi padre. No pareció muy convencido, pero al menos dejó caer el brazo en el que llevaba el arma.

Me acerqué hasta la penumbra que arropaba la linterna de la calesa, mientras él retrocedía.

—Soy Ohannes Nakhoudian, hijo de tu amigo Boghos de Trebisonda, ¿no me recuerdas?—. Azuri me observó con una cierta desconfianza y observé que era algo miope, luego meneó la cabeza de arriba a bajo varias veces.

—¿Cómo no voy a reconocerte? ¡Eres igual que tu padre! Igual. Igual. Como una pintura. Igual.

Azuri sonreía mostrándome unos grandes dientes amarillos, que me recordaron los de un viejo tigre que traía el circo que cada verano venía a Trebisonda.

—Igual. Me parece estar viendo a tu padre con veinticinco o treinta años menos. Igual.

Me invitó a entrar en su casa, mientras me pedía que le explicase lo que ocurría. Me condujo a la cocina y cortó un gran pedazo de queso, un trozo de pan y escogió una manzana. Hablé con la boca llena porque sentía mucha hambre y pude observar cómo su sonrisa se iba trocando en una mueca al conocer la muerte de mi madre, la desaparición de mi padre y mis hermanas, los terribles sucesos de Trebisonda, lo que me había ocurrido en el cuartel…

Mustafa Azuri me observaba con sus ojos redondos, como si mi narración y mis penalidades le doliesen igual que a mí. Se cogía las manos, hacía gestos de desesperación mientras soltaba exclamaciones de amargura, pero algo en él no terminaba de convencerme. Además, no podía hacerse de nuevas. Los Dedeyan eran testigos de que en Rize los armenios sufrían el mismo destino que en otros lugares de Turquía.

Sin embargo, le expliqué mi intención de huir. Le pedí una de sus barcas. No sabía cuándo, pero se la pagaría. Volvió a sonreír, negando con la cabeza. No. No. ¡Cómo iba a pagarle nada! Mencionó que lo haría en recuerdo de los viejos tiempos, cuando hacía algún trato con mi padre.

Añadió que tal vez no hiciese falta. Él tenía que enviar una barca hacia Kemal Pachá, cerca de Batumi, al otro lado de la frontera. Había riesgos, claro, pero la guerra hacía que las cosas tuviesen precios muy elevados… Merecía la pena arriesgarse.

Entonces le hablé de los Dedeyan y de los otros jóvenes. Era cierto que acababa de encontrarlos, pero dejarlos allí era condenarlos a una muerte segura. Le dije que venían conmigo. Azuri me observó entrecerrando los ojos, como calibrando la situación. Durante un rato no contestó, luego asintió.

—Sea. Es mucho más arriesgado, pero si tú lo quieres así… La verdad es que a mí me dan pena los armenios. Había sitio en este gran país para las dos razas. ¿No están los kurdos que no hacen más que robar y molestar todo el tiempo? —Durante un instante pareció meditar. —Mira Ohannes, vamos a hacer una cosa. Tú vas a por ellos y yo voy a por mi hombre. Luego os embarcáis y si sale el viento, mañana por la noche estaréis a salvo. ¡Eso es! Trae aquí a esos armenios benditos y yo en una hora vuelvo con mi hombre… No se hablé más. Al asunto.

Azuri se levantó resuelto, queriendo indicarme que no había tiempo que perder y en eso estábamos de acuerdo.

Nos despedimos sin más palabras. Yo volví al camino y él salió en sentido contrario con la calesa, arreando el caballo que se resistía a correr en la oscuridad.

Mientras volvía al escondite, reflexioné que mis amigos habían tenido mucha suerte. Al igual que yo. Azuri iba a ayudarnos generosamente. Y encontrar un turco con buenas intenciones para con los armenios, era como una raya en el agua.

Los Dedeyan me recibieron como si yo fuese su familiar más querido. En cuanto a los otros, estaban indagando por los alrededores y aún no habían vuelto. Les expliqué que no teníamos tiempo que perder y que ellos debían acompañarme. Los dejarían en casa de Azuri y volvería más tarde a buscar a Arec y a Lerna. Pero al menos allí estarían a salvo y mientras volvía Azurí podrían comer algo.

Nora no parecía muy convencida, pero Karen Dedeyan y su mujer no podían más, y luego estaba Sonia, su hija sordomuda y la niña, Annie que puso unos ojos enormes cuando oyó que allí podría comer algo.

Fuimos, pues, andando con precauciones hacia la casa de Azuri y una vez allí, abrí el portón para que entrasen. Nora me preguntó por las barcas y le expliqué que estaban amarradas allí mismo. Se empeñó en ir a verlas y algo molesto le dije que si quería que fuese ella sola. Lo que debía hacer era tranquilizarse y no asustar a los Dedeyan que bastante estaban pasando.

Entonces me miró de una forma rara y se dio la vuelta dirigiéndose hacia el sendero que cruzaba el bosquecillo de la playa. Yo abrí la puerta después de encontrar la llave donde la había colocado Azuri y nos metimos en la casa para resguardarnos del relente de la noche.

Incluso me atreví a darles algo de la despensa. Los cuatro comie- ron como si nunca lo hubiesen hecho y eso pareció animarlos un poco. Volví corriendo a buscar a Arec Balakian y a Lerna, pero no había nadie. Aguardé un rato y pensé que debía volver a casa de Azuri. Era mejor que estuviese yo allí cuando él llegase.

Así lo hice, pero Nora tampoco había vuelto. Pasó un largo rato y comenzó a intranquilizarme el retraso de Nora. Una cosa es que se hubiese enfadado conmigo y otra muy distinta que se perdiese o le ocurriese cualquier cosa.

Estaba a punto de salir en su busca cuando oímos llegar la cale- sa. De pronto se abrió la puerta y aparecieron dos soldados turcos apuntándonos con sus fusiles. Me incorporé de un salto, pero un doloroso culatazo en un hombro me volvió a tirar al suelo. Estaba confundido, no sabía lo que estaba pasando. Karen Dedeyan se cubrió el rostro con las manos. Era un hombre mayor, enfermo y cansado, incapaz de comprender por qué los perseguían con tan- ta saña.

Después, los dos soldados nos obligaron a salir al exterior. Allí, a unos metros, en la penumbra pude ver el rostro de Mustafa Azuri, que no se atrevía a acercarse. Nos había traicionado. Al comprender- lo me sentí fatal. Confiando en sus promesas de amistad no sólo me había metido en la boca del lobo, sino que imprudentemente tam- bién había perdido a mis amigos. Estaba desolado y rabioso. Me cul- paba por mi inexperiencia, por mi estúpida confianza. No sabía lo que iba a pasar, pero imaginaba lo peor. No me importaba lo que pu- diera sucederme, pero no me perdonaba haber sido responsable de la captura de mis indefensos amigos. De pronto recordé a Nora, ¿qué le habría ocurrido? Imaginé que tal vez estaría muerta y aquello me derrumbó.

Lancé una intensa mirada de odio a Mustafa Azuri. Pensé que si, en aquel momento lo hubiese podido matar, no lo habría dudado. ¡Cómo se podría llegar a tanta vileza!

Los oí discutir. No sabían bien lo que debían hacer con nosotros. Uno de los soldados dijo que debían matarnos y así terminarían los problemas. Masculló que, en cualquier caso, ese iba a ser nuestro fin y escupió al suelo con rabia.

Decidieron meternos en el almacén junto a la casa después de atarnos las muñecas tan fuertemente que me causaron un dolor in- soportable. Cuando le rogué que no les apretase las cuerdas a los ancianos, el soldado se rió de mí y tiró con todas sus fuerzas mientras me miraba. Después soltó una carcajada y cerró la puerta con llave al salir.

En la oscuridad escuché llorar a Aline Dedeyan. Aquella mujer tenía cerca de sesenta años, pero a pesar de su edad y su terrible cansancio mantenía su dignidad. Me admiró aquello. Podía escuchar los sollozos de los tres y temblaba de rabia. ¿Cómo habíamos podido vivir entre aquella gente? Nos cruzábamos con ellos por las calles, eran compañeros del colegio. Recordaba a mi madre volviendo de la compra, acompañando a Aixa Basoglu que le sonreía. Era su mejor amiga turca. Volví a ver los rostros de Ali Bey, de Mustafa Gudur, a los que consideraba nuestros amigos, nuestros vecinos, pero que había descubierto sus verdaderos rostros mientras nos torturaban en las celdas.

Es muy difícil explicar lo que en aquellos instantes sentía, pero la realidad es que jamás, en todos los días de mi ya larga vida, he podido olvidar aquello. No siento ahora odio, pero no puedo apartar de mi mente que un tiempo lo sentí de tal manera, que es como si mi alma estuviese grabada a fuego. ¡Ah, el tiempo! Dicen que lo borra todo, que es la verdadera cura del alma. No es cierto del todo. Tal vez apacigüe el odio, pero no puede borrar el temor. Aún hoy, cuando mis manos llenas de venas azuladas que serpentean entre la manchada piel, tiemblan al coger la pluma, no puedo dejar de pensar, que el mismo odio que reflejaban los ojos de aquellos soldados turcos, es el mismo que vive hoy, en otro soldado, en otro hombre. ¡El mismo! Aquel joven soldado turco se transformaría en un hombre amargado, en un viejo indiferente, reseco y duro como una piedra del camino. Pero el odio, ¡ah, el odio! Sigue igual, listo para saltar de un hombre a otro con la mínima excusa, multiplicándose como un microbio maligno. No. El odio no desaparece con el que lo padece, como la enfermedad tampoco lo hace con el moribundo. Está en el ambiente, flotando, aletargado y de pronto unas palabras, unas ideas propicias, un acto de crueldad gratuita y otra vez toma forma, otra vez se extiende sin tardanza, contaminando a unos y otros.

Allí estábamos pues. Maniatados, con la certeza de que todo iba a terminar para nosotros. Al menos yo no veía salida alguna. De allí nos conducirían a un lugar cualquiera, a una celda en Rize, tal vez nos torturarían. Rogué a Dios que no nos hiciesen sufrir. Recé para que nos matasen de un tiro allí mismo.

Pasó un largo rato. Oíamos risotadas y gritos en la casa de Mustafa. Los dos soldados turcos estarían bebiendo raki. Recordaba haber visto varias botellas en la despensa. Las carcajadas y los golpes se escucharon durante un par de horas, después se fueron apagando y al final volvió el silencio, roto sólo por el monótono batir de las olas a causa de la brisa nocturna.

Las cuerdas me martirizaban las muñecas, pero al final conseguí romperlas con los dientes y lo primero que hice fue soltar las ataduras de los Dedeyan. Después intenté abrir la puerta, pero no lo conseguí. No había forma de salir de aquel lugar. Sentía una gran desesperación, al pensar que pronto despertarían de su borrachera y la tortura volvería a comenzar.

Entonces alguien tocó suavemente con los nudillos, un sonido apenas audible y el corazón me dio un vuelco. Antes de verla sabía que era Nora Azadian, que había vuelto para ayudarnos. Golpeé la puerta repitiendo la llamada y pude escuchar el leve chirrido de la cerradura y el crujido al abrirse. ¡Era Nora! Sentí ganas de abrazarla, pero ella se fue directamente a Annie y la besó en la frente.

Sentí un escalofrío al apreciar la valentía de aquella joven, poco más que una niña. Había vuelto a la boca del lobo sólo para ayudarnos.

Pero no había tiempo que perder. Salimos casi de puntillas, como si fuésemos fantasmas y les indiqué por señas que me siguiesen. Cruzamos rápidamente el bosque y allí, iluminadas por la luna, seguían amarradas las dos barcas.

***

Me sentía abrumado por cómo se enlazaban las circunstancias. Toda la vida esperando anhelante que mi madre me hablase de aquello... por lo menos que me explicase algo. Pero su estado no le permitió hacerlo y cuando ya estaba resignado, de pronto apareció Alik, cuya extraordinaria historia me había conmocionado. Después, sin pausa, mi madre quiso darme el mejor legado que podía haberme hecho. Ahora la de Ohannes que cerraba el círculo.

El testimonio de Ohannes me había impresionado profundamente. Mantenía una visión fresca y cercana de acontecimientos que habían tenido lugar hacía medio siglo. Era como si lo estuviera viviendo permanentemente, o como si se lo hubiesen grabado a fuego, como él decía.

Me admiré de la capacidad de salir adelante que personas como él, Alik o mi madre habían tenido. Era evidente que unos lo soportaron mejor que otros, pero tenía la impresión de que aquellos que pudieron sobrevivir, no iban a olvidar nada durante el resto de sus vidas.

Era ya casi mediodía cuando me levanté. El Cairo era un lugar más caluroso que Estambul. Podía escuchar el murmullo de la ciudad, como si fuese un enorme organismo vivo.

Me dirigí al estar. Allí encontré a Dadjad. No nos conocíamos apenas, pero era como mi hermano o mi sobrino. Me abrazó. Me dio las gracias por haber ido hasta allí con tanta rapidez. Me explicó con preocupación que su padre se estaba apagando de día en día.

Permanecí dos semanas en El Cairo. Después volví a Estambul y Alik partió hacia París. Me puse a ordenar las notas. Cuando terminé una primera revisión, me di cuenta de que aquello era una tarea muy larga, pero que merecía dedicarle el tiempo y el esfuerzo que fuesen necesarios.

Era consciente de que, poco a poco, la narración iba tomando forma. Me sentía eufórico. En un breve espacio de tiempo, había pasado de no tener nada, a tener una sólida plataforma de partida. Las apasionantes historias de los tres hermanos, que además encajaban a la perfección unas con otras, me hacían ver que no procedían de la imaginación, sino de la realidad. Una realidad oculta, velada por los años, tapada por intereses políticos que habían censurado, vetado, coartado a aquellos que pretendían divulgar la verdad.

Pero eso iba a cambiar y los protagonistas de ese cambio iban a ser los hermanos Nakhoudian.

Luego, satisfecho de cómo se estaban desarrollando los acontecimientos, salí a la calle y me di una vuelta por la ciudad vieja. ¡Ah, si aquellas piedras hablaran!...

Un legado para Laila

Nadia Halil había estado casada con Krikor H. Nakhoudian, mi hermanastro, al que nunca conocí personalmente. Krikor era hijo de Alik Nakhoudian y de Kemal Hamid, el hombre que también me engendró a mí. Por tanto, Laila H. Halil, la hija de Nadia y Krikor era nieta de Alik y sobrina mía.

Increíblemente ni la propia Alik sabía nada de esa unión. Un día me llamó muy contenta. Nadia se había puesto en contacto con ella. Se vieron en París y quedaron en que Alik viajaría a Damasco para conocer a su nieta.

Eran buenas noticias y me alegré por Alik. Realmente se merecía una alegría, después de lo mal que lo había pasado con su hijo.

Así fue. Alik viajó a Damasco y aquella misma noche me telefoneó. Laila era un encanto y Nadia no le iba a la zaga. Lloró por teléfono cuando me dijo que había recuperado una familia. Verdaderamente la vida le debía una satisfacción.

Después Alik le debió hablar de mí y Nadia quiso conocerme. Me llamó y me invitó a ir a Damasco. Recuerdo que estábamos en febrero de 1974, y cuando le expliqué el trabajo que estaba llevando a cabo, se mostró entusiasmada, prometiendo ayudarme en todo lo que pudiera.

Volé a Damasco desde Estambul el primer viernes de marzo, en un pequeño avión militar. Mi amigo el coronel Nuri, que pertenecía al Estado Mayor, me brindó la oportunidad de hacer un viaje con él, aprovechando una visita oficial que debía hacer a Siria. Volamos con un tiempo pésimo que me hizo arrepentirme varias veces de mi impulsivo carácter. Nadia me esperaba en la terminal y se acercó sonriendo.

Creo que fue entonces cuando me olvidé de la tormenta. Era una atractiva mujer de unos cuarenta años. Me besó en ambas mejillas y me acogió como si fuese uno de sus más queridos parientes.

En Damasco seguía lloviendo a cántaros y hacía mucho frío. Por ese motivo la chimenea encendida y el cálido ambiente de la preciosa casa de Nadia me pareció el lugar más acogedor sobre la tierra. Ella me trató desde el primer momento como a un pariente cercano, alguien con el que no existían ni los compromisos ni el protocolo, y eso era de agradecer.

***

Sentados ante unas tazas de té caliente, le expliqué quién era yo. Le pareció una historia increíble y quiso saber más. Entonces le hablé de la ardua tarea que llevaba entre las manos. De lo apasionante que podía llegar a ser recoger pistas prácticamente perdidas u olvidadas, que enlazaban una historia con otra, como las cerezas al sacarlas del frutero. También de lo frustrante y amargo que era el llegar al fin de un prometedor camino para encontrarse con un muro de piedra infranqueable.

Se mostró entusiasmada y dispuesta a ayudarme en lo que ella pudiera colaborar. Después le hablé de mi madre, Marie, de mi abuela Asadui, de Alik y Ohannes, mis tíos, ya que todos ellos eran los antepasados directos de su hija Laila. Se emocionó cuando le narré sus historias.

Nadia me explicó que, a su manera, ella había sentido la misma preocupación. Tenía una buena biblioteca, como mujer culta y curiosa que era, con muchos libros de historia dedicados al mundo armenio.

Ella se consideraba turca y musulmana, pero con matices. Sabía que al menos el cincuenta por ciento de su sangre era armenia, pero aunque sentía una gran simpatía por todo lo armenio, había sido educada en el islam y en la cultura otomana.

Continuábamos enfrascados en nuestra conversación cuando llegó Laila. Venía de sus clases particulares de inglés. Era una espigada niña de doce años, a punto de transformarse en una preciosa mujer. Me observó con curiosidad. Su madre me presentó con toda naturalidad como el tío Darón, como si hubiesen estado hablando de mí toda la vida. Eso me encantó, porque debo reconocer que las circunstancias me habían ido transformando en una especie de lobo solitario y siempre sentí una gran envidia del amor familiar. Por unos instantes, al amor del fuego de aquella desapacible noche de Damasco, fantaseé que aquel era mi hogar y aquella mi familia.

Después de cenar Laila se fue a la cama y me dio un beso de buenas noches. Me quedé con Nadia en el salón, que también hacía las veces de biblioteca. Entonces ella se acercó a la librería y extrajo una carpeta muy usada. Me acercó un flexo y se sentó frente a mí observándome. Sonreí agradeciendo su cariñosa acogida y su amabilidad, y abrí la carpeta con cuidado.

En unas cuartillas de papel de calidad, con un antiguo membrete de la Dirección General de los Ferrocarriles Otomanos, alguien había escrito en francés con una perfecta caligrafía. Entonces, al leer las primeras fases, supe que aquello era exactamente lo que durante tanto tiempo había estado buscando.

***

De las memorias de Mohamed Pachá (fragmento)

En aquellos años era demasiado joven para tener criterio, pero mi tío, Ibrahim Pachá, supo bien lo que debía hacerse. En consecuencia, me enviaron a Francia, porque él, que era sin discusión el jefe de la familia, sentenció que el ferrocarril era el futuro.

Así me encontré en París en 1875. Acababa de cumplir veinte años y en poco tiempo descubrí un mundo tan distinto al mío, que me aturdió.

Debo aclarar que todo ello fue posible gracias al tabaco. Los cigarros turcos eran lo mejor que se podía fumar en Europa, y aunque muchos nos criticaban, murmurando que sólo éramos un imperio en franca decadencia, luego codiciaban nuestro tabaco, nuestro algodón y muchos de los productos que sólo Turquía podía ofrecerles. El tabaco había sido pues el inicio de la fortuna de la familia, pero debo reconocer que a mí aquel mundo no me atraía. Por esa causa me dediqué toda la vida a lo que aprendí en cinco años en París. Los ferrocarriles.

Es cierto que allí entré en contacto con un grupo, aparentemente intelectual, Los Jóvenes Otomanos. Digo aparentemente, porque allí de lo que más se hablaba era de política. No estábamos tan ciegos como para dejar de ver las diferencias entre nuestro país y occidente. Había tanto que hacer que parecía imposible lograr cambiar las cosas.

Pero en realidad, al principio me gustaba ir, porque por allí aparecían poetas como Ziya Pachá, que era primo segundo mío y que fue realmente el que me introdujo en todo aquello. También conocí a Namik Kemal, el periodista, que fue el primero que quiso convencerme de que habría que deponer al sultán para instaurar una república. Me enviaban de tanto en tanto una revista, y todo aquello me hacía sentirme moderno y europeo, porque el ambiente intelectual y universitario en Constantinopla era inexistente. Allí nadie podía sacar la cabeza. Si te atrevías a hacerlo, la policía secreta, los espías del sultán, que estaban por todas partes, te señalaban de inmediato y eras hombre acabado.

No quiero decir que eso no ocurriese en París. Podría mencionar a algunos de los que asistían a las reuniones, que no eran otra cosa que delatores. Pero bueno, en aquellos años de pura juventud, incluso el riesgo parecía algo digno de vivirse.

Sin embargo, tenía poco tiempo libre. Lo que estaba aprendiendo me interesaba mucho y no dejaba de ser consciente de que era un privilegiado al poder estudiar en la escuela politécnica.

Pero entre unas cosas y otras, el tiempo pasó muy deprisa y antes de darme cuenta tenía en mis manos el diploma de ingeniero de ferrocarriles. Había llegado el momento de volver a Constantinopla. Además, mi tío Ibrahim consiguió una entrevista con el gran visir y recibí una carta, pidiéndome que adelantase el viaje.

De aquella reunión salí con un contrato en el bolsillo como ingeniero jefe de la Sociedad de Ferrocarriles Otomanos. Mi tío rezumaba satisfacción y comprendí que el mundo era mío.

Yo no tenía ninguna experiencia, pero en teoría debía saber mucho más que otros que sólo eran *practicones*. En Francia había aprendido todo lo que se podía llegar a aprender sobre ferrocarriles y eso me auguraba un buen puesto en mi país.

Fue mucho más tarde, llevaba ya trabajando varios años, cuando una noche fui convocado a una reunión en la academia militar de medicina.

Corría el año 1889 y las cosas estaban cambiando muy deprisa. El terrorismo, macedonio, griego o armenio no nos causaba más que problemas, y bastantes teníamos ya encima, para aguantar además a unas minorías rebeldes que tiraban la piedra y luego se refugiaban detrás de Francia y de Inglaterra.

Aquella noche se constituyó la sociedad secreta Ittihad ve Terakki. Fue un secreto a voces, porque lo sabía todo el ejército, los intelectuales y también la oposición. No podíamos aceptar que las reformas a las que los países europeos estaban obligando a la Sublime Puerta, fuesen a beneficiar exclusivamente a las minorías.

Todos hablaron de una nueva idea: «La comunidad de pueblos otomanos».

Ahora, después de todos estos años, creo que fue una ingenuidad la que me impulsó a incorporarme a una sociedad con la que no tenía nada que ver. Pero lo hice y debo cargar con la parte de responsabilidad que me ha tocado.

Pocos días más tarde el gran visir me convocó para una importante conferencia, en la que se iba a hablar de los nuevos proyectos para la ampliación de la red de ferrocarriles.

La reunión la tuvimos en una sala de la planta baja de Dolmabahçe. Se murmuró que el sultán tenía un interés personal en todos los proyectos y, de hecho, habían montado una maqueta del país del tamaño de tres mesas de billar. También un pequeño tren de vapor que daba vueltas y que increíblemente lanzaba humo por la chimenea.

Allí estaban varios de los más importantes ingenieros alemanes, financieros del Deutsche Bank, algunos diputados de nuestro Parlamento e incluso familiares directos del sultán, aunque él no asistió al acto.

Uno de los ingenieros alemanes, un prusiano de pelo cortado a cepillo, se mostró ufano con su proyecto. En realidad, a mí también me pareció algo extraordinario. ¡Una línea de ferrocarril entre Constantinopla y Bagdad! Aquello era enormemente costoso, con grandes dificultades técnicas, logísticas y políticas, pero viable si se ponían todos los medios. El gran visir lo animó, asegurando que Turquía y Alemania tenían mucho camino que recorrer en común.

Luego se habló de la terminación de la línea entre Belgrado y Constantinopla, que debía abrirse antes de 1890. Era una previsión a muy largo plazo, pues existían muchos problemas políticos. Todos comentaron que esa línea, que se llamaría Orient Express, era fundamental para Alemania, Austria y Turquía, al unir estratégicamente lo que ya era una afinidad histórica. Luego todos brindamos por la vida del buen sultán Abdulhamid, por el káiser Guillermo, por el ferrocarril y por el futuro.

Entonces pensé que el sultán prefería que no se le viese con una copa de *champagne* en la mano. A fin de cuentas era, nada más y nada menos, que el califa de los creyentes.

Uno de los militares de alta graduación que asistió al acto, habló de la cooperación entre los dos ejércitos y volvimos a brindar por ello, demostrando el gran visir y todos los fervientes musulmanes que allí nos encontrábamos, que podíamos ser tan europeos y occidentales, como los alemanes o los franceses.

Creo que fue aquella tarde cuando se pusieron los cimientos de la fructífera relación entre el Imperio otomano y Alemania.

A partir de aquel día mi posición social mejoró sustancialmente, además se me llamó con frecuencia a reuniones en palacio, muchas de ellas con nuestros amigos alemanes. Pude apreciar lo que significaba tener influencia y ser recibido sin demora por el propio gran visir. Porque a partir de entonces, todos mis parientes y amigos acudían a contarme sus problemas y pude resolver más de uno. Esa situación hizo que mi carácter, de natural introvertido, fuese abriéndose poco a poco, ya que me invitaron a muchas recepciones y fiestas de sociedad.

Fue en una de ellas, precisamente en el salón Süfera, también en Dolmabahçe, donde conocí a la que sería mi esposa, Fátima Muntar, heredera de una importante naviera. Era una mujer preciosa y me enamoré perdidamente. Seis meses después nos casábamos en una ceremonia fastuosa, que me pareció excesiva y poco discreta.

Todo el mundo habló de aquella boda. Se decía que me iban a nombrar ministro de Transportes y los amigos sonreían ante tamaña ocurrencia.

Pero yo sólo quería tener que ver con el ferrocarril. No me gustaba la política y mucho menos el rumbo que estaba tomando. Sólo me interesaba el tren, los engranajes, el vapor y el diseño de nuevas líneas. En mis viajes a Francia, cuando comprobaba el avance de los trabajos del Orient Express, sentía un gran orgullo. En muy poco tiempo París se uniría a Constantinopla a través de Lausana, Milán, Triestre, Zagreb, Belgrado y Sofía, con posibilidad de conectar con Viena y

Berlín. Aquello era un sueño para cualquier turco y yo estaba ayudando a que se transformase en realidad.

Pensaba en la futura estación de Haydarpasa y las dificultades para unirla con Ismid. Desde allí saldrían trenes para toda Asia, y entonces nadie podría detener el desarrollo de Turquía y mucho menos con la colaboración de Alemania, que día a día parecía tener más interés por Turquía.

De hecho, ya estaban llegando los técnicos alemanes que había prometido su embajador. El gran visir, Alí Pachá, me hizo llamar para tranquilizarme. En Turquía mandábamos los turcos, pero necesitábamos el dinero del Deutsche Bank. Luego me dijo que el sultán quería información sobre la posibilidad de una línea entre Ismid-Eskichehir-Ankara. Eso colaboraría en gran manera en el porvenir de Anatolia. Al despedirse de mí, me susurró al oído que tenía confirmación de la próxima visita del káiser Guillermo. —Un experto en ferrocarriles —añadió con complicidad.

Al mirar atrás, creo que mi propio amor al trabajo, la ilusión por los nuevos proyectos, mi dedicación profesional, me impidió comprender lo que a mí alrededor se estaba fraguando. Pero no fui yo sólo. Ni el propio Abdulhamid con toda su astucia, supo darse cuenta de lo que aquello iba a significar.

Lo que prometían los alemanes era orden y progreso. Pero no para Turquía. Ellos se preocupaban de tejer una tela de araña, en una sagaz estrategia para controlar la puerta de Asia. Francia era más práctica, tanto, que sin haber disparado un cañonazo, se había apoderado del Banco Otomano.

Luego vinieron tiempos revueltos. Tenía a mis órdenes a Adom Bedrossian, un extraordinario ingeniero armenio, que poco a poco se había ido convirtiendo en mi mano derecha. Él convertía en planos y memorias todo lo que hablábamos y, cada vez que tenía un consejo de administración, estaba impaciente por hablar con él, para ver cuál era su opinión. Muchas veces pensaba que aquel hombre tenía más méritos que yo para ocupar el cargo para el que me habían designado.

Mientras tanto, mi esposa había heredado las acciones de la naviera de su familia. Aunque debo confesar que nuestra relación se había ido enfriando. Yo deseaba un hijo, pero ella parecía incapaz de dármelo. Llegué incluso a pensar en divorciarme como me aconsejó algún amigo.

Un día, a mediados de agosto de 1896, Bedrossian vino a buscarme a casa. Eso era algo inesperado. Teníamos una extraordinaria y fluida relación profesional, pero él era cristiano, armenio, amigo de poetas, intelectuales y otros que yo no quería ni pensar y esperaba que él respetase mi vida privada.

A pesar de todo lo recibí. Jamás lo había visto tan alterado. Me habló de una revuelta contra los armenios.

Todo provenía de un intento de asaltar el Banco Otomano por miembros del partido armenio Dachnak. Según Bedrossian sólo se trataba de una desesperada manera de llamar la atención de las potencias europeas sobre la política del sultán en contra de los armenios. ¡Una absurda equivocación! Repetía, ¡una locura! Aquel hombre parecía desesperado. Temía por su mujer y su hijo, porque, según parecía, la muchedumbre estaba atacando el barrio armenio, donde ya había muchas bajas.

Por supuesto lo ayudé. No sólo a él. Aquella misma noche salió de Constantinopla un tren de mercancías con más de doscientos armenios escondidos en el interior, hacia Alepo. Mientras, en la ciudad ardían los comercios y las casas de los armenios, llegándose a contar más de seis mil víctimas, lo que ocasionó una fuerte protesta del embajador francés.

Aquel suceso fue el principio de mi eclipse. Ayudar a los armenios no era la mejor manera de ascender en los puestos gubernamentales. Todo lo contrario, porque era público y notorio el odio y la antipatía que, por esa minoría cristiana, sentía el sultán. Debió llegar a conocimiento del gran visir, porque noté cómo se enfriaba mi relación con la Sublime Puerta. Tampoco me extrañó, porque sus espías estaban por todas partes.

No me importó demasiado. Siempre pensé que había merecido la pena y cuando me cruzaba con un armenio por la calle o hablaba con Bedrossian, pensaba que, tal vez, había ayudado en algo a que siguiese vivo.

Poco tiempo después el cielo se acordó de nosotros. Fátima se quedó embarazada cuando ya nos habíamos hecho el cuerpo a no tener hijos. Aquello nos reconcilió del todo, porque ella se había enterado del tren fantasma y me abrazó sollozando, diciendo que lo había hecho muy bien. Ella no podía olvidar a su nodriza armenia, una mujer a la que había llegado a querer más que a su madre.

Lamia nació el mismo día que el káiser pisó Constantinopla. Era el primer mandatario extranjero en mucho tiempo, porque los armenios habían conseguido que las potencias extranjeras mantuviesen a Turquía en el ostracismo político durante los tres últimos años.

Aquel día me encontraba en mi puesto, preparado para atender a una delegación alemana de técnicos en ferrocarriles. Esas eran las órdenes que tenía, y a pesar de que me avisaron del inminente parto, no pude moverme de allí, lo que fue prudente por mi parte, porque apareció el mismísimo Siemens. Los alemanes estaban eufóricos, dispuestos a llevar a cabo el proyecto de prolongar la red ferroviaria. No sólo hasta Bagdad, sino hasta el mismo golfo Pérsico. Me he olvidado decir que, para entonces, la Compañía Ferroviaria de Anatolia estaba ya bajo su control.

Siemens habló un largo rato conmigo y me explicó personalmente su proyecto de una línea Damasco-Medina. No me dejó intervenir. Hablaba en francés por cortesía, pero de vez en cuando introducía una frase en alemán. No era de ese tipo de personas que les gusta conocer opiniones. Él tenía una muy concreta, y esa era la que valía.

Más tarde no tuve más remedio que acompañarlos a una recepción en la embajada alemana. Allí pude hablar por primera vez con el embajador Von Bieberstein. Aquél sí era un hombre eficiente, empeñado en hacerse con el imperio económico francés en Turquía, para convertirlo en alemán.

Mientras lo escuchaba, pensaba en Fátima y en mi hija. El portador de la noticia susurró que se trataba de una niña y sin embargo no me importó. Oía a mi alrededor hablar de explotaciones mineras, del eje Berlín-Contantinopla-Bagdad, y de la rapidez con que podrían ser transportadas tropas alemanas de un lugar a otro a través de increíbles distancias, de cómo iba a cambiar el equilibrio de fuerzas en Mesopotamia, Persia y la India.

Aquella noche se habló por primera vez en serio de la Baghdad Railway Company, que sería financiada a partes iguales por el Deutsche Bank y la Banca Imperial Otomana.

Mientras volvía a casa pensé que el sultán Abdulhamid se había equivocado al elegir sus socios. Yo me sentía mucho más cerca de Francia, incluso de Inglaterra. Había vivido cinco años en París y creía comprenderlos. Los alemanes en cambio veían las cosas desde otro punto de vista. Para ellos no había nada imposible, pero no aceptaban el diálogo. Sus ideas, sus proyectos, sus fines, eran los mejores y no teníamos por qué discutirlos.

Lamia trajo a nuestra casa la alegría que en los últimos años había faltado. Además, aunque era consciente de que había tocado el techo de mis posibilidades en la administración, tampoco podían prescindir de mí. Sin falsa modestia, era uno de los turcos que más sabía sobre ferrocarriles y no tenían muchos recambios.

Fueron pasando los años, cada vez más deprisa y mi más cercano testigo era Lamia, que crecía con rapidez. Me sentía en deuda con Dios por habernos otorgado aquella bendición. Era inteligente, cariñosa y bondadosa. Ella ayudó a preservar nuestro matrimonio y a lograr que su madre y yo viviésemos unos años inolvidables.

Mientras, los Jóvenes Turcos conspiraban para hacerse con el poder. Pero ya no contaban conmigo desde que se filtró lo del tren de los armenios. Aunque supe que intentaron hablar de acercamiento con varias organizaciones armenias. Incluso se llegó a mencionar un estado federal, como una posibilidad de progreso y paz.

Pero el sultán los mantenía a raya dentro de las fronteras de Turquía, y la mayoría de sus líderes tuvieron que poner tierra por medio, refugiándose en Europa. Fueron las actividades subversivas de los oficiales en Salónica las que terminaron por sacar de quicio al sultán. La represión que siguió, no hizo más que fortalecer a la oposición, y desde el cuartel general, en la misma Salónica, se creó el Comité para la Unión y el Progreso, entre Djemal Pachá, Enver Pachá y Talaat Pachá, que hasta hacía poco no era más que un oscuro y ambicioso funcionario de correos. Se decía de él que no tenía el carisma de Djemal, ni la inteligencia de Enver, pero que era el más astuto de los tres.

Su pretensión era forzar una ley que representase al pueblo. Cuando el sultán descubrió la existencia del comité, su ira no tuvo límites e hizo fusilar a algunos oficiales. Ante ello, el ejército de Macedonia se levantó en armas y Abdulhamid atemorizado restableció la Constitución.

Recuerdo aquellos días, cuando armenios, griegos, judíos y turcos se abrazaban por las calles. Todos creímos que las diferencias entre unos y otros habían terminado para siempre. Habían llegado la igualdad y la fraternidad.

Aquel comité difundió astutamente la idea de que no deseaba el poder y el pueblo se lo otorgó. Pero ello no significó que las potencias europeas dejasen de inmiscuirse, y en un año perdimos, con el nuevo gobierno, la misma superficie de nuestro imperio que en todo el reinado de Abdulhamid.

Y de pronto, todo se precipitó. El sultán inició la contrarrevolución en marzo de 1909. Suspendió la Constitución y restableció sus poderes. El ejército de Salónica intervino de nuevo. Yo recibí un telegrama en el que se me comunicaba que eran los militares los que controlaban los ferrocarriles. El general Mahmud Serket Pasa entró en la ciudad y en unas horas controló la situación.

Para entonces se habían terminado los subterfugios y las astucias del sultán. Se le agotaron los recursos políticos y se encontró solo. No tuvo otra opción que marcharse. En realidad, fue depuesto por el triunvirato, que colocó a Mehmet V Resad, como nuevo sultán. Una mera figura decorativa, porque el comité tomó el verdadero control del gobierno. Fueron dos días de nervios y expectación. En realidad, nadie sabía lo que iba a suceder, ni si el sultán Abdulhamid volvería a tomar el poder con una nueva argucia.

Pero no fue así y los altos funcionarios tuvimos que ir a rendir pleitesía a las cabezas visibles. Allí estaban, sonrientes, con la satisfacción del deber cumplido, Enver, flamante ministro de la Guerra, Talaat de interior, Djemal de marina. Said Halim el nuevo gran visir y los demás, todos por descontado miembros del comité. Hablaban de libertad y democracia, éramos un país moderno y lo íbamos a demostrar.

Pronto la *sharia*, la ley islámica, fue sustituida por una ley civil. Era el fin de la poligamia y los periódicos exaltaron en sus titulares la nueva época. Se abolieron las capitulaciones y se fundó el Banco Nacional. Todo aquello quería demostrar que el milagro había llegado de la mano de los miembros del comité. Los partidarios de Abdulhamid, de tanto en tanto enseñaban las uñas, diciendo que aquello no era más que la continuación del Tanzimat, es decir, las mismas reformas que el sultanato había creado.

No puedo olvidar la gran paradoja. Era cierto que el país se estaba modernizando, que las instituciones funcionaban, que incluso «la cuestión armenia» parecía arreglarse poco a poco. Pero, a pesar de ello, los turcos nos sentíamos acosados. Ya nos habían «robado», esa era la palabra que empleábamos entonces, Macedonia, gran parte de Tracia, Rumelia Oriental, Bulgaria, Herzegovina, Bosnia... Comenzaron a aparecer pequeños partidos nacionalistas que querían también sacar tajada de la situación y de la noche a la mañana se restableció la dictadura.

No hubo mucho tiempo para la paz. El crucero Goeben y el crucero ligero Breslau, jugaron al escondite con los ingleses, y fueron capaces de atracar en el puerto de Constantinopla que se transformó en una enorme fiesta de bienvenida.

¡Ah! ¡Si entonces hubiésemos sabido lo que aquello iba a suponer! Aquella fue la puerta falsa por la que Turquía entró en la guerra al lado de Alemania.

Churchill quiso terminar con aquello de un manotazo. Era un político con agallas y muy orgulloso. Estaba convencido de que era imposible derrotar a sus tropas. Pero se encontró con Galípoli. Allí turcos y alemanes luchamos codo con codo. Fue un fracaso de tal calibre para los ingleses, que la propaganda del gobierno daba la impresión de haber ganado la guerra. Al final de 1915, tuvieron que retirar su flota de los Dardanelos. Fue algo increíble. Nadie había vencido antes a la flota inglesa.

Aquellos fueron días de júbilo en Constantinopla. Se veían muchos militares y marinos alemanes por las calles, y la gente los saludaba con efusión. Éramos como hermanos, decían los periódicos del gobierno, y no pude por menos que acordarme de la visita del káiser. Sin motivo aparente, en mi interior comenzaba a nacer un extraño recelo.

El gobierno de los Jóvenes Turcos vio que era el momento de terminar con su mayor problema. Si acabábamos con «la cuestión armenia», las potencias europeas no tendrían excusas para intervenir dentro de Turquía.

Talaat habló de ello con los miembros del comité. Había que *turquificar* la nación. Terminar de una vez para siempre con el peligro de que, aquella raza de cristianos, aspirasen a tener su propio país, porque Europa y América deseaban vengarse de Turquía.

Entonces tuvo lugar una reunión extraordinaria del comité. Talaat llevó la voz cantante. No habló de los armenios, sino «del enemigo interior», de crear una nación turca, sólida, limpia de la contaminación de elementos extraños. Había llegado el momento propicio para librar al país de los traidores, desleales y separatistas. Habían estudiado la mejor solución. La deportación inmediata de la totalidad de la población armenia.

El comité creó un subcomité de acción. Talaat, el doctor Chakir, el doctor Nazim, el jefe de los servicios de seguridad, Djanbolat y el coronel Seyfi, que iba a coordinar la operación con el ejército.

Desde hacía meses se había ido movilizando a los hombres entre veinte y cuarenta y cinco años, incluyendo a los armenios. Todo ello bajo la supervisión general de los oficiales alemanes del estado mayor.

Luego llegó la puesta en práctica. El reciente memorándum del veintisiete de mayo de 1915, autoriza las deportaciones de aquellos sujetos sospechosos de espionaje, de traición o por necesidades militares.

De la noche a la mañana, en Constantinopla han sido encarcelados miles de armenios capturados en sus puestos de trabajo, en sus domicilios o en las calles. Protesté enérgicamente, porque Adom Bedrossian no se presentó en la oficina, y yo lo necesitaba para terminar un trabajo que debía entregar a los asesores alemanes. Era alguien imprescindible para el proyecto.

Fui al cuartel de infantería. No sabían nada. Visité las cárceles y un campo de prisioneros provisional. Todos eran armenios, pero allí no estaba Bedrossian. Parecía habérselo tragado la tierra.

Volví preocupado a la oficina. Era un serio contratiempo para mí. Allí encontré a Apochian, un delineante, también armenio, totalmente destrozado. Temía por su familia, por sus amigos y no podía controlarse.

Más tarde entró en mi despacho. Para entonces lloraba desconsoladamente. Intenté calmarlo, pero no conseguía hablar. Al final hizo un esfuerzo y me dijo que habían encontrado a Bedrossian. No fue capaz de decirme nada más.

Mi alegría no duró más que unos instantes. Fui con él y otros tres altos funcionarios hasta el lugar donde supuestamente estaba detenido Adom Bedrossian. Todos íbamos preocupados y silenciosos. Aquello no era justo, al menos yo consideraba que los armenios que trabajaban para mí, eran todos excelentes profesionales y personas sensatas.

Volvimos de nuevo al cuartel. Por el camino le expliqué que allí no íbamos a encontrarlo, porque ya me habían dicho que no sabían nada. Entonces uno de los armenios que nos acompañaba y que supuestamente eran los que lo habían encontrado, me hizo una seña. No estaban dentro, sino detrás, fuera del recinto.

Rodeamos el cuartel. Era un lugar lleno de charcas, abandonado. Llegamos a un viejo almacén. Sólo se escuchaba el zumbar de millares de avispas. Allí en el suelo vimos los cuerpos tirados de cualquier manera, acribillados, algunos medio desnudos, con espantosas heridas, como si se hubiesen ensañado con ellos.

No me avergüenza decir que vomité. Nunca hubiese creído que algo tan horrible pudiese llegar a suceder. No podía asimilarlo.

Cuando me repuse, volvimos al cuartel. Tuvieron que sacarme de allí, porque perdí los nervios y los militares me amenazaron, a pesar de que sabían quién era yo.

Aquel fue el segundo aviso. A partir de entonces me han apartado de mis labores al frente de los ferrocarriles. Luego, Ismail Hakir que era el responsable de los abastecimientos militares, me llamó para ofrecerme ir a dirigir el proyecto de Bagdad. Era algo más que un favor. Era una orden sin remisión. No deseaban verme en Constantinopla, pero tampoco podían prescindir de mi experiencia.

***

Allí terminaban las memorias de Mohamed Pachá. Levanté la cabeza y vi a Nadia observándome. Hice un gesto de asentimiento. Mohamed Pachá había sido un hombre cabal. Sus memorias habían sido interrumpidas por su muerte en 1915, según me explicó Nadia.

El fuego de la chimenea se estaba consumiendo y la lluvia había cesado. De pronto me sentí muy cansado y nos retiramos a dormir.

Me acosté en la habitación de invitados, pensando en aquel hombre, Mohamed Pachá. No. No habían sido los turcos, sino un grupo de fanáticos, al igual que había sucedido en Alemania con los nazis. No podíamos culpar a toda una nación, aunque en una época, muchos de entre ellos hubiesen sido más o menos cómplices.

Los armenios podrían perdonar, pero no olvidar.

Luego, poco a poco, el sueño me venció, y para cuando me dormí, escuché la lejana llamada del muecín llamando a sus fieles.

El árbol de Helen

Desde que lo conocí en El Cairo, siempre mantuve una buena amistad con Dadjad Nakhoudian y su mujer Helen Warch. Aunque él era armenio por sangre, en realidad se sentía cairota, ya que había nacido en El Cairo y su juventud transcurrió íntegramente en aquella ciudad. En cuanto a Helen, era un caso particular, sus abuelas eran armenias y sus abuelos franceses hasta la cepa.

Helen conocía muchas historias, porque tanto Zevarte Cassabian, a la que consideraba su abuela paterna, como Noemí Mozian, su abuela materna, habían vivido muy de cerca los últimos años del Imperio otomano, y particularmente las masacres armenias de 1915 y 1916, que habían afectado a ambas directamente.

Helen tenía un carácter abierto y hospitalario, y pasé con ella y con Dadjad muchas tardes de los duros inviernos de París, comentando nuestra historia común.

En 1963, es decir antes de conocernos, nació su hijo Aram en Nueva York, donde Dadjad impartía clases de Historia Moderna en la universidad. Permanecieron allí casi quince años y Aram se transformó en el típico adolescente norteamericano. Nunca le gustó Europa y siguió sus estudios y su carrera en los Estados Unidos.

Al principio Dadjad Nakhoudian se mostró remiso a hablar de la historia de su familia. Después, cuando se convenció de la idea, me proporcionó generosamente la documentación de que disponía.

En cuanto a Helen, desde el primer momento se mostró entusiasmada por el proyecto, y al igual que Nadia Halil, a la que conoció a través mía, me ayudó cuanto pudo en el empeño. Me contaron como el azar había influido en ello.

***

Las notas biográficas de Louis de Villiers y de Noemí Mozian, los abuelos maternos de Helen, se habían perdido en alguno de los numerosos traslados y avatares de la vida de la familia. Se sabía que existían, porque Anne de Villiers, la madre de Helen, las había visto siendo muy joven. De hecho, pasó una gran parte de su vida preguntándose dónde estarían.

Fue Helen la que dio con ellas en la casa de campo que la familia Villiers poseía en Fontenay Le Comté, en La Vendée.

Aquello fue una verdadera casualidad. Al volver de los Estados Unidos en 1982, pensaron en vender la propiedad para adquirir una vivienda en el centro de París. Además, la casa de Fontenay se estaba viniendo abajo, y parte de la techumbre de un ala amenazaba ruina. Se necesitaba una importante inversión para salvar la casa, y ellos, a su vez, necesitaban dinero para comprar un maravilloso piso cerca de St. Germain. Entonces apareció un comprador. Un industrial de Niort se encaprichó por la casa, y se pusieron de acuerdo.

La tarde anterior al día fijado para la venta, Dadjad y Helen dieron una última vuelta por la propiedad. Se sentían afortunados, porque la vieja casa se caía a pedazos y ellos no sentían el menor arraigo por la región.

Acababan de comer en un restaurante de carretera, y para cuando llegaron comenzó a llover intensamente. No tuvieron otra alternativa que permanecer dentro de la casa mientras duró la tormenta, ya que habían dejado el coche a trescientos metros de allí. Dadjad, en una última despedida, comenzó a husmear por las habitaciones vacías y llenas de polvo. De pronto pisó un trozo de suelo que se hundió bajo sus pies, y se quedó atrapado hasta las rodillas. Tras muchos esfuerzos consiguió finalmente librarse con la ayuda de Helen.

Entonces comprobó que había perdido un zapato. Helen se agachó para encontrarlo, y dio con él, y también con un pequeño paquete.

Ambos se quedaron enormemente sorprendidos. Lo abrieron y vieron que se trataba de una libreta de cartulina forrada en seda gris, escrita con una letra casi ininteligible, que ella reconoció como de su abuelo, Louis de Villiers. En unas cuartillas dobladas en su interior, se encontraban también unas notas firmadas por su esposa, Noemí Mozian.

De vuelta en el hotel, las descifraron sobrecogidos, emocionados por su increíble hallazgo. Allí se hablaba de cómo había empezado todo y del primer encuentro entre ellos.

A la vista de lo que había sucedido, pospusieron la venta unos días. Rebuscaron por toda la casa, hicieron levantar los suelos. No había nada más en apariencia. A la semana siguiente vendieron la propiedad.

Al cabo de unos meses, ya instalados en su nueva casa de París, fui a verlos. Tenía una llamada de ellos en mi contestador. Me abrazaron efusivamente y me mostraron su hallazgo.

No puedo negar que me sentí emocionado y contento. El destino volvía a compadecerse de mí y allí, en mis manos, tenía la historia de dos personas que vivieron el crucial momento que cambió el mundo armenio.

***

Las notas recuperadas de Louis de Villiers y Noemí Mozian
(fragmentos)

Me presentaré. Mi nombre es Louis de Villiers. Nací en París en 1866, junto a la plaza Vendôme. Mis padres eran unos aristócratas venidos a menos, aunque aún gozaban de una renta suficiente.

Mi madre me transmitió su piel excesivamente blanca, unos ojos azules que me hacían parpadear a pleno sol y su amor por la lectura. Pronto quise viajar, conocer mundo y fue así como me hice diplomático.

Mi primer destino fue Constantinopla. Allí llegué como segundo secretario de la embajada, en agosto de 1891.

Constantinopla era un lugar que merecía la pena. Era ya entonces estación de destino del Orient Express, que me había llevado hasta allí, recorriendo la increíble distancia de 3000 kilómetros en menos de cuatro días. El mundo estaba cambiando mucho y, mi lujoso compartimento forrado en seda, las largas partidas de cartas, un extraordinario restaurante, me ayudaron a hacer un viaje más corto. Cuando descendí en la estación Sirkeci, me pareció entrar en otro mundo.

Constantinopla me impactó. Era un extraño híbrido entre una ciudad mediterránea y un mercado árabe. Recuerdo que el calor hizo que me tomase las cosas con calma, porque de día era sofocante. Peor aún cuando soplaba el viento de Anatolia, el levante, una brisa tan seca como el pergamino.

Pocos días después llegó el nuevo embajador, Paul Cambon, un hombre de unos cincuenta años, es decir que me doblaba la edad, pero que me cayó bien desde el primer momento. La misma tarde en que apareció por la embajada quiso conocer a todo el mundo. El primer secretario había pedido la baja por enfermedad, y me preguntó dónde podíamos cenar.

No tenía entonces la más mínima experiencia en asuntos diplomáticos, pero tuve la impresión de que con aquel hombre iba a entenderme a la perfección.

Así fue. Desde aquel día me convertí en su amigo. Nos hallábamos los dos sin familia y sin hogar propio, él viviendo en las habitaciones destinadas a tal efecto en la planta superior de la misma legación, y yo en un pequeño hotel cercano, un lugar a medias entre una pensión marsellesa y un caravasar turco. El propietario era un antiguo comerciante de Lyon, que había decidido asentarse en aquella ciudad, y yo, con mi sueldo, no podía pagar el hotel Pera Palas.

Desde el primer momento llegamos a un acuerdo tácito. Cuando estuviésemos a solas nos tutearíamos, y sólo seríamos Paul y Louis. En caso contrario, nos hablaríamos de usted, y así podríamos cumplir con todas las formalidades requeridas en una embajada.

Paul Cambon tenía una mente clara y precisa, y en cuanto tuvo alguna confianza conmigo me dejó muy claro cuál era su postura: me confesó que no coincidía con Hanotaux, nuestro ministro de Asuntos Exteriores. Aquello me extrañó, porque se suponía que un embajador era un cargo de confianza. Sonriendo, apostilló que la política era algo muy alejado de la confianza.

El sultán Abdulhamid necesitaba a Francia. En aquellos años éramos algo así como sus financieros. La deuda pública del Imperio otomano con nuestro país ascendía ya a una cantidad astronómica. Sin embargo, la Sublime Puerta no hacía más que coquetear descaradamente con Alemania y Austria.

Paul Cambon estaba bien informado. Conocía a la perfección el proceso que estaba teniendo lugar en Turquía y me explicó su punto de vista.

El anterior sultán, presionado por las potencias europeas había firmado un decreto por el que el imperio modernizaría su legislación, ajustándola a la jurisprudencia común en Europa. Eso fue algo así como una espoleta en manos de los elementos más conservadores y tradicionalistas, por lo que su sucesor, Abdulhamid II, tuvo que abrogar las reformas volviendo a instaurar el absolutismo.

Sin embargo fue el ejército, sus oficiales más jóvenes, los que decidieron tomar la iniciativa, creando primero una asociación, denominada Movimiento de los Jóvenes Otomanos, que pretendía recoger lo mejor de los avances europeos, siempre, eso sí, dentro del más estricto islamismo.

Apenas hacía dos años, en 1889 se había constituido una sociedad secreta, Ittihad ve Terakki Cemiyeti o Comité para la Unión y el Progreso, en la Academia Militar de Medicina.

Paul Cambón amplió su explicación, si bien me aclaró que aquél era su punto de vista, y por tanto podía ser subjetivo.

Aquel comité terminaría derrocando al sultán, pues expresaba de una manera revolucionaria las ideas de nuestro compatriota, Leon Cahun, según el cual Turán, un lugar indefinido en el corazón de Asia, era el origen de los pueblos turcos, que debían ir hacia una hegemonía turca dentro del mundo árabe.

Fue Paul Cambon el que por primera vez me habló de los armenios. El sultán Abdulhamid estaba convencido de que eran los revolucionarios armenios los causantes de todos los males del imperio, y con sus acciones violentas los que habían conseguido abortar las reformas del Consejo del Tanzimat. De hecho, me aseguró, los cristianos armenios seguían manteniendo tradicionalmente una particular tutela de Francia e Inglaterra, lo que exasperaba a nivel personal al sultán, y conseguía que los ulemas, en todas las medersas y mezquitas, tronaran en contra de los cristianos como traidores al imperio, y como perros infieles que luchaban con todas sus fuerzas contra el islamismo.

Nuestra misión no iba a ser fácil. Desde que Abdulhamid había vuelto a instaurar el absolutismo, los intelectuales estaban más tiempo en la cárcel que fuera de ella. Además, la censura de libros y prensa, el espionaje de la policía turca, se infiltraba por todas partes.

Cambon terminó sus palabras recordando las que hacía años había escuchado de un alto funcionario turco: «La cuestión armenia no existe, pero nosotros la crearemos».

Durante los primeros meses en Constantinopla pude darme cuenta de que existía una gran tensión entre turcos y armenios. Las revueltas de Zeïtoun no se habían olvidado, ni mucho menos la vergonzosa manera en que Napoleón III y también los ingleses habían abandonado a los pueblos armenios. Ni tampoco el Tratado de Berlín de 1878.

Permanecí en la embajada durante cinco años, y comprobé que Paul Cambon enviaba continuamente informes, denunciando la situación a la que se veían sometidos los armenios, sin que nuestros superiores en el Quai d'Orsay pareciesen inmutarse.

Paul estaba amargado por lo que llamaba una conspiración de silencio. Hasta que estalló la primera de las masacres en la propia Constantinopla.

Nunca hubiese podido creer que aquello no estaba perfectamente programado. De pronto, una tarde a finales de agosto de 1896, unas turbas comenzaron a reunirse cerca de la mezquita Azul, lanzando consignas contra los armenios, hasta que se pusieron en marcha destrozando todos los comercios y residencias de la minoría armenia.

Aquello degeneró de inmediato en una especie de revuelta civil. Los militares turcos no hicieron acto de presencia, como si hubiese un pacto previo, por el que los ulemas llevaban la voz cantante, gritando en contra de los cristianos, pidiendo su muerte y su aniquilación, sin que nadie hiciese un mínimo gesto por defenderlos.

Las cosas se pusieron tan feas, que Cambon decidió que tuviésemos a mano todas las armas de que se disponía en la embajada, porque se oían muchos gritos en contra de Francia y de Inglaterra, y varias piedras se estrellaron contra los cristales de los ventanales, haciéndolos añicos.

De pronto vimos a un grupo de personas corriendo hacia la cancela del jardín que normalmente se hallaba abierta, ya que eran muchos los que venían cada día para hacer consultas. Además, Paul había decidido hacer un gesto político, indicando que Francia estaba abierta a todos.

Bajamos entonces también nosotros, intentando cerrar antes de que pudiesen entrar, cuando oímos los desesperados gritos de Paul desde el balcón de su despacho. —¡Son armenios! ¡Son armenios! ¡Dejadlos entrar y cerrar después!—. Eso fue exactamente lo que hicimos y siete personas entraron corriendo, entre ellos dos niños de siete u ocho años. En cuanto entraron cerramos la cancela, al comprobar que tras ellos venían treinta o cuarenta turcos armados con los más diversos instrumentos, desde cuchillos a viejas cimitarras. Aquellos individuos no se anduvieron por las ramas y uno de ellos, que pude distinguir se trataba de un ulema, golpeó con su bastón la reja y gritó amenazante que le entregásemos a los *guiavurs*.

Sin dudarlo, hice entrar en el interior de la embajada a aquella pobre gente y pude darme cuenta de que uno de ellos, que debía ser el mayor, un hombre de unos sesenta años, tenía en la cabeza una herida de consideración por la que sangraba abundantemente.

Mientras, Paul Cambon, gritando, porque no había otra manera de hacerse entender, les conminaba a marcharse, insistiendo en que aquel edificio era inviolable, ya que tenía la consideración de territorio francés, a lo que la muchedumbre que se iba agolpando en la plazoleta, exaltados por el ulema, un individuo delgado, de pálido rostro enmarcado por una barba negra recortada, tocado con un turbante, corría entre ellos conminándoles a que saltasen la reja.

Era una situación muy delicada, porque en la embajada nos hallábamos sólo seis personas en aquellos momentos, y era evidente que no podríamos hacer nada si la multitud enardecida lograba penetrar. Pero afortunadamente todo quedó en las amenazas, ya que ninguno se atrevió a entrar y al cabo de un largo rato se fueron dispersando poco a poco.

Al intentar hacer una cura de urgencia al herido, porque el hombre prácticamente se estaba desmayando a causa de la fuerte pérdida de sangre, una joven se adelantó, diciendo con serenidad que lo haría ella.

No tendría más de dieciocho años y me admiró su espíritu en aquellos instantes, como si la amenaza que se cernía sobre todos no la afectase. Sin que le temblase la mano, lavó la herida mientras pedía aguja e hilo para coserla.

Creo que debí quedarme sin saber qué hacer, porque no podía separar mis ojos de su rostro sereno, centrado en la tarea, sin que pareciese afectarle en lo más mínimo los amenazadores gritos de la multitud.

Fue entonces, en aquel preciso instante, cuando me sentí irresistiblemente atraído por ella y sin poder evitarlo le pregunté su nombre. Sin apartar los ojos de la herida, con una voz clara, me contestó en correcto francés: «Mi nombre es Noemí Mozian y soy armenia».

***

De las notas biográficas de Noemí Mozian

Mi padre había sido perseguido durante años hasta que murió. El jefe de la policía en Constantinopla aseguró que contra nosotros no había nada. Pero recomendó que nos marchásemos de allí y que olvidásemos todo aquello.

Aquello había sido la vida de un hombre por la libertad de los suyos. Mi padre, Ardag Mozian, repetía una y otra vez la conocida frase «Mejor morir de pie que vivir de rodillas». Y eso es lo que hizo.

Durante mucho tiempo dudé de si esa había sido la mejor solución. Él había muerto defendiendo sus ideales, como tantos y tantos hombres armenios, pero nosotros habíamos quedado prácticamente en la miseria, vigilados por la policía y odiados por nuestros vecinos turcos, ya que la propia policía iba siguiendo nuestra huida de un lugar a otro y advertía a todos que éramos gente peligrosa, y que teníamos el estigma de que en nuestra familia proliferaban los terroristas.

Finalmente llegamos a Rumelikavagi. Una pequeña y escondida aldea de pescadores. Mi madre compró una pequeña casa, apenas algo más que una cabaña y allí nos dispusimos a esperar a que pasase la tormenta. Pero hay tormentas que tardan mucho en pasar. O que se transforman en tempestades terribles que lo asolan todo. Es cierto que aquellos fueron los peores años para nosotros los armenios.

Mi padre había podido hablar una vez con el embajador inglés, que lo recibió más por curiosidad que por otra cosa. Cuando le explicó la situación, el embajador dijo que tomaba nota, pero que tuviese en cuenta que, dentro del Imperio otomano, todas las minorías tenían sus quejas. Los griegos, los albaneses, los árabes, los kurdos, los armenios y tantos otros.

Mi padre había pertenecido al Partido Armenio como escritor y periodista, hasta que el sultán se hartó de él y de sus acusaciones. La policía fue muy eficiente y *encontraron* una bomba a medio montar en casa.

Tuvimos suerte de estar unos días en casa de tía Aida, porque si llegamos a encontrarnos allí, nos habrían matado a todos. Siempre he pensado que papá intuía que algo iba a ocurrir y quiso alejarnos. Eso nos salvó la vida, pero a él le costó la suya.

Luego nos convertimos en una molestia para ellos, porque el propio embajador francés, un hombre justo, harto de injusticias, escribió una carta pública, en la que hacía responsable de nuestra vida a las autoridades y no se atrevieron a tocarnos.

Pero allí en Rumeli tampoco estábamos seguros. Teníamos noticias de que en todas partes los armenios eran asesinados impunemente, y llegó un día en que comprendimos que debíamos marcharnos de inmediato, gracias a un buen hombre, un pescador turco que vino a avisarnos. Incluso nos dijo que podíamos utilizar su pequeña embarcación y cuando se dio cuenta de que no éramos capaces de maniobrarla, se subió él y nos llevó hasta Constantinopla. Nos dejó en una solitaria playa de Beyoglu y se marchó compungido, convencido de que íbamos a morir sin remedio.

La familia estaba compuesta por mi madre, Aznive Arazian, mi tío Achod Arazian, mi tía Arpie, mis tres hermanas, Melinée, Mariam y Maro, además de por mí, en total siete personas. Allí mismo decidimos refugiarnos en la embajada de Francia, porque no sabíamos qué hacer. Mamá temía que nos matasen de un momento a otro, y no le llegaba la camisa al cuerpo del susto que tenía.

Tardamos un día en llegar. Tuvimos que escondernos muchas veces, porque por todas partes vimos gente huyendo. No sólo armenios, también algunos griegos.

Íbamos como a contracorriente. Todos salían en estampida del centro de la ciudad y nosotros nos dirigíamos hacia la boca del lobo. Fue tío Achod quien asumió la responsabilidad de ello, pero no podía evitar que mamá y su mujer, tía Arpie, le recriminasen. ¡Adónde nos estaba llevando! ¡Todos íbamos a morir por su culpa! Pero tío Achod era el jefe y él llevaba la voz cantante. Dijo que Ardag, mi padre, habría hecho lo mismo que él y que tendríamos que llegar lo antes posible a la embajada. Él conocía al embajador porque una vez los recibió, y sabía que era ese tipo de hombre con el que se podía contar.

Tanto fue así que iba canturreando *La marsellesa*, como enfebrecido, animándose, sin querer mirar el enorme riesgo que todos estábamos corriendo por su cabezonería.

Tuvimos que escondernos en un jardín que se encontraba abierto, al ver cómo un grupo de armenios era perseguido y abatido sin misericordia. Fue un momento de terrible duda para tío Achod. Pero ya no era tan fácil salir de allí.

Esperamos a que anocheciese. Aunque era una mujer muy valiente, mamá temblaba de miedo. Veía violadas y asesinadas a sus cuatro hijas. Estaba tan nerviosa que no quería escuchar a tío Achod. Sólo pensaba en cómo huir lo más lejos posible.

Al anochecer fuimos escondiéndonos caminando con rapidez. Intentando disimular. Pero era imposible.

De pronto, en el mismo momento en que ya teníamos a la vista el edificio de la embajada de Francia, un ulema que iba dirigiendo un numeroso grupo, se fijó en nosotros. Echamos a correr, pero tío Achod no podía hacerlo tan deprisa, y un hombre con un cuchillo saltó sobre él y lo hirió en el hombro y en la cara. Luego echó a correr enardecido hacia el ulema, como queriendo jactarse de que él había matado otro armenio. Pero tío Achod consiguió levantarse y yo le ayudé como pude, hasta que milagrosamente todos pudimos entrar en el jardín de la embajada, que tenía sus puertas abiertas.

Vi cómo alguien cerraba la cancela y se enfrentaba al ulema, que chillaba exasperado que nos entregase, a lo que el funcionario se negó en rotundo, diciendo que aquel era territorio francés y nosotros habíamos pedido asilo.

La turba permaneció en la puerta amenazante hasta que se disolvió. Entonces el hombre que había cerrado a tiempo vino hacia mí y se presentó. —Luis de Villiers, segundo secretario, a su completa disposición.

En aquel preciso momento sólo se me ocurrió pensar que Francia era el mejor país del mundo.

***

Cuando terminé de leer aquellas notas vi como Dadjad me observaba. Ambos nos quedamos mirándonos, sonriendo, recordando la figura impetuosa del abuelo de Helen. Su madre, Anne de Villiers nos hablaba de él con frecuencia, y aquellos extraordinarios relatos, concordaban con la opinión que tenía su familia.

Para mí, eran unos documentos de enorme interés. Descriptivos de un momento fundamental que iba cerrando el círculo de información sobre cómo se desarrolló y preparó el genocidio.

Sin poder contenerme apelé a la amistad de Dadjad para que hablase también. Curiosamente siempre estaba dispuesto a ayudarme, pero hasta aquel instante, jamás había hablado de su punto de vista. Le dije que aquello era un hallazgo, pero que necesitaba tener más información. Que debía ayudarme, que recordara para mí.

Y de pronto lo hizo. Dadjad era hombre de pocas palabras, por eso nos sorprendió, ya que comenzó a hablar en el mismo instante en que Helen entraba en la habitación.

***

Siempre, desde que te conozco, me pides que recuerde. Que haga un esfuerzo y mire para atrás. Hoy por fin te vas a salir con la tuya, aunque sabes que no hago más que repetir algunas de las conversaciones que durante tantos años se han oído en mi casa.

Pero deberás conformarte con mis palabras. No tengo nada escrito sobre ello. Aunque luego podrás escuchar un interesante testimonio de mi madre. Eso es lo que no debe perderse. Los que estuvieron allí, los protagonistas de la verdadera historia, están desapareciendo rápidamente. Sabes que siempre me ha interesado tu proyecto. A fin de cuentas, es fijar esa parte de la historia. Por eso tantos y tantos armenios hablan de aquello, o lo escriben, o lo dictan. Son cosas que no deberían perderse.

En cuanto a mí, aún me considero con tiempo por delante para intentarlo algún día. No, no te impacientes. No tengo por qué esforzarme. ¡Pero si fue ayer! Al menos así lo veo yo. Ayer. Todo lo más antes de ayer.

***

Me gustó aquella infancia. ¡Ah, El Cairo! Hay que entenderlo. Y no es fácil de explicar. Esa ciudad es un universo aparte. Un lugar lleno de vida, donde cada día ocurren infinitas cosas. El Cairo no es en realidad una ciudad, sino mil aldeas cosidas a lo largo del Nilo.

Vivimos muchos años en la avenida de las Pirámides. Allí estuvo mi niñez, en esa recta infinita que une la ciudad con esas montañas geométricas que se disimulan en la calima. Esa bruma de polvo del desierto, de calor, de lejanía que lo funde todo con ese color arena sucia. Después nos trasladamos a Heliópolis. Allí sigue estando, ahora vacía, la casa de mis padres. Has estado en ella. Sabes bien que sigue llena de recuerdos. Cuando vuelvo allí siento la extraña impresión de que rejuvenezco. Los objetos, los muebles que me rodean son los mismos de mi infancia. Entre ellos aprendí que yo no era un niño egipcio, sino armenio. Armenia. Un lugar remoto, casi mítico, que una vez fue la tierra de todos los armenios y que un terrible cataclismo se la arrebató.

***

Si. Ya voy a la historia. Pero debes perdonarme. Ahora vivo en París. Este es otro mundo. En comparación con aquel universo, aquí… Aquí todo está contado. Todo es finito. Numerado. Concreto. Exacto. Riguroso. Esa y no otra es la verdadera diferencia entre Oriente y Occidente.

Allí, en El Cairo, en Alejandría, en Luxor, en Egipto es todo lo contrario. Allí la vida es apariencia, irrealidad, fantasía, exageración. A veces, mentira. Pero siempre, cada momento, a cada instante, una aventura.

Si. Adivino en tu mirada que deseas que vaya a lo nuestro, a los armenios. Bueno. En Egipto no nos fue mal. Siempre nos sentimos bien en aquel país. Allí hemos vivido según nuestras costumbres. A fin de cuentas, rodeados de musulmanes y eso ha moldeado nuestra personalidad. Pero en ese país siempre nos hemos llevado bien con ellos. Bueno, no es exactamente así. También hemos sufrido a causa de ello. No por los musulmanes, sino por los fanáticos, aquellos que no se sienten humanos, los que disfrutan haciendo daño, los envidiosos, los malvados. Y de esos hay en todas partes, en todas las regiones, en todos los tiempos. ¿O no?

***

Yo no estuve en Turquía. No viví el genocidio. No me hubiera gustado hacerlo. Es cierto. Pero si fuese judío tampoco desearía haber vivido en Alemania con los nazis. Ni en Lituania. Ni ser socialista con Franco. Ni con Salazar. Ni con Chiang Kai-shek.

Quiero explicarme. Permíteme hacerlo. Quiero decir que nadie puede elegir su nacimiento, ni la época en que sucede. Ni su clase social. Ni su educación. Todo es relativo. Yo lo veo así. Hemos aprendido con sangre que todo es relativo...

Bueno. Los armenios. Tuvieron que escapar prácticamente con lo puesto, los que pudieron hacerlo. Los demás quedaron allí, al borde de las carreteras, flotando en los ríos, en el desierto. No hubo piedad. Y los mataron los turcos... No. No creo eso. Esa generalización sería injusta para muchísimos turcos. Los mataron las circunstancias. Una ambición, un miedo terrible a que el país pudiese desaparecer. Un fanatismo atroz. Un sistema del que nadie podía escapar. Donde todo era clientelismo, servilismo, obediencia debida, corrupción. Sabes a lo que me refiero. Uno de esos momentos en que parece que todo se derrumba alrededor. Donde, de pronto, los acontecimientos dejan de tener sentido. En los que aflora lo peor y también lo mejor de cada uno.

Sin embargo, siempre he creído que a muchos de los nuestros no los cogió por sorpresa. Había demasiadas señales en el cielo, para no comprender que se avecinaba una tormenta.

Por eso algunos abandonaron a tiempo el país. Familias completas que prefirieron correr el albur de perder gran parte de sus bienes, de comenzar de nuevo, de sentir el dolor de abandonar la tierra.

Sabes bien cómo fue aquello. Los turcos se transformaron en nuestros peores enemigos. Sin embargo, otros turcos nos ayudaron. Dices que los menos. Pero recuerda que a algún valí le costó la vida, algún *mollah* lloró por nosotros, algún muftí se negó a aceptar lo que desde arriba le imponían. Muchos, muchos turcos se negaron a aceptar lo que estaba ocurriendo. Pero eran impotentes para frenarlo.

Eso ocurre a veces. Se llama terror de Estado. O también, si prefieres, Estado de terror. Nadie puede librarse. Está en todas partes. Los hijos vigilan a los padres. Los amigos a los amigos. Los vecinos se levantan por la noche, y se asoman a las ventanas sin correr los visillos: «Sí. Yo lo vi. Salió a tal hora. Entró a tal hora. Lo vi. Lo vi muy bien. Era él...». Y así todos los días. Y no se libra nadie. Pasó en Alemania Oriental, en Rumanía, en Checoslovaquia, en Hungría... Hace muy poco en Bosnia y en Croacia. Nadie se libra. Algunos afortunados no conocen eso y dicen: ¡Ah, el mundo! ¡La gente! ¡Qué maravilla!

Otros no. Algunos tienen grabado un número en la muñeca. Otros un tatuaje en el cerebro. Otros ya no existen. Así de simple.

No. No quiero justificar lo que pasó. Fue algo terrible. Lo peor que un grupo de seres humanos puede hacer por otro grupo diferente. Se llama genocidio. Allí, en Armenia, fue la primera vez en la historia moderna de la humanidad, en que algo así se proclamó y se llevó a cabo.

Talaat, Enver, Djemal, Nazim, Chakir, Abdulhalik, Choukri, Nouri, Sabri, Refi… Todo el genocidio tiene nombres y apellidos. Y fechas concretas. Y motivaciones. Y reuniones. Y por supuesto cómplices. Ahí están Wanhengeim, Neurath, Schulengurg, Solf, Von Secckt, Von der Goltz, Kressenstein, Doenitz, Hoss, Humann y tantos y tantos otros, curiosamente casi todos ellos alemanes.

¿Cómo llegó a ocurrir esto? ¿Quién lo instigó? ¿Por qué los armenios?

Dos de los mayores culpables fueron el sultán Abdulhamid II y el káiser Guillermo II, que bien podría haber sido llamado el Ambicioso.

¿Por qué Turquía? Guillermo llegó a decir a sus generales que cada marco invertido en Turquía equivalía a la vida de un soldado alemán. Habló de carne de cañón. Allí tendrían los rusos donde entretenerse. También ingleses y franceses, que veían peligrar, los unos, la ruta a Asia, los otros a África central.

Guillermo sólo creía en la expansión. Envidiaba a los franceses y a los ingleses. Se creía un emperador con un escaso imperio. Soñaba con que el águila iba a volar lejos, hasta Bagdad, al este de Africa, al Mediterráneo. Le encantaba disfrazarse para posar con su uniforme de ceremonia, y su casco dorado rematado por un águila refulgente. En realidad era un imbécil.

Abdulhamid II, el Codicioso, y Guillermo II, el Ambicioso, se encontraron en Constantinopla y se declararon hermanos. Eran los elegidos por la historia. Ellos así lo creían al menos. ¿Y qué historia dejaron en su camino? Muerte y destrucción. Enormes cantidades de dolor a través del genocidio implacable de un pueblo débil, porque los armenios no eran un pueblo guerrero. Se dedicaban al comercio, a la agricultura, a las ciencias y las artes. En definitiva, a vivir y a dejar vivir, a intentar prosperar, a educar a sus hijos.

Abdulhamid odiaba a los armenios. No eran para él más que un *millet*, rebelde, infiel, desagradecido y desleal. Si, sobre todo desleal. Un pueblo que pretendía tener su propia patria, crearla a costa del humillado Imperio otomano, ese anciano enfermo condenado a ser desmembrado. Así veía la prensa europea a Turquía en sus viñetas irónicas sobre la guerra que se avecinaba. Un enorme imperio que, en su momento de esplendor, se extendía desde Orán hasta Aden, por el sur, y desde las puertas de Viena hasta Bakú, por el norte. Luego fueron desgajándose las piezas del increíble puzle. Crisis tras crisis, la Sublime Puerta vio cómo se reducían sus fronteras. Desde la insurrección de los serbios contra los jenízaros en 1804, todo habían sido malas noticias. Los griegos reclamaron su independencia, los moldavos, los rumanos… Entonces comenzó la venganza contra los súbditos desleales y traidores. En realidad, los que pagaron los platos rotos, los más débiles, los más cercanos. Hubo masacres contra los cristianos de Macedonia y de Anatolia. Los turcos degollaban a los hombres y esclavizaban a las mujeres jóvenes. No era entonces nada nuevo.

Fue Byron quien impulsó la causa de las potencias contra el opresor turco. Permíteme que me detenga un momento en él. Su muerte en Missolonghi lo convirtió en un símbolo. Murió por ayudar a los griegos en su lucha contra los turcos. Él comprendió bien la lucha del pueblo contra el tirano. Ahí están *El infiel*, *Sardanápalo* y otras. Así, la batalla de Missolonghi, en la que todos los defensores fueron aniquilados por los turcos, marcó una fecha en la historia de los pueblos oprimidos por los otomanos. Delacroix también lo entendió. Si hubiese vivido algo más tarde, habría pintado, *Armenia expirando en las ruinas de Van*.

Entonces llegó el Tanzimat, la gran reforma de 1856. Allí se reconoció por primera vez la igualdad entre musulmanes y no musulmanes.

Eso significó privar a los tribunales de la *haría* de su autoridad. También se modificó el ejército y la educación. Las madrasas dejaron paso a la escuela laica, aunque el verdadero resultado fue la radicalización de la enseñanza religiosa, con dos clases antagónicas que jamás podrían llegar a comprenderse. Lo llamarían el nacimiento del integrismo islámico. Algo difícilmente entendible para alguien ajeno, que puede confundirse con un mero radicalismo coyuntural...

El mismo proceso dio paso a una nueva clase intelectual, que exigía la modernización dentro una reforma política de mayor alcance, que llegase a la sustitución del sultán y de su clase gobernante por un Parlamento elegido por el pueblo. Así aparecieron los Jóvenes Otomanos, que intentaron forzar los acontecimientos.

Llegó al poder Abdulhamid II, y casi al mismo tiempo una Constitución, no deseada por él, que iba a ser desarrollada por dos cámaras, el Consejo de Notables y el Consejo de los Representadores. Todos los súbditos tenían los mismos derechos e iguales obligaciones. Podrían practicar su religión con libertad, pero la religión oficial del Estado era el islam, y el sultán, el califa de los creyentes. En realidad, no era nada nuevo. Suleyman, el Legislador, conocido también como el Magnífico, fue el que creó los fueros de los *millets*. Era una inteligente forma de gobernar, sin necesidad de meter todos los días la mano en el avispero.

Abdulhamid II suspendió pronto el Parlamento, y la Constitución quedó sujeta al mismo régimen autocrático de siempre. Fue entonces cuando comenzaron a entrar los recursos financieros de Europa. Sobre todo, los franceses.

Pero los intelectuales no aceptaban aquel estado de cosas, y el problema balcánico se transformó en una bomba de relojería para todo el imperio. Se crearon sociedades secretas. Unas desde dentro del Estado, como El Comité para la Unión y el Progreso. Otras nacionalistas, como hicieron los armenios, los búlgaros o los macedonios. Cada atentado era una llamada de atención, y Europa volvía la mirada hacia Constantinopla.

Abdulhamid II quiso terminar con aquel estado de cosas, liquidando no a los terroristas, sino a las minorías, y lo que habían sido razias, incluso matanzas esporádicas, se transformaron en masacres generalizadas entre 1894 y 1896. Algunos observadores europeos predijeron entonces que los armenios serían exterminados, salvo los que se refugiasen a tiempo en otros países.

Pero a la Sublime Puerta también se le estaba acabando el tiempo. En 1909 el sultán fue obligado a marcharse. Los hombres del Comité para la Unión y el Progreso se habían hecho con el poder.

Muchos se sintieron aliviados. El Sultán Rojo dejaba paso a una nueva época. Los musulmanes abrazaban a los cristianos por las calles, y todos lloraron de alegría. El país iba a ser regenerado y, la autocracia, la corrupción administrativa, los atrasos congénitos de las regiones y las nacionalidades, iban a terminarse de una vez por todas.

La situación del mundo les obligó a cambiar algunos criterios. Los nacionalistas armenios creyeron llegado el momento de que se les proporcionase una nación. Era sencillo. Al igual que había ocurrido antes con otros pedazos del imperio. Ellos también reclamaron su pedazo de la tarta, convencidos de que aquellos demócratas constitucionalistas se la darían.

Cuando se la negaron por primera vez, pidieron ayuda a Europa. Algunos entre ellos se sentían eufóricos. Nunca lo habían tenido tan cerca. Hasta entonces, los *guiavurs*, los cristianos armenios, no habían tenido más consideración que la de un perro. Eran demasiados siglos de sumisión, de esclavitud, de violencia caprichosa. Un poeta sintió como tocaba su Armenia independiente con la punta de los dedos. Estaba ahí. Detrás de la puerta. Sólo tenía que empujarla para encontrar la arcadia.

Los países extranjeros habían decidido que debían llevarse a cabo determinadas reformas para con las minorías, fundamentalmente la armenia, y apoyaron sus pretensiones.

Pero lo que en realidad se escondía detrás de la puerta, era una conspiración para liquidar de una vez por todas «la cuestión armenia». La huida hacia adelante del nuevo gobierno pasaba por una idea, que podría creerse sólo por una malvada elucubración, pero que entre unos cuantos se le dio forma, y se decidió llevarla a cabo al precio que fuese.

La solución de los Jóvenes Turcos, era simple y radical. Si se acababa definitivamente con el problema no serían precisas dichas reformas. No habría intervención. No habría excusas para intervenir nunca más.

Fue en el Congreso de Salónica, en 1910, cuando se habló claramente de la «otomanización completa de todos los ciudadanos turcos». Alguien habló «del mortero turco», como una manera de fundir a golpes los elementos no turcos.

Talaat fue un hombre mediocre y desalmado, que nació en el valiato de Edirne, un lugar entonces miserable, convencido de que las fuerzas que mueven el mundo eran la corrupción, la ambición y la traición. Él, un vulgar funcionario de correos de tercera fila, se convirtió en el principal líder que expresó claramente la idea. Una cosa era la Constitución y otra la realidad. La igualdad entre musulmanes y *guiavurs* era algo irrealizable. Una muralla infranqueable los separaba desde siempre, e hicieran lo que hicieran estaba allí.

Les convenció de que esa nueva sociedad homogénea exigía la desaparición de las minorías. Y la asimilación se llevaría a cabo por cualquiera de los medios. Incluyendo la aniquilación por decreto.

A mediados de 1914, Talaat declaró que se estaba acercando el momento propicio. Nunca tendrían otra oportunidad como aquella para lograrlo. Las aguas bajaban revueltas en todo el mundo. ¿Quién iba a pararse a mirar lo que ocurría en el interior de Turquía? Todo el mundo tenía sus problemas encima de la mesa, sin posible espera. No se detendrían en aquello.

Dadjad hizo una larga pausa y se quedó mirándome fijamente.

—Pero no debo seguir hablando de ello. Sabes bien lo que ocurrió. Sin embargo, déjame que te hable de mi madre. Tú apenas sabes nada de ella. La has visto varias veces en su casa en El Cairo. Soy como ella. Hablamos poco. Sin embargo, el día de la muerte de mi padre, ella se abrió y yo no quise que aquel testimonio se perdiese. Déjame que muestre sus palabras, pero permíteme antes que las ponga en su contexto.

Dadjad abrió un pequeño cajón y extrajo una cinta magnetofónica, que colocó en silencio en el aparato de reproducción. Luego se volvió mientras decía:

—Esto que vas a escuchar es la historia de Nora Azadian transcrita por mí.

Entonces pulsó la tecla y de nuevo oí su voz, ahora ligeramente deformada por el altavoz:

Nora Azadian, nació en Erzurum el mismo día en que cambió el siglo. Siempre se mostró orgullosa de esa coincidencia hasta el mismo día que murió. Nora tuvo una singular educación. Jamás fue a la escuela. Sin embargo, poseía una extensa y brillante cultura que recibió directamente de su madre, Lerna Tashjian, una mujer que llegó a hablar siete idiomas, y que era capaz de pasar de uno a otro sin que le cambiase el gesto.

Lo mismo le ocurrió a Nora. De pequeña me contaba los cuentos en cuatro o cinco idiomas, y eso, que puede parecer algo extravagante, los hacía mucho más atractivos entonces para mí.

Tal vez fue el hecho de no haber ido a la escuela lo que la llevó a convertirse en maestra. Como si echase en falta el ambiente de una clase infantil, esa mezcla de olor a sudor joven, una mezcla de hormonas en crecimiento y vitalidad concentrada. Ella quiso no sólo conocer algo de lo que se había visto privada de pequeña, sino transformarse en protagonista.

Era una maestra en todo el sentido de la palabra. Intentaba transmitir su sabiduría, pero haciéndolo de una manera amable, amistosa, humilde y sabia. De hecho, siempre decía que jamás había dejado de aprender algo importante mientras daba clase. Mantenía que la curiosidad de los niños era vital para que los adultos entendiesen el mundo que les rodeaba. Al intentar explicar el eterno *por qué*, el padre o la madre, la abuela, todos, realizaban un esfuerzo de comprensión sobre las interminables preguntas, y entonces, mientras explicaban pacientemente al niño, muchas veces eran ellos los que comprendían finalmente la cuestión.

Nora Azadian fue una mujer armenia. Lo fue en Erzurum, en Rasul-Ain, en Bagdad, y más tarde en El Cairo. Se sentía orgullosa de su gente y de su pueblo. Por eso comenzó un diario. Cuando no tenía tinta escribió con su propia sangre. Pero no quiso dejar que el tiempo pasase las páginas en blanco. Ella quiso fijar para siempre aquellos acontecimientos que expresaban lo peor y también lo mejor de los seres humanos.

Nora no olvidó jamás. Fue capaz de perdonar, porque en su sabiduría llegó a entender que el hombre puede ser un ángel o un demonio, pero siempre, al final, detrás de esa apariencia está el libre albedrío, aunque mediatizado por sus circunstancias, su propia historia, sus traumas, en definitiva, su condición humana.

Nora tuvo una infancia feliz. Sus padres la mimaron y la educaron personalmente, porque siempre tuvieron miedo de que le pudiese ocurrir algo. La eterna lucha se había cobrado ya muchas víctimas inocentes, y más de una pequeña escuela armenia había ardido hasta los cimientos, sin que ninguno de los que la ocupaban pudiesen escapar.

Ese temor flotaba en el ambiente. El sultán Abdulhamid odiaba a una parte importante de sus súbditos. Debíamos ser para él una raza maldita. Los turcos, los otomanos, siempre agachaban la cabeza cuando recibían un premio o un castigo fruto de su tiranía. Nosotros, los armenios, no. Y eso, aquel hombrecillo sanguinario y demente no podía aceptarlo.

Abdulhamid hizo asesinar a muchos armenios en los últimos años del siglo XIX. De hecho, varias veces intentó llevar a cabo la aniquilación.

Pero no pudo. No tuvo capacidad ni fuerza para ello, a pesar de su odio. Su demencia no le impedía comprender que aquellos asesinatos serían vengados antes o después. Que los países civilizados y a la cabeza de ellos, Francia e Inglaterra, después también los Estados Unidos, no aceptarían un crimen tan terrible y odioso para la humanidad como un genocidio.

Abdulhamid, el Sultán Rojo, había subido al trono en 1876. Fueron unos años muy difíciles para la Sublime Puerta. Su imperio se estaba descomponiendo por momentos, y pronto comprendió que él iba a ser el último verdadero sultán.

Lo que una vez había sido un gigantesco imperio sin fisuras, no era ya más sólido que un puzle en las manos de un niño. Alguien en palacio le advirtió que él podía convertirse en ese niño, y que algún día la historia le pediría cuentas de su administración.

Fue entonces, cuando mal aconsejado, con una deforme visión de lo que significaba en realidad ostentar el poder, prisionero de sus vicios, traumatizado por sus experiencias, temeroso de que aquella premonición se cumpliese, decidió engañarse a sí mismo y a su pueblo, distrayéndolo de su verdadero camino, buscando un culpable que al menos le hiciese ganar tiempo.

El sultán sentía un gran temor de los armenios. A pesar de su odio, muchos de ellos habían sido capaces de ir ascendiendo los duros y empinados peldaños del poder. Conocía bien su capacidad, su olfato para los negocios, su habilidad como administradores.

Es cierto, y eso hay también que ponerlo encima de la mesa, que algunos armenios antepusieron su propia ambición, su codicia, a cualquier otro sentimiento. Algunos fueron egoístas, conscientes de que su ambición podría suponer desencadenar un cataclismo, pero no miraron a su alrededor. Sólo adelante, hacia su ambición. No es menos cierto que esos fueron los menos, y que al final sólo consiguieron el olvido. No hay peor desprecio para un armenio, que ser olvidado hasta por sus más cercanos parientes.

Nora Azadian vivió inmersa en ese ambiente. Los armenios soportaban las tormentas que, de tanto en tanto, les caían encima. Familias enteras desaparecieron en aquellos años de pogromos. Otros optaron por emigrar ante un futuro que se les hacía inviable. Algunos cambiaron de región o de ciudad.

Pero casi ninguno se rindió. La rendición no está en el vocabulario armenio. Cabe la tristeza, el miedo, el dolor. También el enterrar los muertos, el volver a empezar, el colocar otra y otra y otra vez, las piedras de la ermita y de la casa, el comprar a quien se los quisiera vender los aperos de labranza, la artesa para hacer pan, volver a plantar los frutales, reparar la noria, seguir adelante una y otra vez.

Aquí hay que hacer una mención especial. Si alguien catalizaba esa rabia, el sentido de golpe por golpe, la esperanza de tiempos mejores y también, por qué no, una inmensa caridad, eran los curas armenios, en las miles de parroquias de ese extenso territorio que una vez había sido el reino armenio de Tigran El Grande.

Geográficamente la Armenia histórica era en sí misma una inmensa fortaleza montañosa bañada por siete ríos, entre ellos los míticos Tigris y Eúfrates. Esa fortaleza tenía sus bastiones que parecían inexpugnables, y que no eran otra cosa que sus iglesias, sus ermitas, sus catedrales en las grandes ciudades.

Aquellos curas incansables corrían de un lado a otro como si tuvieran el don de la ubicuidad. Lo mismo ayudaban a parir a una campesina en un molino perdido, que cerraban el trato de una mula. Aunque lógicamente para ellos lo más importante, lo fundamental, era la religión. Su religión, que les había mantenido hasta entonces. Sus textos en una escritura misteriosa, grabados en las piedras desde tiempos inmemoriales, atestiguando que aquellos hombres tozudos eran no sólo guardianes de la fe cristiana, sino de unas costumbres y unas tradiciones, que los hacían diferentes a los otros pueblos.

Aquellos hombres de larga sotana mantenían su fe inquebrantable. Se sabían bastión del cristianismo en medio oriente, en una pugna de siglos con el universo musulmán que prácticamente los rodeaba.

Pero eso no significaba en absoluto que se sintiesen acomplejados, como el náufrago que de pronto se siente sobrecogido por la inmensidad del océano que le envuelve. Muy al contrario, esa presión cotidiana les mantenía en una continua vigilancia. Atentos a las señales de *los otros*.

Eran los curas armenios los que daban la alerta. Los curas recorrían las parroquias incansablemente. A pie, en carro, o en mulo. Porque los armenios tenían prohibido montar a caballo, aunque algunos, los más pudientes, los jefes de clan, lo hicieran de tanto en tanto, como una especie de desafío personal a las autoridades turcas, o incluso sólo para marcar distancias con los suyos.

Aquel era el mundo de Nora Azadian. Un mundo que limitaba siempre, por todos los confines, con los turcos. Eso, al final se transformó en un ambiente asfixiante para las nuevas generaciones armenias, que veían frustradas sus esperanzas de que los nuevos tiempos cambiasen la situación.

Un día ese mundo se vino abajo de repente. Unos gendarmes llegaron a la puerta de su casa. Venían a detener a su padre, pero no lo encontraron como esperaban. El padre se hallaba en una pequeña huerta cerca del río, donde cuidaba sus frutales. Nora sabía que debía estar allí, y cuando los gendarmes se marcharon despotricando, amenazando a su madre, ella corrió y corrió por los senderos lo más aprisa que pudo para advertirle de aquello.

Nora supo aquel día que su padre era en realidad alguien importante entre los armenios. Cuando le advirtió de lo que ocurría, él pareció no sorprenderse. Sabía que en algún momento le tocaría, y la situación no le cogió desprevenido.

Entonces pidió a Nora que le acompañase hasta la vieja ermita que se encontraba prácticamente en ruinas. Allí, para su sorpresa, levantó una de las piedras y le mostró una gran caja de hierro oxidada. En su interior se encontraban unos códices armenios que estaban considerados por la comunidad como algo muy valioso, ya que demostraban que los armenios se hallaban allí mucho antes de la llegada de los turcos.

Su padre quiso que ella supiera dónde se escondían porque temía que pudiese ocurrirle algo. Además, confiaba plenamente en la madurez de Nora. Luego le pidió que volviese junto a su madre. Él intentaría llegar hasta las montañas, donde se encontraban los armenios que estaban creando un pequeño grupo de resistencia. Le advirtió que aquello no había hecho más que empezar, y que debían prepararse para huir de inmediato hacia Trebisonda. Una vez allí deberían buscar a su primo, Avédis Djambazian para que las sacase del país en su barco de pesca. Luego la besó en la mejilla y desapareció entre los árboles. Aquella fue la última vez que Nora vio con vida a su padre, y mientras corría por los senderos del bosque de vuelta a su casa, tuvo el presentimiento de que su padre iba a morir.

Cuando llegó no dio crédito a sus ojos. Hacía apenas unas horas que había abandonado su hogar. Lo que había sido una preciosa casa —al menos a ella siempre se lo había parecido— se había convertido en poco más que un montón de ruinas humeantes, en la que aún ardían las grandes vigas. Sintió una tremenda angustia y sin poder evitarlo, vomitó. Luego desesperada buscó gritando a su madre. Pero no la encontró, aunque miró hasta debajo de las piedras.

No sabía lo que debía hacer. No podía aceptar que todo aquello estuviese ocurriendo. Era algo sin sentido, y por primera vez comprendió el significado de la palabra maldad.

Todo había sucedido de repente. Apenas hacía unas horas, cuando el día despuntaba, pensó en que iba a decirles a sus padres que quería ser maestra. En aquellos momentos sintiéndose destrozada, su único pensamiento era encontrar a su madre, y huir hacia Trebisonda, obedeciendo los deseos de su padre.

Pero Nora no pudo hallarla, a pesar de que la buscó desesperadamente. Volvió a mirar en el almiar, luego en la cueva que utilizaban los pastores para hacer queso. También en el bosque, aunque no se atrevía a gritar. Temía que la oyesen y la matasen también a ella.

No era capaz de llorar. Ella misma se extrañaba de no hacerlo. Cierto que no tenía las lágrimas fáciles, pero en aquellos momentos un sentimiento amargo, desconocido, le impedía pensar, razonar. Sin saberlo, Nora también había descubierto el odio.

Luego caminó hacia Erzurum. Se hallaba apenas a una hora a buen paso. Seguía teniendo en la boca el sabor repugnante del vómito. Se culpaba de lo ocurrido. ¡Cómo podía haber dejado sola a su madre! Se sentía responsable. Era una mujer menuda y dulce, incapaz de dañar a nadie. ¿Quién habría sido tan ruin como para hacer aquello? No podía comprender quién podía odiar de tal manera a su familia. Su padre, un hombre bondadoso, que siempre intentaba ayudar a quien lo necesitase... Para cuando cruzó las primeras casas de Erzurum, pensaba que al menos podría vengarse, y eso de alguna manera la tranquilizaba.

Llegó a la casa de tía Sona. Sona Nersessian vivía sola. Era prima de su padre y su única familia allí. Cuando le abrió la puerta, después de que tuviese que esperar a que reconociese su voz, ambas se abrazaron, ahora sí llorando.

Nora la explicó, como pudo, sollozando, lo sucedido. Tía Sona se mordía los puños, temblando de emoción, pero Nora tuvo la sensación de que no se sorprendía.

Cuando terminó, tía Sona le dijo que hechos similares estaban sucediendo en las últimas horas en toda la comarca. Ella conocía a un capitán retirado turco que vivía muy cerca. Sabía que aquel hombre no la engañaría. Había cuidado a su mujer cuando enfermó durante dos años y lo había hecho sólo por caridad. El hombre la miraba con admiración desde entonces.

El viejo militar sabía bastante más. Seguía yendo casi todos los días por el cuartel, y uno de los comandantes, que una vez había sido uno de sus subordinados le recibió alborozado. Le acompañó a la prefectura, y le dejó ver un telegrama que se había recibido la tarde anterior. Había copiado el texto, mientras su amigo le daba grandes palmadas en la espalda. El tiempo de la venganza había llegado. Los turcos iban a librarse del enemigo interior.

El viejo militar avergonzado, incapaz de leer aquellas palabras, permitió que tía Sona copiase a su vez aquel arrugado papel de color crema, como si alguien lo doblase y lo desdoblase continuamente. Mientras ella lo copiaba, incrédula ante lo que estaba leyendo, el viejo militar se tapó la cara con las manos horrorizado.

Tía Sona se lo entregó a Nora para que pudiese leerlo.

Al comandante de la prefectura de Ezrurum.

El derecho de los armenios a vivir y trabajar en el territorio de Turquía ha sido abolido; el gobierno, asumiendo todas las responsabilidades por esta acción, ha ordenado su inmediata deportación.

El gobierno ha tomado la decisión de librar a la patria de esta raza maldita. No se tolerará que un solo armenio pueda obtener socorro o protección.

Para llevar a cabo este plan se separará, y dará el tratamiento adecuado a todos los líderes y personas influyentes en la comunidad armenia. De inmediato se reunirá al resto de la población armenia en un lugar de concentración, desde el cual se procederá sin demora a la deportación hacia los desiertos del sur del país.

Todos los bienes abandonados serán provisionalmente confiscados por el gobierno, de la forma y manera que mejor convenga en cada caso. Serán vendidos en su momento en provecho de los fines patrióticos de la Organización.

Este Ministerio de la Guerra informa a todos los jefes de los diferentes cuarteles y estaciones militares que en modo alguno deben inmiscuirse en el proceso de deportación, salvo para conseguir su agilización y su buen fin.

Se requiere especialmente comunicación semanal con los resultados de las actividades y los correspondientes informes cifrados.

Cuando Nora terminó de leerlo en voz alta, tía Sona comenzó a llorar entre grandes espasmos, como si su terrible desesperación ya no tuviese límites. Nora la ayudó a sentarse y luego ambas se abrazaron. Tía Sona sabía que aquello era el final para una gran parte de su pueblo. Nora sólo podía pensar en su madre, obsesionada por lo que pudiera haberle ocurrido, y aunque había comprendido el sentido de las palabras, no era capaz de asimilarlo. Algo en su interior se negaba a aceptar que todo aquel terrible absurdo pudiese ser real.

Tía Sona tenía casi setenta años. Cuando se calmó, le dijo que ella no iba a irse de allí. Que prefería morir en su casa que tirada en una cuneta. Aquella mujer tenía mucha experiencia, y la escuchó con toda la serenidad de que fue capaz.

Le explicó que en sus muchos años había vivido otros momentos difíciles. Pero que ahora parecía algo diferente. Era como si los turcos hubiesen decidido terminar de una vez por todas con «el problema armenio». Así comenzaba a referirse al asunto todo el mundo, incluido los diputados armenios en el Parlamento de Constantinopla.

Intentó consolarla, diciéndole que su madre habría podido escapar. Que seguramente volvería para encontrarse con ella. Ambas sabían que aquellas palabras no eran más que una mentira piadosa. Nora intuía que su madre yacía asesinada y consumida bajo los rescoldos humeantes. Tía Sona pensaba lo mismo, pero intentaba convencerla de lo contrario. Así, las dos podían asirse a una levísima esperanza para no hundirse.

La casa de tía Sona se hallaba casi en las afueras, prácticamente aislada de las otras por unos huertos. A pesar de la distancia, cuando llegó la noche, ambas escucharon en la lejanía, traídos por el aire, gritos, lamentos, chillidos desesperados. Luego vieron el resplandor de varios incendios. El barrio armenio del sureste comenzaba a arder.

Tía Sona quería que Nora se fuese de allí cuanto antes. Le preparó algo de comida y la metió en una bolsa. También le dio un viejo abrigo de lana gruesa. Pero Nora no quería huir si la vieja Sona no se iba con ella.

Al final comprendió que su insistencia era inútil. La mujer apenas podía moverse, cojeaba y se agotaba tanto, que incluso hablar le provocaba fatiga.

Nora quería volver a lo que había sido su hogar. Aún mantenía un hilo de esperanza. Tal vez su madre habría tenido tiempo de esconderse. Si era así, la estaría esperando, convencida de que Nora antes o después volvería a por ella.

Las dos mujeres se despidieron abrazadas. Sabían que nunca más volverían a encontrarse en este mundo. Pero se sentían extrañamente unidas. Como nunca antes lo habían estado.

Luego tía Sona la empujó con cariño para que se fuese de una vez. Temía que en cualquier momento apareciesen los turcos. No quería pensar en lo que podría llegar a ocurrir, pero sólo imaginarlo la hacía sentir terribles escalofríos.

Nora se sumergió en la noche. La luna proporcionaba una tenue luz, suficiente para orientarse. Seguía escuchando tras ella los lejanos gritos. Sintió miedo de la oscuridad que la rodeaba, pero pronto se sobrepuso, y cuando sus ojos se acostumbraron a la escasa luz, corrió por el camino en dirección a su casa.

Nunca había vivido una experiencia semejante. Veía los árboles como fantasmales gigantes, con ramas como brazos y hojas como manos de largos dedos. Quería serenarse. Sabía que era su propio miedo lo que le hacía imaginar aquello. Pero no podía evitarlo. Su padre al menos había podido escapar, pero, ¿y su madre? Esa pregunta le hacía correr envuelta en la luz de la luna, con la seguridad del que lo hace a pleno sol.

Cuando llegó a lo que una vez había sido su hogar, encontró lo que le recordó a un enorme brasero. En la oscuridad, las brasas relucían igual que un pueblo en la noche visto desde las montañas. Nora se sentó junto a la higuera preferida de su padre, y allí pensó en las veces que había hablado con él, justo en aquel mismo lugar. Imaginó a su madre llamándolos a comer, después aprovecharían aquel momento juntas para hablar. Le encantaba escuchar a su padre. Era un hombre sensato al que le gustaba compartir ideas. Creía que alguna vez llegaría un lejano día en que los turcos y los armenios podrían vivir en paz. Su pensamiento político se basaba en una autonomía plena, en el ámbito de una Turquía fuerte y solidaria. Últimamente se recriminaba esa forma de pensar que había mantenido tantos años, y se llamaba a sí mismo estúpido utópico, porque la realidad era mucho más dura y a pesar de la esperanza que un día puso en los Jóvenes Turcos, cuando depusieron al sultán, todo iba mucho peor que antes.

De hecho, su padre había sufrido una gran frustración cuando el triunvirato formado por Enver Pachá, Djemal y Talaat se había hecho con el poder. Sabía que ninguno de los tres sentía la más mínima simpatía por los armenios, y eso se vio claro con los primeros decretos.

Nora estaba llena de amargura. No entendía lo que pretendían los turcos cometiendo aquellas barbaridades, y su amargura le hacía daño, porque tenía la seguridad de que esa criminal forma de proceder no tenía vuelta atrás, una vez que se había cruzado un cierto límite, en el desprecio por lo normal, por la ética y por la vida humana.

Permaneció allí hasta que amaneció. Luego buscó una vara adecuada y hurgó como pudo entre los restos humeantes. Sentía pánico sólo de pensar que iba a encontrar lo que andaba buscando, pero no tenía más remedio que hacerlo si quería conocer la verdad. Estuvo intentándolo hasta que casi se quemó los pies, y comprendió que aquello era un trabajo imposible en tanto no se enfriaran las brasas.

De pronto sintió una terrible sed y se dirigió al pozo. El cubo debía estar en el fondo y tiró de él con fuerza, pero no pudo subirlo. Miró con cuidado y pudo ver que allí había algo. Sintió una terrible angustia al adivinar que acababa de encontrar lo que estaba buscando.

Comenzó a gritar al tiempo que tiraba con toda su alma de la soga, pero no consiguió apenas moverla. Estaba desesperada y respiraba con dificultad a causa del terrible esfuerzo, hasta que con las manos sangrando y agotada, se sentó sollozando junto al pozo, pensando en dejarse morir allí mismo. Echaba de menos a su padre. Si estuviese allí, podrían subir entre los dos el cuerpo de su madre y enterrarla.

No sabía dónde acudir para pedir ayuda. Luego recordó a sus vecinos, los Boghossian, tenían varios hijos de su edad, y entre todos lo conseguirían.

Comenzó a correr, pero se sentía demasiado cansada, y no tuvo otra opción que ir caminando. Pudo beber en el arroyo y eso la reanimó un poco. Prácticamente sin detenerse, prosiguió el camino hasta que llegó al altozano, desde el que divisaba no sólo la casa de los vecinos, sino también otras más alejadas, las de los Nersessian, los Minassian, incluso alguna más a los que ya no conocía directamente.

Tuvo que sentarse en la hierba cuando vio lo que había sucedido. Todas las granjas que alcanzaba a ver habían sido destruidas, dos de las más lejanas todavía ardían, lanzando al cielo una espesa humareda. Se dejó caer hacia atrás sollozando. Quería ser fuerte, pero no podía luchar contra el destino. Aquello era un castigo del cielo, tal y como a veces vaticinaba la voz amenazante del cura en la misa del domingo. El Apocalipsis.

Había olvidado junto al pozo el abrigo y la bolsa que tía Sona le preparó con tanto cariño. Pero no podía volver allí sin ayuda. Además, necesitaba desesperadamente hablar con alguien.

Bajó la colina todo lo deprisa que pudo, dejándose llevar. Tenía la extraña sensación de que las piernas le pesaban, pero de que su cuerpo flotaba mientras corría ladera abajo.

La casa de la familia Boghossian estaba totalmente destruida. Al igual que la suya, sólo era un montón de brasas humeantes. De pronto un perrillo de color canela llegó hasta ella silencioso, moviendo amigablemente el rabo. Parecía querer decirle algo, porque iba y venía en dirección al seto que separaba la propiedad del camino.

Lo siguió y el animal pareció darse cuenta de que lo había comprendido, porque echó a correr hasta un lugar determinado. Para entonces Nora ya sabía que allí había alguien.

Encontró a la niña escondida en el interior del espeso seto. Sin embargo, la pequeña no pareció alegrarse de verla. Se hallaba como ensimismada. Sabía que se trataba de Annie, la menor de los Boghossian, aunque no se veían con frecuencia, salvo alguna vez que se encontraban las familias en la puerta de la parroquia.

Nora se dio cuenta de que Annie estaba en muy mal estado psicológico, y la abrazó notando que la niña no le devolvía el gesto.

La dejó allí mientras buscaba algún superviviente. Todos estaban muertos. Encontró los cadáveres de Gaspar Boghossian, el padre, de Marie la madre y de los tres hijos, Gaspar el mayor, Azad el segundo y Ardéne el menor de los niños, de apenas quince años. Después iba Annie, que se había quedado sin familia. Nora llegó a pensar que tal vez hubiese tenido más suerte si estuviese muerta, pero de inmediato apartó aquellos pensamientos.

Sobreponiéndose, haciendo de tripas corazón, buscó algo con lo que alimentarse. Encontró una cabra que balaba angustiada por el prado porque no la habían ordeñado, y ella lo hizo en un cubo limpio que se utilizaba para la leche. Luego encontró una caja de manzanas envueltas en paja y una gallina clueca, oculta en una esquina, empollando unos huevos.

Con ese botín volvió junto a Annie y tuvo que obligarla a tomarse un par de huevos, que debían ser recientes y a beber la leche ordeñada, aunque eso sí lo hizo con decisión.

Luego ella también comió y luego bebió el resto de la leche. Comprobó que a pesar de su tristeza tenía mucha hambre, por lo que se levantó y siguió buscando, hasta que encontró una pequeña cueva excavada en la blanda roca, en la que al igual que su padre, Gaspar Boghossian curaba sus quesos. No tenía pan, pero abrió uno de ellos golpeándolo y comenzó a devorarlo allí mismo.

No tuvo que volver hasta donde había dejado a Annie, porque la niña la había seguido y, aunque no habló, cogió un pedazo de queso y comenzó a comer, imitándola, como si de pronto hubiese recuperado el apetito.

Cuando ambas saciaron su hambre se sentaron una frente a la otra en el interior de la cueva, junto a la entrada, observándose mutuamente. Nora tenía quince años y Annie ocho, pero en aquellos momentos, ni tan siquiera tenían que hablar para entenderse. Las dos acababan de sufrir un trauma inmenso del que se veían incapaces de salir, salvo que ocurriese un milagro.

Nora miraba a Annie mientras pensaba que aquella vida dependía de ella. Nadie más iba a ayudarlas. No podían esperar a que alguien llegase a socorrerlas. Debían huir, alejarse mientras tuviesen posibilidad de hacerlo.

Esperaron al atardecer para ir hacia el noroeste en dirección a Trebisonda evitando la carretera principal. Nora sabía que era algo muy difícil de lograr, pero no veía otra salida. Por lo que había podido comprobar, los armenios sufrían una persecución a muerte en todas partes. El papel que tía Sona le había dejado leer demostraba esa intención. Pensó mientras caminaba junto a Annie, que probablemente alguna familia turca las acogería y les daría socorro. Pero temía no dar con las personas adecuadas, porque entonces no sabía lo que podría llegar a suceder.

Caminaron casi cuatro horas hasta que la fatiga las rindió. Nora sabía que debía dosificar el esfuerzo si pretendía llegar hasta

Trebisonda en dos o tres semanas. Pero para eso necesitaban que la fortuna se pusiese totalmente de su parte.

Durante los dos primeros días todo transcurrió sin sobresaltos. Evitaban las aldeas, comían algo de queso del que se habían aprovisionado y fruta aún verde, que cogían de los árboles a las orillas del camino. Nora comenzó a pensar que podrían conseguirlo.

Fue al amanecer del tercer día. Habían buscado un lugar escondido para dormir al abrigo del relente entre unos matorrales. De pronto pudo escuchar unos ladridos que se acercaban con rapidez mientras Annie dormía profundamente, sin que pareciese notar la dureza del suelo.

El perro llegó hasta donde se hallaban, ladrando con furia, señalando su escondite. Apenas unos minutos más tarde aparecieron dos soldados turcos. Al verlas rieron a carcajadas, golpeándose con la palma de la mano en los muslos, mostrando su satisfacción por el hallazgo. Las hicieron salir mientras comentaban alborozados la suerte que habían tenido. Luego las obligaron a caminar tras ellos y apenas en un cuarto de hora entraron en un campamento militar. Los soldados las miraban de una manera especial que asustó a ambas. Luego las condujeron a un recinto, allí en dos grandes cercados separados, vieron armenios de todas las edades. Nora comprendió que el proceso de deportación que mencionaba el documento había comenzado a cumplirse.

Unas mujeres se acercaron poco a poco hasta donde se encontraban. Eran una heterogénea mezcla de todas las condiciones y clases sociales. En el cercado colindante se encontraban viejos campesinos junto a comerciantes y profesores. Sin embargo, algo le extrañó. Vio a algunos ancianos, pero en apariencia ningún varón entre veinte y sesenta. No tuvo que preguntar. Los afligidos semblantes, la sensación de temor, casi de pánico, lo explicaba todo.

Se lo confirmó una chica algo mayor que ella. Le dijo que se llamaba Lerna Bedrossian. Habían matado a toda su familia el día anterior. Extrañamente lo mencionó con una cierta frialdad, como si hubiese sido capaz de asimilarlo con gran rapidez.

Aquello era demasiado duro para no emocionarse, pero Nora intentó no llorar. Debía mantener el tipo a costa de lo que fuera. Annie la miraba como si buscase respuestas y comprendió que la pequeña la había adoptado como si ella fuese su nueva madre. No podía derrumbarse y dejarse morir, porque entonces, con total seguridad, Annie tampoco sobreviviría. Lerna las condujo a un lugar resguardado del sol y del aire, que comenzaba a soplar con fuerza. Allí vio algunas mujeres ancianas, postradas en el suelo y entonces comprendió que ellas sí habían decidido terminar. Permanecían quietas, estáticas, incapaces de entender lo que sucedía a su alrededor. Convencidas de que Dios había abandonado a su pueblo y de que todos iban a morir.

Lerna no pensaba igual. Parecía una joven inteligente y resuelta. Le explicó que tenía una hermana que se parecía como una gota de agua a Annie, y que por eso se había acercado corriendo cuando las vio llegar.

Pudieron beber de un cubo, que de tanto en tanto alguien hacía descender por un estrecho pozo del que sacaban agua, algo salobre, pero que al menos mitigaba la sed. Lerna comentó que los turcos habían tirado unos panes por encima de la empalizada, como si fuesen animales, y que de momento no les habían dado más alimento.

Lerna tenía un trozo de pan manchado de barro, escondido bajo unos troncos. Lo sacó y les ofreció compartirlo. Entonces Nora sacó del bolsillo el último pedazo de queso, y Lerna le dijo que no podían compartirlo, porque apenas si había para Annie. Nora aceptó el razonamiento, y de pronto comprendió que algo estaba cambiando dentro de ella.

El día pasó lentamente. Una anciana murió, y ante los gritos de las cautivas entraron unos soldados y se llevaron el cadáver en unas parihuelas, sin dar ninguna explicación.

Al atardecer otros soldados trajeron unas carretillas con trozos de pan, probablemente el que había sobrado de su comida, y las volcaron en el barro. Nora pudo ver cómo aquellos restos desaparecían de inmediato, incluso los más pequeños trozos pisoteados. Luego se hizo la oscuridad, y entre gemidos y lamentos pasó la noche.

Apenas había amanecido, cuando notaron una febril actividad en el campamento. Los soldados recogían las tiendas y colocaban los fardos en los carromatos tirados por mulos. Era evidente que tenían prisa por abandonar el lugar. Unos cuantos oficiales entraron, acompañados de un escuadrón armado, en el recinto de las prisioneras. El de mayor graduación, un comandante de unos cuarenta años, señalaba con la fusta a derecha e izquierda, indicando cuáles debían ir a un grupo u a otro. Las mujeres sollozaban aterrorizadas, y Nora tuvo que hacer un esfuerzo para no perder la calma, comprobando que Annie actuaba exactamente igual que ella. Aquello confirmó su idea de aguantar lo inaguantable, para que la pequeña no se derrumbara definitivamente.

Los militares separaron dos grandes grupos, de un lado las mujeres aún jóvenes y las niñas, es decir, las que tenían posibilidades de seguir adelante, y de otro, las ancianas, incluyendo tres o cuatro enfermas y una lisiada, que apenas podía caminar y se quejaba ostensiblemente.

De repente, una de las mujeres mayores, una de las que Nora había clasificado en su interior como perteneciente a la clase de damas, perdió los nervios y se encaró con el oficial, increpándolo por su actuación.

El hombre dio la impresión de no perder la calma, se acercó a la mujer, y sin la más mínima advertencia, le cruzó el rostro con la fusta que silbó en el aire, produciéndole un profundo corte en la piel.

La mujer cayó al suelo de rodillas expresando una mezcla de dolor y asombro, mientras todas retrocedían asustadas. Aquello quería ser una advertencia, a fin de que nadie se confundiera sobre cuál era su lugar en aquel momento.

Annie se refugió entre sus faldas, asustada por lo que acababa de ocurrir, y Nora pensó que, si pudiese matar a aquel comandante, no lo dudaría. Ella misma se asombró de aquellos pensamientos, porque hasta hacía apenas tres días, jamás hubiese creído ser capaz de desear la muerte de otra persona. ¡Con qué rapidez cambiaban a las personas las circunstancias! Se miró las manos, asombrada. En pocos días habían encallecido. Las tenía llenas de rasguños, con dos uñas partidas, sucias y llenas de tierra. Pensó que a su mente le estaba ocurriendo lo mismo. Ideas que jamás hubiese creído llegar a imaginar. Deseos de muerte. Odio. Sí, la culpa de aquel proceso la tenía el odio. Acarició el pelo de Annie mientras el odio se extendía por todo su ser. Una vez, su padre le había hablado de la fuerza del mal. Del peligro de invocarlo, y de lo difícil que resultaba volver a confinarlo en su redoma. Era fácil dejarlo asomar, pero casi imposible reducirlo.

Ahora estaba ocurriendo lo mismo. Aquel papel enviado desde Constantinopla era el conjuro que lo había liberado. El mal, expresado en pocas líneas, como una llave que abriese la puerta del infierno.

Lerna ayudó a la mujer a incorporarse. La profunda herida en su rostro sangraba abundantemente. Sus ojos expresaban un estupor absoluto, mientras intentaba tapar la herida con los dedos sin conseguirlo. Annie mantenía su mirada fija en la fusta del oficial que caminaba orgulloso de su hazaña entre las prisioneras. Nora vio una piedra a sus pies y notó cómo Annie la observaba, reprimiendo sus deseos de lanzarla a la cabeza de aquel hombre malvado y cobarde.

Pero no había tiempo. Los soldados terminaron de separar a los prisioneros. Más de trescientos marcharían. Sólo quedaban unas treinta entre hombres y mujeres. Los más ancianos, los enfermos o inválidos. Los que no podían caminar. Nora sintió envidia de las mujeres que se quedaban. Al menos tendrían su muerte en libertad. A diferencia de ellas, que deberían arrastrarse por los caminos al ritmo impuesto por los soldados, impacientes por marcharse con amenazas, golpes y exabruptos.

En aquel momento se oyeron unos gritos de alarma, alguien intentaba escaparse por encima de la empalizada en la zona de los hombres. Nora pudo ver cómo unos jóvenes, al menos cuatro, saltaban al exterior. Los soldados corrieron hacia ellos abandonando el recinto de las mujeres. Se oían gritos y disparos. Los jóvenes corrían hacia el bosque a través de las rocas, perseguidos de cerca por sus captores.

Fue entonces cuando notó cómo Lerna tiraba de su brazo. La siguió, andando con rapidez, hacia la parte posterior del recinto donde se amontonaban los troncos. Annie iba tras ellas sin dudarlo. Lerna movió uno de los troncos, dejando ver un hueco por donde parecía imposible entrar y se agachó, entrando con agilidad por él. Nora miró hacia atrás. Todo el mundo estaba pendiente el intento de fuga de los chicos. Seguían oyéndose disparos. Annie se lanzó con decisión tras Lerna. Sólo quedaba ella. Entró reptando, arañándose la cara y los brazos, golpeándose la espalda, lastimándose las rodillas. Entre los troncos quedaba un espacio mínimo. Podía oír la alterada respiración de sus amigas. Sentía angustia, aunque sabía que no era otra cosa que su propio temor. Estaba convencida de que las iban a echar de menos. Si adivinaban dónde se hallaban, prenderían fuego al montón de troncos resecos, y morirían asfixiadas o abrasadas. Se arrepintió de haber seguido a la impulsiva Lerna. Su nueva amiga era imprevisible, y ahora pagarían las tres con la vida aquel estúpido e imprudente arranque. Lo sentía sobre todo por Annie. Ella tenía la obligación moral de cuidarla y protegerla, y no lo había hecho.

A lo lejos se escuchó una larga ráfaga de ametralladora. Aquello era el final de la escapada de los jóvenes armenios. Habían demostrado su valor, pero de nuevo el mal había vencido. No podía dejar de pensar en ello dentro del agujero, mientras notaba cómo la pequeña mano de Annie buscaba las suyas. El mal había escapado de algún secreto y oscuro lugar, al conjuro de los brujos de la lejana Constantinopla. Recordó los nombres que tía Sona murmuró. Talaat, Djemal Pachá, Enver.

Tía Sona podría ser muy vieja, encontrarse torpe, estar cansada de la vida, pero tenía la mente muy clara. Había tenido la oportunidad de hablar con ella y aún se sentía arropada por su coraje. La anciana no había podido huir, sus cansadas piernas no se lo permitían, pero de alguna manera lo había conseguido a través de ella. La manita de Annie apretaba la suya. Ella también era parte de tía Sona, al igual que Lerna.

En la oscuridad, rota por unas débiles franjas luminosas, lo comprendió de pronto. El coraje, el valor, el bien en lucha permanente con el mal. Sólo plantándole cara, mostrándole a cada paso que no se le iba a permitir vencer. Sólo con el sacrificio permanente, como el de los jóvenes saltando alegres hacia la muerte cierta, podían con su ejemplo terminar un día por arrinconarlo. No dependía de un solo acto, pero sí de un determinado comportamiento. El bien y el mal…

El mal no parecía haber reparado en ellas. Bastante tenía con organizar la marcha. En realidad, lo supieron mucho después, se trataba de una vergonzosa huida. Un batallón armenio se había rebelado cuando unos oficiales turcos tramaban fusilarlos por sorpresa. Habían podido escapar a las montañas, haciéndose con gran cantidad de armas y pertrechos.

Los militares turcos maldecían su fortuna. No era lo mismo pisotear a civiles desarmados que luchar contra un grupo de soldados armados bien adiestrados, ¡por ellos mismos!

Blasfemaban entre dientes, mientras golpeaban a las mulas con saña para que tirasen de los sobrecargados carros, hundidos en el fango hasta el eje de las ruedas. No. No era lo mismo. Era mejor marcharse.

Annie, Lerna y Nora tuvieron suerte. Los militares tenían prisa y miedo. Querían salir de aquel maldito valle cuanto antes. El lugar era una encerrona. No repararon en unas armenias más o menos.

De pronto alguien comenzó a disparar contra las mujeres que supuestamente se quedaban. Era un hombre de paisano que acompañaba a los militares. Nora pudo observarlo horrorizada a través de los troncos. Vio cómo el asesino rebuscaba entre las ropas y los bultos que llevaban las mujeres. Luego se apartó pensativo. Cogió una piedra y fue hacia una de ellas. Nora no podía creer lo que estaba viendo.

El hombre se agachó apenas a diez metros del montón de troncos que les servía de escondite. Sin mostrar el más mínimo sentimiento de humanidad, abrió la boca de la mujer muerta. Se levantó y fue a por la siguiente, repitiendo la operación. Nada. Siguió adelante y aquella vez golpeó el rostro de la mujer muerta con la piedra, haciéndole saltar los dientes.

Nora comprendió horrorizada lo que el hombre buscaba. Las piezas de oro, los empastes bucales tan corrientes entre las personas mayores, debidos a la mala calidad del agua de la zona.

El asesino hizo lo propio con todos los cuerpos. Alguno de ellos aún se convulsionaba malherido por los disparos, en una larga agonía, lo que no parecía importar al hombre que buscaba en sus bocas entreabiertas. Levantó la mano para saludar a un cómplice, que llevaba a cabo la misma operación en la empalizada de los hombres. Luego cuando terminó, orinó sobre uno de los cuerpos, y se estiró como satisfecho por su trabajo. Después, ambos corrieron tras los soldados.

Nora sollozaba entre los troncos. Dudaba si Annie habría podido ver todo aquello, pero notaba cómo la niña quería consolarla, apretándole la mano a intervalos.

Todo quedó en silencio. Unos cuervos tomaban posiciones sobre la empalizada lanzando agudos chillidos. Parecían comprender la situación. Aquel era su mundo y no podían desperdiciar una oportunidad semejante.

Tardaron un largo rato en salir. Se hallaban entumecidas, y Nora tuvo serias dificultades para poder pasar por el estrecho agujero. No comprendía cómo podía haber entrado por él. Al final salieron las tres, y se encontraron con la terrible escena. Los cuerpos diseminados, los rostros macerados por los golpes, llenos de sangre, las posturas absurdas, las ropas desgarradas, los bultos abiertos, mostrando las míseras pertenencias que las mujeres llevaban consigo. Algunas fotos color sepia, viejos recuerdos de los seres queridos, que estaban siendo digeridas por el barro.

Nora pensó en el absurdo sentido que tenía la vida. Sólo una mera ilusión interior. Pensó en la paradoja de que, si ellas también hubiesen muerto, los únicos espectadores serían los cuervos. ¿Cómo verían ellos la escena? Luego también volarían a sus nidos, y sólo quedaría la noche y el silencio total. Al cabo de pocos días sólo habría allí unos esqueletos, unos cadáveres pudriéndose en el fango. Apenas hacía una semana, todas aquellas vidas tenían ilusiones, recuerdos, sentimientos. Ahora todo había terminado para siempre. Era como si las vidas de las mujeres asesinadas no hubiesen existido nunca. Vidas que alguna vez habían comenzado, intentando comprender. Todo quedaba resumido en unos ojos yertos que mostraban una total incomprensión.

Lerna no parecía impresionada. Rebuscó entre los fardos. Entre todos juntó unas latas de sardinas, un saquito de té, una navaja, unos trozos de pan, dos cajas de cerillas, un vaso de peltre. Lo introdujo todo en una sucia bolsa de grueso lienzo. Luego señaló la alambrada abierta. Debían abandonar aquel lugar cuanto antes. Murmuró que estaba maldito, y que la muerte llamaba a la muerte. Nora pensó que tenía razón. No les quedaba nada por hacer. Aunque hubiesen deseado enterrar los cadáveres, era una tarea imposible para ellas.

Caminaron con rapidez hacia el bosque cercano, los grandes árboles, la cerrada espesura que veían como un refugio. Allí estarían a salvo, y aunque volviesen los militares, en aquel intrincado lugar no las podrían encontrar.

Lerna se había convertido en el líder natural del grupo. Nada parecía poder detenerla. Nora la veía caminar delante con total decisión, tirando de la bolsa, mirando fijamente la arboleda. Sólo de vez en cuando mostraba un atisbo de sentimientos, y volvía el rostro para comprobar que la seguían.

Nora pensó que, entre tanto horror y tanta desgracia, al menos habían tenido la suerte de encontrar a alguien como Lerna. Apenas tendría veintitrés o veinticuatro años, pero parecía acumular la experiencia de una persona mucho mayor.

No la había visto nunca con anterioridad, y además su acento le resultaba extraño, tenía la certeza de que no era de aquella región. ¿De dónde había venido? Tenía curiosidad por saber quién era…

Vieron a alguien moverse entre unos matorrales cercanos. Lerna se quedó estática, haciendo un gesto para que se agacharan. De improviso un joven salió del arbusto. Nora creyó reconocer a uno de los que habían saltado la empalizada. ¡Al menos uno de los tres había logrado escapar! Al acercarse comprobó que efectivamente se trataba de un armenio. Lerna caminó a su encuentro, hasta que quedaron frente a frente, a un par de pasos de distancia, en silencio, como si ninguno quisiera preguntarle al otro.

Era una situación tan extraña, tan fuera de lo real, que Nora no tuvo más remedio que adelantarse hacia ellos, porque no daban la impresión de querer tomar la iniciativa, como si recelasen el uno del otro. Comprendió que las circunstancias que estaban pasando les impedían comportarse de otra manera.

Nora se interpuso entre ambos, pero no parecían verla. Entonces le preguntó con naturalidad que quién era. El joven respondió con voz ronca por la emoción: Arec Balakian, Arec Balakian. Lo repitió como si quisiera convencerse de que todavía era. Como si por un instante hubiese creído que simplemente había dejado de existir.

Nora quiso tranquilizarlo. Demostrarle que también ellas eran armenias, que podía relajarse.

—Yo soy Nora Azadian, hija de Dadjan Azadian, de Erzurum. Esta es Annie. Ella es Lerna, nos ha ayudado a escapar. Tranquilízate, somos todos armenios. Ellos se han ido —Nora señaló hacia las empalizadas—. No queda nadie más. Si quieres puedes venir con nosotras. Debemos salir de aquí cuanto antes.

Lerna observó en silencio a Nora y Arec. Luego, sin abrir la boca, siguió caminando hacia la espesura.

Nora se detuvo, y miró a Annie con cariño. Luego ambas siguieron a Lerna; al cabo de un instante, también Arec se apresuró tras ellas, como si no quisiera volver a quedarse solo…

***

El relato de Nora se interrumpió de repente. Observé a Dadjad Nakhoudian: él miraba el magnetófono girando en silencio, como si también esperase algo más. Luego entró Helen que había preparado unas tazas de té. Hablamos largamente de Nora y de Ohannes. Dadjad se sentía orgulloso de sus padres. De cómo habían podido superar un trauma tan terrible, o al menos cómo habían luchado para salir adelante.

Me entregaron la cinta para que pudiese copiar el relato e incluirlo en la historia familiar que estaba recopilando poco a poco. Se sentían muy satisfechos de su participación en ella.

Luego volví a mi apartamento sintiéndome afortunado. Poco a poco los testimonios iban engarzándose, tomando forma, dibujando un fresco, tal vez de colores sombríos, pero dejando siempre una puerta abierta a la esperanza.

***

A Helen y Dadjad los veía con frecuencia. De tanto en tanto encontraba una llamada en el contestador telefónico, para que no dejase de ir a comer con ellos. Sabía que me apreciaban mucho. Además, se sentían algo solos porque Aram, su hijo, apenas venía por Europa.

Pero el verdadero motivo de las reuniones, era que les mantuviese informados de cuánto había avanzado en mis investigaciones, sobre lo que todos llamábamos ya «el árbol armenio».

Aquel era nuestro árbol. Helen y Dadjad lo sentían ya como algo suyo, y no sólo me hacían preguntas, sino que aportaban todo lo que podían.

Le pregunté a Helen si ella sabía algo acerca de sus abuelos, y dijo que ella directamente no, pero que su madre, Anne de Villiers, guardaba todo lo que caía en sus manos, y me aseguró que le preguntaría de nuevo. En 1992, Anne era una encantadora anciana con ochenta y cuatro años, y yo tenía ya setenta y cinco, aunque creía seguir con la cabeza clara. No me hacía muchas ilusiones con respecto al tiempo que podría durar, en condiciones de poder seguir con la idea de terminar el libro. Pero Helen me animaba. También Nadia y Laila, a las que veía de tarde en tarde, pero que me llamaban con frecuencia, manifestando su entusiasmo por todo lo que encontraba.

Por otra parte, todo el mundo se quedaba asombrado de mi aspecto y mi vitalidad, y yo sabía muy bien que no podía dejar aquel trabajo a medias. Sería como haber fracasado.

Sin embargo, no todo eran buenas noticias. Al cabo de unas semanas Helen me llamó para decirme que Dadjad había empeorado, y que los médicos no eran muy optimistas. Pero era una mujer que nunca perdía las esperanzas ni el ánimo, y cuando ya nos despedíamos, me dijo que Anne había rebuscado entre sus papeles, y que tenía una gran sorpresa para mí. Añadió que los recibiría por fax.

Efectivamente aquella misma tarde llegaron a casa, con una nota previa de Anne de Villiers.

Querido Darón. El tiempo pasa demasiado deprisa, pero aquí te envío unas notas escritas por mi suegro, Jacques Warch, que pueden ser de tu interés. Claro que, cuando las redactó, el mundo era muy diferente. Entre otras cosas no existía el fax. Pero, sin embargo, aunque soy algo más vieja que tú, me darás la razón si te digo que dentro de nuestros corazones no somos tan distintos. Estas notas se encontraban olvidadas en los Archivos Centrales del Banco de Francia. Nadie sabe por qué estaban allí. Resulta que un investigador que está preparando una tesis sobre *La influencia económica de Francia en Oriente Medio*, las encontró hace unos días. Alguien se acordó de que yo era la nuera de Jacques Warch, y me han enviado una atenta carta y una copia. Como recordarás soy una admiradora de Monod: *El azar y la necesidad*... Creo que pueden ser un importante eslabón en tu trabajo. Un abrazo.

Leí el documento que me enviaba. Era algo increíble cómo una vez y otra la historia de mi familia se enlazaba. ¿El azar? No. Como decía Nadia Halil, se trataba de la fuerza de las circunstancias.

Y allí, delante de mis ojos, prácticamente cien años más tarde, estaba de nuevo Jacques Warch, un hombre sabio y positivo, mostrándome a través de sus palabras el camino correcto.

***

El informe de Jacques Warch

En agosto de 1896 me envió el Banco de Francia a Constantinopla. La situación del Imperio turco era cada vez más inestable, y Francia poseía demasiados intereses en aquel país.

Hacía apenas un mes que mi esposa había muerto de repente. De nuestro matrimonio me quedaban muy buenos recuerdos, y un niño de catorce años, Eugène. Había heredado de su madre una gran inteligencia. Quiso acompañarme, pero no me pareció prudente y pude convencerle de que se quedase en París. Por otra parte, tampoco quería que perdiese el curso. Era entonces ya un niño brillante, y yo tenía la esperanza de que alguien volvería a darle lustre al apellido. A pesar de todo, refunfuñó un poco.

Tuve una reunión antes de partir con el nuevo ministro de Asuntos Exteriores, Gabriel Hanotaux. Él conocía bien Turquía, y me habló del sultán Abdulhamid II. Según su criterio, se trataba de un hombre excepcional en todos los sentidos, que sentía una profunda amistad y admiración por Francia.

Sin embargo, me advirtió que tuviese cuidado. Aquello no era Europa, no era Occidente, sino Oriente, con todas sus consecuencias. Allí la diplomacia era algo muy particular y nunca se podía decir que las cosas resultarían como uno creía que iban a resultar.

Hanotaux estuvo muy amable. Luego alguien me contó que en su juventud, no hacía tanto tiempo, conoció accidentalmente al sultán en una recepción, y ascendió rápidamente de encargado de negocios a primer secretario, y después, al final había llegado a ser ministro.

Pude hacer el viaje cómodamente gracias al Orient Express. Creo que dormí gran parte del trayecto, porque en París el médico me recetó una cura de sueño. Antes de darme cuenta llegué a Constantinopla.

Me presenté en la embajada esa misma mañana. Allí me recibió Paul Cambon, que curiosamente tenía una opinión absolutamente contraria a la del ministro. Para él, Abdulhamid II era un personaje peligroso, que nos la iba a pegar con Alemania. Además de los intereses directos de Francia, Cambon estaba indignado con los turcos en general. Me contó lo que estaba sucediendo con los armenios, y escuché algunas cosas que me parecieron exageraciones.

Le repliqué que, con la misma sinceridad que él me hablaba, yo no podía aceptar que el idealismo de alguno perjudicase los intereses de Francia, que por cierto eran enormes en Turquía.

A pesar de la cortesía, Cambón pareció indignarse con mi criterio. Todo lo que me estaba contando lo sabía de manera fehaciente. No eran habladurías malévolas. Él estaba allí para defender los intereses de Francia, tanto como yo, al menos —precisó—. Pero Francia merecía otra política muy diferente, porque si no, la historia nos lo haría pagar.

Nos separamos fríamente. Cambon tenía fama de idealista y apasionado. Pero tal vez yo había sido demasiado directo. Lo sentía, porque en realidad, siempre había creído que aquel hombre merecía la pena.

Me recibió el gran visir en Dolmabahçe. Allí vivía el sultán, pero también se utilizaba como palacio donde se recibía a las personalidades. Y yo representaba en aquel momento, a cerca de tres billones de francos entre deuda, inversiones y demás. Una cantidad inimaginable, porque colocando un billete de cien francos detrás de otro, probablemente podíamos llegar al Quai d'Orsay y volver a Turquía.

El gran visir era un hombre excepcional bajo todos los puntos de vista. Estaba al tanto de las últimas novedades de París mucho mejor que yo, y su capacidad de seducción no tenía límites. Me ofreció un precioso jarrón tallado en malaquita, de una calidad y factura excepcional. Cuando le expliqué que no podía aceptar regalos, me dijo que yo no, pero que quedaría magnífico en cualquiera de los despachos del Banco de Francia. "Así alguien importante se acordará de este lejano país de vez en cuando". No tuve más remedio que llevármelo para no ofenderle. Por cierto, creo que terminó en el sótano del Museo del Louvre.

Le pregunté por el proyecto de ferrocarril a Bagdad del que tanto se hablaba. Era una apuesta directa de los alemanes y concretamente del káiser.

No teníamos por qué preocuparnos, replicó. Turquía sabía bien que Francia era su mejor y más antiguo aliado. No debía haber la más mínima desconfianza entre las instituciones de los dos países. El Banco de Francia tenía una posición privilegiada, y nadie iba a estropearla. ¿Estaríamos interesados en una participación?

Aquel hombre tenía muchas tablas. Pero le vi torcer el gesto un instante, cuando le expliqué que, aunque nosotros no éramos nadie para intervenir en los asuntos internos, él debía saber que los comentarios de prensa sobre la cuestión armenia, estaban perjudicando la imagen de aquel gran país en toda Europa.

Dudó un momento. Luego sonrió melifluamente. No había «cuestión armenia». Sólo problemas puntuales de unos cuantos terroristas ultranacionalistas, que deseaban dañar la buena imagen del país. De ese tema no había nada que hablar, concluyó.

Le pedí un favor antes de irme. Era algo personal. Se acercó a mí, vivamente interesado. Le expliqué que tenía la intención de visitar algunos enclaves arqueológicos en la costa. Me encantaría pasear por Éfeso y Kusadasi. El gran visir sonrió ampliamente. Había hecho muy bien en decírselo. ¿Deseaba que me acompañara algún profesor de la universidad? Tenían buenos especialistas.

—No —repliqué—, sólo un salvoconducto para que me permitiesen pasear a mis anchas. Sólo eso. No quería perder el encanto de ir a mi aire. —El gran visir asintió. Añadió que me comprendía perfectamente. Él haría lo mismo si tuviese la oportunidad. Aquellos lugares estaban bien elegidos, y esa zona de la costa de Turquía se encontraba como la habían dejado los *melas*. Me guiñó el ojo. Más tarde averigüé que se trataba de los banqueros formados por la tradición babilónica.

Nos despedimos cordialmente. Mi informe iba por buen camino. Turquía era un lugar fiable a largo plazo. Nuestra inversión no tenía fisuras.

Volví a mi hotel, el Pera Palas. Me habían reservado la *suite* presidencial. El director subió personalmente para saludarme y comprobar que todo estaba en orden. ¿Iba a cenar en la *suite*? ¿Necesitaba algo en especial? Precisamente acababan de llegar unas nuevas bailarinas… Negué con la cabeza. No necesitaba nada.

«¡Lastima!» Murmuró. Entre ellas había una joven armenia que era algo especial. Hice como que no me inmutaba. Cuando ya esta cerrando la puerta, lo llamé. Bueno. Tal vez esa joven armenia. ¿Era en verdad tan bella? Pensé que sería una buena oportunidad para conocer a una armenia sin intermediarios.

El director sonrió asintiendo. Luego cerró la puerta deseándome buenas noches.

Cené solo en la suite. Estuve reflexionando que me había equivocado. ¿Qué podría contarme una bailarina? Se trataría de una mujer inculta, sin ningún criterio. Estuve a punto de tirar de la campanilla para llamar al director y decirle que no necesitaba a nadie, que me encontraba muy cansado. Me levanté en el preciso instante en que tocaron con los nudillos a la puerta. La suerte estaba echada.

Abrí despacio. Una preciosa joven de unos veinte o veintidós años me interrogaba con la mirada. Sonrió mientras murmuraba en turco que era Zevarte, la bailarina. La dejé pasar totalmente arrepentido de mi iniciativa. Aquello podría malinterpretarse.

Zevarte se quedó en mitad del salón girando sobre sí misma, con una gracia natural que confirmaba que era bailarina, y lanzó un largo silbido admirativo.

Le pedí que tomase asiento. Ella pareció extrañada del tono que yo empleaba. En aquel mismo instante me di cuenta que aquella joven no era tan feliz como quería aparentar.

Me senté frente a ella y ambos nos quedamos mirándonos en silencio.

—Zevarte ¿cuál es tu apellido? Perdóname, pero te diré primero el mío. Mi nombre es Jacques Warch Roisy. Soy funcionario del Banco de Francia. Estoy aquí para hacer un informe. ¿Sabes a lo que me refiero? ¿Comprendes? —Zevarte asintió, y para mi sorpresa contestó en perfecto francés.

—Mi nombre es Zevarte Cassabian, —su voz era cálida y su acento impecable—. No soy bailarina profesional. En realidad, soy profesora de danza. Tengo veinticuatro años y nací en Malatya. Como debe saber por mi apellido, soy armenia.

Debo decir que para ese momento me encontraba tan asombrado, que no era capaz de articular palabra. Pero al menos fui capaz de pensar que, después de todo, no había sido tan mala idea.

Zevarte había sido comprada por un turco que se dedicaba a proporcionar bailarinas y animadoras a los hoteles. Esa fue la forma en que pudo salvar la vida. Ella no tenía familia directa. Sus padres murieron cuando ella era muy pequeña, y vivió con su tía Maïda, hasta que ocurrieron los sucesos de Malatya, un lugar aparentemente tranquilo, a pesar de lo mal que estaban las cosas en todas partes.

Zevarte fue avisada de que podría tener problemas. La danza no estaba bien vista por los ulemas, aunque la bailarina no fuese musulmana. Alguien la amenazó por la calle y se asustó. Su tía Maïda que era enfermera y tenía muchos conocidos entre los turcos, también la aconsejó que dejase todo aquello, hasta ver si se tranquilizaban los ánimos. La anciana había vivido muchos sobresaltos a lo largo de su existencia, y tenía la convicción de que en cualquier momento todo se calmaría. Era una cuestión de suerte y de paciencia.

Zevarte dejó las clases de baile, y en la práctica se recluyeron en casa porque los desórdenes, y los ataques sin motivo contra los armenios, aumentaban de día en día.

Una tarde llegaron dos armenios. Querían avisarlas de que los musulmanes habían tomado el acuerdo secreto de aniquilar a todo el *millet* armenio. No debían permanecer engañadas, creyendo que iban a salvarse por ser mujeres indefensas. Muy al contrario, ellos creían que los instigadores de todo aquello eran unos cobardes, y elegían sus presas entre las más débiles, para evitar riesgos. En cualquier caso, querían que supiesen que iba a tener lugar una reunión de la comunidad armenia en la iglesia. Allí se tomarían las decisiones adecuadas. Sólo irían los hombres, pero uno de ellos vendría a explicarles la reunión.

Sabía muy bien lo que iba a hacer. A pesar de que tía Maïda se enfadó mucho con ella, no quería depender de nadie. Se disfrazó de muchacho, recogiéndose el cabello bajo la gorra de visera. Se frotó la cara con tizne, y al anochecer, se dirigió a la iglesia donde estaban entrando los armenios.

Asistieron cerca de 140 hombres. Curiosamente nadie se fijó en ella. Todos estaban muy preocupados y nerviosos, y el cura tuvo que subirse al púlpito para que lo escucharan. No había motivos para ocultar la gravedad de la situación. Lo único que podían hacer era huir cuanto antes y refugiarse en las montañas. Tal vez los turcos se conformaran con quedarse con las tierras y las casas, y no los perseguirían. Eso ya había ocurrido en algún pueblo cercano. Ningún turco iba a arriesgar su valiosa vida por perseguir a unos *guiavurs*. Algunos protestaron, diciendo que preferían morir antes que huir. Otros temían por sus familias y preferían ser prudentes. El cura rezó por ellos y los bendijo. Luego comenzaron a salir en pequeños grupos. Pero de pronto se oyeron gritos y carreras en el exterior.

Intentaron salir, pero fueron recibidos con una descarga de fusiles que hirieron a uno de los armenios.

No sabían qué determinación tomar. Zevarte pensó en que iba a morir y tuvo miedo de lo que podía ocurrirle a su tía Maïda. A pesar de todo se sentía orgullosa de estar allí con los hombres. De alguna manera siempre había pensado que ocupaba el lugar del hombre en su casa.

Fue entonces cuando vieron las llamas. Los turcos estaban intentando que ardiese la techumbre. Pronto tuvieron que salir porque el humo comenzó a ahogarles. En la plaza una multitud los esperaba gritando. A medida que iban saliendo, tosiendo, con los ojos irritados, los capturaban. La proporción era de cinco a uno. No tenían nada que hacer. Al final Zevarte también tuvo que salir. La golpearon y la maniataron junto con los hombres, que se lamentaban de su ingenuidad, mientras los turcos se acercaban golpeándoles con sus bastones a placer.

Luego los llevaron en procesión mostrando su captura, orgullosos de su hazaña, mientras un ulema daba gracias a Dios, porque les había ayudado a capturar a los cristianos infieles. La multitud los increpaba. Los armenios sentían temor y asombro. Nunca hubiesen imaginado que les odiaban de aquella manera. La propia Zevarte, que nunca había creído en las demostraciones de amistad de sus vecinos turcos, permanecía asombrada de tal manifestación de odio.

Fue entonces cuando comprendieron que iban a morir, y todos se lamentaban amargamente. ¡Qué iba a ocurrir con sus familias! A eso les contestaban las risotadas de sus verdugos, llamándolos «perros», *guiavurs*, con un fanatismo que les aterrorizaba, porque ellos iban a morir, pero sólo pensar lo que sucedería con los suyos, les hacía sufrir de una manera indescriptible.

Así los tuvieron gran parte de la noche. Luego, sus captores debieron cansarse y los recluyeron maniatados, sin darles ni un sorbo de agua, en el corral de un conocido mercader, Harici Oglu Abdullah.

Apenas amaneció llegaron varios ulemas acompañados de una gran multitud. Recitaban la sura 111, *¡Perezcan!, ¡Perezcan!* Comenzaron por el primero de la fila. Lo inmovilizaron entre varios, y mientras uno le bajaba los pantalones, otro procedía con un cuchillo a circuncidarlo, sin el menor miramiento. Así fueron haciendo con todos, hasta que llegaron a Zevarte. De inmediato vieron que era una mujer, y comenzaron a reírse a carcajadas. Harici Oglu la apartó y la ató a una anilla en la pared como si se tratase de un animal. Luego siguieron con la ceremonia de circuncisión hasta que terminaron con todos los armenios.

En aquel momento uno de los ulemas comenzó a gritar desaforadamente que los armenios eran corderos dispuestos para el sacrificio, y todos lo imitaron. Harici Oglu se dirigió a uno de los hombres maniatados, lo obligó a colocarse a cuatro patas, y murmuró una plegaria mientras tiraba de la cabeza del armenio hacia atrás, un joven de apenas veinte años. En aquella posición, con el cuchillo que había utilizado para la ceremonia, lo degolló como si se tratase de un carnero en el Kurban.

Un chorro de sangre salpicó a los que se hallaban alrededor. La multitud permaneció unos instantes atónita ante aquello, pero de inmediato comenzaron a rezar, gritando que los cristianos eran carneros preparados para el ritual. Varios hombres se lanzaron sobre los prisioneros, imitando a Harici Oglu, y pronto todo el corral se inundó de sangre.

Zevarte, aterrorizada, no daba crédito a lo que estaba viendo, mientras los armenios gritaban enloquecidos, intentando escapar sin conseguirlo. Pronto todos los prisioneros estaban muertos, y los verdugos chapoteaban en la sangre que cubría el corral como un charco rojo viscoso. Era una escena dantesca, y Zevarte notó como se mareaba hasta que perdió el conocimiento.

Volvió en sí en el interior de la casa de Oglu. Se hallaba totalmente desnuda atada a una reja que separaba la estancia de un patio interior. Supo de inmediato que la habían violado. Sentía un gran dolor en el pubis y en los pechos, como si la hubiesen manoteado y golpeado.

Luego entró Oglú. Parecía disfrutar con todo aquello. Se agachó junto a ella sin decir palabra, resoplando intentando penetrarla de nuevo. Zevarte quiso apartarse, pero las correas que la ataban se lo impidieron. Oglú la golpeó varias veces con fuerza en la espalda, colocándola en una determinada postura. Era mucho más fuerte y corpulento que ella, y Zevarte no pudo evitarlo, aunque lo intentó, pero cada vez que se movía, la golpeaba más fuerte, hasta que de nuevo perdió el sentido.

Así permaneció varios días. Sólo le daban algo de agua en un cuenco de metal. Oglú quería demostrarle quién era el amo. Durante todo el tiempo la violó repetidamente hasta que se cansó de ella. Zevarte escuchó gritos y lamentos, alguno de ellos casi infantil, y supo lo que estaba sucediendo. Aquel monstruo mantenía secuestradas a otras jóvenes y niñas armenias, y abusaba de todas ellas, disfrutando con su miedo y su dolor. Era todo tan absurdo, tan horrible, que creyó que se había vuelto loca. Nada parecía tener sentido, confundía la noche con el día, el cuerpo le dolía terriblemente y su confusión aumentó, hasta el punto de dejarse morir. En un instante de lucidez pensó en ahorcarse con sus propias ligaduras. Pero no pudo hacerlo.

Una mañana apareció una mujer turca de mediana edad. La obligó a levantarse, aunque Zevarte apenas tenía ya fuerzas para ello, luego la llevó hasta la fuente del patio. La desnudó y la lavó. Zevarte se dejó hacer. No era capaz de protestar, y además en el fondo se sentía aliviada con el baño. La mujer la ayudó a vestirse, y luego le trajo algo de comer. Unas horas después se sentía mejor, pero no entendía lo que pretendían de ella.

Lo supo al día siguiente. Apareció Oglú con un desconocido. La obligaron a ponerse en pie y a caminar. El hombre le preguntó si sabía bailar. Dijo que sí, pero que no tenía fuerzas para ello. Razonó que debía salir de allí a cualquier coste. Luego ambos hombres se enzarzaron en un largo regateo. Al final Oglú la vendió por tres monedas de oro, jurando que era el peor trato que había hecho en su vida. La había adquirido Mustafa Kansu. La trató de otra manera. Le dijo que debía alimentarse y descansar. Sólo tendría que bailar por las noches cuando se repusiese. Pero al menos no la maltrató, ni la insultó, y Zevarte pensó que lo más prudente sería seguir con él, hasta que encontrase el momento adecuado para escapar. Así llevaba dos meses, dando vueltas por todos los hoteles. Nunca le habían pedido que subiese a las habitaciones. Pero aquella noche se había negado y Mustafá se enfadó por primera vez. Entonces Zevarte intuyó que aquella sería la posibilidad que estaba buscando.

***

Cuando Zevarte terminó su relato, ambos permanecimos en silencio. No había mucho más que decir. Recordé la astuta cara del gran visir. Nadie quería hablar de lo que en realidad estaba sucediendo en Turquía. Pero mi informe iba a cambiar totalmente. Lo primero que haría sería hablar de nuevo con Paul Cambon y pedirle excusas. Reconocería que tenía razón en lo que él llamaba, «la conspiración del silencio». Francia no podía seguir haciendo el juego a un gobierno, que no sólo no castigaba a los criminales, sino que les animaba a atacar, violar y asesinar a los armenios.

Zevarte iba a ser mi mejor testigo. Ella completó muchas cuartillas, explicando minuciosamente sus experiencias, que no era más que la historia del sufrimiento de una minoría cristiana, en un país musulmán dirigido por unos criminales. No podía ser de otra manera, porque los musulmanes que yo conocía de otras experiencias eran muy distintos, siempre me habían demostrado su tolerancia y generosidad.

Hice llamar al director. Le expliqué que quería hablar con Mustafá Kansú, *el amo* de Zevarte. Subió solícito. Se trataba de un hombre grueso, calvo, sudoroso, con dedos cargados de anillos, y una cadena de oro en el cuello. Resopló mientras me preguntaba ¿Había tenido algún problema con la bailarina?

«No, muy al contrario». Había quedado tan satisfecho que quería comprar sus derechos sobre Zevarte.

Al principio se negó. Luego el propio director del hotel que me servía de testigo en tan singular trato, medió y llegamos a un acuerdo. Le pagaría mil francos franceses, una suma exagerada, si no hubiese sido porque estábamos hablando de la vida de una persona, lo que era imposible de valorar. Cuando terminó, se deshizo en alabanzas a Zevarte. Me había llevado una joya. Yo sí que era un experto. Luego ambos se marcharon y me quedé a solas con ella. Le cedí una de las habitaciones de la *suite* para que descansara.

A la mañana siguiente la dejé durmiendo, y bajé muy temprano a desayunar. Tendría que ir a hablar con alguien cercano al gran visir. Le diría que quería casarme con aquella joven para poder sacarla del país sin problemas. Estaba leyendo la prensa de la mañana, cuando el *maître* vino a la mesa para decirme que alguien quería hablar conmigo y me pasó una nota. Era el jefe de la policía de la ciudad. Por un momento me preocupé. ¿Qué querría de mí aquel individuo? Asentí.

Un hombre grueso de aspecto anodino, trajeado a la europea, se acercó y me estrechó la mano. Le invité a sentarse. ¿Qué podía hacer por él?

Negó con la cabeza y sonrió. No. No había ni el más mínimo problema. Dijo que venía de parte del gran visir. Debí mostrar mi asombro, porque hizo un gesto con la mano, como restándole importancia. Por supuesto que no habría ningún problema para que Zevarte Cassabian viajase conmigo a Francia. En aquel mismo instante se metió la mano en la chaqueta y me entregó un salvoconducto a su nombre.

¡Ah! ¡Y por supuesto! No iba a costarme nada. Me entregó un sobre conteniendo los mismos billetes que yo había pagado a Mustafá Kansú. Nada. Sólo debía darme la enhorabuena, porque según tenía entendido, aquella joven era muy, muy bella.

Luego se levantó, me estrechó la mano y se alejó resoplando, mientras yo seguía allí, inmóvil, incapaz de reaccionar, de comprender que aquello, en efecto, no era Europa, ni Francia, ni París, sino Constantinopla, el mejor bazar de todo Oriente.

El diario de Eugène Warch

Me encontraba de nuevo en Estambul cuando supe de la muerte de Dadjad. El enfisema había podido con él. Lo sentí como si se tratase del hermano que nunca había tenido en realidad y como estaba solo, entre mis libros y mis recuerdos, lloré por él y mis lágrimas emborronaron algunas páginas.

Era muy consciente de que a mí también se me estaba acabando el tiempo, y de que mi único legado sería *El árbol armenio*. Aquel libro se había apoderado de mi alma y de mi voluntad, porque recogía unos testimonios preciosos, que podían significar mucho para los armenios que soñaban con un tiempo pasado, y al despertar no encontraban ya quien les pudiese explicar lo que allí ocurrió.

Dadjad había significado mucho para mí, y pensé que la vida era injusta. Yo tendría que haberme ido antes que él.

Envié un telegrama a Helen y otro a Nueva York, a su hijo Aram al que increíblemente no conocía.

A los pocos días recibí una carta de Helen. Me agradecía todo lo que había hecho por su marido en los últimos años. Me hablaba de cómo le había animado participar en la búsqueda de datos.

***

Pero Dadjad nos reservaba una última sorpresa. En el momento de ir al notario para abrir la herencia, le entregó una carta de su marido dirigida a mí. Estaba abierta con la indicación de que la leyese, y luego me la entregase.

Helen se quedó de piedra. Su marido jamás le habló de aquel diario. Tampoco a mí. A pesar de que durante muchos años colaboramos en ir creando el árbol familiar. Era algo curioso.

Extraje la carta de Dadjad y me quedé atónito. La protagonista del relato era nada más y nada menos que Marie Nakhoudian. Mi madre.

Querido Darón. Como ves te reservaba una sorpresa. Nosotros no tenemos tantos libros como tú, pero aun así son muchos. Cuando estuvimos en Nueva York, al principio me llevé algunas cajas a la universidad. Eran libros y documentos que necesitaba para mi cátedra de Historia Moderna.

Tal vez fue un descuido, pero mezclé unos libros con otros. Además, por entonces, recibimos una gran cantidad de libros, tras la muerte de mi suegro Eugène Warch.

Hace apenas dos meses, mi hijo Aram me envió un paquete de libros que le entregaron en la universidad. Entre ellos se hallaba este diario.

Cuando lo leí, me pareció algo increíble. La extraordinaria relación entre Eugène Warch y Marie Nakhoudian. Comprendí que se trataba de la fuerza del destino. Ese destino que no quiere que se olvide todo. Que te está apoyando desde que empezaste con tu árbol armenio.

Bien. Aquí tienes unas páginas que te van a hacer reflexionar. Y por si todavía no lo tienes claro, el verdadero protagonista eres tú.

Creo que ya no debes cejar en tu empeño. Yo no lo veré culminado, pero tú no puedes rendirte. No me vengas con historias de que ya estás muy viejo. La verdadera vejez no tiene, no posee, la ilusión que tú mantienes.

Por eso, al comprender de qué se trataba, pensé que te lo merecías. Quería poder dártelo en persona. No ha podido ser. Pero tienes mi aprecio y siempre has tenido mi amistad.

Un abrazo. Dadjad.

Se trataba del típico cuaderno flexible con las tapas de hule negro. Comenzaba el veintidós de noviembre de 1914, terminaba el veintiséis de marzo de 1915. Ardía en impaciencia por leerlo, y lo abrí esperando a ver lo que aquella vez me ofrecía el destino.

***

El diario de Eugène Warch

Hospital de La Salpêtrière, París. 22 noviembre 1914.

Hoy he comenzado mi destino como psiquiatra. El tribunal de las oposiciones exigió un nivel muy alto. Eso fue bueno para mí. Al final me adjudicaron la cátedra que, hasta hace unos años, perteneció a Jean Martin Charcot. Debería sentirme orgulloso de ello. Sin embargo, lo que ahora me preocupa es no dar la talla. Es demasiada responsabilidad. Muchos ojos fijos en mí, esperando, atentos a cualquier fallo.

Luis XVI creó este hospital, en lo que había sido una vez fábrica de pólvora. Dijo, al firmar el decreto, que estos muros debían compensar al pueblo.

Ahora soy yo el que debo devolver lo que he aprendido.

Hospital de La Salpêtrière, París. 20 diciembre 1914.

Podría decir que la lección magistral que impartí, ante los doctores que han asistido a la primera conferencia sobre enfermedades del sistema nervioso, ha resultado un éxito. De hecho, las felicitaciones y parabienes fueron innumerables. Incluso el ministro de Salud se acercó para hablar conmigo. Me pareció extraño su interés. Dijo que, en unos días, recibiría noticias de él. No termino de entenderlo.

Es cierto que me han invitado a impartir unas clases magistrales en Viena. Pero no sé si podré ir, aunque el salvoconducto de la Cruz Roja me permite llegar, hay demasiado por hacer aquí en La Salpêtrière y, por otra parte, no sé qué hacer, si realmente quiero hacerme un lugar dentro de la neurología, debo asistir a pesar de la guerra.

Hospital de La Salpêtrière. 10 enero 1915.

He recibido una carta del maestro desde Viena. Sigmund Freud recuerda en ella los cursos que recibió aquí en La Salpêtrière del propio Charcot. Me dice que todavía le son de utilidad las técnicas para la curación de la histeria. Insiste en que practique la hipnosis como tratamiento de la histeria, ya que ese método le está proporcionando muchas satisfacciones.

Es algo original. Evocar vivencias olvidadas que una vez produjeron un trauma en el individuo, y ese trauma provoca mucho después la histeria.

Me ha invitado al curso que va a impartir en Viena. Iré. La Cruz Roja está interesada en el tema y me garantizan el salvoconducto.

Hospital de La Salpêtrière. 14 enero 1915.

Hoy he tenido una curiosa experiencia. He asistido a una chica joven, apenas veinte años. Es una extraña historia. Un mercante francés recoge una náufraga en el mar Negro. Puede atravesar el Bósforo gracias a una tregua. Llega a El Havre. Sólo repite una palabra: «Sirga». Ni tan siquiera recuerda su nombre, aunque parece que entiende el francés. La trasladan a París en muy mal estado, aparentemente no tiene daños físicos, pero se encuentra sumergida en una grave depresión, y deciden traerla a La Salpêtrière.

La examino con atención. Es una joven agraciada, podría ser griega o georgiana. No dice ni una palabra. Tiene fiebre alta intermitente, pero descarto las tercianas.

Los periódicos se hacen eco de la joven rescatada del mar. Todo París está pendiente de ella. Esperan un milagro.

Hospital de La Salpêtrière. 15 enero 1915.

El misterio se ha desvelado en parte. Uno de los celadores del hospital, Achod Tigrassian, emigrante armenio, me pidió permiso para hablarle. Estuve presente y pude ver como la joven reaccionaba. Es evidente que lo entendió. Al menos ya sabemos en qué idioma hablarle.

17 enero 1915.

He recibido un telegrama de Sigmund Freud. Se ha enterado por la prensa. Me dice que intente hipnotizarla. Me ha parecido una buena idea, pero prefiero esperar unos días a que se reponga, ya que la fiebre va remitiendo.

19 enero 1915.

Esta mañana he seguido el consejo de Freud con la joven armenia. Ha caído bajo el efecto de la hipnosis de inmediato. Tigrassian, el celador armenio le hablaba en su idioma y ella contestaba naturalmente. Su nombre es Marie Nakhoudian, natural de Trebisonda, en Armenia.

El Sirga era el nombre del barco de su padre. Por lo visto fue atacado por un navío turco y hundido. Hablaba con cierta incoherencia de muchos náufragos que debían ser amigos y parientes que huían de los turcos. Algo muy grave tuvo que ocurrir en esa ciudad. También parecía obsesionada con su madre. Creo que ha fallecido recientemente.

Tuve que sacarla de la hipnosis porque parecía sufrir mucho. Debemos esperar unos días para someterla a otra sesión. No me atrevo a hacerlo de inmediato. Creo que no lo resistiría.

28 enero 1915.

Marie Nakhoudian parece haber mejorado mucho. Una familia armenia que reside en París me ha pedido que la deje una temporada en su casa. No he tenido inconveniente. No tiene ninguna dolencia física, ni neurológica, que justifique su estancia prolongada en La Salpêtrière.

Creo además que su convalecencia será más adecuada si se encuentra en un ambiente amistoso y familiar. He quedado con ellos que me mantendrían informado, y en cualquier caso en hacerle una revisión en quince días.

Viena, 12 febrero 1915.

He dado una conferencia en el Hospital Militar. He conocido al autor de *Mittel Europa*, Friedrich Naumann. Parece conocer bien el asunto armenio. Él lo llama secamente «La cuestión armenia». Estaba en la conferencia, y como mencioné el célebre caso de la náufraga armenia, vino a hablar al terminar la disertación.

No parece tener una gran simpatía por los armenios. Mantiene la teoría de que los turcos luchan ahora por su supervivencia y de que cuando llegan esas circunstancias no valen las medias tintas.

No me ha caído bien, aunque reconozco que tiene una gran autoridad en lo que habla.

Viena, 18 febrero 1915.

He estado con Sigmund Freud. Me ha dedicado un ejemplar de su libro *La interpretación de los sueños*. He podido comprobar que, a pesar de su preclara inteligencia, es un hombre muy religioso.

Hemos hablado de los armenios. Él considera que hay un cierto paralelismo entre el pueblo armenio y el pueblo judío.

Freud es pesimista. Las noticias que llegan de Turquía no invitan al optimismo. De hecho, hay un estado de guerra, y en esas circunstancias, el que es *diferente* se convierte en la víctima. Cree que el pueblo armenio puede convertirse en la víctima propiciatoria. Me ha hablado de los «pogromos» contra su raza en Rusia.

De Viena a París, 20 febrero 1915.

La casualidad me ha hecho coincidir con Friedrich Naumann y un tal doctor Nazim en el tren de Viena a París. Estaban en el mismo vagón, en un compartimento de primera clase para ambos, junto al mío, y Naumann ha querido que cenase con ellos allí.

Creo recordar a Nazim en la facultad. Era un hombre muy peculiar, vestido siempre de negro, de aspecto oriental. La verdad es que me ha parecido siniestro.

Naumann me ha presentado como «el célebre doctor» que ha rescatado a la joven armenia de la locura. He podido ver la mirada del doctor Nazim. He sentido miedo al observar su brillo.

Nazim se ha mantenido en silencio durante la cena, pero Naumann ha hablado por los tres. Es un turcófilo, pero primero y sobre todo es germanófilo. Me ha dicho que sentía mucho lo de la joven armenia, como individuo, pero que como pueblo su opinión personal es que los armenios estorban. He visto como ante esa afirmación Nazim asentía. Ha añadido que Alemania es un fiel aliado de Turquía en este conflicto.

Naumann tiene pasaporte diplomático al igual que Nazim. Por ello se mueven sin problemas a pesar del estado de guerra. Nazim me ha preguntado expresamente cómo podía ir yo a Alemania, y le he mostrado mi pasaporte de la Cruz Roja.

Entonces ha añadido si tendría inconveniente en visitar Constantinopla. Me ha dicho que podría resultar muy interesante para mí. He declinado la invitación para tiempos mejores y hemos brindado por ellos.

Hospital de La Salpêtrière, 14 marzo 1915.

He vuelto al hospital. Cuando he dado aviso a la familia armenia para que trajesen a Marie Nakhoudian al hospital para someterla a una revisión, he tenido una desagradable sorpresa.

Se ha presentado Ararat Balakian, el padre de familia. Marie ha desaparecido. Han interpuesto una denuncia en la gendarmería, pero creen que se ha ido por su propia voluntad. No hay ni rastro de ella.

Me he quedado muy contrariado a causa de esa noticia. También muy apenado. Tendría que haber tenido en cuenta esa posibilidad. Marie no estaba en condiciones mentales para hacer una vida normal. Estoy profundamente arrepentido de mi actuación.

Hospital de La Salpêtrière, 15 abril 1915.

Ha vuelto Ararat Balakian. Ha insistido en verme y ha esperado a que terminase las consultas. No sabía cómo comenzar. Cree que Marie Nakhoudian fue raptada y embarcada en un barco griego con destino a Chipre. Un armenio que trabaja en una compañía consignataria en El Havre, se lo comentó por casualidad. Balakian se dedica a importar objetos y alfombras de Oriente Medio y tiene contactos entre las navieras.

Al día siguiente de desaparecer Marie de su domicilio en París, un hombre sacó dos pasajes para Chipre. Se hacía pasar por griego, pero no pudo engañar al armenio. La joven parecía enferma e iba medio dormida, con el rostro cubierto por un gran chal. El que se hacía pasar por su padre, mencionó de pasada que la madre acababa de morir en París.

El armenio no sospechó nada, hasta que el padre dijo que eran griegos. Entonces supo que estaba mintiendo, porque afirma que en realidad era turco, pero no quiso meterse en algo que no le incumbía.

Los armenios en Francia son como una extensa familia. Alguien le comentó que la niña del naufragio, célebre en toda la región, había desaparecido. Entonces comprendió lo que había ocurrido.

Al contarme esa historia, a Ararat Balakian se le saltaban las lágrimas. Se sentía muy mal. Habían raptado a la joven por no estar más atento a ella. Había quebrado mi confianza, ya que cuando permití que se fuese con su familia, me prometió cuidarla mejor que a sus hijas. Incluso su mujer le culpaba. No sabía qué hacer. Era un hombre destrozado.

Le disculpé. Él no era el responsable. Si había alguien culpable ese era yo...

Hospital de La Salpêtrière, 16 abril 1915.

De nuevo ha vuelto Ararat Balakian. Ha decidido ir a Chipre a buscar a la niña. Por su aspecto diría que lleva varios días sin dormir.

Tal vez he pecado de irreflexivo, pero me he propuesto acompañarle. Soy tan responsable del asunto como él. Además, tengo una grave sospecha. Creo saber quién la ha raptado, aunque no tengo pruebas. El doctor Nazim. La descripción coincidía con la del naviero del El Havre. Es alguien siniestro y repugnante. Lo que no termino de comprender es el motivo. Arriesgó mucho para tratarse de un motivo sin causa.

Quiero saber la verdad. Deseo recuperar a esa niña y volver a traerla a Francia donde podría rehacer su vida

En el último momento la mujer de Ararat cayó enferma y él tuvo que quedarse.

Es la primera vez en la vida que me aparto de la razón. De pronto, como si alguien me golpease con una maza he comprendido que no se puede ser tan egoísta...

24 abril 1915.

A bordo del vapor Liberty de la White Star con rumbo a Chipre. Viajamos bajo la protección de dos cruceros ingleses junto con otros ocho barcos. El peligro son los submarinos, esa nueva arma. Alemania los está utilizando indiscriminadamente. Sin embargo, tengo la certeza de que nada puede ocurrirme. No creo en el destino, pero esta vez...

28 abril 1915.

Hemos entrado con mal pie en el Mediterráneo. Un torpedo alemán ha enviado al fondo el vapor que llevábamos a proa. No ha habido supervivientes. He comprendido que los submarinos alemanes son un arma mortífera y que no les importa utilizarlos a discreción.

No puedo dejar de pensar en Marie. ¡Qué extraño es el destino! Esa niña hace apenas unos meses tendría una vida normal, como otros tantos jóvenes de su edad y de pronto… ¿Por qué la raptaría ese enigmático Nazim? ¿Qué pretenderá hacer con ella? Tampoco debe imaginarse que voy tras él.

4 mayo 1915.

Hemos arribado a Limassol. Chipre es una isla muy montañosa y abrupta, al menos eso me parece desde el mar. Ahora es territorio británico, desde hace apenas seis meses. Estoy desanimado. Me parece imposible poder encontrarles.

5 mayo 1915.

He podido entrevistarme con el comandante británico. Mis argumentos le han convencido, y ha dado la orden de busca y captura del doctor Nazim. ¡Si los soldados ingleses no son capaces de dar con él es que no se encuentra en la isla! Tengo esperanzas de que aparezcan.

8 mayo 1915.

Ni rastro del doctor Nazim, ni por supuesto de Marie. Cada hora que pasa estoy más arrepentido de haberla dejado salir de La Salpêtrière. Me considero culpable de todo lo que pueda ocurrirle.

12 mayo 1915.

Estaba cenando en una taberna de Limassol, resignado a volver con las manos vacías, cuando un hombre de unos cuarenta años de aspecto turco o tal vez griego, me ha pedido permiso para sentarse, y para mi sorpresa me ha dicho a bocajarro que el doctor Nazim se encontraba en Alepo.

Creo que me he quedado un rato sin poder hablar. Luego el hombre ha sonreído y ha añadido que Limassol es un lugar pequeño donde todo se sabe.

Ha resultado ser armenio, Calouste Minassian. Me ha explicado que en toda Turquía las cosas se han puesto muy difíciles para los armenios. En Alepo ha habido confiscaciones de casas, palizas, asesinatos de armenios sin motivo alguno, violaciones. La población armenia está aterrorizada.

Ahora veo la mano de ese infame doctor Nazim, recuerdo sus palabras cuando aún no lo conocía. Odia a los armenios. Entonces le he contado lo que yo estaba haciendo aquí, y creo que me ha mirado con admiración.

14 mayo 1915.

He conseguido un salvoconducto con mi pasaporte de la Cruz Roja. Podré llegar a Constantinopla. Una vez allí intentaré ver a Friedrich Naumann. Lo último que escuché de él fue que volvía a allí. No creo que me niegue su ayuda en un tema así. Aunque tal vez yo sea un ingenuo. Estamos en tiempo de guerra. Ahora vale todo.

20 mayo 1915.

Me encuentro en Constantinopla. A través de la Cruz Roja he conseguido que me reciba el embajador de Alemania en Turquía. El barón Von Wangenheim. Tengo la esperanza de que atenderá mi petición. Sólo deseo recuperar a Marie Nakhoudian. Llevarla conmigo a Francia. Procurarle la ayuda suficiente para que pueda integrarse en una vida normal.

Sin embargo, algo curioso me está sucediendo. La tragedia de esa niña me ha afectado personalmente. Se supone que un especialista del sistema nervioso debería estar inmunizado ante los problemas de los demás. Pero no es cierto. Además, en este caso, me siento responsable...

22 mayo 1915.

He sido recibido por el embajador. Se ha mostrado frío y distante. Ha dicho que no puede hacer nada en un asunto así. Si ha sido raptada en Francia por un turco. ¿Qué puede hacer el embajador de Alemania? Ella es armenia, en todo caso súbdita turca, ni tan siquiera es francesa.

Tal vez tenga razón en su aplastante lógica prusiana. Pero no es cierto.

Aquí en Constantinopla, Alemania tiene un enorme peso específico. Yo conocí al doctor Nazim a través de alemanes. No ha querido ayudarme por un simple y sencillo motivo. Marie Nakhoudian es armenia. De sus palabras he podido deducir que Alemania está del lado de Turquía, y que para ella los armenios no son más que «un estorbo histórico».

23 mayo 1915.

Algo extraño está sucediendo. Calouste Minassian ha venido a verme al hotel. Me he mostrado muy sorprendido. Ha reconocido que me está siguiendo, y ha añadido que necesito protección. Mantiene que Constantinopla es un lugar peligroso en estos días, no sólo para los armenios.

La verdad es que parece saber muchas cosas y creo que va de buena fe. Le he preguntado por qué lo hace, cuál es en realidad el motivo de su interés en este asunto y me ha contado una extraña, casi increíble historia.

Es primo de Boghos Nakhoudian, el padre de Marie. Apenas conoce a su sobrina, porque lleva muchos años viviendo en Constantinopla. Es propietario de unos importantes almacenes e incluso me ha dicho que suministra víveres a las embajadas, por lo que tiene acceso y conoce a personas que trabajan en ellas.

Se enteró del asunto de Marie a través del cocinero de la embajada francesa, que suele leer los periódicos antes de tirarlos. Es cierto que Marie se ha hecho famosa en Francia. Cuando supo que se trataba de su sobrina, intentó ponerse en contacto con su primo Boghos, pero en Trebisonda las cosas están muy revueltas y no pudo saber nada de sus parientes.

Habló entonces con el contable de la embajada alemana. Me ha dicho que se trata de alguien a quien le gusta mucho el dinero. Le «compró» la información y no se por qué cauce llegó a saber que la niña había sido raptada y embarcada de nuevo hacia Turquía. Siguió la pista y llegó a Limassol. Allí supo que yo estaba tras ella. Al principio pensó que yo era un policía secreto o alguien designado por París.

Los armenios son gente muy tenaz y observadora. También tienen un gran sentido familiar. Un pariente es para ellos como los dedos de nuestra propia mano para nosotros. Decidió darse a conocer y ayudarme, cuando supo cuál era mi posición en este asunto, se convenció de que no podía abandonarme a mi suerte. Así ahora somos aliados y amigos. Empiezo a sentir al pueblo armenio como alguien cercano.

Ha reconocido que existe una organización armenia secreta. Es cierto que han cometido actos de guerra contra el gobierno turco. Se niega a llamarlos terrorismo. Está convencido de que no se trata más que de una defensa propia.

Me ha contado el sufrimiento de su pueblo en los últimos veinticinco años. De cómo el sultán Abdulhamid quiso iniciar el genocidio, hasta que Francia e Inglaterra le advirtieron que eso no iba a ser consentido por ellas. El sultán odiaba a los armenios, pero su prudencia era mayor que su odio, y detuvo las matanzas.

Después llegaron los acuerdos con Alemania. Todo comenzó en 1898, cuando el káiser Guillermo II entró en Jerusalén ataviado como un héroe medieval, montado en un caballo negro de pura raza árabe. Todos recuerdan como el sol de levante hacía refulgir su casco dorado rematado por el águila imperial. Tanto allí, como pocos días más tarde en Damasco, proclamó a los cuatro vientos que Alemania y Turquía eran hermanas, y que los alemanes sentían una gran amistad por el mundo musulmán.

Para cuando el káiser llegó a Constantinopla se había convertido en el principal aliado de los turcos. El sultán Abdulhamid lo besó tres veces en las mejillas, y proclamaron su amistad eterna. Con aquellos besos se fraguó el destino de los armenios. Ya sólo cabía un pueblo y una lengua en el imperio. Eso se lo enseñaron a los turcos los preceptos nacionalistas. Les dieron a leer a Herder, a Fichte, a los filósofos pangermanistas.

Abdulhamid y su entorno quedaron fascinados por los germanos. Además de todo, estaban libres de culpa. No habían participado en la colonización del mundo árabe. Eran pues, sus únicos y verdaderos amigos en el mundo occidental.

Guillermo se reunió con Abdulhamid en Dolmabahçe donde tuvieron una reunión secreta —Minassian sonreía al contarlo—. No hay nada secreto en el mundo. Allí había un armenio que luego quiso que otros armenios supiesen lo que aquellos príncipes habían pactado.

No sólo se acordó construir un ferrocarril que llegase hasta el Golfo Pérsico a través de Bagdad. No sólo se dio a Alemania la concesión del puerto de Hidar Pachá. No sólo se abrió la Sublime Puerta para que entrasen banqueros, comerciantes, fabricantes, armadores, ingenieros y militares alemanes. Se selló un pacto secreto entre Alemania, y también obviamente Austria y Hungría, que iban bien representadas en aquel viaje, y el sultán, en aquel momento aún el único jefe del Imperio otomano. Allí se pactó reforzar la influencia de los consejeros militares en el ejército turco.

Recuerdo que Minassian se atusó el bigote…, al hablar de aquello había comenzado a tutearme.

—¿Quién representa en realidad el genuino espíritu prusiano? Los militares. El ejército alemán. Allí se firmó un pacto por el que los jefes del ejército alemán serían también automáticamente jefes del ejército turco. ¿Y sabes por qué? Porque los sultanes jamás se han fiado de su ejército. De hecho, el mejor día para el sultán fue aquel de 1926, en que Mahmud II hizo pasar a todos los jenízaros a cuchillo. ¡A todos! No dejó con vida a ninguno. Eran su guardia pretoriana, pero también una pesada cadena que le impedía avanzar. El día que mató a sus hijos adoptivos y rompió la marmita, vio que había alcanzado la libertad.

Pero ¿sabes lo que en realidad se pactó allí? Terminar con los quebraderos de cabeza del sultán. Acabar con sus verdaderos problemas. Alemania no se opondría a que arreglasen los asuntos internos del imperio…

Nosotros somos esos asuntos internos. Mucho más atrás están los griegos que viven en Anatolia, los sirios que se han infiltrado en la estructura social. En cuanto a los kurdos, ya les llegará también su hora. Hoy son sus mejores instrumentos, pero llegará el día en que tampoco tendrán lugar aquí…

25 mayo 1915.

He sido expulsado del país. No han valido de nada mis protestas ni el pasaporte de la Cruz Roja.

Creo que detrás de esta acción está el Dr. Nazim. Cometí una ingenuidad al contarle el asunto al embajador de Alemania. Después de lo que Minassian me ha explicado, desconfío de los alemanes. Él y sólo él, ha avisado a Nazim. Tendría al menos que agradecerles que no me hayan asesinado.

Me encuentro en la embajada francesa, Minassian me advirtió de mi situación y tuve tiempo de llegar hasta aquí.

Embajada de Francia en Constantinopla, 26 mayo 1915.

He podido hablar con el embajador francés. Se siente como un rehén. París le ha autorizado a cerrar la embajada a su discreción. Pero cree firmemente que eso sería abandonar a mucha gente, entre ellos a los armenios, a su suerte. No quiere hacerlo.

Me ha presentado al embajador americano, Henry Morgenthau, que se encontraba de visita, con el que más tarde hemos cenado. Ambos me han hecho muchas preguntas sobre mi especialidad. Morgenthau parece un hombre extremadamente inteligente, además siente un gran interés por la cuestión armenia.

Quiero transcribir aquí, con la mayor exactitud las palabras de Morgenthau, porque me han parecido de una especial clarividencia.

Francia, como los británicos y nosotros los norteamericanos, sabe que lo que ahora está en juego, no es banal. El sultán culpaba a sus enemigos interiores. Eso era sólo una disculpa. Los turcos han sido incapaces de administrar los inmensos territorios que han dominado en los últimos siglos. ¿Quién es hoy el mayor enemigo de Turquía? Los árabes. Desde Túnez hasta Bagdad, pasando por los egipcios, los sirios y las tribus del desierto. Ninguno de ellos quiere al amo turco. Han sido despóticos, falaces, codiciosos, corruptos, crueles y malvados. Pero todo eso no oculta su peor defecto. Han sido malos administradores.

Y sólo los propios turcos tienen la culpa. La Sublime Puerta lo comprendió tarde, y pensó que una colaboración con una nación tan bien *organizada* como Alemania les podría ayudar a encontrar el camino.

Recuerde usted, señor embajador, cómo hace apenas un año y medio se firmó un acuerdo entre el nuevo gobierno turco y los alemanes. De aquel acuerdo ambos sabemos que el general Liman Von Sanders se convertía de hecho en el hombre fuerte de Turquía. Era una especie de entrega a Alemania, casi la rendición de un imperio a otro.

De hecho, Enver Pachá, el nuevo jefe del gobierno, siempre ha sido un fervoroso admirador de Prusia.

Francia, al igual que los Estados Unidos, sabe bien quién instigó el golpe de estado de 1908, cuando Enver Pachá se hizo con el poder. Penetró a golpe de pistola en el gabinete donde se celebraba el consejo de ministros, causándole la muerte al ministro de la Guerra. ¿Por qué? Porque no era lo suficientemente germanófilo.

Hoy los turcos han cambiado a un déspota, que al menos daba estabilidad al país, por un inestable gobierno militar. Porque, que nadie se engañe, Mehmet Resad es sólo una figura decorativa. Algo así como un costoso adorno de porcelana.

Es cierto que la Turkish Petroleum Company es la más pragmática de todas las *ententes*... por cierto, gracias a un armenio, Gulbenkian. Ustedes, los franceses, no han querido participar directamente porque, en cualquier caso, al final, quien manda es la Bolsa de París.

¿Qué va a ocurrir ahora? Tengo el resquemor de que la cuerda se va a partir por el sitio más débil. Como siempre. Vienen tiempos muy malos para los armenios en Turquía. De hecho, siempre han estado segregados. La concesión de *millets* no se hizo para otorgarles autonomía y bienestar. El sultán ha representado no sólo el poder terrenal. Fundamentalmente es el *califa*, el poder divino a través de él. Aunque los verdaderos árabes, Hussein, el jerife de la Meca y sus tribus, no creen que el lejano sultán de Constantinopla sea en verdad el representante del profeta.

Los turcos siempre han considerado a los armenios, a los cristianos bajo su poder, como objetos, a los que se les ha permitido vivir mientras sean útiles para sus amos. Pero, ¡ay de ellos, cuando pierden su utilidad!

Me temo que todas las palabras de libertad, constitución para el pueblo, autonomía, son sólo eso, palabras huecas en la boca de ese triunvirato fatal. Talaat, Enver Pachá, Djemal Pachá. Los tres han mentido. Lo que en realidad pretenden, de la mano de sus mentores alemanes, es un país exclusivamente turco.

¿Qué es para ellos la democracia? Un camino para llegar al poder. Sólo eso

Por cierto, embajador, ¿ha visto la última? Han suprimido los rótulos en francés de todas las calles, de cualquier ferrocarril o tranvía. Ahora es mucho más fácil perderse en Constantinopla. Incluso para un turco... Pero vayamos a lo importante.

Ayer hablé con Vartkés Serengulian. Está anímicamente destrozado. Conoce en profundidad lo que el gobierno ha tramado en contra de su pueblo. Ha intentado hablar con Talaat que siempre se había manifestado como amigo suyo. Ni él, ni Djemal, ni Enver han querido recibirle.

Sabe que esta vez el asunto es gravísimo. Las potencias (nosotros) están distraídas por la guerra. Inglaterra además tiene serios problemas en Africa del Sur. Rusia en Vladivostok. Mi país pretende permanecer neutral y además está muy lejos... Temo lo peor. Mi información, que usted también posee, dice que ya se han cursado las órdenes para la deportación en todo el país, excepto aquí, en Constantinopla, donde la población armenia se encuentra muy dispersa e integrada.

Morgenthau habló duramente toda la cena. El embajador francés asentía y mostraba su acuerdo con todo, aunque parecía un hombre mucho más reservado.

Todo lo que estaba sucediendo a mi alrededor, no hacía más que confirmar lo que había intuido en París. Gentes como el Dr. Nazim o como los alemanes que le rodeaban, han decidido borrar a los armenios de la faz de la tierra, aprovechando, como decía Morgenthau, la distracción de las grandes potencias.

***

Al terminar el diario de Eugène Warch, me quedé atónito, temblando de emoción. Aquello explicaba la terrible depresión de mi madre. Lloré por ella y por Dadjad compulsivamente, como nunca antes lo había hecho, sabiendo que aquellas lágrimas redimían todos mis silencios, la incomprensión que a veces le mostré.

Marie había sufrido unas experiencias demoledoras para cualquier persona, que destruyeron su capacidad de comprender un mundo tan cruel, y que le produjeron una depresión crónica, que la terminó encerrando en sí misma.

Cuando me calmé, reflexioné que, de nuevo, me encontraba con un importantísimo testimonio. Que en aquel caso me concernía directamente. Ahora comprendía lo que había ocurrido. Según todos los indicios, el raptor había sido el Dr. Nazim. Una figura tenebrosa en el genocidio. Probablemente Osman Hamid se enteró del caso de Marie por la prensa, ya que el hecho tuvo una repercusión internacional, y pudo contactar con Nazim. Este quiso devolver algún favor a Osman y se encargó personalmente del asunto. Luego un cúmulo de circunstancias y casualidades habían hecho llegar hasta mí aquellos documentos.

Comenzaba a comprender muchas cosas, una época oscura en la historia de mi madre, se aclaraba gracias al oportuno diario de Eugène Warch, pero sobre todo a la extraordinaria generosidad de Dadjad y Helen, que deseaban ver culminada la historia de un árbol genealógico que nos incumbía a todos.

No puedo ocultar que me quedé enormemente impresionado, de hecho, soñé durante unos meses con Nazim, entrando en el dormitorio de aquella niña para raptarla y llevarla de nuevo con él al infierno que estaba preparando Osman Hamid. Una terrible y larga venganza dedicada a Asadui Nazarian, mi abuela, una mujer armenia que demostró su valentía y su humanidad. Ella era la base y la raíz de nuestro árbol.

Las raíces de Nadia

Durante estos últimos años he mantenido una estrecha relación con Nadia Halil. Un día, al final del invierno, me llamó muy temprano, apenas eran las siete de la mañana. Me encontraba en Estambul removiendo papeles como siempre y pensando en que debería ir a visitarla.

Tal vez fue una intuición, pero durante toda la noche había estado pensando en ella y en Laila, que debería haberse convertido en una preciosa mujer. Por eso no me extrañó su llamada. Nadia y Laila tenían algo que siempre he envidiado más que cualquier cosa. Un verdadero hogar. A pesar de los recuerdos, el piso de Estambul era para mí un taller o un almacén de libros, más que otra cosa. El silencio era mi compañero y rara vez llamaba alguien al timbre. De tanto en tanto, tenía que escapar de allí, y me sumergía en las bulliciosas calles y plazas de Estambul, reflexionando cómo había cambiado la vida. Turquía se llenaba de turistas, que venían a disfrutar de una exótica manera de entender la vida.

Sin embargo, el gobierno turco no hacía nada por terminar con la injusticia histórica que significaba mantener el criterio, de que los turcos no tenían que reconocer las responsabilidades del genocidio. Esperaban que eso lo arreglase el tiempo, su mejor aliado. Prácticamente ya no quedaban voces que clamasen en el desierto.

Sin embargo, todavía personas como Nadia, como Helen, o como yo, manteníamos la esperanza de que esa situación se corrigiese algún día.

Durante la llamada, noté que Nadia estaba eufórica. Entre los libros de su padre habían aparecido unas cuartillas escritas en turco con caracteres árabes. Me dijo que lo estaba leyendo con mucha dificultad, por el mal estado en que se encontraban los documentos. Además, sabía que era otra rama del árbol. De nuestro árbol común, añadió.

Volé a Damasco en un chárter que supuestamente se dirigía a La Meca. Allí recogerían a otros peregrinos. Tal vez yo era el único de todo el avión que no iba a hacer el *hadjj*. Me sentí un extraño entre aquellos buenos musulmanes y envidié su fe. Yo necesitaba comenzar a creer cada mañana para aguantar el día.

***

Ambas vinieron a buscarme al aeropuerto. Hacía casi tres años que no las veía y me abrazaron como a un hijo pródigo. Laila iba en camino de transformarse en una belleza, y como cada vez que iba allí, pensé seriamente que debería irme a vivir a Damasco. Al menos alguien me saludaría con afecto.

Apenas llegamos a su casa, Nadia y Laila me acompañaron a la biblioteca. Estaba dispuesta de tal manera que recibía el sol de la mañana y también el de la tarde. Aquella estancia era parte de un hogar. Allí en los fríos días de invierno, se mantenía encendida la chimenea. Todo estaba limpio y ordenado. Claro que no tenían tantos libros como yo. Tal vez ni la décima parte, pero envidié aquel ambiente, el brillo suave de la madera de cedro, la comodidad de los sillones, la preciosa alfombra de Isfahan, del mismo precioso tono azulado que la portada de su maravillosa mezquita. Siempre que entraba allí, sentía esa mezcla de admiración y envidia, que me dejaba unos instantes sin aliento.

Me hicieron tomar asiento. Pensé que para ellas no era más que un viejo amigo, un tanto extraño. Pero notaba cómo fluía el cariño de ambas, la satisfacción de que hubiese respondido a su llamada.

Luego Nadia me cogió las manos mientras mostraba su entusiasmo, que percibía en el brillo de sus bellos y profundos ojos. Otra vez más el azar jugaba a nuestro favor. Había encontrado unos documentos increíbles.

Ella sabía bien quién había sido su padre. Sus años en Dolmabahçe. Cómo conoció a su madre, todo lo que había ocurrido. Pero sus padres jamás le habían dicho que intentaron escribir sus memorias. Nadia me contó que su madre, Lamia, había muerto cuando ella tenía apenas trece años. Justo en el momento en que ella se convirtió en una mujer, cuando su madre la hubiese podido ayudar en tantas cosas…

Pero ahora había encontrado unas páginas escondidas dentro de un libro, escritas a mano por sus padres, como si se hubiesen propuesto evitar que se perdiesen sus vidas, dejar su memoria escrita para que se supiese por qué habían ocurrido muchas cosas, cómo se hubiesen podido evitar otras.

Allí se hablaba de la caída de un sultán, de cómo se fraguó el odio, del terrible resultado, del infierno. Pero también del amor entre dos jóvenes, de la compasión, de la generosidad. No eran más que unas páginas, pero suficientes para llegar a comprender mejor a sus padres.

Nadia estaba emocionada. Laila la observaba con ternura, porque sabía lo importante que eran para ella aquellas cuartillas.

Luego Nadia me entregó el sobre. No dijo nada más. Ella y Laila abandonaron discretamente la estancia, y me quedé frente a frente con Halil y Lamia. Allí estaban. La escritura era algo inmortal, algo que evitaba que se perdiese el alma de las personas.

Hacía una tarde magnífica, espléndida. Era ya final de marzo y se escuchaba la llamada de un mirlo. Estaba tan nervioso, que abrí el sobre y me dirigí a la ventana. No podía estar sentado. Poco a poco el árbol iba creciendo y su sombra volvía a cubrir la tierra de oriente.

Extraje las cuartillas. Eran borradores escritos por dos personas, un hombre y una mujer. Halil y Lamia. Ambos habían muerto, pero su espíritu seguía allí.

Comencé a leer. Halil Bey había puesto un encabezamiento, con una cuidada letra árabe, escribiendo en turco clásico. En sí mismo, aquel documento era una joya: parte de su educación había consistido precisamente en pulir su caligrafía. Aquel hombre había vivido el cambio de una era a otra. ¡Lo que hubiese dado por poder hablar con él!

***

De las memorias de Halil Bey (Palacio de Dolmabahçe, 1909)

Sucedió exactamente cuando entraba la primavera en Constantinopla. Yo era entonces apenas un adolescente, aunque a pesar de mi juventud, llevaba ya casi diez años en palacio. Intuí que estaba sucediendo algo extraordinario, pues todo eran carreras, murmullos, incluso alguna exclamación, y eso allí, en Dolmabahçe Sarayi, no era normal. Fue Selim Bey, el jefe de los eunucos quien me llamó para que me asomase a la ventana.

«Hoy termina una época», murmuró cuando vio salir de los coches a los miembros del Comité. Luego vi cómo se deslizaba una lágrima por su mejilla, tan tersa y cuidada como la de una dama de la corte.

Varios automóviles negros se detuvieron en la entrada principal. Por aquel entonces eran muy pocos los vehículos que circulaban en la ciudad, y ver una larga caravana causaba extrañeza.

Selim era hombre extremadamente prudente y jamás hacía comentarios sin que sus palabras estuviesen muy fundadas. Luego lo vi alejarse, arrastrando los pies en dirección al harén y pensé que tal vez aquel cambio no iba a ser tan malo para mí.

Según el libro de personal que nunca había podido ojear, mi nacimiento se estimaba que había ocurrido en 1892, pues Osman, el jefe del Registro de Personal, me lo había repetido muchas veces. Por tanto, debía tener diecisiete años, aunque en mi fuero interno pensaba que tenía alguno más, tal vez dieciocho, incluso diecinueve. No recordaba apenas nada anterior a aquella vida. Era igual que si hubiese nacido en cualquiera de aquellos largos pasillos, o en las inmensas galerías. Hasta entonces, nadie, a pesar de mis insistentes preguntas, me había podido aclarar de dónde era, quiénes eran mis padres, o al menos cuál era el motivo por el que me encontraba allí. Al igual que otros como yo, que estábamos siendo instruidos, no como sirvientes, sino destinados a mandar, porque era palpable que existía un gran interés por nuestra educación y nuestros modales.

A pesar de los rumores, crecientes en los últimos meses, de que algo se estaba moviendo en el país, todos los que nos hallábamos en Dolmabahçe, teníamos la certeza de que era imposible que nada cambiase de verdad. La Sublime Puerta llevaba siglos dominando una parte importante del mundo, y nada podía hacer temblar los goznes de las pesadas puertas que separaban la vida de Abdulhamid, de las del resto de los mortales. Y para bien o para mal, muchos otros vivíamos encerrados también detrás de aquellas puertas.

Aquel día no sólo cambió la vida del sultán, que fue depuesto y obligado a abandonar Dolmabahçe para ir al palacio del Jedive en Cubuklú una temporada indefinida. También cambió la mía, porque en el desorden que siguió a todo aquello, hubo muchas dudas de quién se iba y quién se quedaba en palacio. Apenas habían transcurrido unas horas y ya se hablaba de que había un nuevo sultán, Resat Mehmet, que debería ser conocido como Mehmet V.

Selim Bey me hizo llamar para decirme que debía preparar mi equipaje. Debía ir con el séquito designado para acompañar a nuestro señor el sultán Abdulhamid. El hombre parecía emocionado. Rehuía mirarme a los ojos. Desde que un día muy lejano alguien lo llevó a palacio, él tampoco había cruzado la puerta. Sólo conocía aquel mundo limitado, como muchos de los que nos hallábamos allí. Mi caso era algo distinto. Todavía era apenas un adolescente y a veces, durante la madrugada, cuando se acercaba la hora del toque de salida del sol, en el que debíamos levantarnos con rapidez para realizar la primera oración del día, vislumbraba en mi memoria un rostro de mujer que pasaba ante mí como un fantasma, envuelto en brumas y que apenas me permitía atisbar unos rasgos difusos.

Sabía bien que aquella visión no podía ser otra que mi madre, a la que jamás volvería a ver en este mundo. Aunque no era más que una imagen desvaída por el tiempo, me aferraba a ella, pues me proporcionaba un eslabón fundamental en la cadena, demostrándome que pertenecía a un lugar fuera de aquellos muros que me retenían en una jaula de oro.

Selim Bey me acompañó a la estancia en la que vivíamos los pajes. Era Selim un ser extraño. Maquillado cuidadosamente, sin embargo se podían adivinar las leves arrugas que comenzaban a formarse en su cutis. Una lágrima se deslizaba por su mejilla, denunciando su estado, una mezcla de dolor y pánico que no era capaz de reprimir.

Nuestro señor el sultán Abdulhamid había sido destronado. Algo que se le antojaba imposible, porque llevaba toda una vida como califa de los creyentes, amo del mundo civilizado y señor de la vida y muerte de todos los súbditos de su vastísimo imperio.

Para Selim Bey, para los que nos hallábamos cerca del sultán, aquello era como si hubiese llegado el fin del mundo. Una terrible catástrofe, inesperada, que hacía que un enorme temor se apoderase de nuestras almas.

Me asomé al escuchar unos cañonazos en la lejanía hacia el Bósforo. Desde allí se divisaba parte del jardín, hasta la entrada de carruajes, y pude ver a los sirvientes arrastrando grandes baúles, con seguridad el equipaje privado de nuestro señor Abdulhamid.

Selim Bey hasta aquel mismo día distante y digno como una estatua, se sentó en mi lecho y se cubrió el rostro con las manos, sin poder ocultar su desesperación. El jefe de los eunucos siempre me había parecido una figura impresionante. Deambulaba constantemente por los larguísimos pasillos en silencio. No necesitaba más que su presencia, su porte majestuoso para reponer el orden. Los pajes lo temíamos. Era alguien inaccesible, y cuando percibíamos sus pasos, mucho antes de que apareciese, adoptábamos la absoluta formalidad que nos era exigida y volvíamos a nuestras tareas o estudios.

Selim Bey lo dominaba todo. Era el único que tenía la potestad de entrar y salir a su antojo en las estancias privadas del sultán. Permanecía en ellas vigilando férreamente a los esclavos y a los sirvientes, que debían lavar y ungir con ungüentos y perfumes la blanquísima piel de nuestro amo.

Había sido Selim Bey quien me designó por primera vez para una misión fundamental. Yo debía encargarme de ordenar, clasificar, colocar en una bandeja de oro repujado, las condecoraciones, las medallas, los lazos de las distintas órdenes, las bandas de honor, las sortijas según el día, el mes y las fases de la luna, también los guantes, turbantes o fez, dependiendo de las ocasiones y las circunstancias.

Selim me explicó entonces con infinita paciencia, cuál de ellas correspondía a cada ocasión, porque unos ornamentos eran incompatibles con otros, cuáles eran los preferidos del sultán según el evento. Cuándo nuestro señor deseaba impresionar a un embajador, a un monarca extranjero o salía de viaje protocolario, cuándo deseaba cambiarse a la mitad en una recepción o en una larguísima velada.

Abdulhamid era el amo de todo y de todos. Ante él no cabía la duda, ni la más ligera vacilación. Los que teníamos la dicha y el sublime honor de servirle directamente, éramos unos privilegiados. Y Selim Bey me había elegido para el cargo de mayor responsabilidad, otorgándome su confianza, porque en aquel puesto —como en todos los que tenían relación directa con el señor— no se admitían fallos. Era, ni más ni menos, el guardián de la imagen del sultán.

Era también Abdulhamid un hombre voluble y peligroso. Eso lo fui percibiendo a medida que pasaban los días. Si todo era perfecto, sin el más leve fallo, se comportaba como si no existieses. De hecho, calzábamos unas babuchas recogidas por atrás, con la suela confeccionada en varias capas de seda hasta conformar una especie de fieltro, que amortiguaba el ruido de los pasos hasta anularlo.

Si alguien dejaba caer algo cerca del sultán, o derramaba una copa, o incluso tosía o carraspeaba, estaba perdido. El castigo inicial era la separación definitiva de aquel cargo, se le relegaba a los oficios duros y apartados de la corte directa. Pasaría a las cocinas, a los almacenes de intendencia, a las cuadras para limpieza del estiércol, a los servicios de mantenimiento o a peores destinos.

Si el sultán resultaba incomodado, si como resultado del fallo o del error se molestaba al señor, entonces el causante podía llegar a ser apaleado o algo peor, incluso permanecer recluido en las mazmorras una larga temporada.

Todo ello puede explicar el clima de terror en el que se llevaban a cabo las tareas. También la enorme responsabilidad del jefe de los eunucos, que era quien designaba los diferentes cargos, quien ascendía o despedía a los que teníamos como misión en la vida servir al sultán.

Pero existía una extraña relación entre Abdulhamid y Selim Bey. Algo que trascendía lo normal, la confianza de lo cotidiano. Los dos hombres se conocían desde antes de que Abdulhamid llegase a ser sultán, y eso le otorgaba a Selim Bey una parte del inmenso poder que su amo había heredado.

Selim Bey alzó hacia mí sus ojos húmedos irritados por las lágrimas. Me sentía violento, porque nunca hubiese pensado que pudiese ser tan humano.

Hacía casi un año que me había adoptado, y eso me hacía poder comprender su estado. Selim Bey hablaba poco, pero los que le rodeábamos podíamos interpretar fielmente sus silencios. Era un hombre extremadamente persuasivo, de una gran inteligencia y refinamiento, y no cabía duda de que el propio sultán se dejaba aconsejar en algunos asuntos de Estado por él.

Abdulhamid tenía un gran problema. A pesar, o quizás a causa, de su inmenso poder, permanecía aislado en la cúspide, incapaz de conectar con sus súbditos. Necesitaba a personas con la sensibilidad y la prudencia de Selim Bey para hacerse entender, para que su pensamiento llegase a ser inteligible.

El sultán desconfiaba de todo el mundo. Pero si alguien en especial era el blanco de su mirada penetrante, esos eran los intelectuales. Para ellos aplicó la máxima censura, el control más férreo y estricto, la cárcel en muchos casos, incluso la muerte en los más extremos. Selim Bey, a pesar de no salir nunca de palacio, era su vista, su oído, su espía más cercano. De hecho, viví alguno de los encuentros entre el director de la policía política que debía entregar sus informes y Selim Bey. Todos los que trabajamos alrededor de la corte éramos espiados, a la vez que espiábamos a los que nos rodeaban. Hacía apenas cuatro años que el sultán había sufrido un grave atentado. Un grupo armenio, deseando vengarse de las persecuciones de que eran objeto, lanzó una bomba contra su persona en el mismo momento en que salía de la oración del viernes. La puerta de la mezquita estaba repleta de gentes, que esperaban la salida del califa de los creyentes, su título más apreciado, para aclamarle, para poder observarlo de cerca.

Selim Bey se culpaba de aquel suceso. Debía haberlo previsto. El sultán escapó por milagro y aquella noche rodaron cabezas no sólo fuera de los muros de palacio.

Desde aquel día volvió el absoluto control. La policía secreta investigaba y torturaba a todos los que podían ser sospechosos, aunque simplemente lo pareciesen. Cualquier comentario, cualquier acción como reunirse en grupo no autorizado. poseer libros extranjeros, escribir algo que pudiese poseer un aroma de libre pensamiento, hablar de democracia, ser miembro de cualquiera de las asociaciones políticas... Esas actividades no eran aceptadas por la Sublime Puerta. Ser nacionalista, ideólogo, filósofo o sólo ser un intelectual armenio comprometido con su raza. Cualquier excusa servía para ser detenido, encarcelado, torturado.

Ahí, sin saberlo nadie, sólo los que participábamos de la absoluta confianza de aquel hombre enigmático, se encontraba el cerebro del férreo control que sujetaba al país.

Pero en aquellos momentos, aquel ser extraordinario se hallaba postrado junto a mí, destrozado, deprimido, por no haber sido capaz de anular el inicio de aquel movimiento que apenas hacía un año y medio se había transformado en el Comité para al Unión y el Progreso. El Ittihad ve Terakki Cemiyeti. La asociación de los distintos grupos políticos que intentaban obligar al sultán a establecer de nuevo la Constitución.

Selim Bey había intentado controlar las elecciones del año anterior. Pero ahora reconocía amargamente que los candidatos del sultán habían sido vencidos por los del Comité gracias a una añagaza. El Comité había declarado que no deseaba gobernar, que no quería el poder. Que sólo deseaba la vuelta de la democracia. Pero eso era sólo una estratagema para ganar tiempo, y ayudar en secreto a los que le eran fieles...

Hacía apenas un mes que el sultán había suspendido la Constitución y Selim Bey estaba exultante de alegría porque nuestro señor había recuperado su poder autocrático. Todo parecía haber vuelto a su cauce. Pero algo había escapado a su férreo control. El ejército de Salónica, bajo la autoridad de un general traidor, Mahmud Sevket Pachá, había marchado sobre la capital, y apenas con unas inofensivas salvas de sus cañones, había conseguido deponer al sultán Abdulhamid II.

Aquellas circunstancias eran las causantes de las lágrimas que corrían por las mejillas de Selim Bey, arruinando su cuidado maquillaje. Selim Bey lloraba amargamente por su fracaso. Las órdenes recibidas eran abandonar palacio antes del amanecer. Era ya seguro que Mehmet Resad sería el nuevo sultán designado por el Comité. Mehmet V. Una marioneta de los traidores, según mascullaba el aún jefe de los eunucos.

Pero Selim Bey no deseaba salir de palacio. No podría volver a estar junto a nuestro señor sin sentir vergüenza y ese era el motivo por el que me había acompañado hasta mi cámara en las buhardillas de Dolmabahçe.

Selim Bey se enjugó las lágrimas con su pañuelo de seda. Luego me observó fijamente mientras se levantaba del lecho y se acercaba hasta donde me hallaba. Sabía que aquel hombre quería comunicarme algo, pero no podía entender los motivos para ello, hasta que finalmente dirigió sus ojos de color aguamarina a los tejados de la ciudad. Daba la impresión de haberse tranquilizado, como si la vorágine que nos rodeaba no pudiese alcanzarnos, como si dispusiésemos de todo el tiempo del mundo.

Cuando comprendí que esa intuición era cierta y que ello significaba algo terrible, sentí un profundo escalofrío recorrer mi espalda. ¿Qué sentido tenían sus confidencias?

De pronto tuve la certeza de que aquel hombre iba a morir por su propia voluntad, y que ya nada podía afectarle, ocurriese lo que ocurriese.

Selim Bey me miró a los ojos.

—Voy a decirte algo Halil. Creo que, en estas circunstancias, tienes derecho a saber quién eres en realidad. Pues ni tú, ni yo, somos quienes aparentamos ser.

Selim lanzó una larga mirada hacia el exterior. El sol rojizo comenzaba a ocultarse en el horizonte.

—Queda poco tiempo. A veces poco es lo mismo que todo. —Intentó sonreír, pero sin conseguirlo. Yo estaba en ascuas. ¿Qué significaban aquellas palabras? ¿Qué intentaba decirme aquel hombre?

—Mira Halil Bey. Tú llegaste aquí un día con casi seis años. Se te habrá olvidado gran parte de tu vida anterior. O, mejor dicho, creerás haberla olvidado. Pero no. De alguna manera sigue dentro de ti. A veces te despertarás por la noche sabiendo que hay algo que te falta. Alguien a quien apenas puedes recordar. Lo sé, porque a mí me sigue ocurriendo lo mismo. A pesar de los años. Pero controla tu impaciencia, porque estás a punto de saberlo, y tal vez ello no te cambie la vida, pero al menos aliviará tus pesadillas.

Selim hizo una larga pausa y volvió a mirar por la ventana. Para aquel entonces yo no podía más de impaciencia, y aunque quería imitar su aparente calma, en verdad me resultaba imposible, mientras escuchaba aquellas palabras.

Increíblemente, a pesar de la situación, Selim Bey no parecía tener prisa. Su alteración provenía de la amargura, de la autoinculpación por el fracaso de su trabajo, aunque para mí, era evidente que no tenía ninguna responsabilidad en todo lo que estaba ocurriendo.

Entonces pude escuchar algo increíble, totalmente inesperado.

—Halil. Ambos somos armenios de nacimiento. Ni turcos. Ni circasianos. Ni eslavos. Armenios. Sólo eso, armenios.

Selim observó mi reacción. Me había quedado atónito. ¿Qué quería decirme con ello? ¿Yo, armenio? Lo miré asombrado, esperando que me aclarase aquellas palabras.

—Sí, Halil Bey. Eres armenio. Y por lo que sé, de pura raza. Naciste cristiano y ahora eres musulmán. Ahora tu mundo es este. Las circunstancias decidieron por ti. Claro que de armenio sólo tienes la sangre. Y digo sólo, porque al final eso no va a significar mucho en tu vida.

Selim volvió a observarme, y al hacerlo pude comprobar que sus ojos se habían secado.

—Yo también nací de padres armenios. Y sin embargo toda mi vida consciente he sido un buen turco. Un buen servidor del sultán y de la media luna. Ahora, cuando este mundo al que hemos pertenecido, se está derrumbando a nuestro alrededor, tal vez estés a tiempo de intentar modificar tu futuro. En cuanto a mí, doy por terminada mi misión en esta vida.

—He querido que lo supieses, porque todo hombre tiene derecho a conocer sus raíces. Tú, Halil, fuiste raptado. Tus padres asesinados. Tus parientes aniquilados. Salvo tal vez algún hermano, que por casualidad haya podido sobrevivir. Un día puede que te cruces con él sin saberlo. Pero ese desconocido seguirá siendo tu hermano y ambos seréis armenios. Naciste en Van. Tal vez en una aldea cercana. En una razia de los soldados del sultán, te capturaron. Sabes que ha sido práctica normal. Perdiste a tu familia, pero ganaste un importante futuro. Así se generan los hombres de confianza de nuestra corte. Después, con el tiempo, el sultán supo de tu precoz inteligencia. Me dijo que quería reservarte para cargos de importancia. Quizás, si todo esto no estuviese sucediendo, hubieses llegado a ser visir. Mi vida fue distinta. Me trajeron con apenas cuatro años y fui castrado de inmediato. Convertido en eunuco. A pesar de que he tenido una vida privilegiada, siempre he odiado a los que lo hicieron. Nunca me he considerado un hombre completo. El ser eunuco me hizo vivir de una manera. Pero creo que me robaron una parte del alma. No he sido el que podía haber llegado a ser. Debes saber algo. Desde el mismo momento en que llegaste, te apadriné. Apenas llevabas un mes aquí, al cargo de las esclavas del harén, cuando se te seleccionó junto con otros seis niños de tu misma edad y situación para ser también castrados. Sabía que eras armenio como yo, porque leí el informe del comandante, un tal Yusuf Bekir. Te puedo dar la fecha exacta, porque pensé que a lo mejor un día te servía. Te capturaron en Edremit el 22 de noviembre de 1894, en una operación de limpieza. Así llamábamos a las razias, porque no significaban otra cosa para los que nos consideramos turcos, aunque no lo seamos. Tus padres murieron en el ataque, toda tu familia, por lo que decía el informe. Eras un huérfano *apropiado*, y el coronel te trajo como lo que significabas. Un presente. Un bonito presente para el sultán. No eras otra cosa entonces. Alguna vez hemos sido armenios. Como nuestros padres y abuelos, desde hace muchas generaciones. De alguna manera hemos pertenecido a otro mundo, pero en algún momento, alguien, desde este palacio, cambió las cosas. La voluntad del sultán se impuso a las circunstancias. —Selim apoyó su mano en mi hombro—. Tú, Halil, eres ahora sólo un instrumento más de esa enorme maquinaria que ha sido y es la burocracia otomana. Tu destino, algún día no demasiado lejano, es gobernar sobre las gentes de algún valiato, hacer llegar los deseos del sultán hasta el pueblo, controlarlo férreamente... A partir de ahora, siempre sabrás en el fondo de tu corazón, que no eres turco. Tal vez eso cambie las cosas para alguien. Es lo menos que puedo hacer por los que una vez fueron mi pueblo... Pero no tenemos mucho tiempo. Está cayendo la noche con rapidez, como si quisiera envolver este fatídico día con sus sombras, pero como ya nada importa, al menos para mí, quiero que conozcas algo que ocurrió hace pocos meses y que puede ser instructivo para ti. Al menos para mí lo fue y mucho. Permíteme que te lo narre como si se tratase de una clase de historia. En realidad, no es otra cosa, que la última clase que vas a escuchar de mí. —Selim volvió a levantarse, y miró al exterior como intentando recordar.

—Ocurrió en febrero pasado. Hacía mucho frío en Constantinopla, aquel día gris lloviznaba. El sultán siempre que hablaba con extraños, deseaba que yo estuviese presente. Junto a él. Es un hombre precavido que jamás ha confiado en nadie, que siempre ha temido morir asesinado, que siempre ha querido conocer mi interpretación de los hechos, que al terminar una entrevista ha deseado cambiar impresiones conmigo. Podría parecer un gran honor para mí. Pero ha significado una enorme responsabilidad y un arduo trabajo. Lo positivo ha sido conocer de primera mano la realidad. Escucharla directamente. Convertirme en los oídos del sultán. Aquella mañana, en el libro de recepciones de Dolmabahçe teníamos apuntadas sólo dos visitas. Eso era extraño. El sultán apenas concedía unos minutos a los que tenían el privilegio de llegar hasta él. Aunque se tratase de embajadores plenipotenciarios. Recuerdo que leí, «general von der Goltz» y en el siguiente renglón, «doctor Max Erwin von Scheubner-Richter». Lo chocante era que el sultán iba a recibirlos a la misma hora. Eso me extrañó, porque lo normal hubiese sido recibir uno tras otro. La costumbre de nuestro señor era recibir a los embajadores, a las visitas que han tenido el honor de llegar hasta aquí, de uno en uno. Entre otras cosas porque siempre ha preferido decirle a cada uno lo que cree conveniente, y no le ha gustado jamás mezclar conceptos. Pero aquella cita no admitía duda. Estarían juntos. Me asomé al ventanal que desde el gran pasillo domina la entrada principal. Seguía lloviendo y un coche se detuvo justo frente al portón. Unos ordenanzas portando esos enormes paraguas que en verano sirven de sombrillas, abrieron la puerta del vehículo. Descendió un hombre robusto, de alrededor de sesenta años. Sabía que se trataba de Kolmar von der Goltz. Vi cómo resbalaba con el brillante pavimento, y temí que fuese a perder el equilibrio. Pero se rehizo antes de que uno de los ordenanzas pudiese cogerle del brazo, y lo rechazó con el gesto autoritario del que está acostumbrado a mandar siempre. Me habían hablado de él. A pesar de su edad, se mantenía en buena forma física. Miré el reloj. Llegaba justo a tiempo, aunque sabía que él no tenía la culpa. La ciudad se estaba transformando en un inmenso caos. Nuestros espías nos habían dado un informe completo sobre el general. Era un verdadero prusiano de Bielkenfeld. Temí las disculpas de nuestros criados de Dolmabahçe. Lo harían protocolariamente en francés. Y eso, en aquellos días, podría llegar a considerarse un insulto para un alemán. Sabía que, hacía más de una hora había salido de la embajada alemana. Que había permanecido detenido casi veinticinco minutos para cruzar el Cuerno de Oro. Teníamos agentes apostados en las azoteas, que se comunicaban con palacio por medio de espejos, en un código secreto. De inmediato estábamos informados. En Constantinopla las noticias llegaban más veloces que el viento, y la administración otomana debía gran parte de su éxito a la rapidez con que siempre era informada. El informe subrayaba que aquel hombre había vivido casi doce años entre nosotros, en Turquía, y en ese largo tiempo, interrumpido por cortas visitas a Alemania, había emitido valiosos informes de los que, por medio de la persuasión y el dinero, también habíamos podido obtener copias. Para nosotros es extraordinariamente importante saber lo que se dice, incluso lo que se piensa en los gobiernos de los países con los que mantenemos relaciones. Por eso sabíamos que, a pesar de todo, a aquel militar no le agradaba nuestro país. Sólo la disciplina, la obediencia al deber, el amor al káiser, le mantenían en su puesto. Sus escritos reprobaban el desorden, la suciedad, la aparente anarquía de la vida en Turquía. Pero todo eso no eran más que opiniones subjetivas. ¡Qué podía saber un alemán, por muy inteligente que fuese, por mucho tiempo que hubiese vivido entre nosotros, de cuál es en realidad la verdadera idiosincrasia de los turcos! Nada. Aunque se lo propusiese, aunque hiciese de ello el fundamento de su vida, sólo podría llegar a percibir un leve aroma. La fragancia de un espíritu. Poco más. Pude ver cómo uno de nuestros oficiales. el capitán Kemal Gelik, por cierto un extraordinario militar, se cuadraba ante él dando un taconazo. Me sentí orgulloso. Es uno de los oficiales de Estado Mayor con más futuro. Había permanecido tres años en Prusia y sabía que el sultán le reservaba un brillante porvenir. El capitán Gelik había hablado largamente conmigo. Me había explicado que Prusia, toda Alemania, es un país extremadamente limpio, ordenado, silencioso, culto y nacionalista. Yo, a pesar de mi experiencia y de mi edad, jamás he podido abandonar el recinto del palacio. Pero creía conocer cómo era el mundo exterior. Como si fuese invidente, he desarrollado una especial sensibilidad y puedo percibir cosas, prever lo que aún no ha sucedido, adivinar lo que alguien pretende decirme, aun antes de que se atreva a hacerlo. No debe extrañarte lo que te digo. Sabes, por experiencia propia, cómo funciona no sólo este palacio, sino toda la corte. Durante un tiempo —no debo ocultártelo y menos ahora— me amargué. Me veía como un ser castrado, limitado, subordinado. Luego comprendí que todo eso no tenía importancia. De una manera u otro, todos lo éramos, con la diferencia de que además yo administraba un enorme poder. Pero déjame seguir con la historia. Vi como Von der Goltz caminaba pausadamente, protegido por los paraguas, con la lluvia arreciendo. Aquel hombre mantendría la dignidad de su cargo, aunque el mundo estuviese derrumbándose a su alrededor.

Él desconocía nuestra información. Probablemente la menospreciaba. No podía llegar a imaginar cuánto sabíamos acerca de él. La importancia que le dábamos a ese conocimiento. El interés que poníamos en lo más mínimo, lo más trivial. Von der Goltz había comparado despreciativamente el ordenado silencio de Prusia con el desorden bullicioso de Constantinopla. Aquel hombre que se dirigía a la entrada de palacio, no había comprendido que nuestro desorden es sólo apariencia, y que los otomanos somos uno de los pueblos más ordenados de la tierra. Pero bueno. Seamos justos. A fin de cuentas, se trataba de uno de nuestros mejores aliados. Y eso tenía una gran importancia, porque no había más que observar el horizonte para vislumbrar una terrible tormenta formándose en la lejanía. Bajé la escalinata con la misma parsimonia con la que el general caminaba bajo la lluvia. Me sentía entonces orgulloso de representar al sultán. De dar la bienvenida a los que mantenían que deseaban ayudarnos. Sabes bien cómo conseguimos el ambiente de serenidad que flota en estas estancias. Al menos hasta hoy. Me detuve en el rellano, ese lugar concreto donde puedes atisbar el vestíbulo principal, sin temor a que te vean, para observar cómo el chambelán recibía a Von der Goltz. El protocolo exigía dejar pasar diez minutos, hasta que recibiese la llamada para ser acompañado a la presencia del sultán. Pero en aquel caso, todo dependía de su compañero de cita, Von Scheubner-Richter, ya que ambos deberían entrar juntos, tal y como estaba previsto. Pude ver, pues, cómo el general giraba la cabeza, impresionado por las dimensiones y el sabor histórico que emana de este palacio, que hoy vamos a abandonar. Que yo recuerde, él nunca antes había estado aquí. Y la primera vez que alguien entra, debe quedarse anonadado. Por muchos palacios que haya podido contemplar. Este, el nuestro, tiene algo especial que deja a los visitantes pensativos. Uno de mis criados susurró tras de mí que el coche de la segunda visita acababa de llegar. Esperé allí mismo a que entrase. Lo hizo a los pocos minutos. Tenía un aspecto pretencioso y vulgar, a pesar de que era indudable que se había acicalado para la cita con el sultán. Vi como el chambelán, Ali Bey Pasa, del que conoces su terrible suficiencia, los presentaba. Él no tenía por qué saber si ambos personajes se conocían. Pero yo sí. Estaba en los informes. Jamás se habían visto, aunque los dos tenían noticias del otro. De hecho, como prusiano de estirpe, Von der Goltz desprecia a quien no lo es. Nadie puede estar por encima de un hijo de Prusia. Ese era su pensamiento y, aunque nosotros tenemos la certeza de que un turco vale más que un alemán, no íbamos a discutirlo con él. Pude observar cómo ambos se estrechaban la mano. Pude escuchar sus palabras melifluas y corteses: «Señor Max Erwin von Scheubner-Richter. Es un gran honor para mí, general Von der Goltz...». Vi cómo el general entrecerró los ojos y pude leer su pensamiento. También vi como el general devolvía el apretón de manos sin demasiada convicción. Descendí los últimos escalones y me acerqué a ellos. Ambos estaban advertidos. Sabían quién era yo. El confidente del sultán. El jefe de los eunucos. Noté cómo me lanzaban una mirada de curiosidad. Oriente, en el fondo siempre los deslumbra. Saludé primero al general. Aquel hombre tenía la misión de reorganizar nuestro ejército, transformarlo en un aparato eficiente y disciplinado. El último informe era explícito. Una carta enviada directamente por el káiser a Von der Goltz decía: «Con su labor podrá ahorrar a la patria miles de vidas de jóvenes soldados alemanes». Si el general hubiese sabido que yo conocía aquella carta, se hubiese puesto muy nervioso, porque al káiser sólo le habría faltado añadir: «Siempre será mejor que muera un turco que un alemán». Von der

Goltz me estrechó la mano mientras se cuadraba. Para él yo era el representante directo del sultán. Debía imaginar cuál era mi verdadero poder. Luego le di la mano a Scheubner-Richter. Apenas apretó la mía mientras intentaba una mueca que pretendía ser una sonrisa. Noté que entre ambos hombres se había levantado un muro. Von der Goltz no podía evitar manifestar su verdadera opinión acerca de aquel hombre. En cuanto a Scheubner-Richter, había podido percibir que no le resultaba simpático el general. Les precedí a lo largo del pasillo. Llegamos al patio cubierto por la bóveda de cristal, y Von der Goltz se mostraba asombrado. De hecho, tocó varias veces la baranda de la gran escalera, como si no terminase de convencerse que también era de cristal. Probablemente pensaría que aquello no era más que una demostración ostentosa. Él era, según los informes, un militar con fama de austero. Recuerdo con incredulidad la reacción del sultán, cuando entramos en el gran salón de visitas. Jamás un sultán del imperio, el califa de los creyentes, se había levantado para saludar a un visitante. Eso no se le hubiese pasado por la cabeza a ninguno de sus antecesores en el cargo. Aquella mañana, nuestro señor el sultán Abdulhamid II, se levantó del sillón dorado y caminó hacia ellos. Aquello me hizo pensar. El sultán había hecho otra excepción. Se había vestido a la occidental, con un traje gris oscuro y una corbata italiana. No pude por menos que pensar cómo habían cambiado las circunstancias desde el lejano día en que tomó posesión del trono. Verdaderamente todo había cambiado. Últimamente, el sultán se sentía envejecer. Le dolían los huesos a causa del reuma precoz que le aqueja. Pero en aquellos momentos no deseaba aparentar la menor debilidad, ni que nadie le compadeciese por ello. Sólo en mí descargaba su malestar de tanto en tanto. Tú conoces, Halil, las carreras arriba y abajo de los médicos de palacio. Uno de ellos, aquel doctor extranjero, me confesó que creía que nuestro señor era un hipocondríaco. Eso quiere decir que le aquejan todas las enfermedades y ninguna. Depende sólo de su estado de ánimo. Pero en realidad, lo que más le dolía, era que le hubiesen hecho aceptar la Constitución, tener un Parlamento hostil. Aquella era una revolución emboscada que, poco a poco iba subiendo los escalones de palacio. A pesar de que aún no había llegado el momento, el propio sultán me confesó un día, después de abrir el nuevo Parlamento, que estaba convencido de que no le quedaba mucho tiempo. Achacaba la culpa de todo a aquel traidor Comité para la Unión y el Progreso, y es verdad que hemos intentado reprimirlos, pero eso ha resultado imposible a pesar de todos los esfuerzos. Inmediatamente después de saludarles y darles la bienvenida, invitó a sentarse a sus visitantes. Yo permanecí en pie como es usual, ligeramente a la derecha de nuestro señor. Sabía bien lo que debía estar pasando por su mente. Meditaba sobre cómo su poder parecía desplomarse con rapidez. Todos aquellos intelectuales de ideas subversivas, oficiales traidores, funcionarios corruptos. Aquellos Jóvenes Turcos que sabía le engañaban. Hacía pocos días me había hablado con amargura. Tenía la impresión de que todos conspiraban contra él. Comenzaba a sentirse acorralado. Y ahora, al cabo de pocos meses, podemos comprobar que su preocupación tenía en realidad fundamento. El sultán intentaba poner al mal tiempo buena cara. Pero cada día que pasaba le resultaba más difícil. Tenía, y eso me constaba ya en aquellos momentos, el mismo síndrome que nos aqueja a todos nosotros. El de un pájaro en una jaula de oro. Cada vez que llegaban noticias de cualquier parte de su extenso imperio era un nuevo mazazo. Desde Bosnia, Serbia, Bulgaria, Egipto. Sabía bien que ingleses y franceses estaban detrás de todo ello. ¡Después de cómo se había portado con ambas naciones! Sobre todo con los franceses. Sólo los alemanes parecían respetarlo. El káiser era como un hermano. Y aquel general, Von der Goltz, estaba intentando que Turquía volviese a tener un ejército. A pesar de la carta secreta, que venía a decir que podíamos convertirnos en una división de primera línea del glorioso ejército alemán. Lo que los militares llaman despectivamente «carne de cañón». Recuerdo que Abdulhamid levantó la mano derecha señalando a Von der Goltz. Era la señal para que hablara.

—Majestad —Von der Goltz dudó un instante mientras lanzaba una mirada de reojo hacia Scheubner-Richter—. Alteza. Es para mí un honor estar aquí. Poder colaborar en la modernización de vuestro ejército. Estuve aquí doce años, entre 1893 y 1895. Luego he permanecido largo tiempo en Alemania. Hasta hace un mes. Este lapso de otros doce años se me ha hecho excesivamente largo, y confieso a vuestra alteza que tenía ganas de volver. Ha sido demasiado tiempo encerrado entre mapas y legajos en el Estado Mayor Imperial...

—Lo sé general —Abdulhamid interrumpió condescendiente a Von der Goltz—. Lo sé. Habéis sido vos quien ha organizado el ejército de mi hermano el káiser. Por cierto, una maravillosa disciplina. Tengo aquí una carta de su alteza imperial Guillermo. En ella me habla del método que habéis empleado, de la extraordinaria organización, del equilibrio logrado en sus ejércitos. Vos, y no otro, habéis diseñado los nuevos capotes, los cascos, las polainas. Vos habéis supervisado hasta el menor detalle el armamento. Desde los fusiles, a las ametralladoras y los cañones. Vos habéis introducido el automóvil blindado, los ferrocarriles estratégicos.

Abdulhamid hizo una ligera pausa mientras observaba a los dos hombres, fijándose en los miopes ojos de Von der Goltz, para inmediatamente observar los nerviosos y agudos ojos de Scheubner-Richter, al tiempo que suspiraba profundamente.

—¡Ah, amigo mío! Aquí, en este país, en otro tiempo temor de sus enemigos y orgullo de esta dinastía, os espera un arduo trabajo. Las guerras balcánicas, la indisciplina, las luchas intestinas, el terrorismo, los falsos políticos... ¡Ah! No os puedo mentir, porque eso sería tan estúpido como hacerlo al médico. Y eso en realidad es lo que vais a ser para mí. Como un médico de cabecera. Aquí vais a disponer de mi total confianza, para hacer y deshacer a vuestro gusto, para formar ejércitos, para modelar el espíritu de estos combatientes, que hoy no merecen ser los herederos de Suleyman. Sí. Hacedlo con rigor y disciplina. Con dolor, si es preciso, pues nada puede nacer sin sufrimiento. Os garantizo que tenéis materia prima. Modeladla como arcilla fresca. Domad a los rebeldes, levantad a los débiles, señalad a los futuros generales. Nunca este país se ha encontrado en tal situación. Jamás ha sido tan necesario el heroísmo. Pero para infundirlo es preciso un caudillo. Vos vais a ser quien transforme en abnegación el heroísmo. Quien cambie la sumisión en rebeldía...

El sultán volvió a hacer una pausa. Ni Von der Goltz, ni Scheubner-Richter se atrevían a interrumpirlo. En el enorme salón se podía oír el vuelo de una mosca. Aquel lugar parecía estático, como si el tiempo se hubiese detenido definitivamente.

Entonces Abdulhamid fijó sus penetrantes ojos en Scheubner-Richter.

—El káiser os ha hecho llegar hasta mí. Me dijo que debería escuchar vuestras teorías. Según él sería muy interesante para mí y con seguridad redundaría en beneficio para el país. Fue él quien sugirió que estuviese presente el general Von der Goltz. Me aseguró que Alemania siempre respaldaría a Turquía. Ocurriese lo que ocurriese.

El sultán hizo una pausa y respiró profundamente. Luego señaló al militar al tiempo que hacía la pregunta.

—¿Cuáles creéis general que son los principales problemas de Turquía en estos momentos? Os ruego que habléis con toda franqueza. Deseo saber cuál es el parecer de Alemania, país al que respeto profundamente y que siempre ha demostrado una inquebrantable amistad por el nuestro. Decidme pues lo que pensáis, y hablad·como lo haríais con vuestro mejor amigo.

Von der Goltz pareció sorprenderse ante aquella pregunta. No quería ofender al sultán, pero dudó si sería prudente una total sinceridad. Además, noté que le hubiese gustado hacerlo sin testigos. Cierto que le tranquilizaba el hecho de que el propio káiser lo hubiese enviado. Aquel hombre pensó que no podía defraudar al sultán, carraspeó y decidió hablar diciendo lo que pensaba.

—Alteza. No creo que mi humilde opinión sea de vuestro interés. Cierto es que me precio de conocer bien vuestro gran país. Pero no sé, no sé si debo…

Abdulhamid era hombre impaciente. Sabía que ese era su principal defecto, pero no podía evitarlo, y repiqueteó con sus gruesos dedos en los que lucía un enorme diamante azul —decía que le traía buena suerte—, sobre una pequeña mesa circular que estaba colocada junto al sofá. Von der Goltz entendió perfectamente el mensaje, carraspeó y continuó hablando tras la pequeña pausa.

—Bien, alteza. Vuestros ejércitos no están pasando sus mejores momentos. No puede ocultarse que existe una gran desmoralización en sus filas. Francia, Inglaterra y Rusia, son las cabezas de una medusa que pretende desmembrar vuestro imperio para repartírselo. Ya han conseguido la independencia de los países balcánicos. También, y no es lo menos importante, las minorías cristianas en el interior del país pretenden su parte del pastel… Perdonad señor…, quiero decir que exigen su propia independencia. Para ello se han formado sociedades secretas, que pretenden reforzar sus demandas apoyándose en el terrorismo. Ahí tenéis a los búlgaros y a los serbios en Europa. Aquí, en el interior de las fronteras de Turquía, los griegos y los armenios. No podéis cerrar los ojos a sus fines. Emplean el terror para forzar vuestra benevolencia. Es más —Von der Goltz pareció dudar unos instantes—, saben que, si provocan la natural represión de vuestros ejércitos, incluso de la policía, tal vez obtengan lo que pretenden, que no es otra cosa que la intervención de vuestros enemigos en Europa. Sería absurdo ocultar que en los últimos años el terrorismo se ha cebado en vuestros administradores. Han estallado muchas bombas en calles, mercados, incluso mezquitas, asesinando a gentes inocentes. Ha habido revueltas y saqueos. Vos mismo, señor, sufristeis un atentado en vuestra real persona al salir de la mezquita. Hay oficiales descontentos. Otros han sido contaminados por la traición. Además, en esa sinceridad que me exigís, y eso tal vez es lo peor, vuestro país se está partiendo entre panislamistas, otomanistas y occidentalistas. Tras ellos aparecen los nacionalistas… Creo, señor, que tenéis muchos y grandes enemigos, que quisieran ver desaparecer vuestro imperio de la faz de la tierra. Pero no es menos cierto que contáis con la simpatía de otras naciones, entre ellas, la que aquí, con orgullo, represento, que son fieles aliadas de Turquía. Ocurra lo que ocurra. Y eso señor, no son palabras huecas. Fue el propio emperador el que quiso que os las subrayase. Ocurra lo que ocurra. Cueste lo que cueste.

Mientras, noté que Scheubner-Richter callaba, como si sintiera dentro de él una extraña sensación. Creía que de un momento a otro iba a marearse por culpa de un colapso nervioso.

Vi cómo el general Von der Goltz hubiese querido levantarse, pasear por el gran salón, gesticular. Estaba acostumbrado a hacerlo. Hasta hacía pocos días había sido profesor en la Escuela Militar de Berlín. Hablaba con conocimiento de causa, con total convicción. Comprendí que aquel experimentado militar podría decir tantas cosas… Pero noté que se encontraba coartado. Bastante le había dicho al propio sultán. No podía ofenderlo. Él no era diplomático, tenía que medir bien sus palabras. No fuese a crear el efecto contrario. A fin de cuentas, tenía a los turcos por gentes muy susceptibles.

Sin embargo, Abdulhamid, nuestro señor, no pareció ofendido, todo lo contrario. Tuve la impresión de que estaba sumamente interesado en sus palabras. De nuevo el silencio se había apoderado del ambiente y comprendí que Von der Goltz temía haber hablado demasiado.

El sultán volvió a fijar sus ojos en Scheubner-Richter, como si esperase sus palabras. Incluso volvió a hacer un gesto con su mano derecha moviéndola ligeramente.

Sin embargo, se encontraba aterrado. Era evidente que aquel hombre sufría un ataque de pánico. Parecía incapaz de seguir hablando ante aquellos dos grandes personajes. Se notaba que sabía lo que tenía que decir, pero en aquel momento lo veía incapaz de articular una palabra.

Ese era su punto débil. Eso era lo que decían los informes sobre él. Su incapacidad para dar una conferencia, para expresarse en público. Había llegado hasta allí después de recibir una carta del Ministerio de Asuntos Exteriores. El propio ministro lo citó en su despacho en Berlín. Le dijo que el káiser tenía una misión muy especial para él. Le explicó en lo que consistía. Algo secreto y muy delicado. Nosotros lo supimos por el secretario del ministro. No supo negarse. ¿Cómo podía hacerlo?

Scheubner-Richter levantó la cabeza, y miró parpadeando a los ojos del sultán Abdulhamid. Detrás de aquellas pupilas se escondían muchos secretos. Pero sabía bien por qué estaba allí. Era consciente de lo que pretendía de él.

Pero en tales momentos, aquel hombre era sólamente una persona agobiada, que deseaba verse libre de la situación. Se notaba cómo le sudaban las manos, cómo le golpeaba el corazón en el pecho, cómo le sobrevenía la jaqueca. No supe cómo lo logró. Entrecerró los ojos, haciendo un enorme esfuerzo de voluntad, y comenzó a hablar, mientras parecía observar el minucioso taraceado de madreperlas sobre la madera de ébano.

Al principio tartamudeó levemente. Luego se concentró en lo que debía transmitir.

—Señor. Os agradezco infinito vuestra benevolencia. Tengo pocos méritos para estar aquí. Para merecer que me escuchéis. Pero no dudéis de que me tenéis a vuestra disposición. Permitidme haceros una mínima introducción…

El sultán hizo un gesto de condescendencia con la mano. Lo conozco tan bien, en realidad estaba impaciente, nervioso por escuchar a Scheubner-Richter. Y creo que mereció la pena. Si no, juzga tú mismo sus palabras.

—Sabéis, majestad, que el conde Henri de Boulainvilliers escribió en 1732 su *Ensayo sobre la nobleza francesa*. En ella hablaba de una raza dominante, los francos y la raza sometida, los galos. Mucho más tarde, más de un siglo después, concretamente en 1854, el conde de Gobineau publicó su extraordinario libro, *Ensayo sobre la desigualdad de las razas humanas*. Vino a decir que la historia de la humanidad no es más que el reflejo, la consecuencia de la superioridad de unos y la inferioridad de otros. Para él, la rama más pura es la de los arios, una raza indoeuropea entre la que no me cabe la menor duda, se encuentran los turcos.

Recuerdo que mientras decía aquellas palabras, Scheubner-Richter no pudo por menos que levantar los ojos y vi cómo se encontraba con las insondables pupilas del sultán que parecían traspasarle. Bajó con rapidez la vista, porque pocos son capaces de soportarla. ¿Tal vez había molestado aquella última frase al sultán? Pensé que haría bien en ser muy cuidadoso. Sabía que era la primera vez que le confiaban una misión como aquella. Una misión para la que lo habían elegido entre todos, incluyendo diplomáticos y militares… Pude ver cómo observaba por el rabillo del ojo a Von der Goltz. Al contrario que él, el general seguía observando el increíble artesonado. Parecía absorto en la barroca opulencia de aquel techo.

—Sí, majestad. Vuestro pueblo, al igual que el pueblo alemán, es también ario. El hecho de que uno tenga el cabello rubio y los ojos azules, y el otro el cabello negro y los ojos oscuros, no es más que una adaptación al medio. Ambos son arios. También lo son los persas, los brahmanes de la India, los escandinavos y los griegos clásicos. No así los árabes, ni los judíos. Ambos son semitas. Los mediterráneos son una mezcla imposible. Sabéis que desgraciadamente ese hombre genial, Joseph Arthur Gobineau, falleció en 1882. Pero en Alemania dejó su impronta. Su escuela, gracias a hombres insignes como Ricardo Wagner que lo descubrieron…

Entonces vi cómo Abdulhamid entrecerraba los ojos. ¡Ah, la gloria! El sultán sabía mucho sobre aquello. Su dinastía se remontaba incontables siglos. Él me decía con frecuencia que pensaba en Suleyman, en Osman, en Ismail, en Selim. Era ya consciente de que le quedaba poco tiempo. Había intentado modernizar el país, desarrollar el Tanzimat, la nueva legislación. Tanzimat-i hayrye. La legislación beneficiosa, que su abuelo Selim III había puesto en marcha. Eran las ideas de algunos hombres las que debían guiar al mundo.

Scheubner-Richter lo miraba sin atreverse a seguir, sin comprender que estaba muy interesado en sus palabras. Aquellos europeos eran gente inteligente, pero sin sensibilidad. Parecían capaces de entender el mundo de hacía quinientos años, pero no llegaban a percibir la realidad que los rodeaba… El sultán debía estar perfectamente informado de todo lo que se relacionase con cada interlocutor.

De pronto noté el silencio. Vi cómo el sultán hacía un ligero gesto con la mano derecha en la que asía un pañuelo de seda verde. Quería escucharlo, porque algo parecido a una nueva idea se agitaba ya en nuestras mentes. Hizo un leve gesto con la mano y Scheubner-Richter prosiguió su discurso.

—Sí, majestad. Muchos alemanes comprendieron el mensaje del conde de Gobineau. Fue más tarde, cuando Ludwig Schemann, Philippe von Eulenburg y Hans von Wolzogen, en 1894, fundaron la Unión Gobinista, la Gobineau-Vereinigung. Pero algo ocurrió entonces: el genial pensador Federico Nietzsche, que como es natural, conocía bien las ideas de Gobineau, hizo surgir de entre la bruma de los pensamientos el concepto del superhombre. Os puedo decir, majestad, que aquello hizo vibrar la vida espiritual de Alemania. Entonces se hizo la luz en el corazón intelectual del país. No importaba tanto la patria, como la raza.

En ese momento, observé cómo el sultán no pudo evitar mirar a los ojos del general Von der Goltz, también Scheubner-Richter notó el cruce de miradas y prosiguió tragando saliva.

—Permitidme majestad ampliar este concepto. No existen más que tres razas primordiales. La blanca, la amarilla y la negra. Por ejemplo, ingleses, alemanes y turcos pertenecen a la raza blanca. Guineanos, bantús, pigmeos y aborígenes australianos son miembros de la raza negra. Chinos, japoneses, malayos, tailandeses, son amarillos. Pero entre estas tres razas fundamentales hay mezclas. Ahí están los mediterráneos mezclados con mil sangres. Pensad en los españoles. Godos, alanos, suevos, íberos, árabes, judíos, fenicios. Más que otra cosa, son un mosaico. No así, permitidme señor, los turcos. Cierto es que los circasianos han aportado alguna sangre. Pero en todo caso también aria...

Vi cómo a Scheubner-Richter le sudaban las manos. Era muy consciente de que no estaba siendo del todo sincero. Pero aquel hombre tenía claro dónde quería llegar. A fin de cuentas, él era un intelectual. Todo aquello no eran más que teorías. Sólo eso. Pero con la pequeña particularidad de que eran útiles. Muy útiles para Alemania, a quien él representaba en aquellos momentos. Incluso Von der Goltz parecía enormemente interesado en lo que decía y todos notamos, incluyendo el sultán, cómo no pudo evitar por primera vez desde que había comenzado a hablar, una sensación de orgullo.

—En vuestro país los turcos son una raza homogénea. Una raza aria bien definida, sin los problemas que existen en otras naciones..., salvo por las minorías. Como los armenios, los kurdos, unos cuantos miles de hebreos y algunos circasianos. En cuanto a esas minorías, los hebreos nunca intentarán atentar contra la unidad de Turquía. Son pocos y ancestralmente saben que permanecen aquí gracias a vuestra buena voluntad. Pero para el planeta, Turquía es la Prusia del mundo islámico. Permitidme.

Abdulhamid se movió bruscamente en el sofá. Scheubner-Richter calló por un instante y ambos hombres se miraron en silencio. Las palabras del sultán resonaron en la enorme sala. Su tono era nervioso, impaciente. De alguien que no estaba acostumbrado a esperar por nada ni por nadie.

—Os ruego que prosigáis. Hablad sin ambages. Os escucho como si estuviese haciéndolo a mi ilustre primo el káiser Guillermo. Hablad sin recelo, que vuestras palabras son para mí mucho más importantes de lo que podáis creer. Hablad sin demora, pues...

Vi que Scheubner-Richter estaba eufórico. Su nerviosismo y su temor parecían haber desaparecido de pronto. Miró a Von der Goltz y me pareció entender una cierta complicidad entre ellos. Una avenencia que hasta aquel instante no había detectado. Intentó una respetuosa sonrisa y siguió hablando.

—Majestad. Perdonad mis titubeos. Procuraré ser más explícito. No soy más que un humilde mensajero de su alteza imperial, el káiser, ante vos —no pudo evitar una leve ojeada a Von der Goltz—. Señor, en las actuales circunstancias, lo único importante es la unidad de la patria. Si en ella hay quien no se sienta musulmán, mal puede sentirse turco. De eso saben mucho otros pueblos. Ahí estuvo la Inquisición española. Ella se encargó de conseguir la unidad de religión, ya que no podía conseguirlo de raza... Quiero deciros que Alemania entenderá cualquier medida que se adopte por Vuestra Majestad. Nadie puede entender mejor que Alemania lo que significan algunas cosas. Por eso quiero expresaros la absoluta comprensión por las medidas que os sintáis obligados a tomar para controlar a algunas minorías...

Recuerdo que Selim Bey pareció dormirse de pronto, como si cayese en un profundo sopor. Me acerqué a él y vi que tenía ligeras convulsiones. Entonces de pronto comprendí lo que estaba sucediendo. Selim había tomado alguna pócima que comenzaba a hacerle efecto. Aquel hombre no deseaba ver un nuevo amanecer. No era capaz de resistir un cambio como el que se avecinaba, y había decidido quitarse la vida. Terminar de una vez con todo.

Aquella fue una experiencia fundamental para mí. Aquel día pude asistir como testigo al más trascendental cambio en la historia del Imperio otomano.

Ese ha sido el motivo que me ha llevado a recordarlo y escribir este documento. Tal vez algún día sirva para comprender muchas cosas.

***

Los recuerdos de Lamia Pachá

El mismo día que cumplí dieciocho años, el gobierno turco destinó a mi padre, Mohamed Pachá, como ingeniero jefe de la línea en construcción entre Constantinopla y Bagdad.

A pesar de los acuerdos firmados entre los franceses, los ingleses y nosotros, los turcos, la construcción de la vía férrea no avanzaba como el gobierno hubiese deseado. Entonces lo llamaron para que se encargase de aquel proyecto.

Recuerdo bien esas causas, porque trastocaron nuestra vida. Hasta entonces papá llevaba una vida cómoda y su mayor aventura era ir todos los días de la estación de Sirkeci a la nueva de Haydarpasa. Pero el firmán en el que aparecía su nombre, significaba que su nueva residencia sería Bagdad.

Mi padre odiaba vivir solo y mi madre, Fátima Muntar, tampoco quería permanecer lejos de él. Luego estaba yo. Pero había terminado el colegio y la idea de mi madre era que debía prepararme para el matrimonio. Por supuesto estoy hablando de lo que entonces era normal y lógico. Un matrimonio acordado por los padres, donde yo no tendría más que aceptar mi destino ¿Qué otra cosa podía hacer una mujer en la Turquía de esa época?

Yo no estaba por seguir ese camino y mi padre estaba a punto de llegar a un acuerdo con un primo segundo suyo, para que me casase con su hijo, Hasan Karabekir, que me doblaba la edad. Un hombre grueso con manos diminutas, desproporcionadas, con sus dedos cuajados de anillos. No. Aquel hombre no me atraía en absoluto.

Por eso, el cambio radical de nuestra vida, me pareció algo así como una oportunidad que me enviaba al cielo. Y yo no estaba dispuesta a desaprovecharla.

La cuestión fue que no había tiempo para preparar la boda, y el fondo de la cuestión que tampoco Hassan parecía tener el menor interés por casarse. Lo que le gustaba en realidad a aquel hombre, era vivir lujosamente en el palacete en Pera, que daba al corazón del Bósforo, rodeado de efebos que le servían en el más amplio sentido de la palabra.

Así que cuando mi padre nos comunicó lúgubremente, que debíamos prepararnos para marchar a Bagdad en el plazo de una semana, comprendí que los planes para mi matrimonio se habían arruinado, puse cara de condolencia, y cuando llegué a mi habitación, salté de alegría encima de la cama con tanta fuerza que rompí uno de los travesaños y caí rodando por el suelo.

Durante unos días la casa se transformó en un manicomio, porque mi madre no quería dejar nada. Absolutamente nada. Y mi padre, que se encontraba deprimido, no era capaz de enfrentarse a ella. Bastante tenía con soportarla.

Por otra parte, el enfado de mi madre era comprensible. Pasar de una vida confortable, lujosa, incluso sin problemas, viviendo en una hermosa mansión, en uno de los mejores lugares de Constantinopla, para ella, que repetía constantemente que no había otra ciudad igual en el mundo…

Eso explicaba su malestar. Además, aunque no era capaz de decírselo a la cara, culpaba a mi padre de todo el asunto. Tendría que haberse negado. Inventando una buena excusa. Pero no. Aceptó el nuevo destino con una meliflua sonrisa en los labios… ¡Bagdad! Pero si aquello, más que una ciudad, era un oasis en pleno desierto, rodeado de salvajes tribus de beduinos.

Sí. Mi madre lloró desconsoladamente. Mi padre se quitó de en medio. Y yo me froté las manos de satisfacción. Yo, sólo yo, era la ganadora.

Estaba harta de Constantinopla, harta de las clases particulares de inglés y alemán. Harta del piano. Harta del preceptor de normas de conducta social. Harta de todo. Mi madre siempre me decía que yo tenía que haber sido niño. De hecho, un día, sólo para molestarme, me contó lo que había llorado cuando supo que había tenido una niña. Lo que papá se había enfadado.

Hay que comprenderlo. Una niña era una fuente continua de problemas. Toda una vida de problemas. Además, la dote. Era, como tener siempre un menor de edad bajo tu responsabilidad. ¿Quién iba a desear una niña? Nadie.

Pero en el fondo, yo tampoco quise ser una niña. Me gustaban las pistolas de juguete. Se las cambiaba a un primo mío por muñecas. No quería vestirme ni acicalarme con trajes que me parecían ridículos. Leía libros de aventuras. Julio Verne me encantaba.

Por todo eso, cuando el destino nos alcanzó en forma de firmán, enviándonos a Bagdad, pensé que aquella era mi oportunidad, y que no iba a desaprovecharla.

Aquellos días me convertí en una persona sumisa y obediente. Ayudé a embalar las vajillas, los libros, los objetos. A mí, personalmente, me parecía un error desmontar la casa entera. Todo me parecía una monumental equivocación, pero era la voluntad de mis padres, y además me beneficiaba de todo ello. No iba a discutir, no sólo porque no me hubiesen hecho ni caso, sino porque corría el lejano riesgo de convencerles de su error, ¿y entonces qué?

El viaje en tren hasta Alepo resultó insoportable, interminable. Había momentos en que el tren se detenía en mitad de ninguna parte, para abastecer de carbón o de agua a la locomotora. Tardamos tres días en hacer el trayecto. Mi padre afirmaba que no estaba mal del todo.

A pesar de que nos habían instalado en un vagón especial, con dos departamentos independientes y un salón, mi madre se quejaba por todo. Al final se encerró en su departamento y no quiso abandonarlo hasta que llegamos a Alepo.

Bajamos del tren envueltos en la lluvia. Una lluvia intensa, ruidosa, amenazadora, que nos hizo correr hasta el coche que esperaba para llevarnos al hotel.

Lo que vi desde la ventanilla me recordó unas láminas que había en el colegio. Una ciudadela dominando la ciudad, si es que aquello podía merecer ese nombre. Para acabarlo de arreglar, mamá iba silenciosa y, de tanto se enjugaba una lágrima en la mejilla, para recordarle a su marido que era el único causante de aquella catástrofe.

En cuanto a mi padre, tampoco estaba de mejor humor. Las noticias que llegaban de Bagdad, nuestro destino, no eran muy alentadoras.

Luego de repente, como en una pesadilla inesperada, todo empeoró. Mamá enfermó y hubo que ingresarla en el hospital militar. Los médicos le diagnosticaron una depresión y recomendaron a mi padre que la enviase de vuelta a Constantinopla.

Pero no era una depresión. Era una apendicitis y para cuando decidieron intervenirla ya era tarde. Cuando el cirujano nos comunicó que había muerto, mi padre se desmoronó. No lo quería creer. No podía aceptarlo. Repetía, una y otra vez, que no tenía sentido. Después estuvo dos horas llorando, sin atender a razones. No es que sus relaciones fuesen muy buenas, pero se soportaban. De hecho, a pesar del dolor que sentía, mi padre estaba convencido de que al final, ella se había salido con la suya.

Permanecimos en Alepo una semana más. Yo no acababa de hacerme a la idea de que ella se había ido para siempre y sentía remordimientos por mi conducta.

Todo había cambiado, mi padre no vivía más que para su trabajo. Tenía una orden que cumplir y eso era lo primero. Decidió que le siguiese a Bagdad y así lo hice. Fuimos de Alepo hasta Deir-ez-Zor en un camión del ferrocarril. Era un vehículo que acababa de llegar desde Alemania. Había sido adquirido por la compañía de ferrocarriles turcos. Íbamos siguiendo el Eúfrates, y así lo haríamos hasta Bagdad.

Me sentía empequeñecida por el enorme desierto, bordeado por una estrecha franja verde que terminaba bruscamente entre las rocas. Íbamos sentados junto al conductor, un hombre callado, que parecía orgulloso de la oportunidad de conducir aquel camión nuevo, un vehículo que pretendía sustituir a las caravanas de camellos, a los que adelantábamos en medio del polvo entre los berridos de los animales asustados. El progreso se imponía incluso en el pedregoso desierto.

A partir de Deir-ez-Zor, las cosas se complicaron. El camión pinchó dos veces, y más tarde el motor se recalentó hasta que dejó de funcionar. El chófer se lo tomó con filosofía, mientras murmuraba que aquel era mucho desierto para tan poco camión.

Tuvimos que acampar junto al río, aprovechando un palmeral. Recordaba a mi madre con cariño, pero no estaba convencida de que le hubiese gustado estar allí. Teníamos que alimentarnos de galletas, carne en lata y cosas así. Vi a mi padre huraño y lejano. Más distante que de costumbre y no me atreví a interrumpir sus pensamientos.

Al día siguiente mi padre contrató a varios miembros de una tribu de beduinos para que nos escoltaran. Eran fieles a la Sublime Puerta y odiaban a las tribus que se habían pasado a los ingleses. A mí me parecieron muy salvajes y primitivos y no me gustó nada la forma en que me miraron. Pero no teníamos otro remedio que confiar en ellos, ya que la escolta de dos soldados del cuerpo del ferrocarril era claramente insuficiente y casi ridícula si nos atacaba una tribu al menos tan salvaje como la que nos iba a servir de compañía.

Mi padre masculló que el Imperio turco ya no era el de antes, y por primera vez lo vi preocupado porque, según Ibn Rashid, el jefe de la que ahora era nuestra guardia personal, los ingleses estaban ya camino de Bagdad para intentar conquistarla.

Todos se habían vuelto locos, el gobierno, los ingleses, los franceses, incluso los alemanes. Esa era la conclusión a la que llegó mi padre la noche siguiente mientras vivaqueábamos. Él era ingeniero de ferrocarriles, y no le gustaba escuchar la palabra destrucción. Además, ¿con qué ánimo iba a construir una línea, sabiendo que detrás le seguía una partida de terroristas para volarla? Se sentía amargado y triste. También me di cuenta de que en pocos días había envejecido.

Sin embargo, aquella vida, totalmente nueva para mí, me entusiasmaba. Había aprendido a montar a caballo en el colegio, como una habilidad más que una señorita bien debía conocer. Ahora lo hacía casi por necesidad, y cabalgar gran parte del día bajo el sol ardiente no era juego de niños, pero pensé que, si aquellos árabes medio salvajes podían hacerlo, yo también lo haría.

Eso significaba que cuando llegaba la noche estaba rota y no tenía ni ganas de comer. Pero en pocos días me habitué y una tarde Ibn Rashid cabalgó un rato junto a mí y pude ver un brillo de admiración en sus ojos. También pensé que, si a mi padre le ocurría algo, iba a convertirme en una más de las esposas de aquel salvaje y a pesar del calor sentí un escalofrío.

La noche que llegamos a Anah, una pequeña población junto al río, se acercaron hasta el lugar donde estábamos preparando las tiendas unos jinetes. Eran militares turcos que saludaron efusivamente a mi padre. Traían extraordinarias noticias y se sentaron alrededor del fuego con nosotros.

El comandante Yusuf Ismet se lo tomó con calma, disfrutaba alargando su historia. Los ingleses habían caído en el cepo de Galípoli. La expedición franco-británica había intentado conquistar Constantinopla, para forzar a la Sublime Puerta a abandonar la guerra. El desembarco en Seddulbahr y en Capatepe había fracasado y los invasores, con enormes pérdidas, tuvieron que retirarse.

Añadió que los rumores decían que dos enormes acorazados ingleses (susurró que el Triumph y el Majestic) se hallaban en el fondo del mar. Luego brindaron con vasos de té por Turquía.

Aquellas noticias tranquilizaron a mi padre. Los ingleses no eran invencibles y la guerra podía costarles cara, aunque creyesen que el haber tomado Basora les abría las puertas de Mesopotamia. Cierto que se hallaban en Kut-el-Amara, en el Tigris, pero mi padre afirmaba que nuestras tropas echarían a los británicos del imperio y vengarían las afrentas.

Finalmente llegamos a Bagdad. De la orgullosa y educada familia que hacía apenas cuatro semanas había abandonado la civilización y una burguesa vida, quedaba poco. Mi padre me observaba con cierto recelo. Le había asombrado mi capacidad de adaptación al desierto.

Me confesó al llegar, que temió que alguno de aquellos salvajes árabes se encaprichara de mí y me raptara. Hubiese sido imposible encontrarme en el desierto, aunque me buscase todo el ejército turco. Bagdad era como indicaba su nombre, un regalo de Dios. El Tigris lo cruzaba orgulloso, trayendo la vida desde sus lejanas fuentes en mi país. Las palmeras y limoneros enmarcaban fértiles huertos, y el agua llegaba a todas partes gracias a las norias y a una intrincada red de acequias.

El contraste era aún mayor al compararlo con las rocosas colinas y barrancos que bordeaban el Eúfrates. Las caravanas de camellos y los arrogantes jinetes árabes, entraban y salían en un interminable carrusel.

Pero al menos habíamos llegado, Ibn Rashid me saludó con cierto respeto y murmuró algo así como que le gustaría tenerme por nuera. Luego dijo que podía quedarme con el caballo. Pocos habían sido capaces de montarlo antes. Si me había aceptado, nadie debía separarnos.

Le agradecí el gesto. Era en verdad un caballo increíble y por alguna extraña razón mi voz lo amansaba. Eso sorprendía a los árabes, que se daban golpes en las manos, en las piernas, como queriendo manifestar su sorpresa.

Mi padre no era un ferviente musulmán, pero aquella tarde lo vi orar mirando a La Meca, dando gracias a Dios por su clemencia. Luego, mientras cenábamos, dijo que jamás debió haber aceptado aquel cargo. Se sentía culpable de la muerte de mamá, pero yo le tranquilicé, diciéndole que todo estaba escrito y que no servía de nada amargarse la vida.

Sin embargo, en mi fuero interior, comenzaba a pensar que eso no era exactamente así y que el libro de la vida lo íbamos escribiendo cada día con nuestros actos. Creo que aquellos días y noches en el desierto observando las estrellas, habían cambiado muchos de los criterios que me inculcaron.

Bagdad podía parecer un lugar donde no había nada que hacer. Si salías a la terraza cuando caía el sol podías contemplar un majestuoso atardecer, con el río serpenteando entre los palmerales que abrazaban pequeños huertos. No tenía nada que ver con Constantinopla.

Alguna vez, en una época muy lejana, tal vez hubiera sido la capital del mundo. Pero de eso hacía ya mucho tiempo.

Por otra parte, todo estaba por hacer. Papá comprendió que una cosa eran dar órdenes y que las cosas se hiciesen, y otra muy distinta que se desgañitase intentando poner en marcha un proyecto, sin que nadie moviese un solo dedo.

Al cabo de unas semanas, comprendió que aquello no le llevaba a ningún sitio y comenzó a acompañarme a cabalgar por las orillas del río. El tren podría esperar un poco más, porque nadie parecía tener el más mínimo interés en que alguna vez llegase hasta Hayderpasa.

Aquellos días fueron los únicos de nuestras vidas que compartimos como verdaderos amigos. Al principio llevaba un rictus de amargura en sus labios. Nadie le comprendía, ni le hacía el menor caso. Luego debió pensar que la vida era demasiado corta y azarosa y lo dejó correr.

Venía a buscarme al atardecer, cuando el sol declinaba y traía los dos caballos enjaezados. Yo salía de mis habitaciones en silencio, y montaba mi alazán del desierto, que relinchaba de puro placer al comprender que íbamos a dar un paseo.

Papá siempre había sido un funcionario. Jamás discutió una orden, sólo entendía una forma de vivir. Una ordenada, gris y metódica forma de vivir. Allí en Bagdad aprendió con rapidez que podría existir otra y que además se hallaba al alcance de su mano.

Durante unos meses todo fue bien. Nunca hablábamos de mamá. Era como si ella se hubiese quedado en casa, en Constantinopla, y nosotros estuviéramos viajando por placer. Ese silencio era bueno para ambos. Papá había dejado su vida atrás y no tenía el menor deseo de volver a ella. Yo tampoco.

Tenía que suceder. Una tarde nos alejamos demasiado de Bagdad. Cuando nos dimos cuenta había oscurecido y mi caballo cojeaba ostensiblemente. Me negué a abandonarlo. Tenía la certeza de que, si lo hacía, jamás volvería a encontrarlo. Al principio papá se enfadó un poco, luego se encogió de hombros y pensé que aquel hombre había cambiado mucho.

Buscamos un lugar adecuado para pasar la noche, aprovechando la última luz del atardecer. Una cabaña semiderruida junto al río. Había abundante hierba para los caballos. Siempre llevábamos unos bocadillos y los devoramos sentados en silencio. Papá dijo que él se quedaría de guardia y que, cuando le diese sueño, me llamaría.

No teníamos ningún temor. Las gentes del río eran, todos ellos, tranquilos aldeanos. Sabían que era mucho mejor para ellos no molestar a un turco. Tardé en dormirme porque prefería mirar las estrellas. Luego debí caer rendida.

Desperté cuando apenas estaba amaneciendo. Una levísima claridad desde el este recortaba la silueta de las palmeras. Todo se hallaba en absoluto silencio.

Llamé a mi padre. Nadie contestó. Volví a llamarlo y pensé que tal vez habría ido hasta el palmeral. No me sentía preocupada. Él no podía haberse ido sin mí. Estaría dando una vuelta. Era un hombre inquieto, que jamás podía permanecer sin hacer algo. Ya volvería.

Al cabo de unos minutos me levanté y lo llamé. Luego grité para que me oyese. De pronto me sentí alarmada. Llegué a pensar que tal vez hubiese caído al río. Los caballos estaban atados y tranquilos.

Comencé a buscarlo por la ribera. Temía por él. Lo llamé muchas veces, nadie contestó. No sabía qué hacer. Pasó un largo rato y me di cuenta de que algo grave había tenido que suceder.

Tomé la decisión de acercarme a la aldea más cercana. La tarde anterior habíamos pasado muy cerca. Allí buscaría unos cuantos hombres para que me ayudasen a buscarlo.

Así lo hice. El jefe del poblado llamó a todo el mundo. Me acompañaron al río y comenzamos a buscar. Fueron pasando las horas y yo estaba cada vez más nerviosa, convencida de que lo peor había sucedido.

Encontraron el cuerpo al caer la tarde. Se hallaba flotando boca abajo, enredado entre unos juncos, apenas a doscientos metros río abajo.

Aquella muerte me afectó más que la de mamá. Nunca los había entendido, pero en el momento en que comenzaba a existir algo más parecido a la amistad que al afecto familiar, sucedió aquella desgracia.

A lo largo de los años no he podido dejar de pensar en cómo pudo ocurrir. Hoy creo que se suicidó: debió sentir que no tenía razones para seguir adelante, impotente para acometer el proyecto del ferrocarril, consciente de haber desperdiciado los mejores años de su vida. No lo sabré nunca en realidad, pero aún lo sigo sintiendo. Nos hubiésemos hecho amigos.

La compañía del ferrocarril se portó muy bien. Mi padre tuvo un buen entierro. Un imán pronunció unas sentidas palabras. Aquel hombre había llegado a Bagdad para intentar hacer algo por los demás.

Luego me acompañaron a la vivienda que nos habían designado y me dijeron que podía permanecer allí todo el tiempo que necesitase. Luego me ayudarían a volver a Constantinopla. Tampoco tendría problemas de dinero. Papá había abierto una cuenta en el banco y el director vino a decirme que podía disponer del saldo a mi criterio.

Así fue cómo me quedé sola en Bagdad. En apenas tres meses todo había cambiado para mí. Tendría que acostumbrarme a resolver mi vida sin que nadie me aconsejase.

Durante unas cuantas semanas, los compañeros de mi padre, otros ingenieros, los militares destacados en la ciudad, algunos funcionarios, todos me ayudaron. Me invitaban a comer. A tomar el té. A dar una vuelta. Luego, poco a poco, todo volvió a su ritmo y me encontré desplazada y algo incómoda, porque algunos oficiales comenzaron a asediarme.

Una noche comprendí que lo mejor que podía hacer era volver a Constantinopla. Allí tenía familia y muchos amigos. Además, echaba muchas comodidades de menos. Sin embargo, no era tan fácil volver, de hecho estuve planeando hacerlo por un lado o por otro. Volver por el mismo camino o ir por Al Mosul. Las dos rutas eran largas, duras y complicadas. Finalmente me ofrecieron viajar con las familias de unos ingenieros que también volvían. Incluso un destacamento de soldados nos acompañaría hasta Alepo por la ruta de Al Mosul. Era más larga que la del Éufrates, pero también más segura. Vi el cielo abierto y en un par de horas terminé de hacer las maletas. No tenía más remedio que dejar un montón de cosas que habíamos traído, convencidos de que nuestra estancia en Bagdad iba a ser muy larga. Pero estaba aprendiendo que, en la vida, al final mandan siempre las circunstancias.

Saldríamos a la mañana siguiente. Me dijeron que tenía un lugar en uno de los coches, pero como sabía que el destacamento era de caballería, lo desdeñé para hacer el viaje a caballo. Así al menos tendría la libertad de ir y venir a mi antojo, sin encontrarme sometida al control de los señores que querían tomarme bajo su tutela.

El comandante no vio con buenos ojos mi iniciativa, pero luego debió pensar que mejor que discutir conmigo, lo que para él no merecía la pena, la incomodidad del trayecto me obligaría a rendirme. Era un buen acuerdo y ambos nos separamos, convencidos de que aquella era la mejor solución. Yo estaba dispuesta a aguantar lo que hiciese falta, y salvo que mi caballo cayese reventado, entraría en Alepo cabalgando. Él debía pensar que antes de llegar a Samarra habría dado mi brazo a torcer.

Salimos de Bagdad al alba. Cuatro vehículos motorizados, uno de ellos transportando dieciséis personas, cuatro carromatos tirados por seis mulas cada uno, un cañón móvil, dos ametralladoras, veintidós camellos y veinticuatro soldados y oficiales. Pensé que íbamos a tardar toda la vida en llegar a Alepo. Era imposible que aquella absurda caravana hiciese más de quince millas al día.

Al cabo de una semana estábamos en Samarra. Era muy duro viajar en pleno mes de agosto. A partir de las doce del mediodía debíamos buscar una sombra para acampar. Otra cosa hubiese sido reventar a los animales.

El comandante supo pronto que yo era tan fuerte y estaba tan preparada como sus oficiales. Además, me propuse ser prudente y cumplir estrictamente las reglas que nos habían impuesto, porque no deseaba que me privasen de mi caballo, obligándome a viajar en el coche con las señoras y los niños. Eso hubiese sido para mí como una humillación que no estaba dispuesta a aceptar.

Al alba nos levantábamos con rapidez. Los soldados de guardia avivaban las hogueras y se hacía café. Luego todo el mundo tenía que ayudar a recoger el campamento, y para las seis debíamos de estar andando. Luego, seis horas de marcha hasta las doce y se repetía el programa. Comida, descanso y cena a las ocho. Por la tarde se montaba el campamento y hasta el día siguiente.

Pronto se convirtió en una rutina. El calor se fue haciendo insoportable y cuando podíamos, vigilados por otros soldados, aprovechábamos para darnos un baño en El Tigris, cuyas aguas curiosamente bajaban frías.

Eso era un verdadero placer y aunque era infringir las normas, cuando podía me alejaba un poco para bañarme en soledad.

Aquella indisciplinada forma de ser me salvó la vida. Nos hallábamos en el centro de la nada, pero el retumbar de los cañonazos de la guerra ya resonaba hasta en el corazón del desierto.

Los ingleses estaban haciendo la guerra de guerrillas. Algunos de entre ellos repartían oro con generosidad para lograr sublevar algunas tribus contra nosotros. Los turcos habíamos logrado crear a lo largo de muchísimos años, una red de intereses en aquel enorme espacio sin civilizar. Los árabes nos temían, los kurdos nos odiaban, pero a pesar de todo, podíamos ir de un lado a otro con gran seguridad.

Los británicos querían terminar con aquello. Comenzaron a calentar las mentes de los beduinos, de las tribus. Repartían oro y algo aún más preciado: armas, prismáticos, fardos de té traído de la India. Esos presentes se convirtieron en algo irresistible y algunas tribus se vendieron al mejor postor.

Por otra parte, hay que reconocer que estaban hartos del dominio otomano y algunos empezaron a difundir que el sultán de Constantinopla no era el verdadero califa.

Escuché los disparos mientras nadaba en una especie de remanso que el río formaba entre los juncos. Allí me hallaba a salvo de las miradas y el agua tenía una temperatura deliciosa. Al principio creí que estarían cazando. No era la primera vez que lo hacían.

Pero aquello no podía tratarse de una cacería. Los estampidos se sucedían como si alguien estuviese atacando el campamento. Salté fuera del agua y me vestí con rapidez mientras oía gritos y disparos. Me encontraba relativamente cerca, apenas a trescientos metros, pero en el absoluto silencio que reinaba, daba la impresión de que me hallaba mucho más próxima.

No sabía lo que debía hacer. Iba desarmada y me pareció absurdo dirigirme cabalgando al campamento. Cogí las riendas del caballo y me introduje en un gran cañaveral que bordeaba el río, para esperar a ver cómo amainaba la tormenta. Oí disparos durante largo rato, cada vez más espaciados, hasta que cesaron completamente. Aguardé cerca de una hora, y luego a pie, protegiéndome por las cañas, llevando al caballo de las riendas, me acerqué a ver lo que había sucedido.

Sentía un gran temor. Tenía miedo de lo que podría encontrarme, aunque no sabía quién nos había atacado, ni cuáles eran los motivos. A fin de poder acercarme en silencio, até mi montura a un arbusto y casi me arrastré hasta un pequeño altozano que dominaba el lugar donde habíamos acampado.

Un grupo de árabes buscaba entre los carromatos. Los vehículos habían ardido completamente y los soldados estaban tirados aquí y allá, como si la muerte los hubiese sorprendido corriendo de un lado a otro. En cuanto a las mujeres y los niños, formaban un grupo tembloroso, mientras varios de entre los árabes parecían contemplarlos como si estuviesen eligiendo.

Me sentía aterrada, pero no sabía bien qué podía hacer. Si huía, los árabes me encontrarían en cualquier momento. A fin de cuentas, ellos se movían como pez en el agua por todo el territorio, y aunque daba la impresión de que resultaría muy fácil esconderme, en realidad ellos conocían todos los vericuetos, los abrevaderos, los senderos, y eran capaces de distinguir una pieza de caza, o una persona a enormes distancias. De eso había podido percatarme durante el viaje de Alepo a Bagdad.

No tenía más que una pequeña cantimplora de la que. de tanto en tanto, bebía unos sorbos mientras cabalgábamos. Me sentí desesperada. Vi los baúles y maletas abiertos, los míos entre ellos.

Pero no estaba dispuesta a entregarme. Sabía bien lo que me sucedería si eso ocurría. No tenía otro remedio que intentar huir. Con mucha suerte podría volver a Bagdad.

Retrocedí con muchas precauciones hasta donde había dejado el caballo. Mi desesperación iba en aumento al pensar que no podía hacer nada por ayudar a los prisioneros. Por otra parte, sentía una gran pena por los soldados y oficiales asesinados, algunos de entre ellos comenzaban a mostrarme su simpatía, incluso a contarme su vida…, y de repente todo había terminado.

Mi caballo estaba nervioso, subía y bajaba el morro. Pensé que iba a piafar o a relinchar y que podría delatarme. Tenía que salir de allí cuanto antes. Alejarme hasta los cañaverales y esperar la noche. Luego intentaría huir en la oscuridad aprovechando la luna.

Así lo hice. Los árabes seguían en lo suyo y, al alejarme, sentía una mezcla de temor y compasión por mis compañeros de viaje. Durante un largo rato caminé despacio, llevando al caballo de las riendas. El animal se había acostumbrado a mí y me seguía siempre como un perrillo. Había tenido suerte de que la luna me proporcionara la suficiente claridad. Tal vez no para cabalgar, pero sí para ir al paso.

Sabía que mis posibilidades eran mínimas, pero debía confiar en mi buena estrella. Quería creer que no podía ocurrirme nada y esa sensación se iba imponiendo en mi mente y me daba fuerzas para seguir.

Pasé aquella noche sin pararme a descansar. Cada vez que me detenía de puro cansancio, la visión de los árabes sorteándose a las mujeres y a los niños me obligaba a seguir.

Me había ido separando del río, siguiendo una vaguada que me pareció el rumbo adecuado para volver a Bagdad. Pronto me di cuenta de que era algo imposible. Si no me encontraban los árabes que nos habían atacado, el sol y la sed acabarían conmigo.

Y, entonces, de pronto, me asusté: comprendí que el animal no podría seguir mucho tiempo más por aquel reseco desierto. No me cabía otra solución que volver al río del que me había separado seis o siete millas, cerca de tres horas de camino.

Me adentré en la dirección que creía adecuada, un largo *wadi* entre dos cortados, que al menos me proporcionaban sombra. A Furat, le sangraban los cascos y cojeaba ostensiblemente. Sentía arder mi piel y comenzó a dolerme la cabeza. Para empeorar las cosas, el *wadi* se cerró formando un enorme barranco. Aquel sendero no conducía a ninguna parte. No tenía otra solución que volver atrás, intentar encontrar el camino adecuado y volver al río antes de que fuera tarde.

Furat se detuvo. Necesitaba beber. Echaba espuma por los ollares y respiraba fatigosamente mientras me miraba. Luego se dejó caer de costado con un largo suspiro, como si supiese que jamás volvería a levantarse.

Lo intenté durante un rato. Luego comencé a llorar, cosa que jamás hacía, porque no quería que Furat muriese y, tal vez, porque tampoco yo quería morir.

De pronto me vi insignificante, mínima en el enorme desierto. Pensé en la gran distancia que tendría que caminar para llegar hasta el río y me acosté junto a mi caballo.

Aquel lugar era tan bueno como cualquier otro para morir. Sentía un profundo alivio al no tener que luchar más. Era una sensación que me consolaba. De alguna manera Furat me acompañaría y cerré los ojos pensando en que volvería a cabalgar con él.

***

De la biografía de H. Bey

Encontré a Lamia Pachá desvanecida junto al cadáver de su caballo. La verdad es que no fue exactamente así. Uno de los sargentos, Musa Kansú, estaba realizando una limpieza del terreno cuando vio el caballo muerto. Se acercó y entonces vio a la joven. Comprobó que vivía y envió a uno de los soldados hasta donde me encontraba. Fue algo así como un milagro, que salvó la vida de Lamia. Muchas veces lo hemos comentado entre nosotros. De tanto en tanto sucede un milagro.

Hacía tres meses que me habían entregado el despacho de teniente. El mismo día que me habían asignado como cumpleaños. El 14 de junio de 1915. Era una fecha tan buena como otra cualquiera, y cuando me dijeron que podría cambiarla por otra me negué. Estaba bien.

Yo era uno más de los pajes que tuvo que acompañar a Abdulhamid, el verdadero sultán, hasta aquel día califa de los creyentes, cuando fue depuesto por el Comité. Luego se decidió que aquel palacio no podía albergar tanto séquito y que algunos debíamos ser separados. Tenía según los libros dieciséis años y junto con otros dos pajes, fui a parar como becado del imperio a la Escuela Militar.

Probablemente no hubiese elegido aquella carrera. Me gustaban los libros, los legajos, las antigüedades. Mi mentor, Selim Bey, el jefe de los eunucos, me había aficionado a ellos. Aquel hombre sentía verdadera pasión por los objetos, creía que un objeto hermoso tenía alma propia, y los trataba con reverencia, con exquisito cuidado.

Me enseñó a entenderlos, a conocer sus diferencias, a interpretarlos. Decía que allí, en el palacio de Dolmabahçe, teníamos la oportunidad de palpar la historia de los que nos habían precedido. Él tocaba un mosaico, una terracota, una porcelana, como el músico toca sus instrumentos. Me habló de Bizancio, de Roma, de Grecia, de los persas. Del Imperio chino. De la India.

Selim me había elegido entre otros. No tenía interés sexual por mí. A veces me acariciaba la mejilla o me abrazaba, pero aquello no era otra cosa que la expresión de su profunda soledad. Selim Bey estaba solo hasta cuando en una recepción lo rodeaban centenares de personas, adulando su inteligencia, su sabiduría, su cercanía a nuestro señor el sultán.

Pero él me eligió a mí. Habló conmigo la tarde en que depusieron al sultán. Luego, durante toda la noche, me explicó algunas de las cosas que él consideraba esenciales para poder sobrevivir, en aquel pequeño mundo lleno de intrigas, celos, poder y miserias. Me dijo que sentía dejar el mundo, porque le hubiese gustado ver cómo crecía y después se dejó morir dulcemente. Creo que tomó una pócima preparada en la farmacia de palacio. Debió llegar y solicitarla. Nadie se atrevió a negársela. Alguno debió creer que el sultán no deseaba abandonar Dolmabahçe.

Pero aquel tiempo pronto quedó atrás. Permanecí cinco años en la academia militar. Allí tuve algunos amigos, no demasiados, porque hasta entonces me habían enseñado a estar solo, a ser hermético, a no revelar nunca los pensamientos. Selim Bey me demostró la noche de su muerte, que esa actitud no tenía sentido. Él se abrió para que yo pudiera comprender su última lección. Todos, antes o después, debíamos morir, y al hacerlo, rendíamos cuentas de nuestro comportamiento. Antes de que fuéramos juzgados en el más allá, lo éramos por los que quedaban a nuestro alrededor.

Sentí mucho la muerte de Selim. Se había convertido en mi única familia. De alguna manera era mi padre, mi madre, mis hermanos. Yo no sabía lo que era tenerlos y él los suplió. Y al menos para mí, lo hizo bien.

Desde aquella noche aprendí lo que era sentir dolor, el miedo a lo desconocido y también la sensación de que todo iba a cambiar, de que no hay nada estable a tu alrededor, como si siempre caminases por el borde de un precipicio. A pesar de todo, tampoco puedo decir que eso me disgustase, porque me habían acostumbrado a una monotonía sin fin ni principio, donde todo transcurría como si el palacio de Dolmabahçe fuese el interior de un reloj francés, y el sultán, nuestro señor, su relojero.

Un sultán salió por la puerta y otro entró por ella. Sin embargo, aquella noche, la Sublime Puerta se cerró para siempre, dejando tras ella una larguísima era de conquistas, sueños, venganzas y pasiones. Selim Bey se llevó con él un increíble bagaje, porque aquel hombre había visto muchas de las cosas que modificaron el mundo. Algunas, muy pocas, me las contó, pero tengo la certeza de que incluso de esas, él me dio una visión parcial, como si temiese que yo pudiese conocer algunas verdades prohibidas.

Por eso, lo que él me transmitió poco antes de morir, me ha servido de mucho para comprender un mundo nuevo para mí, que al principio me pareció hostil, y al que luego me acostumbré poco a poco.

Permanecí, como he dicho, cinco largos años en el internado. Para mí, paradójicamente, aquello era la libertad. En todo encontraba algo nuevo. Todo me interesaba. Incluso estudiar. El solo hecho de aprender cosas me fascinaba.

No le conté a nadie mi secreto. Nadie debía saber que yo era armenio. Eso iba a quedar entre Selim Bey y yo. Para todo el mundo era Halil Bey de Dolmabahçe. No es que me creyese un aristócrata otomano, pero si era cierto que me observaban con respeto, pues allí, en palacio, nos habían proporcionado una formación muy esmerada, y entre otras cosas, nos enseñaron esgrima, natación, hípica y lucha. Todas esas disciplinas me hicieron destacar pronto, y el capitán al cargo de mi instrucción me felicitaba por mis rápidos progresos.

El año en que me gradué, nos dieron varias conferencias sobre la situación de Turquía. Se hablaba de unidad, de política, de progreso. Era la filosofía del Comité. El Comité para la Unión y el Progreso. También se habló mucho del enemigo interior. El armenio. Se insistía en que el pueblo armenio no era leal con su país. Los futuros oficiales debíamos conocer quiénes eran nuestros enemigos y los procedimientos para enfrentarnos a ellos, para acabar con el problema.

El coronel llegó un día acompañado de otro militar, el teniente coronel Vasfi Basri y de un paisano, el doctor Behaeddin Chakir.

Hablaron claro. Comenzaron exponiendo la crítica situación de nuestro país. Luego mencionaron las posibles soluciones. Chakir insistió en que, si Turquía quería sobrevivir, no tenía otra solución que «limpiar la casa por dentro». Esas fueron sus palabras. Luego habló más claro. Había que exterminar a todos los armenios. Dentro y fuera de Turquía. Pero aún así, sería un asunto interno de Turquía.

Pensé que probablemente ellos sabrían muchas cosas acerca de mí. En alguna parte se encontrarían los archivos secretos. Selim Bey me había hablado de aquello. Habría una página donde un funcionario recogería los datos de los informes que traían los oficiales después de sus campañas. Allí estaría: «Halil Bey, traído de…, de raza armenia, entregado para el servicio privado de palacio».

Tal vez habría datos más concretos. Explicarían las circunstancias. Quizás el pueblo, la aldea, la ciudad donde ocurrió. Quién era el comandante de la fuerza. Quién me entregó. Probablemente aún viviría. Podría intentar encontrarle, que me explicase algo. Luego iría hasta el lugar. Buscaría a los ancianos. Ellos nunca olvidaban. Hablaría con ellos. Me contarían su punto de vista. ¡Ah, sí! ¡En 1895! ¡En febrero o en marzo! ¡Sí, sí que me acuerdo! Sin saber por qué llegaron los militares, invadieron el pueblo. Muchos cayeron. Desaparecieron tres, cuatro, dos niños y cinco niñas…

El anciano me observaría: «A ver ponte de perfil. Si. Tú eres un Zamarian. O ¡no, no! Tú eres un Kafidian o déjame ver, déjame pensar… Seguro. Seguro. Ahora lo tengo claro. Tú debes ser el hijo de Ohanessian. No puedes ser otro. Pero si tienes el mismo perfil, sus mismos ojos. Claro. El niño desapareció. Le dimos por muerto. Nadie quería reconocer que su hijo del alma era ahora musulmán, educado, o corrompido, o torturado, o Dios sabe qué. Era mejor darlo por muerto, aunque todos sabíamos que los niños y las niñas eran raptados para transformarse en la nueva savia de los otomanos. Nadie quería aceptar eso».

Sí. Esos eran mis pensamientos mientras el miembro del Comité hablaba y hablaba de Turquía. De una Turquía diferente cuando el problema hubiese desaparecido. Hablaba de nosotros, de la cuestión armenia.

Y cada día que pasaba allí, en la academia, en el internado, en los grandes dormitorios de catres perfectamente alineados, inmaculados, sin una arruga, como exigía el consejero, el comandante Von Richter. Allí en Prusia no se admitiría otra cosa. Todo exacto, medido, controlado, riguroso. ¿De qué otra manera se podría entender la vida? Esto aquí y esto allí y aquello, allá. Y sólo podía ser así.

Eso. La cuestión armenia. Y cada día más, creía que yo era parte del problema. En algún lugar mi hermano o mi hermana, o tal vez mis primos, mis padres, mis tíos, ellos eran la cuestión armenia. El conferenciante machacaba la idea. Turquía era sólo de los turcos y para los turcos. No podíamos convivir con aquella raza degradada y egoísta. Aniquilarlos. Hacerlos desaparecer. Borrar sus huellas.

Uno y otro día. Después de la instrucción militar, después de las clases de armamento, topografía, matemáticas, historia, venía uno y otro día el hombre de paisano acompañando a un oficial. Aquello que iba a ocurrir era necesario. Quizás sería molesto, incluso penoso, o en algún momento difícil de aceptar. Pero útil. Útil. ¡Útil!

Una tarde llegó el coronel. Esperaban a alguien importante. Nos exigieron vestirnos de gala. ¿Quién podría ser? Corrían los rumores. Tal vez el presidente. No, era el general en jefe, el ministro de la Guerra…

Pronto salimos de dudas. Se trataba del embajador de Alemania, Von Wangenheim, de un consejero, Karl Humann, del general Von der Goltz. Les acompañaba Behaeddine Chakir, un alto miembro del comité.

Nos reunieron en el salón de actos. Nadie carraspeaba. Algún leve crujido, el golpeteo aislado de un sable contra el suelo. Esperábamos impacientes. No se podía hablar, ni murmurar en voz baja. La cabeza erguida, los hombros atrás, sentados sin tocar con la espalda el respaldo. Había llegado el momento.

—¡Oficiales! ¡En pie!

Entraron uno detrás del otro. Les faltaba marcar el paso. En fila, inclinaron ligeramente la cabeza. El coronel cedió el puesto de honor a Von Wangenheim. Todos nos sentamos al unísono. El silencio volvió unos instantes. Pensé en Selim Bey.

—Es necesario que los hombres superiores declaren la guerra a la masa —Von Wangenheim habló en alemán, idioma obligatorio en la academia—. ¿Queréis un nombre para este mundo? ¿Una solución para todos sus enigmas? ¿Una luz también para vosotros, los más ocultos, los más fuertes, los más impávidos, los más de media noche? Este mundo es «la voluntad de poder» y nada más. Y también vosotros mismos sois esta voluntad de poder y nada más.

Wangenheim hizo una pausa, como si deseara comprobar el efecto que nos causaban sus palabras.

—No, no son mías estas frases. Sólo pongo la voz. El pensamiento lo pone Nietzsche. Pero creo que vosotros podéis comprender sus ideas mejor que nadie. Estáis destinados, preparados ya para volar en libertad, como el águila que flota en las alturas, observándolo todo, sin que nada escape a su vista infalible. Sí, queridos amigos, los que aquí nos encontramos esta tarde somos hombres de acción. No pensadores. No meros intelectuales que sólo hablan de lo que harían, si pudiesen hacerlo.

Wangenheim calló un instante.

—La diferencia esencial es que nosotros podremos y lo haremos… Turquía y Alemania son algo más que aliados. Alemania es y será enemiga de los enemigos de Turquía. No ayudaremos a los enemigos de Turquía. No sentiremos compasión por ellos. Hemos venido para que lo supieseis de mi propia voz. Aquí y ahora soy la voz de Alemania. Vendrán tiempos duros en los que deberemos endurecer nuestros sentimientos, en los que tendremos que elegir entre el deber y nuestros deseos. No os dejéis engañar. Elegid el deber, aunque os cueste hacerlo. Sólo así podréis ayudar a vuestra patria.

Todo el discurso se desarrolló en aquel tono. Nadie había hablado de «la cuestión armenia». Pero Wangenheim expuso con claridad lo que sobre ella pensaba Alemania.

Al mes siguiente nos entregaron los despachos. El 14 de junio de 1915.

Lamia se recuperó pronto. Me contó su historia. Me sentí impresionado por su valentía y su fuerza de voluntad. No puedo negar que me atrajo desde el primer momento. Había estado con otras mujeres en Constantinopla. Pero no sentí nada por ellas. Mis compañeros parecían entusiasmados por el sexo. Yo no. Tuve que fingir ante ellos, porque se hubiesen burlado de mí. Luego, hablaban de aquellas cortesanas de lujo que trabajaban en exclusiva para los oficiales.

Recuerdo muy bien la primera vez. No había estado con una mujer hasta que fui con Ali Vasif. Él era un experto. Al menos hablaba de sus aventuras amorosas con una mezcla de orgullo y placer. Él no sabía nada de mí. Sólo éramos compañeros de estudios. Me contó sus contactos, dijo que podría acompañarlo. Era un burdel junto al Gran Bazar. Un edificio antiguo, un palacete dedicado al amor.

No pude negarme. Por una parte tenía miedo, por otra necesitaba demostrarme a mí mismo muchas cosas.

Fuimos andando a buen paso, casi corriendo tras el deseo. Cruzamos el barrio del Bazar. Nos introdujimos en el laberinto de calles cubiertas. Me aseguró que por allí se acortaba el camino. Mientras corría me di cuenta de que algo iba a cambiar en mi vida.

Alí golpeó con fuerza el aldabón. Un sirviente negro entreabrió lentamente el gran portón. Al ver que éramos cadetes asintió con una sonrisa irónica y nos dejó pasar al jardín interior. Miré hacia arriba y entre las copas de las palmeras intuí las miradas cubiertas por las espesas celosías. Alí señaló hacia arriba. El paraíso de las huríes. No hacía falta ser un buen creyente para gozar de él. Sonrió al darse cuenta de mis nervios. Se sentía superior. Él tenía experiencia y yo no.

Nos recibió la *madame*. Una mujer gruesa que debía haber visto pasar por allí a muchas promociones librando sus primeras batallas. A ella no podía engañarla, sabía bien lo que pensaba cada uno.

Me tomó de la mano y me llevó a la primera planta. No opuse resistencia. Abrió la puerta de una habitación y me empujó dentro con dulzura, como animándome a entrar.

Olía a jazmines. La cámara se hallaba prácticamente a oscuras. Fui hacia la rejilla luminosa de los postigos. Alguien me detuvo sin decir palabra. Me acordé del harén de palacio. Nunca había entrado en él, pero lo vi varias veces desde la galería secreta. Allí no podía entrar, el castigo podría ser muy duro, pero algunos nos arriesgábamos de tanto en tanto. La recompensa era atisbar un cuerpo femenino, un seno de perfil, unas caderas, …

La realidad se impuso. Me arrastró lentamente hacia un diván. Me hizo acostarme. Debía ser así. Miré como hipnotizado las líneas paralelas luminosas. Un perfil femenino se interpuso. El perfume de jazmines era sofocante.

Me dejé hacer en silencio. Eran manos expertas, conocían bien las botonaduras de los uniformes militares. Volví a ver la imagen silenciosa de mis sueños, alguna vez me habían desvestido. Poco a poco, con suavidad, sin apresuramientos. Pensé en Selim Bey. ¿Qué habría dicho? Me desnudó completamente. Ella debía llevar una túnica de seda, la dejó caer.

Luego comenzó a acariciarme. Al principio no sentí nada. Después los dedos hábiles me hicieron vibrar y entonces la abracé. Ella guió mis manos, y comprendí que me había perdido muchas cosas.

Mis ojos se iban acostumbrando a la penumbra. Entreví un bello rostro. Unos ojos almendrados. Escuché una respiración entrecortada. Me abandoné a las nuevas sensaciones que me enervaban hasta que en un momento dado nos dejamos ir al unísono, como si lo hubiésemos acordado antes de comenzar.

Ella permaneció bajo mi cuerpo unos instantes. Luego me besó. Nadie antes lo había hecho. Respiré profundamente, y por primera vez hablé al preguntarle su nombre.

Permaneció unos segundos en silencio como si dudase de dárselo a un desconocido. Luego con una voz cálida y hermosa lo dijo. «No tengo nombre, pero todos me llaman la armenia».

¡El destino! Nos juega malas pasadas. La armenia. ¿Podía haber sido de otra manera? Volvimos silenciosos, sin ganas, hasta la residencia de oficiales. Ali caminaba delante. Me sonreía de vez en cuando. Él lo sabía, se había dado cuenta de que aquella era mi primera vez. No es que hubiese hecho el amor, es que me había enamorado.

No volví a verla. Regresé allí en cuanto pude. La *madame* volvió a cogerme de la mano, subió conmigo, abrió la puerta. Le pregunté ¿la armenia? Negó con la cabeza. No. Ya no estaba allí. ¿Y dónde?, insistí. Se encogió de hombros. Ya no estaba allí.

No quise entrar. Había vuelto sólo por ella. No quería hacer el amor con una desconocida. La *madame* me observó en silencio. Ella, alguna vez, había sido joven. Podía entenderme. Corrí hacia la puerta, el perfume de jazmines me impedía respirar.

A las dos semanas me destinaron al quinto regimiento. Allí pidieron voluntarios para los exploradores del desierto. Alcé la mano. No tenía nada que hacer allí. Prefería estar lejos, muy lejos.

Me destinaron a Bagdad. A la división de protección del ferrocarril en construcción. Mandaba un escuadrón, pero el que en realidad conocía bien todo aquello, era el sargento mayor Mahmud Ahmad, que llevaba allí varios años. Él respetaba mi jerarquía y yo su experiencia.

El destino me perseguía. Cuando Lamia abrió los ojos para volver a la vida, creí ver a la armenia. Apenas la había percibido en la oscuridad, rota por las líneas luminosas que veía una y otra vez cuando soñaba con ella. Y allí estaba de nuevo. No podía huir de mi destino.

Mis órdenes eran llegar a Al-Mosul. Después volver a Bagdad. Lamia me contó lo que le había sucedido. Hice un parte y envié dos exploradores al cuartel, informando de todo. Sabía lo que ocurría con algunas tribus. Los británicos se infiltraban y les ofrecían oro y promesas. El desierto era inabarcable y raramente dábamos con ellos. Además, mi destacamento era escaso. Dieciocho hombres a caballo. Quince de ellos, soldados. Un cabo, un sargento mayor y yo. Escasa tropa para un mal encuentro. De hecho, nuestras misiones consistían en explorar, informar y abandonar el lugar, intentando evitar las escaramuzas. Nuestra movilidad nos ayudaba, más que el instinto del sargento.

Llevábamos una reata de diez mulas para el avituallamiento además de dos caballos de reserva. Acampamos en un uad cercano, protegido por unos inmersos farallones. Lamia se repuso en pocas horas. Al día siguiente, apenas amanecido, me contó lo que le había sucedido con detalle. Luego le pregunté si se encontraba en condiciones de cabalgar. Afirmó con la cabeza. Dijo que estaba bien, que sentía una gran pena por sus compañeros de viaje y por su caballo.

Aquella jornada debíamos hacer unos cuarenta kilómetros en dirección norte-noroeste. La temperatura ambiente se hizo insoportable antes de las doce de la mañana, y tuvimos que refugiarnos a la sombra de unas grandes rocas. Los caballos estaban demasiado fatigados para proseguir y tomé la decisión de detenernos en un lugar adecuado. Apenas hablé con Lamia, pero observé que se movía de un lado a otro con desenvoltura. Tenía la impresión de que aquella mujer había nacido en el desierto.

Tardamos cinco días más en llegar a Al-Mosul. Envié dos exploradores al cuartel general y me trajeron un sobre cerrado con órdenes. Debía seguir hacia Ras-ul-ain, sin detenerme en Al-Mosul. Hablaban de controlar las deportaciones. No entendí bien lo que significaba aquello, pero las órdenes indicaban que en Nusaybin se me ampliaría la información.

Lamia me pidió permiso para seguir. A fin de cuentas, ella quería llegar hasta Alepo y la ruta era la adecuada. Acepté de buen grado por varios motivos. Era una joven discreta, dura para soportar las inclemencias de un viaje por el desierto, y además me estaba enamorando de ella.

Podría decir que me sentía atraído, que me gustaba. Pero no. Era algo más profundo. La armenia había quedado atrás. Los ojos de Lamia borraban cualquier vestigio de otras aventuras.

La ruta era ya más civilizada. Al menos de tanto en tanto nos cruzábamos con una caravana o con otro destacamento. El calor era igual de infernal y no permitía veleidades. Tenía que estar muy atento, porque ya no nos quedaban caballos de reserva, y en Al Mosul se habían negado a proporcionarme otros.

Nos acostumbramos a hablar todas las tardes después de la comida. Alrededor de la hoguera. Me contó su vida. Pensé que había soportado bien la pérdida de sus padres. No sabía lo que iba a hacer en Constantinopla. Entre la guerra, la situación del país y la cuestión armenia que comenzaba a crear conflictos en prácticamente todas las grandes ciudades, no se podía decir que fuese un bueno momento para Turquía.

Me explicó sus ilusiones. Ella quería ser periodista. Me extrañó. Ese era un trabajo para hombres. Contestó que todo iba a cambiar cuando terminase la guerra. Me preguntó por qué hacía una mueca de escepticismo. Le contesté que había guerras que no acababan nunca.

Lamia deseaba saber quién era yo. Cambié varias veces de conversación. No quería hablar de todo aquello. ¿Quién era yo? Un proscrito de Dolmabahçe, el ahijado de Selim Bey. En realidad, un armenio sin familia, musulmán sin convicción, sin pasado y mucho me temía, sin futuro. Ella era muy distinta a mí. No quería complicarle la vida. Tampoco estaba muy seguro de que ella fuese a aceptarme, ni de que yo pudiese darle lo que una mujer espera de un hombre. No sabía si podría olvidar la larga pesadilla de mi primera juventud. Mientras estuve dentro no entendí aquel encierro como algo negativo. Al contrario.

Ahora sabía que no me castraron como a Selim Bey, pero que sí me habían quitado mucho.

La llevaría hasta Alepo. Aunque tuviese que desertar. Pediría un permiso. Una baja por enfermedad. Pero la dejaría en la estación de ferrocarril con un billete para Constantinopla. Luego intentaría algo imposible. Olvidarme de ella.

No podía hacer otra cosa. Mi mundo era muy diferente del que ella imaginaba. No podríamos entendernos, y al menos mi disciplina evitaría una catástrofe.

En tres jornadas llegamos a Ras-ul-Ain. Apenas un mercado de ganado. Poco más. Allí tenía que encontrarme con el otro destacamento de caballería. Un explorador nos esperaba. Nos hizo señas para que lo siguiéramos hasta el riachuelo de aguas marrones junto al que habían acampado.

El oficial era uno de mis pocos amigos de la academia. El teniente Yacub Ismet. Le presenté a Lamia y la saludó protocolariamente. Luego me dijo que debíamos hablar en privado.

Cabalgué con él hasta la colina. Desde allí se divisaba el campamento. Incluso era capaz de distinguir a Lamia ayudando a montarlo. Era mejor que muchos otros de los que se hallaban bajo mi mando. Estúpidamente me sentí orgulloso.

El teniente Yacub Ismet me ofreció un cigarrillo. Negué con la cabeza. Tenía la impresión de que le costaba comenzar. Atamos los caballos a un arbusto y nos sentamos en una roca. Verdaderamente era un observatorio privilegiado.

—Halil Bey. Te estarás preguntando por qué no te informo. La verdad es que no sé por dónde empezar. Intentaré ser objetivo y conciso. Mi destacamento tiene la misión de vigilar el camino entre Alepo y Al-Mosul. Hay cuatro destacamentos para esa misión. Yo soy el oficial al mando. Hace un mes recibí un mensaje. Un explorador lo trajo en mano desde Alepo. Desde el cuartel general. El sobre contenía un telegrama que debía quemar después de leerlo.

Yacub me miró intensamente. Luego sacó un papel azul del bolsillo superior de su guerrera y me lo entregó.

Desdoblé el papel y leí: «Todos los armenios de las provincias orientales deben ser exterminados con la mayor discreción y secreto. Firmado Abdulhamid Nouri». Yacub observó mi reacción. Luego prosiguió.

—Al leer aquello no entendí nada. ¿Qué quería decir? ¿Por qué me lo enviaban a mí? Despedí al mensajero sin contestación. Luego estuve toda la noche pensando en aquel documento. Pero no lo quemé. Lo guardé en el libro de incidencias. No se por qué lo hice, aunque pensé que, si lo destruía, nadie iba a creerme. A la mañana siguiente muy temprano nos pusimos en marcha hacia Ras-ul-Ain. Teníamos por delante un día muy duro y adelanté la salida. Sin embargo, antes de mediodía, dos exploradores nos alcanzaron. Me pidieron el telegrama. Había habido un error y me entregaron las órdenes que no debía decir nada de aquello. Eran las normales de cumplir etapas, llegar a Al-Mosul, etc. Tú sabes de lo que hablo. Nada de particular. Les contesté que había cumplido lo ordenado. Lo quemé inmediatamente después de leerlo. Alguien me había querido gastar una broma en clave. Una broma estúpida de la que ya me había olvidado. Dieron por buena mi explicación. Así se lo transmitirían al coronel. Luego se llevaron dos de mis mejores caballos, y me dejaron los suyos medio reventados. Nadie revienta dos caballos por nada. Supe que no era un error. Alguien tendría que haber recibido el telegrama. Halil. Alguien quiere aniquilar a los armenios. A todos los armenios. ¿Entiendes? Exterminarlos.

Yacub me miró con tristeza, mientras añadía: Mi madre es armenia, aunque eso no lo sabe nadie, porque mi padre antes de morir nos hizo jurar que nunca lo diríamos. No me siento atado por aquel juramento. Ahora estamos hablando de algo terrible.

Intenté tranquilizarlo. No iba a decirle que yo también era otro armenio, porque en su estado de excitación, tal vez no me habría entendido, pero no me permitió hablar.

—Durante unos días quise creer que se trababa de una macabra broma. Alguien se había enterado de la verdad y me querían fastidiar. Lo tomé como una asquerosa chanza personal, aunque también pensé que, si se sabía la verdad, aquello podía costarme la expulsión del ejército. Ultimamente los armenios están siendo señalados con el dedo. Sabes bien de lo que hablo. Pasaron unos días. Una tarde, cerca de Ras-ul-Ain, los exploradores me avisaron de una caravana. Nos acercamos a observar, pues no teníamos noticias oficiales acerca de ella. Al menos yo, desconocía de qué se trataba.

Yacub se levantó excitado. Gesticulando con furia.

—¡Aquello no era una caravana! Eran espectros. Casi todos mujeres y niños pequeños. Algún anciano. Ningún hombre. Ningún joven mayor de trece o catorce años… ¡Tenías que ver su aspecto! Muchas de las mujeres llevaban unos miserables trapos para cubrirse. Algunas iban prácticamente desnudas. Muchas heridas, amoratadas por los golpes. Violadas. Como si se tratase de los peores delincuentes que tuviesen que pagar duramente por sus crímenes. Les escoltaban unos soldados de infantería del cuarto regimiento, con un sargento al mando. Le increpé. Me contestó que sólo cumplía órdenes… ¡Órdenes!

Entonces comprendí que el telegrama no era ninguna chanza, ninguna afrenta. Interrogué al sargento. Me contó que, desde hace un mes y medio, máximo dos meses, las órdenes son deportar a todos los armenios sin excepción. Son órdenes de arriba. Talaat está detrás de todo. Lógicamente Enver y Djemal Pachá. No puedo comprenderlo. No lo entiendo. Es algo tan repugnante que siento náuseas. ¿Cómo puede tratarse a la gente así? Porque son armenios. ¡Yo también tengo sangre armenia! Y sangre turca. Y me siento orgulloso de la mezcla. Mejor dicho. Me sentía. Ahora ya no sé qué pensar, ni en qué creer.

Es cierto que llevamos mucho tiempo con una propaganda hostil a los armenios. Es verdad que debe haberlos malos. ¡Pero esto! Me parece criminal. Halil. Siempre te he tenido por una persona decente. Tenía que contárselo a alguien. No puedo hablar con mi tropa. Ellos aplauden la idea. Tuve que marcharme al ver cómo insultaban a aquellas pobres mujeres.

No sé qué hacer. Ni tampoco sé lo que va a ocurrir. Me han dicho que es igual en todas partes. En toda Turquía. Que las ciudades, los pueblos y las aldeas se están vaciando de armenios. Que los valíes de cada valiato han recibido órdenes estrictas. «Exterminar a los armenios» ¿Y los hombres? ¿Dónde están los hombres armenios? Te lo voy a decir, porque me lo explicó el sargento. Los soldados de los batallones armenios están siendo fusilados sin clemencia alguna. Los hombres son hechos prisioneros y se les asesina de cualquier manera. Los jóvenes son capturados y fusilados o golpeados hasta morir. ¡Todos! El telegrama decía la verdad…

En aquel momento el teniente Yacub Ismet se echó a llorar. Su conciencia no admitía aquel crimen. Él desconocía que yo era armenio, pero había confiado en mí, porque tenía que encontrar a alguien que le dijese que no podía aceptarse algo así.

Entonces le hablé de mí. Le expliqué quién era yo en realidad. No debía hacerlo. Me había jurado no contárselo a nadie, guardar el secreto toda la vida. Vivir con él. Pero no fui capaz. Yacub Ismet era como yo, un oficial otomano. Tenía la certeza de que, como nosotros, casos parecidos, había muchos.

Los monstruos que habían inspirado aquella salvaje agresión contra todo un pueblo tendrían su castigo. Extrañamente no me sentía armenio. Era un oficial otomano, con un pasado absurdo, enamorado de una joven turca. ¡Ah! ¡El destino! El destino tenía mucho que decir todavía…

Estábamos ya muy cerca de Alepo. Yo no deseaba llegar nunca. Sentía un temor infinito a perder a Lamia. Nunca había sentido nada semejante. Era una necesidad, igual que beber en el desierto, bajo el sol sofocante.

Lamia estaba perfectamente al tanto. Mi gran duda era si ella sentía, no ya lo mismo, sino algo por mí. No podría soportar que ella dijese que yo no le importaba. Pensé que, si llegaba a suceder, me internaría una noche a caballo en el desierto con mi cantimplora vacía para morir de sed. Así al menos, mi sufrimiento no se prolongaría demasiado.

¡Pero cuando Lamia me sonreía!... entonces me parecía escuchar una dulce música dentro de mi cabeza. Sólo entonces comprendía que todo había merecido la pena y que sería capaz de cualquier cosa. Haría por ella la mayor locura sin pensarlo.

Y de nuevo el destino estaba esperándome allí. Cerca de Alepo, junto a las vías del ferrocarril, en el pedregoso desierto sirio.

Habíamos acampado la tarde anterior con muchas dificultades, porque el fuerte viento de levante nos impedía clavar las tiendas. Durante gran parte de la noche no pudimos dormir. Una y otra vez las ráfagas de viento y polvo que envolvía todo, arrancaban los tensores de las tiendas. Los caballos se mostraban muy inquietos y el sargento vino a decirme que su opinión era intentar llegar a Alepo en el mismo instante en que el viento amainase algo. Él había vivido una tormenta hacía dos años que fue creciendo hasta que se convirtió en una catástrofe.

No tenía otra opción que hacerle caso. Yo llevaba los galones de teniente. Él tenía los de la experiencia. Asentí. Aquello sería lo más prudente.

Así lo hicimos. En un lapso de calma desmontamos lo que quedaba de las tiendas. Lamia ayudó como hacía siempre. Sin protestar, sin exigir nada. Aquella postura me encantaba. No sólo no significaba un lastre para nosotros, sino todo lo contrario.

Fue entonces cuando oímos llegar la larga marcha. Parecían fantasmas entre las nubes de polvo. Pequeños espectros que iban acercándose hacia nosotros, pero extrañamente sin vernos. Eran más de cien. Más de doscientos. Vestidos con harapos, con un aspecto enfermizo y un andar lento y vacilante. Todos nos quedamos parados, sin poder proseguir. ¿Qué significaba aquello? ¿De dónde venían?

Tenía la impresión de que iban a pasar entre nosotros sin vernos. Como si en realidad se tratase de fantasmas que pudiesen atravesar otros cuerpos y otras materias, sin que ello les afectase.

Entonces Lamia se acercó al primero. Un niño de diez, tal vez once años, se colocó frente a él y le cogió ambas manos. Le preguntó que quiénes eran, que dónde iban, qué hacían allí.

El niño se detuvo, y al hacerlo, la larga fila hizo lo mismo. Miró a Lamia como si no entendiese lo que le preguntaba. Lamia le soltó las manos y el niño se puso en marcha de nuevo sin contestar.

Lamia me miró con los ojos llorosos. Tal vez sería el áspero polvo del desierto, que el viento arrastraba formando remolinos. Tal vez sería su conciencia. No se lo pregunté.

En aquel momento uno de los niños cayó al suelo. Lamia corrió hacia él y yo hice lo mismo. Nos miró con ojos apagados. Me agaché y le pregunté: ¿Quién eres? ¿Dónde están tus padres? No contestó. Lamia vio caer a otro y corrió hacia él. Cogí la cantimplora y llené el vaso metálico. Se lo puse en los labios. Hacía frío, pero aquella piel ardía. Supe que el niño estaba muriendo.

Me levanté. Entonces lo oí. «Djambazian. Djambazian...». Me agaché junto a él y acerqué el oído a sus labios, «Djambazian». Luego se quedó estático, con los ojos abiertos, mirando al cielo que no podía ver. Había muerto.

No sé cómo lo conseguimos. De ciento setenta y dos, al día siguiente vivían ciento cincuenta y nueve. Nos quedamos allí. Volvimos a armar las tiendas como pudimos. Los mismos soldados, que yo sabía bien lo que sentían por los armenios, colaboraron trayendo agua, repartiendo las mantas, ordeñando unas cabras que se habían refugiado en una cabaña cercana.

Más difícil resultó llevarlos hasta Alepo. Comprar allí voluntades. Meter a los niños en un pequeño velero que traía naranjas de Chipre. Lamia tuvo que utilizar una bolsa de joyas de su madre para que el capitán turco mirase para otro lado.

Cuando el velero zarpó para Nicosia, comprendí que no podría tener otra mujer como aquella, aunque viviese mil veces. El tiempo me ha demostrado que no me equivoqué. Ella ha sido la luz de mi vida.

Algunos hombres y mujeres habrán rehecho sus vidas gracias a ella. Caminarán arriba y abajo. Tendrán unas familias, celebrarán los cumpleaños de los hijos, después de los nietos. Pero siempre recordarán la imagen de una mujer, como un ángel bueno apareciendo de pronto entre las espesas nubes del dorado polvo del desierto.

***

Cuando terminé de leer la historia de los padres de Nadia, pensé que el círculo se estaba cerrando. Todas aquellas personas habían vivido su vida de acuerdo a sus principios éticos. Para unos, el caos había propiciado sus más bajos instintos, para otros, la ocasión para ayudar a los demás, a veces a costa de su propia vida. Sin importarles los sacrificios ni el dolor.

Aquel testimonio confirmaba mi teoría de que muchos turcos ayudaron a los armenios sin esperar nada. Sólo por un imperativo moral, como en la reflexión kantiana, «el cielo estrellado sobre mí y la ley moral en mí».

Lamia había heredado de sus padres los principios éticos y supo aplicarlos a lo largo de su vida, socorriendo a los que necesitaban ayuda, a aquellos que las circunstancias habían golpeado.

No podía ocultar que aquella lectura me había impresionado profundamente. Pero sentía la alegría interior de colocar dos piezas de gran importancia en el complejo puzle que estaba montando.

Por otra parte, reflexioné que nada tenía que ver el destino. Ni tampoco el azar. Cada día debía uno tomar sus decisiones, elegir el camino correcto. Lo otro eran excusas. ¡Qué fácil era descargar la conciencia! ¡Todo está escrito! ¡Nada puede alterarse! Por mi parte me quedaba con el libre albedrío, con la responsabilidad golpeando a la conciencia.

En el caso de Halil Bey y de Lamia Pachá, ambos habían sabido cuál era la elección adecuada. Ni tan siquiera dudaron. Simplemente caminaron en el sentido que su ética les indicaba.

***

Me desperecé. La chimenea se había apagado y noté un escalofrío. A pesar de ello, allí me sentía bien. Nadia y también Laila, me trataban como alguien muy cercano, y eso me encantaba.

Pero mi edad no perdonaba los excesos, tenía que dormir un poco. Fui al dormitorio y me puse el pijama. Me lavé los dientes pensando en el azar. Cuando iba a meterme en la cama, vi las cuartillas en la mesita de noche. Nadia las había dejado allí sin decírmelo.

Entonces entendí por qué lo había hecho con discreción. Aquella carta llevaba el membrete de una institución psiquiátrica alemana. Así había recibido Nadia la comunicación del suicidio del que un tiempo fue su marido. En ella, Krikor H. Nakhoudian, mi hermanastro, intentaba justificar su decisión. Nunca había tenido relación con él, pero a pesar de todo, nuestra sangre era prácticamente la misma.

No puedo decir lo que sentí al leerla, aquel hombre había tomado la decisión equivocada, aunque tal vez, su excusa, su coartada era el terrible peso de la herencia de Kemal y de Osman, un lastre que le había impedido entender la realidad.

***

A quien corresponda:

Mi nombre es Krikor H. Nakhoudian. Nací en Berlín en 1922. En aquella ciudad se refugió mi padre al final del conflicto en Turquía. Allí llevó también a mi madre, una mujer armenia, de nombre Alik Nakhoudian.

Sé, porque me lo contó ella, que el mismo día que yo nací, él se suicidó. Antes, le entregó un sobre cerrado que hablaba de él y de lo que había hecho.

Mi madre no pudo perdonarle su actuación con los armenios. Pero mucho menos lo que hizo con su hermanastra Marie Nakhoudian.

Intentaré explicarlo. Mi padre, a pesar de su juventud, tuvo mucho poder durante los años del genocidio armenio. Su comportamiento fue brutal, convirtiéndose en uno de los verdugos de esa raza. Siento decir que lo he comprendido tarde. Pero lo peor fue cuando hizo raptar a Marie Nakhoudian que se hallaba a salvo en Francia, la hizo volver a Trebisonda, la violó y luego cuando ella tuvo un hijo, la abandonó y más tarde engañó a mi madre.

Tuvieron que huir cuando comenzaron los tribunales a actuar en Constantinopla y se refugiaron en Berlín. Allí, unos años más tarde, nací yo.

Es muy largo de contar. Ella fue expulsada de Alemania. En cuanto a mí, me educaron como un alemán. Participé en las Juventudes Hitlerianas. Después fui enviado a la escuela de oficiales, y a través de unos amigos que me convencieron para ello, me admitieron en las SS.

Yo era otro alemán más. Estaba convencido de lo que hacía. De la supremacía de la raza, de la solución final para con los judíos. Un día recibí una carta. Mis padres adoptivos habían muerto en un bombardeo. Me dejaron un legado importante y un documento sellado y lacrado. Allí me explicaban quiénes eran mis verdaderos padres.

Para entonces estaba terminando la guerra. Me entregué a los americanos, y permanecí tres años en una cárcel militar. Luego me soltaron, simplemente. Sin juicio alguno. Tenían demasiados presos alemanes y ellos necesitaban que Alemania se pusiese en marcha. Nadie me preguntó nunca qué había hecho durante la guerra. Aunque eso, en aquellos días, paradójicamente, tenía poca importancia. Había tantos pecados que ocultar, tantos crímenes sin castigo —de una y otra parte— que no merecía la pena escarbar en el montón de estiércol. Por eso me abrieron la puerta. Era como decirme: «Vete, no queremos saber nunca más de ti, es mejor que desaparezcas...».

Entonces algo ocurrió dentro de mí. Me habían enseñado a odiar durante gran parte de mi vida. A desconfiar del otro hasta el punto de aceptar que era mejor terminar con él, que comprenderlo.

Es difícil entender lo que ocurrió. Pero de pronto sentí la necesidad de volver a ver a mi madre. Viajé a Turquía para intentar dar con ella. Me fue imposible encontrarla.

Las circunstancias me hicieron llegar a Damasco. Allí conocí a Nadia Halil. Desde el primer momento quise que aquella mujer me perteneciese. Por algún extraño motivo me atraía irresistiblemente.

No puedo ocultar que la engañé. También me habían adiestrado para ello. Siempre fui un alumno aventajado. El 14 de marzo de 1963 nos casamos en un juzgado de Hannover.

Durante dos años intentamos asentarnos en Alemania. Yo quería quedarme allí y ella quiso volver a Turquía. Las cosas se pusieron tirantes entre nosotros. Ella se quedó embarazada y la atracción que habíamos sentido se desvaneció.

Es cierto que mi carácter estaba cambiando. Todas las noches soñaba con las fosas comunes en Lituania. Veía caer los cuerpos de los judíos y cómo los esbirros lituanos los enterraban, muchos de ellos estaban todavía vivos cuando les caían encima las paladas de tierra. Bromeábamos sobre ello, como si creyesen que todavía tenían alguna oportunidad de escapar.

No era eso lo peor. A pesar del tiempo pasado, no terminaba de tener claro mi comportamiento. Cuando se lo dije, en un arranque de sinceridad, me contestó que no quería verme más.

Ella volvió a Turquía y yo permanecí en Alemania. Luego tuve problemas con la policía y al final un juez me obligó a ingresar en un psiquiátrico en Hannover.

He preferido terminar con todo. El mundo ha sido injusto conmigo. Como lo fue con mi padre. Al final han vencido los impostores. No puedo seguir así. Es mejor terminar de una vez para siempre. Esa es mi última decisión.

***

Allí acababa la carta de Krikor. Al igual que lo hicieron su padre y su abuelo, había marcado a nuestra familia con su estigma. Aunque a pesar de todo, lo que finalmente restaba era Laila, y por eso Nadia jamás aceptaría que aquello fue una equivocación. De hecho, ella lo llamaba «la fuerza de las circunstancias».

***

De eso iba a saber algo en las próximas horas. Apenas se hizo de día tuve una llamada de Mohamed Nurí, un antiguo amigo. Acaban de ascenderlo a general y me dijo que en su nuevo cargo podía tener acceso a los archivos históricos del ejército turco.

Había intentado entrar en ellos muchas veces, pero siempre me lo negaron. La fuerza de las circunstancias estaba ahora de mi lado.

Un informe perdido. Noviembre 1996

No fue fácil encontrar el informe. El capitán Said Tawfik no se dejó convencer por mis argumentos, hasta que le enseñé la carta del general Nurí. Luego todo fueron excusas y facilidades. Pero el archivo no merecía tal nombre. Se excusó porque todos los documentos de carácter histórico, habían sido trasladados a los nuevos archivos generales del ejército en Ankara, desde los distintos cuarteles del ejército repartidos por toda Turquía.

Cuando vi el estado en que se encontraban los almacenes, y la enorme cantidad de cajas, pensé que jamás lo encontraríamos. Era como buscar una aguja en un pajar. Luego, cuando me pidió la referencia, sólo tuve que decirle «Edremit 1896» y el capitán Tawfik caminó arrastrando ligeramente la pierna izquierda entre los polvorientos cajones. «Una bala kurda en Diyarbakir» musitó. Luego buscó en un archivo, de ese modelo de fichas giratorias, hasta que encontró Edremit. Entonces chasqueó la lengua y dio un nervioso golpe con la pierna lastimada en el suelo.

Tawfik me indicó que le acompañara y me señaló una larga escalera de mano de madera. La cogimos entre los dos resoplando. Yo con una edad excesiva y él medio inválido, pero la apoyó en una estantería que indicaba en la etiqueta de papel oscuro 1896 y se volvió esbozando una sonrisa. Señaló arriba, como a tres metros y comprendí que si quería encontrar los documentos tendría que arriesgar mi vida.

Todo había comenzado, hacía ya mucho tiempo a través de Nadia. Su matrimonio frustrado por las circunstancias, con Krikor H. Nakhoudian, mi hermanastro, del cual resultó Laila, me relacionó con ella.

La cuestión fue que había encontrado parte de los diarios de Halil Bey en casa de Nadia y me dejó copiarlos. Entonces pensé que con mucha suerte podría llegar a saber quiénes habían sido los padres de Halil Bey y me puse a investigar en ello. En uno de los diarios aparecía la fecha de la captura y el nombre del general que había intervenido en ella. Llamé al general Nurí, que ocupaba un importante cargo en el Estado Mayor. Nuri me dijo que el ejército turco estaba mejor organizado de lo que la gente creía, y que me desplazase a Ankara donde estaban reuniendo todos los archivos militares.

**

Encontré el legajo sin mayor problema. Tenía un dedo de polvo, los bordes estaban comidos por los ratones y el papel se deshacía entre los dedos. Pero allí estaba. Bajé con ánimo de la escalera, mientras Tawfik murmuraba que había tenido mucha suerte.

Luego me permitió usar su despacho y una fotocopiadora, pero como no funcionaba, lo que hice fue copiar a mano el informe, mientras pensaba que aquello iba a ser una gran sorpresa para Nadia Halil y para Laila, su hija y mi sobrina.

La investigación que yo llevaba a cabo era ardua, difícil, cansada y frustrante. Pero tenía sus compensaciones y la más importante para mí era aquella. Poder añadir otra rama al árbol que iba creciendo poco a poco a fuerza de años y trabajo.

Halil Bey no lo había sabido nunca. A pesar de su interés, no pudo encontrar aquellos papeles que yo tenía delante, y me pareció que merecía la pena el esfuerzo de haber ido hasta allí.

Luego Tawfik quiso demostrarme su talante amistoso y me trajo una taza de té y susurró que le disculpase. Él iba a seguir trabajando en aquella vieja montaña de papeles.

Di un sorbo a la taza. Estaba caliente y amargo, como a mí me gustaba. Desaté las cintas de tela, abrí la carpeta, y allí frente a mis ojos, pude leer algo por lo que Halil Bey habría pagado con su vida.

III Ejército del Imperio
2º Regimiento de Infantería.
A su Excelencia Kamil Pacha – Gran Visir del Imperio.

Informe del General Yusuf Bekir sobre la limpieza efectuada en Edremit, Lago de Van el 22 y 23 de noviembre de 1896.

En el nombre de Dios, el Clementísimo, el Omnipotente.

El 2º Regimiento a mis órdenes llevó a cabo las órdenes de ese Estado Mayor.

Coronel: Hussein Djafer.

Comandantes: Ahmed Fehmi, Ibrahim Ishan, Osman Hamid

Entonces, al leer aquel nombre, una sacudida nerviosa me hizo dar un golpe en la mesa con los puños y derramé un poco de té de la taza. ¡Osman Hamid! No era el destino. Allí estaba escrito el nombre de mi abuelo. Un ser perverso, cuyo estigma parecía perseguirme a través de los años. Lo conocía bien. Lo había ido siguiendo, mejor estaría empleado el verbo persiguiendo, durante toda mi vida. Pero en aquel momento, entre los centenares de miles de informes que llenaban el enorme almacén, aparecía otra vez ante mis ojos, cogiéndome por sorpresa.

¡Ah, el destino! Nadie como yo creía tanto en el destino con mayúsculas. Paradójicamente era un defensor del libre albedrío. Pero de tanto en tanto volvía a aparecer, como si quisiera advertirme. ¡Estoy aquí! ¡No podrás líbrate de mí!…

No. No podía librarme de él. Había estado esperándome allí, agazapado detrás de las tapas de cartulina, maquillándose con el polvo, como si quisiera pasar inadvertido. Pero allí estaba Osman Hamid. Mirándome a los ojos casi cien años después.

Siguiendo las órdenes de ese Estado Mayor, el 2º regimiento avanzó de Bitlis a Gurpinar. Se hizo una limpieza en Gevas y la propia Gurpinar, y destaqué al comandante Osman Hamid, para llevar a cabo un raid de limpieza en Edremit, ya que teníamos conocimiento de que varios notables armenios de la ciudad se habían refugiado en esa aldea, probablemente con la esperanza de huir atravesando el lago Van, hasta algún punto donde pudiesen desembarcar impunemente.

Se designó al comandante Hamid porque tenía acreditada una importante experiencia en raids y conoce bien a los armenios y sus estratagemas.

La limpieza en Edremit tuvo resistencia y nos causó once bajas. Seis muertos y cinco heridos, entre ellos el propio comandante Osman Hamid. Pero tuvo la consideración de éxito total, ya que no hubo supervivientes entre los notables armenios.

En Van a 30 de noviembre de 1896.

Adenda. Se adjunta como es costumbre el informe dictado por el propio comandante Osman Hamid al escribiente oficial, por encontrarse herido en el brazo derecho.

Allí estaba. Osman Hamid. El padre del hombre que me engendró, Kemal Hamid. Venía a dictarme al oído unos hechos que creía enterrados, en el polvo oscuro de lo que una vez había sido el corazón de Armenia, y allí estaba yo. Anhelante por recibir aquella perdida herencia.

En el campamento provisional en las colinas de Gurpinar, valiato de Van, a su excelencia el general Yusuf Bekir a 26 de noviembre de 1896.

En el nombre de Dios, el Clementísimo, el Omnipotente.

Elevo el presente informe sobre mi actuación en la localidad de Edremit en la tarde del 22 y mañana del 23, del mes de noviembre de 1896.

Siguiendo órdenes superiores me desplacé desde el campamento de Gurpinar con una sección de veinticuatro hombres a caballo. Nuestra misión específica era eliminar la insurrección de los traidores armenios refugiados en Edremit. Se nos había informado que uno de los líderes, Chirac Aramian, cabecilla de la familia Aramian, había estado implicado en la revuelta del barrio armenio de Van y en la orden recibida se me autorizaba a emplear todos los medios humanos y materiales, para lograr su captura y aniquilación, así como la de sus cómplices y allegados.

Tengo la satisfacción como oficial, de certificar que se han cumplido dichas órdenes de la forma y manera más adecuada y viable, como se describe en el anexo confidencial.

Y para que conste ante los mandos superiores, firmo el presente informe en la fecha y el lugar arriba indicado.

La firma de Osman Hamid era enrevesada e ilegible, pero pude percibir los trazos de una fuerte personalidad y de una gran ambición, a pesar de que no me consideraba en absoluto un experimentado grafólogo. Pero aquella firma decía mucho acerca de él y sentí un largo escalofrío en la nuca.

Para mi sorpresa el «anexo confidencial» estaba allí, con un sello azul desvaído que indicaba: «A destruir». Pero alguien, alguna vez, había cerrado el expediente sin terminar la tarea. O tal vez lo había leído y no había querido que aquel testimonio desapareciese. A Nadia Halil, a Laila H. Halil, a mí personalmente, nos había hecho un gran favor.

El informe no llevaba ni encabezamiento ni firma. Eran dos páginas, de ese tipo de papel empleado con frecuencia por los militares, según había podido comprobar y lo leí intentando refrenar mis propios sentimientos, porque por alguna razón me encontraba muy tenso.

A través de la cristalera que me separaba del almacén, vi como Tawfik iba y venía arrastrando «su recuerdo kurdo». Luego intenté no pensar en Laila, ni en Nadia, para centrarme sólo en Halil Bey, un niño armenio, un cristiano hijo de Chirac Aramian, uno de los cabecillas de la revuelta de Van de 1896. Hacía de ello la friolera de cien años.

**

El informe confidencial

Llegamos a las afueras de Edremit apenas pasado el mediodía y pudimos observar movimientos en las casas que bordean el pueblo por el sureste.

Mandé a mis oficiales que se desplegasen en tres escuadras de seis hombres. Cada una de ellas mandada por un teniente más un sargento, con lo que disponía en total de veinticuatro hombres.

Los rebeldes salieron a recibirnos con una descarga de fusiles y comprendimos que no iba a tratarse de una misión más.

Tomamos posiciones resguardándonos tras las últimas edificaciones. Comprobé que existía un equilibrio de fuerzas y destaqué dos hombres a pedir refuerzos, ya que desconocía el arsenal que hubiesen podido reunir los insurrectos.

Tuvimos escaramuzas durante media tarde. Vimos caer al menos a cuatro de ellos por nuestros disparos. Para entonces recibí refuerzos y me decidí a atacar con una maniobra envolvente.

A pesar de la resistencia, que nos costó dos hombres y tras un largo intercambio de disparos, logramos reducirlos. Se trataba de dieciséis hombres adultos, veintidós mujeres y catorce niños entre uno y doce años. Eran gente adinerada y debían tener dinero y joyas escondidos por lo que les conminamos a hablar.

Al no conseguir nada, colgamos a uno de los niños por los pies sobre una hoguera. De inmediato las mujeres comenzaron a sacar diamantes, joyas y oro de los forros de los vestidos, tan hábilmente disimulados que no hubiésemos sido capaces de dar con ellos. Más tarde llevamos a los hombres a la playa y los fusilamos siguiendo las órdenes. En cuanto a las mujeres, hubo que fusilar a dos de las más mayores y las demás fueron entregadas a la tribu kurda que nos había proporcionado la información.

De los niños se eliminaron los mayores de ocho años, que eran siete, y de los otros siete que quedaron se escogieron dos de los mejor formados para entregarlos como es costumbre en el cuartel general para su posible adopción por Nuestro Señor el Sultán. Los restantes se sortearon entre los oficiales.

En cuanto a lo encontrado, se inventarió por el interventor y se supo que los niños para adopción eran hijos del cabecilla, Chirac Aramian, porque su mujer lo confesó ante nuestros requerimientos.

***

No pude evitar levantarme agitando los puños en alto. Me sentía eufórico. ¡Lo había encontrado! Algo imposible que prácticamente completaba mi árbol. Allí estaban Chirac Aramian, Halil Bey, Osman Hamid…

Nunca hubiese creído que podría dar con ellos. Allí comenzaría el árbol a crecer, lentamente, sobreviviendo a catástrofes e infortunios, con momentos de paz y alegría.

Volví a agitar los puños sin poder contenerme. Al levantar la mirada encontré el perplejo rostro de Tawfik convencido de que me había vuelto loco. Le sonreí. Aquel hombre me caía bien.

***

Así terminaba la historia de aquella *limpieza*. Aquello me aseguraba que Halil Bey era hijo de Chirac Aramian, un notable que se sublevó en Van y que intentó salvar infructuosamente a su familia. Aquel sería mi regalo de Navidad para Nadia Halil y su hija Laila H. Halil. Jamás hubiesen creído poder saber aquello.

Luego devolví todos los originales a la carpeta. Tawfik repiqueteó tras los cristales. Estaba impaciente por marcharse y llevaba un largo rato aguardándome. Le agradecí su amabilidad y salí del edificio de los archivos generales, mientras caía la tarde sobre Ankara.

Aquella misma tarde volé a Estambul. Llamé al llegar a casa de Nadia, pero sólo me respondió el contestador. Estaba impaciente por hablar con ella.

Luego me asomé un rato al balcón. El Bósforo brillaba bajo el sol poniente y pensé que Chirac Aramian y su familia, habrían merecido mejor suerte.

Fin del relato de Darón Nakhoudian

313

Aram Nakhoudian (Bakú, abril de 1997)

Creo que nada ocurre por casualidad. Al menos, en aquel momento, mientras volaba de Washington a Ankara, en el C130 del Pentágono, meditaba que el ayer me había jugado una mala pasada.

Pero debo explicarme. Hacía ya cuatro años que pertenecía a los servicios especiales del Departamento de Estado para Asuntos Exteriores. No tenía que ver con la CIA ni con el Pentágono, aunque era cierto que nos *prestábamos* mutuos servicios. Me consideraba un diplomático. Alguien que servía a su país y a sus ideas, con un empeño muy superior a la remuneración que percibía.

Había cumplido los treinta y cuatro hacía apenas dos semanas y estaba comenzando a tomar conciencia de que mi juventud había terminado definitivamente.

Suspiré mientras intentaba atisbar en la penumbra de un extraño tono violeta que envolvía al aparato, a treinta y tres mil pies sobre el Atlántico Norte. Un viaje de casi nueve mil kilómetros que me llevaba a un lugar desconocido. Bueno, no era esa la palabra exacta, porque sabía mucho de aquel país, ya que mi madre me había hablado con frecuencia de Turquía.

Mi padre se llamaba Dadjad Nakhoudian, había nacido en El Cairo en 1930. Apenas hacía tres años de su muerte en París. Era un hombre extraordinario que me transmitió sus ideales y sus conocimientos. Era, más que cualquier otra cosa, un armenio, pues mis abuelos, Ohannes Nakhoudian y Nora Azadian, habían nacido en Trebisonda y en Erzurum. A través de una larga odisea llegaron a El Cairo, donde la suerte les acompañó de tal manera que multiplicaron su fortuna, gracias a la privilegiada inteligencia de Ohannes y a la resolución de Nora.

Era, por tanto, prácticamente armenio, ya que mi madre, Helen Warch, me había cedido otro veinticinco por ciento de sangre armenia, el resto francesa, de tal manera que en mi interior coexistían dos personalidades que pugnaban por salir e imponerse, pero últimamente no tenía la menor duda de que en aquel equilibrio se imponía lo armenio, como si su carga genética tuviese mayor peso. De cualquier modo, me sentía profundamente norteamericano. Todo lo demás sólo era historia. Una historia interesante, dramática, cruel incluso. Pero sólo eso. Historia a fin de cuentas.

***

Sabía bien lo que una vez había ocurrido entre turcos y armenios. Mi madre me lo había contado muchas veces, porque para ella aquello era parte de su vida, a pesar de que tampoco lo había vivido directamente.

Mi madre había nacido en París del matrimonio entre Eugène Warch, un hombre culto y sensible, y Anne de Villiers, una mujer valiente, hija del secretario de la embajada de Francia en la capital turca en aquellos días.

Las circunstancias habían hecho que yo naciese en Nueva York y que tuviese, por tanto, todos los derechos como ciudadano norteamericano. Durante mucho tiempo, mi padre se había negado a hablar del asunto armenio, hasta que llegó un día en que me consideró lo suficientemente maduro para poder entenderlo.

Debo decir que al principio todo aquello no me interesaba en absoluto. Tenía entonces dieciocho años y no había hablado jamás con otro armenio, salvo con mi madre. Conocía a dos que se dedicaban al comercio en Manhatan, pero sólo sabía que eran también armenios por sus exóticos apellidos. Me preocupaban entonces otras cosas. Como ingresar en Yale, lo que podía hacer gracias al legado de mi abuelo Eugène, un hombre previsor que murió pensando en que sus nietos —al final sólo yo— tendrían que estudiar una carrera.

No fui un alumno muy brillante, pero me licencié en Ciencias Políticas. Luego hice el doctorado en Recursos Estratégicos y más tarde un curso en la Escuela Diplomática de Londres. Debo reconocer que no me resultó difícil aprobar el ingreso en la Academia de Washington, y más tarde ingresar en la carrera diplomática.

Tuve que permanecer dos tranquilos años en la embajada en París, antes de ser llamado para una misión especial. Consistía en establecer la viabilidad del proyecto de construcción de un oleoducto desde Bakú al mar Negro, a través de Azerbaijan y Georgia.

Entonces intervino la necesidad de la que hablaba Monod. Quería creer que el hecho de tener sangre armenia no tenía nada que ver con aquella designación, que sólo había llegado gracias a mis méritos profesionales. Pero no lo tenía del todo claro. Era demasiada casualidad.

***

Tendría que viajar desde Ankara a Bakú en línea regular. El conflicto de Azerbaijan había inestabilizado toda la región y era muy consciente de que podría tener problemas. Pero no tenía alternativa.

El C130 era más ruidoso y menos confortable que los aviones comerciales. Además, viajaba solo y nadie había entrado en la cabina para ofrecerme algo. Me habían entregado una pequeña nevera portátil con Coca-Cola y unos bocadillos. Aquella gente del Pentágono debía gastarse el presupuesto en otras cosas.

Finalmente tomamos tierra en Ankara al amanecer; ocho horas de diferencia con Washington. El cansancio se apoderó de mí en ese mismo momento, pero al menos los trámites fueron rápidos y me condujeron al Hilton en un vehículo de la embajada. Durante el trayecto me confirmaron que debía permanecer en la ciudad cuarenta y ocho horas. Allí se me entregarían las últimas instrucciones.

Dormí profundamente casi todo el día. A las seis de la tarde me llamaron de la embajada. Alguien vendría a recogerme al hotel para ir a cenar a las siete y media.

Después de ducharme, me vestí como lo haría un turista de clase alta y bajé al *hall*. A la hora exacta entró una mujer joven, inequívocamente americana. El recepcionista me señaló y ella se dirigió hacia mí esbozando una sonrisa.

Se presentó como Anne Campbell. Su pelo dorado y su sonrosado y pecoso rostro escocés, me hicieron sentirme como en casa. Nos sentamos juntos unos instantes para presentarnos. Después me propuso ir al Zenger Pachá, un restaurante de la ciudadela. Asentí con la cabeza. Aquella mujer podría llevarme a donde quisiera, porque no sólo era hermosa, sino que toda ella emitía algo muy positivo.

Una vez en el coche me explicó que ocupaba el cargo de segunda secretaria de la embajada. Le habían encomendado que me entretuviese durante mi estancia. Sonrió de nuevo al añadir que no era el peor trabajo que había tenido que hacer.

El ambiente era muy agradable, pero lo que más me impresionó fue la vista sobre la ciudadela. Estar allí cenando en tan buena compañía compensó la tensión del viaje hasta aquel momento. Tal vez no fuese tan malo después de todo.

Al terminar, tras una larga sobremesa, me acompañó al hotel. Fue ella la que sugirió subir a la habitación. En verdad me encontraba muy solo y no tuve nada que objetar. Habíamos bebido una botella de vino turco, excesivamente caro, pero que nos supo a poco.

Anne era una extraordinaria amante e intenté estar a su altura. Al cabo de un par de horas comprendí que no era posible y le sugerí que descansáramos un rato. Rió con una risa tan contagiosa que al final nos relajó hasta que ambos nos quedamos dormidos.

Apenas amaneció, se levantó de un salto anunciando que debía ir a trabajar, añadió que volvería a última hora de la mañana para acompañarme al aeropuerto. Me quedé solo, meditando que los buenos momentos pasaban demasiado deprisa.

Anne no pudo volver para llevarme al aeropuerto como había prometido. Se excusó diciendo que tenía otro encargo importante y que alguien vendría a recogerme y que ya nos veríamos. Bueno. Las cosas eran así y no había más remedio que aceptarlas.

Un coche oficial me trasladó al aeropuerto militar. Me extrañó, pero allí estaban esperándome un agregado militar y otro de paisano, que no podía ser más que de la CIA, aunque no me dirigió la palabra.

Las últimas órdenes eran que volase a Bakú en un avión militar turco. No tenía nada que objetar y subí al aparato junto con otros siete militares turcos y dos civiles con gafas de sol que ni siquiera me miraron.

Me dispuse a pasar las dos horas de vuelo leyendo los protocolos de actuación que debía seguir. Me los sabía prácticamente de memoria, pero tampoco tenía nada mejor que hacer.

***

Bakú era exactamente lo que me habían dicho. Una ciudad gris que bajaba de las colinas cercanas al mar. Una inmensa refinería que debía mantenerse en uso, como uno más de esos extraños milagros, que consiguen que la vida continúe otro día más en los restos de la Unión Soviética. Lo que una vez había sido cabeza de puente en el imperio de Alejandro, había sido transformada por el petróleo en un lugar tan espantoso como estratégico. A pesar de ello, aún quedaban restos de las murallas que una vez la habían defendido.

El hotel era un lugar feo y frío, oscuro, decorado por alguien que tendría seguramente otras habilidades. La habitación invitaba a salir a la calle. Debía permanecer allí tres días y la expectativa no me parecía demasiado halagüeña.

Aquella era la parte oscura de la brillante posición de un diplomático. Parte del camino que debía recorrer sin otra opción, si deseaba llegar alguna vez a alguna parte.

Mis instrucciones indicaban expresamente que debía evitar pasear solo por la calle. Un diplomático norteamericano era la presa más fácil, para cualquier grupo terrorista residual del conflicto de Azerbaijan. Estaba advertido de que los rusos no controlaban bien aquella república. De hecho, sus servicios de inteligencia habían desaconsejado mi viaje. Se prestaron a proporcionarnos toda la información precisa para que pudiésemos tomar una decisión adecuada y objetiva, sin que tuviese la necesidad de ir hasta allí.

Pero el Pentágono quería tenerla de primera mano. Por esa razón me hallaba asomado a la ventana doble de habitación 316 del hotel Caspio.

Estábamos casi en mayo, pero aún hacía mucho frío. La habitación tenía un enorme radiador de chapa pintada, tan helado como el cristal que estaba tocando. Tal vez para los habitantes de aquella ciudad ya no merecía la pena mantener encendida la calefacción, pero allí dentro apenas habría más de diez grados.

Tomé la decisión de olvidar todos los consejos y recomendaciones y salir a dar una vuelta. Estaba anocheciendo y quería dar una vuelta por los mercados que había visto desde el taxi. Un puesto tras otro a lo largo de las aceras, iluminados con brillantes luces. Sólo pretendía pasear, observar un rato, volver al hotel e intentar dormir. Al día siguiente tendría una reunión con los directores de las principales refinerías estatales. Luego iría más por la costa hasta Aliat Pristan, para que me indicasen el punto de enlace con el oleoducto hasta Tiflis, que debía penetrar en Armenia por algún lugar de las estribaciones de la ladera norte del Pequeño Caucaso.

Medité mientras bajaba a trompicones las mal iluminadas escaleras —el ascensor sólo hacía el trayecto de subida— que, aquella misión se la debían haber encomendado a un especialista, tal vez a un ingeniero o alguien así. De hecho, lo había comentado, pero la escueta respuesta había sido que no necesitaban mi opinión sobre aquel punto concreto.

El mercado callejero era un caleidoscopio humano. Allí vi rusos, tártaros, calmucos, armenios, turcos, iraníes, georgianos, y muchos otros que no era capaz de clasificar. Mi cabello era oscuro, mis ojos grises, mi piel casi latina. Nadie podría señalarme como un americano. Tal vez por la calidad de mi ropa, aunque el viaje me la había dejado definitivamente arrugada. Pero inevitablemente hay algo casi intangible que nos clasifica, y además las personas que me rodeaban en su mayoría eran astutos comerciantes, con una especie de sexto sentido para adivinar a quién tenían enfrente.

El fuerte olor a comida, a especias, lo invadía todo. Aquel lugar estaba relativamente cerca de Europa, pero indudablemente su espíritu era asiático.

Volví al hotel muy pronto. Aparte de las calles débilmente iluminadas por el mercado, la ciudad permanecía prácticamente a oscuras, y no daba la impresión de ser un lugar muy acogedor.

Me desperté temprano. Había quedado a las ocho para desayunar con el Dr. Serguei Bajza. Se presentó exactamente cuando el reloj de pared del *hall* marcaba la hora. Su puntualidad me hizo sonreír, porque en mi última misión en Ginebra, el representante del gobierno suizo había llegado media hora tarde.

Bajza era georgiano, de Tiflis. Un hombre de unos cuarenta y cinco años, con el pelo prácticamente blanco y ojos verdosos. Me saludó con una profunda inclinación de cabeza y le alargué la mano que estrechó con fuerza mientras enarcaba el entrecejo.

Desayunamos lenta y copiosamente. Hasta aquel momento jamás había visto a nadie comer así para desayunar. Lo hizo sin prisas, como si el vulgar y mal provisto *buffet* fuese en realidad una opípara comida. Sonrió amistosamente al darse cuenta de mi asombro, pero siguió en lo suyo sin entretenerse.

Cuando ya no pudo más, se quedó mirándome fijamente, como si estuviera esperando que le explicase lo que deseaba hacer. Él por su parte, no parecía tener ninguna prisa por abandonar el lugar, hasta que, sin poder evitarlo, me puse en pie, como dando a entender que había llegado el momento de iniciar la jornada.

El coche de Serguei Bajza era un ruidoso Lada, idéntico que el noventa por ciento de los coches de Bakú, salvo algunos antiguos Mercedes. Nos dirigimos hacia Aliat Pristan donde se encontraban la mayoría de las grandes refinerías e industrias petrolíferas del país.

Me explicó que el conflicto entre Armenia y Azerbaijan por el Alto Karabag, hacía a su juicio inviable cualquier colaboración para un proyecto tan complejo y caro como un oleoducto. Esbozó una amarga sonrisa. ¿Quién iba a poner su dinero en una empresa tan costosa y arriesgada? Serguei hablaba en un elaborado inglés, pero se hacía comprender perfectamente. Él jamás aprobaría tan loco proyecto. Añadió que, si de él dependiese, hacía muchos años que viviría en Miami. Me guiñó un ojo. ¿Conocía yo Miami? Para él, aquel lugar debía ser lo más cercano al paraíso que existía en la Tierra.

Un grupo de ingenieros nos aguardaba en el lugar indicado. Casi todos eran rusos contratados por el gobierno de Azerbaijan. Hablaban un inglés fluido y parecían orgullosos de su dominio del idioma. Eso estaba bien, porque yo apenas sabía chapurrear veinte o treinta frases hechas, en ruso. El inglés había ganado la batalla al esperanto y a los diplomáticos.

Me mostraron en un mapa coloreado el punto de entronque. El petróleo iraní llegaría allí desde Bandar Anzalí, una población situada a ciento cincuenta kilómetros al noroeste de Teherán. Era un buen negocio para todos y además Moscú había aplacado a los políticos locales. No habría problemas. Mientras, Serguei miraba fijamente al horizonte del Caspio, como si no supiera de lo que allí se estaba hablando.

Pero aquellos ingenieros parecían ansiosos por lograr su oleo-ducto. Incluso, en un arranque de optimismo, hablaron de un gasoducto paralelo, con una carretera de mantenimiento y control en el eje entre ambos. Todos se beneficiarían. Irán, Azerbaijan y, por tanto, Rusia, Armenia, Georgia. También Turquía, que sería el pri-mer consumidor y se garantizarían buenos precios. La zona ganaría en estabilidad. Era un asunto perfecto.

Luego se quedaron observándome. Era difícil convencerlos de que mi misión se limitaba a hacer un informe, que se uniría a un enorme expediente y que sólo era otro paso burocrático en un largo proceso.

Pero de eso no podría convencerles. Ellos querían el oleoducto. Bakú se estaba viniendo abajo como lugar estratégico para el orden del petróleo mundial. Pero aquello cambiaría las cosas. Y allí estaba yo, con mi carpeta, la cámara de fotos y una gorra deportiva de los New Yorkers. Debía tener un aspecto imponente, porque me obser-vaban con un respetuoso silencio.

No tenía nada que perder. Pensé que no era malo ilusionar a la gente. A fin de cuentas, en esta vida todos vivíamos de ilusión y lo dije sin reflexionar.

—Se hará. El oleoducto se hará. Seguro.

Faltó poco para que me levantasen en hombros. Todos sonrieron de oreja a oreja y me sentí mejor durante un rato. Luego, mientras volvíamos hacia Bakú, me di cuenta de que Serguei me observaba con un cierto respeto.

Ocurrió en el momento más inesperado. Salíamos de comer, ani-mados por el áspero vino de Georgia, hablando más de la cuenta, riéndonos de nosotros mismos. Aquellos rusos me habían caído bien. Querían salir de allí, pero no para ir a cualquier parte. Todos deseaban ir a los Estados Unidos. A ningún otro lugar.

***

La explosión me arrojó contra un árbol. Creo que debí volar no menos de seis metros. Tal vez más. Sólo Serguei, que se había adelan-tado para ir a buscar el coche, salió ileso. Cuatro ingenieros, que un segundo antes bromeaban conmigo, murieron en el acto.

No llegué a perder el conocimiento. Sólo sentí unas terribles náuseas. Un tremendo dolor en un brazo. Noté como la sangre me cubría el rostro. Ni tan siquiera estaba asustado. Sólo pensaba en que algo me impedía respirar bien y en que seguía vivo.

Creo que las ambulancias llegaron pronto. Aunque no era capaz de medir el tiempo y me daba la impresión de que estaba congelado, como si se hubiese detenido. Luego, en un instante, todo se precipitaba, lo notaba por la respiración.

Fue Serguei el que me atendió. Me dio la impresión de que estaba llorando y vi cómo se echaba las manos a la cabeza. Creo que fue entonces cuando me desmayé.

***

Volví en mí en la sala de reanimación del Hospital General de Bakú. Al principio no sabía dónde me hallaba. Sorprendentemente no me dolía nada. Pensé que me habrían puesto calmantes. Sólo seguía oyendo un estruendo enorme. Veía, una y otra vez, una especie de lengua de fuego que me rodeaba. Era consciente de que estaba a un paso de la muerte. No tenía la certeza de si en realidad me habría atrapado y tardaría poco en morir, porque todo lo veía como si estuviera fuera de mi cuerpo. Observándome a mí mismo.

Estuve en aquel extraño trance un tiempo indefinido. En algún momento escuché acercarse unas pisadas. Alguien se agachó y fijó su rostro en el mío. Era una bella mujer de ojos azules con el pelo rubio muy corto. Podía observar como su pecho subía y bajaba justo frente a mis ojos. Me miraba fijamente a las pupilas, como si buscase algo en ellas. Creo que intenté sonreír, pero no pude hacerlo. Ella entendió mi esfuerzo y me devolvió una franca sonrisa.

Se señaló a sí misma mientras pronunciaba su nombre. Por alguna razón se me quedó grabado, Laila H. Halil. Se trataba de una doctora. Tocó mi brazo vendado con mucha delicadeza, murmurando que había tenido mucha suerte. No me quedarían secuelas, y en apenas unas semanas estaría fuera del hospital. Mucha suerte, repitió, mientras volvía a sonreír. Luego se fue, dejando tras sí un levísimo perfume que me resultaba extrañamente familiar.

Al día siguiente vino a verme Serguei. Parecía compungido. Rehuía mis ojos. Como si se sintiese culpable. Aunque me dolían todos los huesos del cuerpo, intenté incorporarme para hacerle los honores por la visita. Se acercó a la cama y alargó su mano. Traía una carpeta de cartulina marrón, de las más baratas. Murmuró algo que no terminé de entender. Permaneció en silencio observándome, pero a pesar de mi curiosidad, no tuve fuerzas para abrirla y la dejé caer sobre la cama.

Él se dio cuenta y la colocó con cuidado en la mesita auxiliar, en una pequeña repisa bajo el cajón. Luego se levantó como si pensase que estaba molestándome con su presencia y salió de la habitación caminando hacia atrás sin dejar de mirarme.

Me explicaron más tarde que se trataba de otro atentado de los nacionalistas azerbaijanos. Una especie de protesta indefinida contra Armenia, contra Rusia, contra Turquía. Contra todos.

Las víctimas tenían poco que ver con todo aquello. Pero eso no significaba nada para ellos, a fin de cuentas, habían conseguido su objetivo. Llamar la atención del mundo. Aunque eso hubiese costado la vida a cuatro personas. Para su forma de pensar eso apenas tenía importancia. Era un buen precio para su propaganda.

A pesar de todo no podía dejar de pensar en la doctora Bey. Por su apellido debía de ser turca, o al menos tener sangre turca. ¿Qué estaría haciendo allí una mujer como ella?

Permanecí en el hospital más tiempo del que hubiese deseado, pero no volví a verla. Sólo podía recordar sus ojos de un extraño color dorado, y su perfume, que comenzó a hacérseme familiar a fuerza de evocarlo.

Durante unos días debí tener fiebre alta. Me sentía muy inquieto y soñaba intensamente. De tanto en tanto la fiebre bajaba, porque los sueños desaparecían. No sé cuanto tiempo permanecí en aquel estado. En los momentos de lucidez lo achacaba al dolor de cabeza. Un médico intentó convencerme de que la onda expansiva de la explosión, me había ocasionado un ligero traumatismo cráneo encefálico, pero añadió con convicción que aquello se me pasaría en unos días, todo lo más en unas semanas.

Quería salir de aquel lugar. Comencé a percibir la suciedad de las sábanas, la falta de higiene en el baño cuando por fin pude dar unos pasos, las oxidadas ventanas. Todo aquello me deprimía y además el dolor de cabeza que aparecía de improviso, para provocarme incluso náuseas me producía, más que otra cosa, un profundo temor a que ya nunca me abandonase, impidiéndome volver a mi vida normal.

En aquellos momentos, lo único que me aliviaba era recordar los serenos ojos de Laila H. Halil. No podía dejar de pensar en ella. Como si fuese alguien a quien conocía de toda la vida, aunque sabía bien que mi relación con ella habían sido apenas unos segundos.

Finalmente me dieron el alta. Para entonces no me importaban tanto las condiciones del hospital. Era algo parecido a eso que llaman el síndrome de Estocolmo. No quería marcharme. Incluso llegué a decirle al doctor que me atendía, que me encontraba mucho peor de lo que en realidad sentía. Sabía bien que el único motivo era permanecer allí, esperando a que otra vez apareciese ella, porque no me resignaba a no verla nunca más.

Quien sí había aparecido era Dexter Bruhl, segundo secretario de la embajada en Ankara. Vino a decirme que iban a sacarme de allí para llevarme de nuevo a los Estados Unidos. Luego me sonrió para transmitirme su optimismo.

Le convencí de que no lo hiciese. Le expliqué que me sentía perfectamente, pero que debía seguir allí una semana más. Además, los ingenieros responsables de las explotaciones petroleras de Bakú, me habían tomado bajo su protección. Era una magnífica oportunidad para introducirme entre ellos y sonsacarles su verdadera opinión sobre la viabilidad del oleoducto. Pero no ya como alguien desconocido en representación de los intereses estratégicos de un país como los Estados Unidos, sino de un verdadero amigo, alguien de confianza. A través de Serguei Bajza, todos iban pasando por allí un día u otro, para expresarme su pesar por lo ocurrido. Traían botellas de vodka de elaboración casera, que iban acumulándose bajo la cama. Según ellos, eran un elixir de los dioses, que supuestamente deberíamos bebernos juntos algún día.

Dexter Bruhl no parecía muy convencido ante mis argumentos. Insistió en que su responsabilidad era sacarme de allí, entre otras cosas porque temían que pudiese repetirse el atentado. Finalmente, las garantías del propio gobierno de Azerbaijan, que había detenido a los terroristas, pendientes de un juicio sumarísimo, parecieron convencerle más que mis argumentos.

Al día siguiente me dieron el alta. Recogí mis cosas y antes de abandonar el hospital me dirigí al despacho del director. Deseaba agradecerle el trato que habían tenido conmigo. Comprendía que no podían hacer más de lo que hacían con su escaso presupuesto. Me recibió muy cordialmente y más aún cuando le entregué las botellas de vodka para que se las bebiera con el personal.

Mientras me levantaba, intentando quitarle importancia le pregunté por la doctora Laila H. Halil. Murmuré que deseaba agradecerle su visita.

El hombre me observó con curiosidad. ¿Laila H. Halil? Si. La recordaba. Había estado un día en el hospital. Pero no pertenecía a él. Ni tampoco a los servicios hospitalarios de Azerbaijan. Se trataba de una doctora turca, pertenecía a la Cruz Roja y sólo había realizado una evaluación para ese organismo.

El director me lanzó una mirada de curiosidad. ¿Ella me había visitado? Murmuró que no terminaba de entenderlo. En cualquier caso, no estaba ya allí y no sabía dónde podría encontrarla.

***

En la escalera principal se hallaba Serguei esperándome. Sonrió con timidez al verme. Parecía satisfecho de que ya estuviese caminando, pero seguía manteniendo la mirada huidiza, como si tuviese la certeza de que seguía siendo el único culpable de todo lo ocurrido. Le alargué la mano sonriendo y se abrazó a mí en una demostración de afecto, y tal vez de gratitud, al comprender que no sólo no tenía nada contra él, sino que le consideraba mi amigo.

Me hallaba ya dentro del coche, cuando de repente recordé que había olvidado la carpeta de Serguei. Murmuré unas disculpas y volví a bajar con el temor de no saber si seguiría estando en la mesita de noche.

Entré en la habitación en el mismo instante en que una mujer de la limpieza estaba saliendo y pensé que la habría tirado. Pero no.

Para mi tranquilidad seguía estando allí. Exactamente en la misma posición en que hacía más de quince días la había dejado Serguei.

La cogí y volví con rapidez al coche. Serguei observó la carpeta y volvió a sonreír. Luego arrancó entre una negra humareda, disculpándose de la mala calidad de los motores soviéticos.

Aquella situación me había hecho cambiar algunos conceptos. Hasta entonces, jamás había pensado en la muerte como algo cierto e inevitable. El atentado la había puesto muy cerca, tanto, que la sentí rozándome, y eso, indudablemente, cambia a las personas. A fin de cuentas, la muerte sólo afecta a los otros. Siempre a los otros. La paradoja es que cuando nos llega la hora, ya no es asunto nuestro.

Serguei quería agasajarme y me invitó a comer en uno de los restaurantes más lujosos de Bakú. A riesgo de herir su susceptibilidad, le dije que no. Prefería comer en la playa, en una de las cabañas donde servían pescado fresco, en un lugar discreto y solitario. Asintió mientras decía que podía comprenderme. Tal vez era una buena idea y no iban a darnos mejor pescado en el sitio más caro.

Permanecimos silenciosos durante la comida. Yo estaba como abstraído y Serguei respetaba mi mutismo. Apenas me dolía la cabeza, y eso mejoraba mi humor, pero no tenía ganas de hablar. Prefería el silencio, hasta que de pronto se quedó mirándome fijamente. Entonces me preguntó si había leído los papeles de la carpeta.

Negué con la cabeza, sorprendido. No. No había tenido el momento adecuado para ello. ¿Por qué tenía tanto interés en que lo leyese? Se encogió de hombros. Murmuró que era preferible que lo descubriera yo mismo. Se los había enviado un antiguo amigo que curiosamente tenía mi mismo apellido. Su amigo Darón H. Nakhoudian. Lo había conocido en Estambul hacía casi veinte años. Una buena persona, asintió.

Luego pareció querer cambiar de conversación. Deseaba saber cuándo íbamos a seguir con el trabajo. Añadió que estaba impaciente por ello.

No quise engañarle. Respondí que todo aquel asunto me había afectado más de lo que creía. No tenía mucho interés en trabajar de momento. Me sentía como desconcertado y todavía me dolía mucho la cabeza de tanto en tanto.

Serguei me miraba fijamente parpadeando, como si no quisiera escuchar aquellas palabras. Él sabía bien que yo era su oportunidad y no quería saber nada de lo que estaba escuchando.

Terminé la comida brindando por la amistad, mientras Serguei se cogía la cabeza con las manos. Realmente sentía darle aquel disgusto, pero no iba a permanecer en Bakú sólo porque mi nuevo amigo necesitaba un trabajo. Prefería adelantarle mil dólares, porque tenía muy claro lo que iba a hacer. De hecho, nunca hasta entonces lo había tenido tan claro.

Luego abrí la carpeta. Un montón de cuartillas escritas a máquina. Le habían puesto un título *El árbol armenio*. Recordé entonces que mi padre tenía un primo lejano: Darón H. Nakhoudian.

Laila H. Halil

Recuerdo bien el día que Darón Nakhoudian apareció en nuestra vida. Fue un viernes, en marzo de 1978. Me acuerdo porque aquel día cumplía yo doce años.

Cuando llegué a casa por la tarde, él estaba allí, sentado en la biblioteca hablando con mamá y me dio la impresión de que lo conocía de toda la vida. Parecía muy satisfecho de encontrarse allí y me di cuenta de que mamá también estaba contenta.

Aquella noche antes de acostarme, ella me explicó quién era Darón. También me habló por primera vez en mi vida de mi padre, Krikor H. Nakhoudian, hermanastro de Darón Nakhoudian.

Recuerdo que ella se tapó el rostro con las manos y lloró sin poder reprimirse. Yo la abracé y permanecimos así un largo rato, sabiendo que nos teníamos la una a la otra.

Sin embargo, Darón significó una agradable sorpresa en nuestras vidas. Era un hombre bondadoso, algo mayor, tendría entonces alrededor de sesenta años, pero daba la impresión de mantener una gran cantidad de energía vital.

Nos explicó lo que estaba haciendo y mamá se entusiasmó. Ella tenía, lo ha dicho siempre, una educación otomana, herencia de sus padres, mis abuelos, Halil Bey y Lamia Pachá. Pero quiso educarme de otra manera y me envió al Colegio Francés.

A mí me impresionó lo que Darón intentaba conseguir. Para mí, el pasado era algo difuso, perdido para siempre, salvo en la memoria individual de cada uno.

Tampoco me gustaba entonces la historia, o mejor dicho, no me gustaba cómo me la contaban. Prefería las ciencias naturales y la química.

***

A partir de entonces nuestra relación con Darón se hizo estable. Él venía de tanto en tanto y nos llamaba al menos una vez al mes. Era ya alguien de la familia y mamá sentía un gran aprecio por él. Además, ella quiso ayudarle en su proyecto, una labor que a mí se me antojaba imposible, pero que se había convertido, según él, en la obra de su vida. Por alguna razón, mamá no me hablaba de aquello. Entonces yo era demasiado joven como para entenderlo.

En cuanto a nosotras, en Damasco, no nos iba mal. La situación política era estable, aunque a veces las cosas se complicaban, por el absurdo carácter de los sirios de meterse en camisa de once varas, creyéndose quijotes, intentando ayudar a otros pueblos como los palestinos, sin darse cuenta de que tal vez deberían ayudarse a sí mismos. Nosotras no nos considerábamos sirias, sino turcas, pero estábamos perfectamente integradas.

Cuando terminé el bachillerato y le expliqué a mamá que no deseaba seguir estudiando en Damasco, me contestó que me iba a complicar la vida. Luego se fue animando y aceptó bien que nos separásemos.

Permanecí en Londres seis años. Sólo volvía a casa unos días en verano para cambiar de aires y descansar. Creo que fue más duro para ella que para mí, pero el tiempo pasa muy deprisa, y para cuando estaba terminando la carrera, me confesó que yo había sido capaz de hacer lo que ella sólo pudo soñar.

Obtuve mi licenciatura en 1992. Sin apenas darme cuenta me había convertido en médico y, la verdad, me sentía orgullosa de ello.

Entonces se me planteó cuál iba ser mi futuro y como nunca he sido una persona sedentaria, pedí mi ingreso como médico en ACNUR, la organización para los refugiados dependiente de las Naciones Unidas. Me hicieron una entrevista previa y después pasé a una selección. Finalmente me llamaron para comunicarme que había sido aceptada. Me dieron la enhorabuena y me dijeron que en dos semanas salía para Somalia.

Bueno. No voy a contar todo aquello. Fue muy duro para mí, porque jamás había visto sufrir a la gente, pero hice todo lo que pude, que no era mucho, y comprendí que el mundo era muy distinto a como me lo había imaginado.

Aquello casi me costó una depresión. Durante unos días me pasé las noches llorando, al comprobar que nuestro esfuerzo no era mucho más que una gota de agua en el océano. Un océano de sufrimiento humano que parecía inabarcable. Puedo decir que aprendí a compartir el sufrimiento, porque a pesar de ir de la mano de las Naciones Unidas, nuestros medios eran muy limitados. Además, al encontrarnos en medio de una guerra civil, nos robaban los suministros, las medicinas, incluso tuvimos más de una baja entre los propios miembros de ACNUR.

Volví de vacaciones a casa después de permanecer seis meses en África. Le conté a mi madre lo que había visto allí. Las caravanas de personas yendo a buscar agua a un lejano pozo, muriendo por el camino, niños abandonados tras un matorral, tan deshidratados que parecían de cartulina, aún vivos, pero sin esperanzas. Porque tú podías intentar salvar uno, diez. No podías intentarlo con cien o con mil. Y esos mismos niños eran devorados por las alimañas, porque no podíamos recorrer los inmensos espacios por donde se movían los refugiados.

Ella me escuchó con atención. Luego dijo que sabía de lo que estaba hablando. La miré sorprendida porque desconocía que hubiese tenido alguna experiencia personal. Entonces negó con la cabeza. No. No directamente. Se levantó y caminó hacia la biblioteca. Abrió uno de los cajones y sacó una antigua carpeta de esas que se cierran anudándolas con cintas.

Me resultó familiar. La había visto alguna vez trabajando con ella. Pero jamás le presté atención.

Mamá me observó un instante, mientras musitaba que había llegado el momento de que conociese lo que ocurrió un día en Armenia, y de qué manera afectó a nuestra familia.

Sabía que tenía sangre armenia, pero leer las memorias de mis abuelos Halil Bey y Lamia Pachá, me impresionó.

Después mamá me enseñó el árbol genealógico que acababa de recibir de Darón y me habló de todos ellos. Era el trabajo de muchos años y se sentía orgullosa de haber colaborado.

***

Pasaron unos meses y me olvidé de todo aquello. Me llamaron para realizar un informe para ACNUR sobre la República del Alto Karabah. Otra vez Armenia, y reflexioné que sería interesante conocer algo mejor al pueblo armenio.

Me hallaba en Stepanakert, capital del Alto Karabagh, cuando tuve una llamada de teléfono. Se escuchaba con gran dificultad, pero pude oír a mi madre diciéndome que habían ingresado de urgencia a Darón H. Nakhoudian en Estambul y que había preguntado por mí.

La suerte o el destino quiso que coincidiese con el viaje que debía hacer a esa ciudad, para tener una reunión de coordinación con los responsables de ACNUR y de la Media Luna Roja. Volé esa misma noche y, a la mañana siguiente, me encontraba en la recepción del Hospital Internacional en Yesilkoy.

Me permitieron entrar a ver a Darón cuando les dije que era sobrina suya. Me advirtieron que su estado era crítico y que podía morir de un momento a otro. El médico que lo atendió estaba sorprendido de su capacidad mental, porque a pesar de todo, aún era capaz de mantener una conversación y parecía recordar bien las cosas. Murmuró que, según los análisis de sangre y orina, debería estar confuso y sin ganas de nada. Insistió en que era algo muy sorprendente y me acompañó hasta la habitación.

Darón se encontraba reclinado, lleno de tubos y catéteres. Pero me reconoció e intentó levantar una mano. Le cogí los dedos. Su temperatura era algo inferior a la normal. Tenía la piel seca y flexible. Pensé que había personas que se negaban a morir y aquel extraño armenio era uno de ellos.

Darón señaló un montón de periódicos. Tenían fecha de una semana atrás. Tomé el de arriba y leí los titulares: «Diplomático USA herido de gravedad por atentado terrorista en Bakú».

Miré a Darón y vi que asentía. Me senté junto a él y leí en voz alta. «Aram Nakhoudian, el diplomático herido, se encuentra en grave estado en el hospital general de Bakú. Su situación permite esperar una evolución favorable».

Miré a los ojos de Darón. La mascarilla le cubría la boca y parte del rostro, pero vi en sus párpados una mueca que pretendía ser una sonrisa.

Entonces supe lo que tenía que hacer y se lo dije. Cogería el primer vuelo para Bakú e iría a ver a Aram Nakhoudian, si eso era lo que él deseaba.

Asintió levemente con la cabeza. Luego permanecí junto a él un largo rato. Le besé la frente antes de irme y no pude evitar que se me escapara una lágrima. Ya no volveríamos a vernos y ambos lo sabíamos.

Mientras volaba hacia Bakú medité que no era el destino. Cada uno de nosotros elegía su camino y eso nos hacía responsables y también protagonistas de nuestra vida.

Luego el avión tomó tierra suavemente en el aeropuerto de Bakú. Un lugar por el que habían pasado muchos armenios a lo largo de la historia. Vi unos árboles cerca de la pista. Alguno de ellos, con seguridad, sería también un árbol armenio.

Fin de *EL ÁRBOL ARMENIO*

Glosario de palabras turcas o árabes incluidas en el texto

Caimacán: subprefecto.

Califa: jefe espiritual de los musulmanes.

Comité para la Unión y el Progreso: organización politica de la oposición al sultán a partir de 1907.

Diván: Consejo Imperial Otomano.

Dhimmis: «protegido», personas no musulmanas que aceptan el mensaje islámico y respetan las leyes coránicas sin convertirse al islam.

Fatwa: opinión legal de los juristas musulmanes.

Firmán: decreto del sultán.

Guiavurs: extranjeros.

Ittihad ve Terakki Cemiyeti: ver Comité para la Unión y el Progreso.

Jóvenes Otomanos: grupo de intelectuales activo entre 1865 y 1870.

Jóvenes Turcos: organización politica de la oposición al sultán Abdulhamid, que posteriormente tomó el poder.

Mecelle: compilación del Código Legal.

Millets: autonomías de las distintas nacionalidades que componían el Imperio otomano.

Mutesarif: gobernador del distrito.

Sharia: compendio de tradiciones e interpretaciones del Corán que conforman la ley religiosa islámica.

Tanzimat: programa de reformas conocido como *Tanzimat – i-hayrye* o legislación beneficiosa.

Tchétés: tropas irregulares, a menudo formadas por antiguos convictos.

Valí: gobernador general de la provincia.

Valiato: provincia administrativa en Turquía.

Carta abierta al secretario general de la ONU sobre el genocidio armenio

Señor secretario general:

Si me lo permite le expondré mi criterio sobre la *cuestión armenia.* Comenzaré por algo obvio. En la actualidad Turquía es un gran país y los turcos personas que luchan por su lugar en la vida como todos los demás seres humanos. A pesar de ello, aún hoy, el gobierno de Turquía sigue empeñándose en no reconocer el genocidio armenio, en negarlo, sin comprender que ese paso podría significar una catarsis nacional que le ayudaría en su transformación en una nación europea y moderna.

Es evidente que existe una cuenta pendiente que Turquía tendrá que saldar si quiere ser el país que podría llegar a ser. Esa cuenta se llama la *cuestión armenia* y quiero demostrarle que es importante para los armenios y para todo el mundo. Creo, con el profesor Ohanian, que la *cuestión armenia* y dentro de ella el genocidio armenio, no sólo se trata de una cuestión local y nacional, sino que tiene vinculación con la paz de Europa y que, de su solución, dependerá la pacificación, progreso y prosperidad del Próximo Oriente. En la vida es más fácil inclinarse ante los fuertes, aunque la razón no les asista, pero sabe usted muy bien que, si los fuertes actuaran en conciencia, el mundo sería muy diferente. Hablemos pues de ello sin perder de vista lo esencial.

Si no le importa comenzaré por el principio, por la propia definición de genocidio. Como sabe la palabra genocidio fue creada por el jurista judío polaco Raphäel Lemkin en 1944, basándose en la raíz *genos*, en griego, familia, tribu o raza, y *cidio*, del latín *caedere*, matar. Lemkin quería referirse con este término a las matanzas por motivos raciales, nacionales o religiosos. Su estudio se basó precisamente en el genocidio perpetrado por el Imperio otomano contra el pueblo armenio en 1915. Lemkin luchó eficazmente para que las normas internacionales definiesen y prohibiesen el genocidio. Tiene por tanto el profundo reconocimiento de la humanidad por su aportación y aclaración de un concepto fundamental para la justicia.

Intentaré pues centrar el tema jurídicamente. Perdonará la densidad conceptual, pero me gustaría remarcar algunos puntos importantes. Según la Convención para la Prevención y la Sanción del Delito de Genocidio de 1948 y el Estatuto de Roma de la Corte Penal Internacional de 1998, se entenderá por genocidio cualquiera de los actos perpetrados con la intención de destruir total o parcialmente a un grupo nacional, étnico, racial o religioso como tal, la matanza de miembros del grupo, la lesión grave a la integridad física o mental de los miembros del grupo, el sometimiento intencional del grupo a condiciones de existencia que hayan de acarrear su destrucción física, total o parcial, las medidas destinadas a impedir nacimientos en el seno del grupo y el traslado por la fuerza de niños del grupo a otro grupo. Con ello queda definido el marco jurídico legal y penal, a nivel internacional. Lo que los turcos otomanos cometieron contra los ciudadanos otomanos, por el hecho de ser armenios y cristianos, fue un genocidio. Un crimen de lesa humanidad regulado por la Convención sobre la Imprescriptibilidad de los Crímenes de Guerra y los Crímenes de Lesa Humanidad de 26 de noviembre de 1968. Por tanto, sigue ahí, totalmente vigente, intacto, imprescriptible. Aunque no lo acepte ni lo reconozca, el gobierno turco sabe muy bien que tiene encima su propia espada de Damocles.

El Parlamento Europeo, en su sesión del 14 de noviembre de 2000, instó al Gobierno turco a reconocer el genocidio armenio. Posteriormente, el Parlamento francés, probablemente la nación que más ha hecho por Armenia y por los armenios, el 18 de enero de 2001 aprobó por unanimidad la ley que condena el genocidio armenio. En la actualidad, la Corte Penal Internacional es el instrumento del que la comunidad de naciones se ha dotado, para intentar evitar que vuelvan a suceder hechos semejantes. A lo anterior respondió el gobierno turco con un decreto el 14 de abril de 2003, del Ministerio Turco de Educación Nacional, enviando un documento a los directores de los centros escolares, en los cuales se obligaba a los alumnos a negar la exterminación de las minorías y fundamentalmente la de los armenios. Sin comentarios.

Si me lo permite le haré ahora un breve resumen histórico de cuál era la situación en la que se fundó la República de Armenia, desde unos territorios que ancestralmente eran armenios, por cierto de entre los más antiguos cristianos, por dejarlo claro, poblados por gentes cristianas que hablaban armenio, que habitaban poblaciones construidas por armenios, con la arquitectura tradicional armenia, en las que se enseñaba el armenio, existían bibliotecas de libros armenios, donde se pensaba, se soñaba y se moría en armenio. Allí, en 1915, comenzaron, mejor dicho prosiguieron, pues no era la primera vez que sucedían, las matanzas, las deportaciones, las violaciones, la aniquilación integral de una cultura, los saqueos, la apropiación indebida, la usurpación de una realidad existente. Todo. En realidad podríamos definirlo como el paradigma de un genocidio. El empeño de borrar definitivamente al *otro*. Por eso Lemkin creó esa palabra fundamental.

La forma, por tanto, de vacunarnos contra la injusticia, la falta de ética y la inmoralidad de algunos políticos, es recordando permanentemente a las víctimas de los mismos, intentando evitar que la memoria del primer genocidio del siglo XX desaparezca en el olvido de las nuevas generaciones. Los armenios no han querido olvidar nunca lo que ocurrió entre 1915 y 1916, el terrible genocidio al que los turcos —de entonces— sometieron a esa minoría cristiana que estorbaba a sus afanes de *turquificar* el Imperio otomano, poco antes de su inevitable disgregación. Como durante cien años hasta la fecha, en abril de 2015, se celebrará la conmemoración del centenario de este genocidio.

En el río revuelto de la Primera Guerra Mundial, unos cuantos políticos ambiciosos y corruptos entendieron que la mejor forma de conseguir la homogeneización, que creían el mejor camino para sus fines, era eliminar a las minorías, y fundamentalmente a las que les plantaban cara por su importancia cultural, económica y sobre todo, por el contraste que una cultura cristiana tenía dentro de un imperio islámico regido por un sultán, que además ostentaba el título de califa, es decir, jefe espiritual musulmán de ese imperio.

Señor secretario general, como sabe usted muy bien, cerca de dos millones de armenios desaparecieron en una acción implacable, injustificable de aquel gobierno otomano. Se quiso borrar la huella de una importantísima minoría y para ello se emplearon métodos y sistemas, que posteriormente sirvieron en otros lugares del mundo, en otros países, por su mortal eficacia. Fue precisamente en la Armenia turca donde se utilizó la expresión «solución final» y otra de igual calibre, «espacio vital» o «lebensraum».

Pascual Ohanian ha dicho con clarividencia: «El genocidio es un acto de máxima agresión de un Estado contra los derechos de un grupo social con intereses propios. Acto que está inscripto en las académicas y graves páginas de la historia. Por su naturaleza humana, se premedita, ocurre en un lugar determinado y en la planificación y ejecución participan individuos que observan, piensan, hablan y viajan. Esa urdimbre de visiones, pensamientos, palabras y tránsitos acrecienta la dimensión del acto criminal, cuyo alcance llega a dañar a las personas y a la paz no solamente de un grupo social restringido sino a la de toda la humanidad, en medio de la cual estamos nosotros. Nadie es ajeno al genocidio que sufra cualquier pueblo».

El genocidio de Armenia abrió la puerta a otros genocidios del siglo XX, un siglo que se recordará como una de las etapas más oscuras de la historia de la humanidad, en la que el hombre era un lobo para el hombre. Por eso, lo que ocurrió en Armenia tiene una enorme importancia y no debemos olvidarlo, muy al contrario, debemos investigar cuáles fueron los motivos, las justificaciones, las filosofías y las políticas que se dieron para que tal hecho ocurriera. ¿Cómo podría quedar impune algo semejante?

Si me lo permite procederé a detallarle un resumen de los hechos que condujeron a la situación actual *de facto*. Al finalizar la Gran Guerra, es decir la Primera Guerra Mundial, la derrota del Imperio otomano llevó a la disgregación del mismo, lo que significó el levantamiento de los nacionalistas turcos y el inicio de la llamada guerra de Independencia turca. En respuesta bélica al Tratado de Sèvres, (por cierto, un tratado aceptado por el sultán y por el gobierno otomano), los nacionalistas turcos liderados por Mustafá Kemal se levantaron tomando el poder, combatiendo contra griegos y armenios, atacaron la parte de los territorios asignados y controlados por Armenia, logrando mantener la posesión de toda Anatolia y parte de la Tracia Oriental, liquidando las zonas de influencia de Francia e Italia según Sèvres. De este modo Armenia, que recibió una mínima, aunque interesada ayuda de los británicos, se vio atacada al mismo tiempo por Azerbaiyán, gobernada por los comunistas y, en junio de 1920, prácticamente aniquilada y exhausta, se vio obligada a firmar una tregua para poder atender al frente turco. En julio los turcos apoyaron la toma del poder por los comunistas en Najichevan, donde se formó una República soviética. Preferían eso a que los armenios se hicieran allí con el poder. Más tarde Armenia sufrió la invasión soviética desde Azerbaiyán, que había sido invadida por los bolcheviques en 1920. En septiembre de ese mismo año, Armenia se encontraba arruinada, acosada, desfallecida, sin armamento adecuado, sin tropas suficientes, con los supervivientes al borde de la inanición, viéndose obligada a ceder Zangechur y Nagorno-Karabagh, así como el gobierno de Najichevan. La guerra siguió contra Turquía, que prosiguió su avance. En noviembre los turcos tomaron Alexandropol y en diciembre de 1920 se firmó la paz, en virtud de la cual Armenia renunciaba a todos los distritos de Asia Menor que antes de la guerra habían sido turcos, así como a Kars y Ardahan, reconociendo además la independencia de Najichevan.

El Tratado de Kars, de octubre de 1921, definió la división del antiguo distrito ruso-armenio de Batum. La parte norte, incluyendo el puerto de Batum, fue cedida por Turquía a Georgia. La parte sur incluyendo Artvin, se adjudicaría a Turquía. Se acordó que, a la parte del norte se le concedería autonomía dentro de la Georgia soviética. Como usted comprenderá señor secretario general, dicha partición no se acordó con los armenios, a los que ni siquiera se consultó. Los turcos no aceptaban que los armenios tuvieran acceso al mar, ni en ese puerto, ni en ninguno. El acuerdo también creó una nueva frontera entre Turquía y la Armenia soviética, definida por los ríos Akhurian y Aras. Los soviéticos cedieron a Turquía la mayor parte del antiguo Óblast de Kars del antiguo Imperio ruso, incluyendo las ciudades de Igdir, Koghb, Kars, Ardahan, Olti, las ruinas de Ani, así como el lago Cildir, que incluía la antigua Gobernación de Erevan comprendida entre el río Aras y el Monte Ararat. Todo ello demuestra que los armenios no pintaban nada en todo el asunto. Dicho de otro modo, no se les permitió intervenir en su propio futuro. Eso no es algo nuevo en la historia. Por estas concesiones, Turquía se retiró de la provincia de Shirak en la actual Armenia, que ganó Zangezur, la parte occidental de Qazakh y Daralagez, en Azerbaiyán. El tratado también incluyó la creación de Najicheván. Al año siguiente las naciones de la Transcaucasia fueron convertidas en la República Federal Socialista Soviética de Transcaucasia y anexionadas a la Unión Soviética, sin posibilidad de evitarlo por parte de Armenia, que no tuvo arte ni parte en la elección de su propio destino.

Si usted me lo permite, secretario general, todo ello significó un verdadero desastre para los armenios que no pudieron protestar ni negarse, ya que en aquellos momentos su situación límite no se lo permitía. Al menos se habían rescatado Ereván y Echmiadzin, como bien se dice, la cabeza y el alma de la patria armenia, sin querer olvidar ni hacer de menos a ninguna de las otras provincias. Pero lo que desde entonces los armenios reclaman es el resto del cuerpo armenio. Ya hemos explicado que entre unos y otros se apropiaron de gran parte de lo que era la Armenia histórica mediante la fuerza, la violencia, el saqueo y las artimañas diplomáticas. Estará usted conmigo, señor secretario general que, entonces, ni los británicos, ni mucho menos los turcos de Kemal Ataturk, ni los otros actores del tratado, tenían capacidad legal ni estaban autorizados a actuar en nombre de Armenia, como antes tampoco podían hacerlo los alemanes y los rusos. Digamos que Armenia se transformó en una excusa, en un mero artificio y su nombre se utilizó por terceros interesados, llevándose a cabo un enorme fraude de ley que sigue ahí vigente, aguardando su reparación histórica.

Como conoce usted muy bien, el 24 de julio de 1923 se firmó el Tratado de Lausana, al que podríamos definir como un tratado-parche, que sólo afectó a determinados aspectos del Tratado de Sèvres. Me permitirá si literariamente defino a este como un tratado tan frágil como la porcelana. Por centrar el tema a nivel conceptual, Sèvres se refiere en sí mismo a la Gran Guerra, mientras Lausana a lo que concierne es a las acciones ocurridas posteriormente, hasta finales de 1922. En Sèvres se encuentran por un lado los aliados y por el otro Turquía, con la pretensión —sólo la pretensión— de dar por finalizada la Gran Guerra y reemplazarla por una paz justa y duradera, a cualquier coste. Lausana se refiere en concreto y claramente a la suspensión de los actos armados de los kemalistas que violaron el armisticio de Mudros. Supuestamente Armenia fue la gran perdedora ya que no se le permitió participar.

Hay algo fundamental que me gustaría remarcarle señor secretario general: Si la República de Armenia no participó de la conferencia de Lausana ni firmó el tratado, eso significa que no se creara ninguna obligación jurídica para ella. Ahora bien: Lausana no hace mención alguna acerca de la caducidad del Tratado de Sèvres, que a todos los efectos sigue siendo un documento absolutamente vigente en el derecho internacional, y las obligaciones de Turquía surgen de la sentencia arbitral contenida en el Tratado de Sèvres, formulada por el presidente Woodrow Wilson. El Tratado de Lausana no hace ninguna mención de Armenia, aunque sí se refiere a las minorías no musulmanas de Turquía, y la conformación legal del territorio de la república, al crearse Turquía a partir del Imperio otomano. En el primer párrafo se menciona: «Turquía renuncia a todos los títulos y derechos relativos a todos aquellos territorios e islas que se encuentran fuera de los límites fijados por este tratado, salvo aquellos por los cuales se ha reconocido su soberanía. El futuro de esas islas y territorios lo resuelven o lo resolverán las partes interesadas». Como mantienen los expertos internacionales en el tema, el único límite que no fue tratado fue la frontera armenioturca, por lo que podemos afirmar que, en derecho, las fronteras de Armenia siguen siendo las fijadas en Sèvres. La llamada Armenia wilsoniana.

Por ello sería muy importante que todos supieran lo que allí sucedió una vez y por qué los armenios no consiguieron sus expectativas históricas. ¿Por qué Najichevan, el Karabagh, Kars, Trebisonda, Van, Erzerum y otros lugares que siempre habían sido parte de la

Armenia histórica no forman parte actual de Armenia? Le diré algo, señor secretario general: tengo la certeza de que, en el futuro, todo ello se dilucidará en las Naciones Unidas. No existe otra posibilidad. Contra lo que pudiera parecer, la historia es siempre un libro abierto, nunca cerrado, aunque algunos se empeñen en lo contrario. Por eso la labor de historiadores y escritores como Pascual Ohanian, Vahakn Dadrian, Yves Ternon, Johannes Lepsius, Varoujan Attarian, Jacques Derogy, Ashot Artzruní, Haik Ghazarian, Henri Verneuil, Nikolay Hovhannisyan, Rouben Galichian, Béatrice Favre, y podría mencionarle muchos otros, es tan importante y no sólo para los armenios. Lo que está en juego es nada más y nada menos que la credibilidad de las propias Naciones Unidas y por tanto de las reglas de juego que los seres humanos nos hemos dado para resolver estos conflictos de una manera civilizada y culta.

Lo que voy a decirle lo sabe usted muy bien. A la pregunta que usted podría hacerse, acerca de si mantener la memoria viva serviría de algo, no tengo la menor duda sobre ello. ¿Cuál sería la alternativa? No hay alternativa posible. Tenga la absoluta certeza de que, entre todos, los armenios de una parte y los amigos de la verdad y la justicia de otra, estamos construyendo una base de pensamiento moral que preservará para siempre esa memoria.

Y además hay algo muy importante: la tozuda realidad. Con lo que no contaron los perpetradores fue con la proverbial memoria de los armenios. Eso no lo van a olvidar nunca. Nunca. Si el mundo del futuro aspira a tener unos cimientos sólidos basados en la justicia, tendrá que poner el genocidio armenio sobre la mesa previamente a cualquier tratado, acuerdo, convenio, propuesta, iniciativa internacional con Turquía. Se trata de una cuestión IMPRESCRIPTIBLE.

Señor secretario general, en Turquía, en Anatolia, en lo que fue un día el reino histórico de Armenia, quedan miles de vestigios de aquella cultura, de una forma de vida, de una civilización cristiana, con las ruinas de centenares de iglesias y ermitas, estelas de piedra rotas y enterradas que marcaban los cruces de los caminos; no importa que los historiadores lo recojan minuciosamente, que gran parte de Anatolia, en realidad desde la costa mediterránea de Asia Menor, hasta las agrestes montañas del Cáucaso, estén repletas de símbolos y piedras grabadas con escritura armenia, con las pruebas físicas de una presencia cuya ausencia la hace más evidente. Todo ello demuestra que, en un tiempo aquel lugar fue muy diferente, por mucho que se empeñen en ocultarlo, en arrasarlo y en decir que todo es falso, que no hubo tal genocidio, que Armenia no existió, que apenas fue una pequeña comunidad. Pero sabe usted bien que las piedras son muy tozudas y que al final la historia pone a cada uno en su lugar.

Los armenios, ya sean de la República de Armenia o en muchos casos ciudadanos de derecho de otros países, aunque de corazón siguen perteneciendo a Armenia, a la Armenia de siempre que sigue estando ahí, aguardan el día de ese reconocimiento con impaciencia y con la certeza de que llegará, como un acto de justicia, que cierre definitivamente las heridas abiertas hace ahora ya cien años. Los armenios tienen buena memoria, pero sobre todo poseen una enorme dignidad y no han querido olvidar nunca lo que ocurrió durante 1915 y 1916.

Por ello, señor secretario general, es tan importante el centenario de este genocidio que intenta evitar que la memoria del primer genocidio del siglo xx desaparezca en el olvido. En efecto, la única manera de prevenir que sucesos tan atroces puedan volver a suceder es no olvidarlos nunca, para que las nuevas generaciones sepan que sucesos tan increíbles y espantosos no son leyendas ni patrañas, sino hechos espantosos y trágicos que sucedieron realmente.

Como conoce usted muy bien, señor secretario general, la única manera de vacunarnos contra la injusticia, es recordando permanentemente.

Gracias por su atención en nombre de las víctimas.

G.H. GUARCH – Escritor
Autor de:
El árbol armenio
El testamento armenio
La montaña blanca
El asunto Agopian

Este libro se terminó de imprimir, por encomienda de la editorial Almuzara, el 10 de noviembre de 2023. Tal día, de 1444, el ejército turco (liderado por el sultán Murad II) despedazó al ejército cruzado, liderado por el rey polaco Vladislao III Jagelllón, en la batalla de Varna.